DER KRIEG DER WINDE

DIE SIEBEN INSELN
BUCH SECHS

A.R. KNIGHT

1

DER STEIN DER SEELEN

Wax befürchtete, dass er sich nie an die Stimmen in seinem Kopf gewöhnen würde, und jetzt hatte er noch eine weitere.

Der Tamas-Skar leuchtete an seiner unteren linken Stelle, doch die Wärme drang nicht durch die dicke Tamas-Tunika, die Wax für die Zeremonie trug. Die Show. Die Vorstellung. Es war schwer einzuschätzen, was die Menge von all dem hielt, da sich ihre Gesichtsausdrücke, während sie in demselben Theater saßen, in dem Eujos versuchte Ätzung erst einen Tag zuvor knapp verhindert worden war, zwischen Belustigung und Langeweile mischten.

»Herzlichen Glückwunsch«, sagte der maskierte Mann, der den Skar übergeben hatte, derselbe, der Eujos Schicksal verkündet hatte.

Er war Wax' einziger Partner auf der ansonsten leeren Bühne, der Austausch wurde von ein paar schwachen Musikern in einer nahen Grube begleitet, die an ihren Instrumenten zupften. Eujo und Wax' Wächter, die Banditin Torny und Wax' Schwester Bliss, warteten vorne, bis der

Pomp vorbei war, damit sie zu den Docks gehen und die verdammte Insel verlassen konnten.

Tamas war nicht gerade ein Vergnügen gewesen, und als sich der maskierte Mann, dessen karmesinrote Roben raschelten, zu ihm beugte, erwartete Wax, dass die Probleme weitergehen würden.

»Geht schnell«, flüsterte der Mann und streckte einen Arm aus, um Wax von der Bühne zu geleiten. Unausgesprochene Entschuldigungen färbten seinen bedauernden Ton. »Normalerweise gäbe es eine größere Feier dafür. Ein Schauspiel, Ehrungen, Festessen und viel, viel mehr zu trinken.«

»Aber?«, fragte Wax, als der Mann verstummte und das Stichwort lieferte.

»Es sind die Najahn. Sie werden aggressiv. Dieser Skar, den du jetzt trägst? Es ist meiner. Sie haben uns verboten, weitere zu sammeln.«

»Du gibst mir deinen eigenen-«

Als sich die Vorhänge um sie schlossen, lachte der maskierte Mann: »Ich werde einen anderen bekommen. Wichtig ist, dass wir an der Tradition festhalten. Du hast deine Aufgabe erfüllt, du verdienst die Belohnung. Nun geh.«

Wax brauchte nicht zu fragen, warum der Mann immer noch nervös klang. Die Najahn wollten die Skars nicht nur behalten, sie wollten die Steine von jedem nehmen, der sie besaß. Sie würden jetzt wissen, dass Wax und Eujo in der Hauptstadt von Tamas waren, und wahrscheinlich würden ihre lila und schwarzen Schläger schon hierher unterwegs sein.

Tatsächlich könnte der maskierte Mann Wax den Tamas-Skar nur aufgedrängt haben, um selbst keinen Ärger zu bekommen. Wie praktisch.

Wenn Wax die Tamas deswegen hätte zur Rede stellen wollen, war der Moment jedoch verstrichen: Ein Blick hinter die Bühne bestätigte, dass nur Arbeiter geschäftig umherliefen, die das Theater für eine spätere Vorstellung vorbereiteten, eine, die glücklicherweise frei von Erneuerungen, Skars und dem Schicksal der Welt war.

Torny, Banditin und am besten gekleidet von ihrer Gruppe, in schickem, flaumigem Grün und Blau, pfiff, als Wax sich näherte und seine Kette hob. Der Tamas-Skar erfüllte seine Aufgabe, glitzerte, während Wax in seinem Kopf hörte, wie der Stein zusammen mit der Zustimmung seines Freundes flüsterte. Weniger in echten Worten, mehr durch Eindrücke und gewürztes Kauderwelsch, waren die Skars unvollkommene Vermögenswerte. Zu Wundern fähig, zu Massenvernichtung fähig, hatte sich Wax dennoch an ihr ständiges Geplapper gewöhnt.

Wie wieder zu Hause zu sein, im überfüllten, sprudelnden Kitaye.

Das Gegenstück der Banditin, Bliss, stand in der Nähe und arbeitete mit einer Schnitzmesserklinge an einem neuen Stab. Jeder Schnitt legte Streifen frei, die durch Eisenbänder ersetzt wurden, eine Technik, die sie auf Foti, der feurigen Insel, gelernt hatte. Zu viele Dickschädel unter ihren Feinden, zeigte Bliss, und sie wollte nicht, dass ihr Stab mitten im Kampf zerbräche.

Ein Kopf, der weit davon entfernt war, der härteste zu sein, stand nahe am Kopf des Wagens und beobachtete die mäandernden Tamas-Menschenmengen, die ihrem kühlen, aber nicht kalten Tag nachgingen. Livier, Kance-Attentäter und einstiger Feind, hielt eine Hand nahe seinem Rapier und die andere am Wagen selbst, um sich aufrecht zu halten. Obwohl er von Eujo und Wax Vis-Skars erhalten hatte, brauchte der Mann Zeit, um sich von einem feurigen

Kampf vor ein paar Wochen zu erholen. Nicht dass es Wax störte: Ein angeschlagener Livier war ein Livier, den er nicht fürchten musste.

Zumindest nicht allzu sehr.

»Wie fühlt es sich an?«, fragte Torny nach ihrem Pfiff, »Ihr steht jetzt unentschieden.«

»Unentschieden?«, sagte Eujo, die Kance-Königin, die genauso aussah, während sie auf den aufgestapelten Taschen des Wagens saß und etwas aus einem irdenen Becher trank. »Er wird gewinnen. Ich werde nie einen Tamas-Skar bekommen.«

»Es sei denn, ich stehle ihn für dich«, sagte Torny.

»Dachte, du wärst mein Wächter?«, fragte Wax, als er zum Wagen kam und die Kette wieder unter sein Hemd gleiten ließ.

»Sie ist eine Königin, Wax. Ich muss der Macht folgen.«

'Sie hat einen Punkt', zeigte Bliss und blickte von ihrer Metallarbeit auf. 'Es gibt keine Erneuerung mehr. Eujo ist echt.'

»Ich bin durchaus echt«, protestierte Wax. »Ich brauche nur noch Kance und Noctia, und dann ...«

Er verstummte, eine allzu häufige Eigenschaft, wenn dieses Thema aufkam. Torny und Bliss drängten ihn nicht weiter, weil sie genauso gut wie Wax wussten, dass alles, was auf die sieben Skars folgte, bestenfalls unklar war. Einen Noctia-Skar zu bekommen, schien ohnehin unmöglich: Die ganze Insel hatte sich von einem friedlichen Wächter über die Inseln in eine marodierende Macht verwandelt, die versuchte, alles durch ihre Glefen und gepanzerten Soldaten zu kontrollieren.

Und selbst wenn er es schaffen würde, alle sieben zu bekommen, was dann? Er hatte Pan versprochen, die Steine zu beschaffen, und dieses Versprechen war genug gewesen, um Wax weitermachen zu lassen, aber zu welchem Zweck?

Eine Frage, deren Beantwortung er vielleicht aufschieben konnte, bis Wax alle Skars hatte, aber eine, die dennoch immer lauter wurde.

»Wir sollten aufbrechen, meine Königin«, sagte Livier, »jetzt, da der Vis zurück ist. Euer Schiff müsste bald in den Hafen einlaufen.«

»Dann lass uns gehen«, erwiderte Eujo und blickte von der kurzen, gekritzelten Nachricht neben ihrem Becher auf. »Ich hasse diesen Ort sowieso.«

Diese dringende Notiz war jene, die Eujo zur alleinigen Königin von Kance ernannte und ihre sofortige Rückkehr verlangte. Sie hatte den größten Teil des letzten Tages darauf gestarrt. Wax hätte gerne behauptet, er könne verstehen warum, aber Pans sterbende Verheißung war das Nächste, was er je an einem echten Schicksal erlebt hatte. Dennoch kletterte er auf den Wagen und setzte sich neben Eujo, seine Hand fand die ihre, ein Griff, der erwidert wurde.

Was das war, was diese verschlungenen Finger andeuteten, war noch unbekannt. Die letzte Nacht war von tiefen Gesprächen mit Livier geprägt gewesen, in denen die Königin erfuhr, wie Kance jetzt war und was sie erwarten musste. Wax, durch Ale besänftigt, hatte geschlafen.

Der Tamas-Skar versuchte, Eujos Stimmung zu lesen, blubberte über die anderen Steine, nur damit Wax ihn wegschob. Wie wenn man sich entscheidet, einem Gespräch nicht zuzuhören oder einen knurrenden Magen zu ignorieren. Er würde sich auf altmodische Lächeln, Berührungen und das sanfte Kräuseln um ihre Augen verlassen, als Eujo seinen Blick für einen langen Moment hielt, bevor sie zur Notiz, ihrem Becher – schwarzer Tee –

und dessen Bedeutung für heute, morgen und darüber hinaus zurückkehrte.

Bliss gesellte sich zu Livier auf dem Kutschbock, das einzige sonnengefleckte Pony war angespannt und bereit, sie zum Dock zu ziehen. Torny nahm, wie sie es bevorzugte, ihren eigenen Platz auf der Rückseite des Wagens ein, summte eine Melodie und warf eine harte Karotte zwischen den Bissen in die Luft.

Der Hafen von Tamas summte mit dem langsamen Niedergang des Winters. Frische Bierfässer dominierten, obwohl Weine und andere Lebensmittel gerade genug Abwechslung boten, um die Dinge interessant zu halten. Schwere Galeonen ruhten in der Nähe der Docks, kürzlich aus den trockenen Winterliegeplätzen ins Wasser zurückgekehrt. Südliche Handelsreisen würden bald beginnen, wenn man dem Gerede Glauben schenken durfte, und schöne Tage wie dieser boten eine gute Gelegenheit, einen Vorsprung zu gewinnen.

Was Wax inmitten des Hafentrubels nicht sah, war die *Storm's Edge*, Eujos persönliches Schiff, das vom unvergleichlichen Deux kommandiert wurde. Sie hatten dem Schiff zuletzt an der Südküste von Whent einen abgebrochenen Abschied geboten, als sie unter dem Deckmantel der Nacht davoneilten, nachdem Wax, nun ja, ein Anwesen in Brand gesetzt hatte. Wax zuckte bei der Erinnerung zusammen, eine Mahnung, dass die Skars kaum willige Diener waren, die bereit waren, seine Befehle auszuführen. Eher wie wilde Freunde, bereit zuzuhören und dann die Dinge selbst in die Hand zu nehmen.

»Wir sind früh dran«, sagte Livier, als Bliss den Wagen zu einem freien Platz vor einem Lagerhaus am Dock lenkte.

»Oder Deux ist spät«, erwiderte Eujo.

Ihre Entourage zog milde Aufmerksamkeit auf sich,

hauptsächlich von anderen Wagen und Trägern, die um sie herummanövrieren mussten. Ansonsten war der Hafen geschäftig genug, um Wax und seine Freunde am unteren Ende der Sorgen aller zu halten. Anonymität tat gut, und Wax blieb im Wagen sitzen, beobachtete den Horizont, während Eujo und Livier hin und her scherzten über Deux' Pünktlichkeit.

»Die Najahn könnten ihn gefunden haben«, sagte Livier. »Wir sollten uns davonschleichen, Eujo. Ein Seemannsloch finden, um uns zu verstecken, bis Deux ankommt.«

»Er wird uns verraten, sobald er auftaucht«, entgegnete Eujo. »Wenn die Najahn wirklich hinter uns her sind, dann müssen wir so schnell wie möglich an Bord gehen. In irgendeiner dunklen Taverne Bier zu trinken, wird dabei nicht helfen.«

»Glaube nicht, dass das sowieso funktionieren wird«, sagte Torny, stieg von der Rückseite des Wagens und schwenkte den Dolch den Dock entlang. »Ich schätze, wir werden gleich bemerkt werden.«

Eine Galeone mit Fotis rot-oranger Flagge glitt aufs Meer hinaus, geschoben von Dockarbeitern mit langen Stangen. Als das massive Schiff sich bewegte, enthüllte seine Masse eine violett-schwarze Fregatte im nächsten Liegeplatz. Najahn-Soldaten, bewaffnet und gepanzert, standen in der Nähe Wache. Die Segel des Schiffes waren gerefft, Proviantkisten standen entlang des gewählten Piers. Nachladung für eine Reise.

Vielleicht doch nicht damit beauftragt, Wax, Eujo und ihre Skars zu finden.

»Dann komm auf diese Seite des Wagens«, schnappte Livier. »Steh nicht im Freien.«

Torny lachte: »Was, glaubst du, sie kennen uns vom Sehen? Haben tolle Zeichnungen von Wax zur Hand?«

Der Spott des Banditen schrumpfte jedoch schnell, als sich ihr Quintett nahe dem Pony formierte. Ein neues Geräusch näherte sich vom Dock: kollektive Flüche und das Kratzen und Schlagen von Gütern in Bewegung. Wax blickte nordwärts, in die gleiche Richtung, in die ihr Pony zeigte und entgegengesetzt zum Najahn-Schiff, um einen violett-schwarzen Trupp zu sehen, der auf sie zukam. Die Gruppe trug keine Voulgen – die gebogenen Speere waren schwer zu verstecken – und trug Roben, keine Rüstungen, sah weniger nach Soldaten und mehr nach Gelehrten aus. Vollgestopfte Rucksäcke und Taschen hingen schwer in der Gruppe.

»Sie gehen?«, fragte Eujo in die Luft. »Warum?«

»Noctia will die Skars«, antwortete Torny. »Wette, das sind ein Haufen aus Tamas.«

Die Gelehrten gingen scheinbar ahnungslos vorbei, bis ein Paar langsamer wurde, ihre Augen fielen nicht auf Wax, nicht auf Eujo, sondern auf den Kance-Killer neben ihnen beiden.

Livier murmelte einen einzigartigen Fluch, der Eujo erröten ließ.

»Nun, das ist ein seltsamer Zufall«, sagte die erste Gelehrte, eine ältere Frau mit mehr als einer Narbe im Gesicht. Während sie sprach, verlangsamten sich die übrigen Gelehrten, drehten sich um und richteten fast zwei Dutzend Blicke auf ihre Gruppe. »Als ich Sie zuletzt sah, durchwühlten Sie unsere Bibliothek auf Noctia. Suchten nach Informationen über Whent und seinen Goldenen Spalt. Jetzt sind Sie hier.« Die Gelehrte musterte Livier, schätzte sein humpelndes Erscheinungsbild ein. »Haben Sie gefunden, wonach Sie suchten?«

»Das habe ich«, sagte Livier und verbeugte sich leicht. »Ihre Hilfe war sehr nützlich.«

»Also sind sie tot, die Verräter?« Die Gelehrte ließ ihren Blick zu Wax und den anderen schweifen. »Sie sagten, sie hätten ein schweres Vergehen gegen Kance begangen. Sie waren so wütend, und Ihre Hand ...« Die Gelehrte nickte in Richtung der Male auf Liviers Handfläche, die von Wax und seiner tödlichen Essgabel verursacht worden waren. »Zumindest das ist verheilt.«

Livier begann zu antworten, und Wax hätte zugehört, wäre da nicht ein sanftes Tippen an seinem linken Arm gewesen. Bliss, teilweise hinter dem Wagen verborgen. Sie nickte mit dem Kopf südwärts, den Dock entlang.

Zwei Najahn-Gelehrte rannten auf sie zu, ihre Taschen zurückgelassen. Als sie zu rufen begannen, musste Wax ihre Worte nicht erraten.

Er hoffte nur, Deux würde nicht zu spät kommen.

2

DER HIMMELSPALAST

Kance breitete sich unter ihm aus, seine vielen Türme und deren Verzweigungen ein gegürteltes Netz, das Quik gerade erst zu verstehen begann. Ein Abend und nun ein Morgen, und ein später noch dazu, nach dem Sonnenlicht zu urteilen, das ihn umgab. Quik musste ein Zittern, sogar einen Schrei unterdrücken, als er sich unter der leichten Decke und dem kleinen Kissen bewegte.

Selbst im Winter, so hatte man ihn gewarnt, würden die Nester heiß werden.

Geformtes Glas bildete die Umschließung, abgesehen von den Stufen und der kleinen runden Tür zu Quiks Rechten. Zwei bronzene Metallschlaufen hielten den Glasbehälter an Ort und Stelle, befestigten ihn am Himmelspalast, ein nüchterner Name, der dennoch genau vermittelte, wo Quik sich befand. Gäste der beiden Königinnen, eine, die sie sterben ließen, und eine andere … verschollen?

Quik rieb sich die Augen, blinzelte zu den Gleitern, den Pflanzenschnüren, den Vögeln, die die Luft unter, um und über ihm füllten. Die üblichen Bedürfnisse - Nahrung,

Trank und ein Ort, um beides wieder loszuwerden - erwachten zum Leben.

Wo würde sein Bruder jetzt sein? Der letzte Najahn-Bericht hatte sie auf Whent verortet, Richtung Osten fliehend, aber das war schon einige Zeit her. Quik hatte danach kaum Gelegenheit gehabt, an Informationen zu kommen, was mit Gladdrings Rebellion zu tun hatte.

Was Quik genau wo zurückließ?

Der ursprüngliche Grund, auf Noctia zu bleiben, um Quik Zeit zur Erholung zu geben, eine Beziehung zu den Lila-Schwarzen aufzubauen, ihre Unterstützung zu gewinnen, um seinem Bruder zu helfen, war gescheitert. War so vollständig zusammengebrochen, dass Quik nun ein Feind derselben Organisation war. Er hatte seine Freunde, seine Familie verloren, und die wenige Hilfe, die er hatte, kam von einem noch größeren Verräter, einem so manipulativen und verschlossenen, dass es so gut wie garantiert war, dass Quik sich früher oder später verraten oder fallen gelassen sehen würde.

Aber ohne zu wissen, wo Wax war, konnte Quik seinem Bruder nicht folgen. Nicht mit den Teufeln, den Kämpfen, dem Aufruhr.

Die Insel unter ihm bot jedoch etwas anderes. Kance war nicht Vis, war mit seinen aufragenden Türmen, Bergen und nebligen Tälern weit davon entfernt, aber die natürliche Schönheit brachte eine Heimat mit sich, die Quik, wie er erkannte, vermisste, zu der er vielleicht besser zurückkehren sollte.

Vis, so ging das Gerücht, kämpfte auch gegen die Najahn. Seine Eltern arbeiteten vielleicht unter der Bedrohung einer Hellebarde.

Eine, gegen die Quik zumindest versuchen konnte zu kämpfen.

Mit wiedergewonnener Klarheit warf Quik die Decke ab und drängte sich durch die runde Tür in den seltsamen runden Knotenpunkt, der als Eingang für mindestens vier Nester diente. Ein schmaler Gang, oben ebenfalls mit gewölbtem Glas und unten mit geraden, klaren Lamellen versehen, würde ihn in den eigentlichen Palast führen. Davor, sagte ein silberblauer Kance-Umhang, der an einem Haken neben seiner Tür hing, müsste sich der Vis ankleiden.

Gladdrings Stimme tat ebenso viel, um Quik zu leiten, wie seine schwachen Erinnerungen an die Führung am Vorabend, ein Rundgang, der nach so viel Erschöpfung auf See kam. Anspannung, verstärkt durch die Befürchtung, die Najahn-Crew könnte sich gegen ihn und Gladdring wenden, das Paar entweder tot oder auf dem Wasser treibend zurücklassen, wobei der Najahn-Kutter nun ein paar Leichen mehr beherbergen würde. Quik war in der letzten Nacht hart eingeschlafen und fand die späte Morgenpause verwirrend.

Kance, so schien es, liebte Porträts, und alle in einem getupften Stil. Gerahmt in getrockneten Filamenten, weiche Regenbogen, die vergangene Königinnen, Kance-Soldaten und, laut den vergoldeten Namensschildern unter jedem perlmuttfarbenen, wandanliegenden Porträt, zufällige Bürger umgaben. Was hatte Jonas Mylien, Kaufmann, getan, um zu verdienen, dass sein bleiches Antlitz im Palast hing? Oder Paliva Veen, Pflegerin der Gebrechlichen?

Wählte Kance seine Helden zufällig aus?

Abgesehen von den Porträts verehrte der Himmelspalast Blau in allen Schattierungen und brachte die Farbe auf Stühlen, Bänken und den harten Fliesen zu Quiks Füßen an. Diener, Soldaten und Bürokraten wuselten hier und da umher, mehr als ein paar blieben stehen, um auf Quiks tätowiertes Gesicht und die schweren Panzerhandschuhe an seiner Hüfte zu starren.

Diese Waffen, aus Holz geschnitzt und nun, dank eines Najahn-Schmieds, mit Metallspitzen versehen, würden Quik nie wieder verlassen. Es hatte zu viele Male gegeben, in denen Chaos ohne Vorwarnung auftauchte, in denen tödliche Gewalt gefordert war, um auf der Seite der Höflichkeit zu irren.

Immerhin war Quik ein Vis. Die anderen Inseln hielten ihn für einen Wilden, also warum es nicht annehmen?

Gladdring hielt die Aufmerksamkeit des Thronsaals, einer weiten Kammer nahe dem Gipfel des Palastes. Quik hatte einen der vielen Aufzüge - die durch ein ausgeklügeltes Flaschenzugsystem arbeiteten, das zu verstehen er weder Zeit noch Lust hatte - von seinem Nest nach oben genommen und stellte fest, dass er bei weitem nicht der erste oder zweite war, der ankam. Er war jedoch nicht zu spät zum Frühstück.

Das Buffet, eine Mischung aus Fisch und Obst, mit Bergquellwasser, lag auf einem Seitentisch gleich im Raum, und Quik beschäftigte sich damit, einen Teller zu füllen, während Gladdring seine übertriebene Geschichte vor einer Menge von Killern und Schreibtischtätern fortsetzte. Sie hingen an jedem Wort Gladdrings, die Ausdrücke reichten von nüchterner Entschlossenheit seitens der Soldaten bis hin zu weit aufgerissenen Augen und Händeringen bei den schmächtigen Politikern. Gladdring, obwohl er nicht versucht hatte, den Thron für sich zu beanspruchen, hatte dennoch die Menge um sich geschart, die Hände wie ein Dirigent schwingend, der die Gruppe nach seiner Melodie tanzen ließ.

Quik hatte diese großen Noctia-Orchester nie besonders gemocht, und er beteiligte sich auch nicht an dieser

Aufführung. Stattdessen aß und trank er und wartete abseits, bis Gladdring zum Schluss kam, seine Rede mit so vielen Vorschlägen beendete, dass die Kance-Crew benommen und angetrieben davonzog. Quik vertrödelte dann noch ein paar Minuten, während Gladdring Einzelgespräche führte, wobei der ehemalige Tenet und derzeitige Noctia-Verräter Quik hier und da wissende Nicken zuwarf.

Als ob Quik darauf noch hereinfallen würde.

Er konnte damit einverstanden sein, benutzt zu werden, aber zu glauben, dass Gladdring irgendetwas anderes als seinen eigenen Erfolg in seinem schwarzen Herzen hielt ... Nicht nachdem die Noctia-Erneuerung über den Rand des Kutters ins Wasser gekippt war.

»Wir haben sie«, sagte Gladdring schließlich, als er zu Quik kam und den Vis-Jäger aus dem großen Raum mit den beiden gläsernen Thronen zog.

Gladdring hielt seine Zunge, bis er Quik in einen kleinen Nebenraum gebracht hatte, der anscheinend für Diener gedacht war, die eine Pause brauchten. Gladdring schob einen schmalen Riegel vor die Tür und schloss sie ein. Ihre einzige Gesellschaft war ein einzelner Hocker und ein winziger Tisch, ein kleines Fenster nahe der Decke warf gerade genug Licht, dass sie die winzige Laterne an der rechten Wand nicht brauchten.

»Ein privater Raum«, erklärte Gladdring, als Quik den Raum musterte. »Das ist ganz normal. Die Königinnen würden sie benutzen.« Der Tenet kauerte sich hin, was Quik dazu brachte, einen Schritt zurückzutreten, und fuhr mit den Fingern am unteren Rand der Tür entlang. Schwarzer Stoff drückte sich bis zum Boden. »Es dämpft den Schall. Schwierig für Spione, zu lauschen.«

»Wer würde denn spionieren?«

»Die andere Königin, offensichtlich.«

Keine Überraschung da. Quik hatte diese Rivalität aus nächster Nähe gesehen, wäre fast an ihren Konsequenzen gestorben.

»Ich hoffe, Sie haben gut geschlafen?«, fragte Gladdring, faltete die Hände, schien die Bemerkung aber wirklich ernst zu meinen. »Sie sind ein bisschen seltsam, nicht wahr, die Nester?«

»Daran gewöhnt.«

Gladdring blinzelte, dann lächelte er. »Natürlich wären Sie das. In den Bäumen zu schlafen, kann nicht so anders sein, oder?«

»Ich meinte, ich bin es gewohnt, an seltsamen Orten zu sein. Das macht mir keine Angst mehr.«

»Ah.« Gladdrings Nicken kam nun langsamer. Der Mann mochte seine Gesten. »Dann werden Sie vielleicht froh sein zu hören, dass wir diesen Ort nicht so bald verlassen werden. Die Kance glauben unsere Geschichte und noch mehr an die Narben, die wir ihnen gezeigt haben. Ich habe unsere Ernennungen als Berater gesichert.«

»Unsere?«

»Nun, meine. Und Sie als mein persönlicher Wächter und Assistent.«

Quik schnaubte. Gladdring runzelte die Stirn.

»Sie scheinen heute Morgen feindselig zu sein, mein Vis-Freund. Habe ich etwas getan, um Sie zu verärgern?«

»Nichts«, erwiderte Quik. »Aber ich werde nicht Ihr Wächter oder Ihr Assistent sein. Ich gehe nach Hause.«

Quik hätte vielleicht die ganze Geschichte erzählt, über seinen Bruder und so weiter, aber Gladdring mehr zum Arbeiten zu geben, würde nur, nun ja, gegen Quik arbeiten. Wer wusste schon, welche Ketten Gladdring in dieser Geschichte finden könnte, um den Jäger zu fesseln?

»Nach Vis? Sie wissen, dass die Insel verloren ist, oder?«

Gladdring steckte eine Hand in die Tasche seines Gewandes. Genau da, wo wahrscheinlich eine Tamas-Narbe wartete. »Nach dem, was ich heute Morgen gehört habe, steht Kitaye unter Najahn-Kontrolle. Nur Mottilan überlebt, und das ist nur eine Frage der Zeit.«

»Lassen Sie Ihre Hände draußen«, sagte Quik und zeigte auf Gladdrings Tasche. »Ich kenne Ihre Tricks.«

Ein leichtes Lächeln, aber Gladdring zog die Hand frei. »Nur einige davon, mein Freund. Der Punkt bleibt jedoch bestehen. Vis fällt. Kance ist unsere beste Chance, Fassle aufzuhalten.«

»Und was dann?« Quik hob den zeigenden Finger zu Gladdrings Gesicht. »Sie argumentieren ständig, dass Sie die Inseln retten. Das ist es, was Annalyse am Strand immer wieder sagte, als Sie mich im Käfig hielten, aber wissen Sie überhaupt wie?«

»Ich versuche es, was mehr ist, als Sie von Fassle bekommen werden.«

»Das reicht nicht mehr. Ich bin fertig damit, auf Sie zu warten.«

Gladdring sah aus, als wollte er protestieren, hielt dann aber inne, ein grüblerischer Ausdruck kam über dieses runzlige, wangige Gesicht.

»Wissen Sie, ich glaube, es gibt einen Weg, wie wir beide bekommen können, was wir wollen«, sagte Gladdring. »Annalyse. Sie haben ihr gesagt, sie soll nach Vis laufen, richtig?«

Quik zuckte mit den Schultern, »Es war alles, woran wir denken konnten.«

»Wenn jemand eine Idee haben könnte, was mit all diesen Narben zu tun ist, dann sie.« Gladdring lächelte jetzt aufrichtig. »Gehen Sie nach Hause, Quik. Gehen Sie zurück auf Ihre Insel und finden Sie die Wissenschaftlerin. Bringen Sie sie hierher zurück.«

»Warum sollten wir zurückkommen?«

»Weil«, sagte Gladdring, sein Lächeln wurde breiter, »Kances vermisste Königin gefunden wurde. Lebendig. Und sie ist auf dem Weg. Ich denke, Sie wissen, wer mit ihr reist.«

Wax. Bliss.

Eine Chance, einen alten Schwur zu erfüllen.

Gladdring hatte Quik wieder, und der manipulative Bastard wusste es. Aber was konnte der Vis sonst tun?

3
GESPALTENER RETTER

Sie hatte vergessen, wie es sich anfühlte, allein mit ihren eigenen Gedanken zu sein.

Als ob du das je warst.

Ihr anderes Ich nistete in Maenas Geist, war stets ihre Gesellschaft, stets ihr Begleiter, während sie an die schmutzige graue Decke über ihnen starrten. Das modrige Stroh unter ihnen, unter den abgenutzten Rana-Lederklamotten, die Maena noch jeden Morgen anzog, verlieh dem Raum einen fauligen Beigeschmack. Sie sollte sie wechseln, sollte die Kiste aufräumen, die sie für sich beansprucht hatte, als der Whent ankam.

Eine Aufgabe, die dazu bestimmt war, am Ende einer Liste zu bleiben, die sich nie nach oben zu bewegen schien.

Weil wir Wichtigeres zu tun haben.

Dem zumindest konnte Maena zustimmen. Apropos …

Sie richtete sich ruckartig auf, schnappte sich ihr vom Whent gefertigtes Kurzschwert und bürstete klammerndes Stroh von ihren Lederklamotten und aus ihrem Haar. Sie griff nach einer zerrissenen Tunika und benutzte sie als

Lappen, um Schmutz und einen zufälligen Käfer von ihrem Gesicht zu reiben. Die Insekten waren eine Tatsache des Lebens im Dunklen Unten, nicht schlimmer oder besser als auf einem Rana-Schiff. Zumindest schafften es die Ratten nicht so weit nach unten.

Ihr gedrungener Raum nahm eine Ecke im dritten Stock dessen ein, was für jeden Betrachter ein gehauener Block war. Halb natürlicher Fels und halb von unermüdlichen Leichen bewegter, vermörtelter und geglätteter Stein, zuerst vom Toten König und jetzt von Svarde, dem Foti-Barbaren, am Leben erhalten. Das Konstrukt spiegelte mehr als ein Dutzend andere wider, wobei noch mehr aus dem Stein selbst gehauen wurden. Was Svardes Pläne für diese unterirdische Metropole waren, wusste Maena nicht genau.

Das letzte, was sie gehört hatte, war, dass die Dämonen eine Eskorte an die Oberfläche bekommen sollten. Wer würde dann hier unten bleiben? Die Körper? Brauchten die überhaupt Häuser?

Konzentrier dich, Maena. Es ist ein großer Tag.

Ihr Spiegelbild, eine Seele, die vor nicht allzu vielen Wochen von einem Dämon aus Maena herausgerissen und neu erschaffen wurde, musste ... sich selbst nicht daran erinnern. Die Aktivität sang durch die riesige Höhle. Karren rumpelten, Hämmer hämmerten, und Rufe forderten dies oder das, um hierhin oder dorthin zu gelangen. Jeder Befehl fand seine Befolgung durch die stillen, toten Massen, während sie mit Ausrüstung oder Gütern im Schlepptau dahinschlurften, taumelten und watschelten.

Maena beobachtete alles vom Eingang ihres Gebäudes aus - ihre verschiedenen Mitbewohner waren entweder bereits bei der Arbeit oder, wenn sie von einer Nachtschicht kamen, mit Hilfe von Ale tot eingeschlafen. Die Rana-Kapitänin unterdrückte den Drang, ihre Klinge zu ziehen und eine vorbeiziehende Leiche niederzumetzeln, die eine Kiste mit dem, was wie gekochte Pilze aussah, in den Händen trug. Rationen für eine wandelnde Armee.

Obwohl sie sich nicht sicher war, was diese Feuerläufer essen würden.

Wahrscheinlich Nachzügler.

Maena lächelte darüber halb schief. Ein Lächeln, das langsam verblasste, als sie ihren Weg durch die geschäftige Stadt machte. Sie ging durch das riesige Vordertor, dessen Barrikade mit verstaubten Knochen von Menschen und Monstern gleichermaßen überzogen war. Entlang eines breiten Tunnels zu einem anderen großen Raum, der die Narben tausender Schlachten an seinen natürlichen Wänden und seiner abgesplitterten Decke trug. In den letzten Tagen hatte der Raum ebenso viele verschiedene Waffen getragen, Whent-Ingenieure arbeiteten rund um die Uhr daran, Barrieren zu verstärken, Artillerie einzubauen und eine Festung zu errichten, von der aus Die Sieben Inseln eine Dämonenhorde zurückhalten konnten.

Jetzt standen diese Barrieren zur Seite geschoben oder aufgespalten, die mit Stacheln versehenen Enden übereinander gestapelt. Ballistabolzen lagen in dicken Stapeln, ihre Abschussvorrichtungen ohne Saiten und an die Wände gelehnt. Die Ingenieure, die mit ihrer Pflege beauftragt waren, hatten ihre Köpfe und Hände einer anderen Aufgabe zugewandt: Sie produzierten dicke, seltsame Lederstücke, die mit Metallen maskiert waren. Zu groß für jeden Menschen, versetzten sie Maenas morgendlicher Stimmung den letzten Stoß.

»Ami spricht gerade mit ihnen. Sie denkt, sie verstehen es«, sagte Svarde, der Mann der tausend Wunden, nahe der Mitte des Raumes.

Der Barbar trug nur die dünnste Rüstung, obwohl seine wahre Verteidigung von der zackigen schwarzen Klinge kam, die immer an seiner Seite war. Der Griff der Klinge glitzerte mit Opalen: Noctia-Narben. Irgendwie hielt das Schwert den knorrigen, brutalisierten Krieger am Leben, trotz genug Schaden, um jeden normalen Menschen zu Hackfleisch zu verarbeiten. Sein Gesprächspartner hatte weniger Narben, war aber genauso groß, mit einem Bart, der inzwischen groß genug war, um als Nest für die meisten Rana-Vögel zu dienen.

Jochi, Whent-Kriegsherr und Meister der weitläufigen Höhleneroberung der nördlichen Insel, nickte zu Svardes Worten. Seine Lederklamotten waren dicker, mit Metall-nieten versehen, und ein fieses Axtpaar an seiner Hüfte, das Maena jedes Mal erschreckte, wenn sie es jetzt sah: Sie waren einmal Svardes gewesen. Ein Geschenk, das der Barbar gemacht hatte, als seine Hände die Klinge zu bevor-zugen, zu brauchen begannen.

Er hatte Maena nicht gebeten, die Waffen zu nehmen. Svarde bat Maena in diesen Tagen nicht um viel.

Weil wir ihn erschrecken.

Einen Mann jenseits des Todes erschrecken? Das schien nicht plausibel, aber da war es, ein Zucken, als Maena sich näherte.

Er versteht uns nicht. Er hat uns nie verstanden.

Nun, das stimmte nicht ganz. Es gab einen Moment, vielleicht mehrere, auf Maenas altem Schiff, als es nach Norden fuhr, und in den Gruben, vor all dem, bevor-

»Was hast du entschieden?«, fragte Svarde sie. »Kommst du mit uns?«

Du kannst nicht. Du weißt warum.

»In einen Krieg mit dem Whent marschieren?«,

schnaubte Maena. »Tut mir leid, Svarde. Das ist etwas, das ich nie tun werde.«

»Die Rettung der Sieben Inseln interessiert dich nicht, Rana?«, sagte Jochi, die Stimme des Mannes ein verkohltes Knurren nach so vielen Pfeifen, so langem Befehlsgebrüll. »Hältst du immer noch an den alten Wegen fest?«

»Manche Dinge sind nicht so leicht zu vergessen. Außerdem, wenn ihr alle weg seid, schaffe ich hier vielleicht endlich mal etwas.«

Svarde neigte seinen Kopf bei diesen Worten, aber es war Jochi, der zuerst antwortete: »Ich gehe auch nicht. Es gibt hier zu viel zu tun, und wenn ich Svarde richtig verstehe, werden die Feuerläufer und die Najahn den Groß-teil des Kampfes übernehmen. Das ist nicht Whents Krieg.«

»Bis Fassle entscheidet, dass es das ist.«

»Wir haben eine Vereinbarung«, unterbrach Svarde. »Fassle und Yarvick kennen die Bedingungen. Wir bringen Kance zur Vernunft, die Feuerläufer bekommen ihre Heimat. Sobald Kance sieht, womit sie es zu tun haben, werden sie nachgeben.«

»Ich würde das nicht tun«, sagte Maena. »Für nichts in der Welt.«

Svarde lachte, während Jochi finster dreinblickte. »Dann ist es ein Glück, Maena, dass ich nicht gegen dich antrete.«

Maenas Lippe zuckte. Ab und zu zeigte der Barbar, dass er irgendwie noch Leben in diesem ruinierten Körper hatte.

Tu es nicht. Es ist den Schmerz nicht wert.

»Du wirst gegen niemanden antreten, wenn diese Anzüge nicht fertig sind«, sagte Jochi und blickte an Svarde vorbei zur größten Arbeitsgruppe von Ingenieuren. »Ich werde sie antreiben. Fassle will, dass ihr heute Abend aufbrecht, und je schneller diese brennenden Bastarde von hier verschwunden sind, desto eher können wir anfangen, den Pool zu sichern.«

So nannten sie es, den Pool. Der unterirdische See, der diese wirbelnden Tore zu dem beherbergte, was Ami als andere Welten bezeichnete, Artefakte der Götter, die zurückgelassen wurden und nun zerfielen. Die Feuerläufer kamen anscheinend aus einer davon, weil ihre Bemühungen, ihre eigene Welt zu retten, gescheitert waren. Also hatten sie jetzt die Chance, diese hier zu ruinieren.

»Ich hätte dich fragen sollen«, sagte Svarde und wandte sich Maena zu, um ihr seine volle Aufmerksamkeit zu widmen. »Über all das. Ich will dich nicht ignorieren.«

»Aber du tust es.«

Svarde zuckte zusammen, aber der Mann blieb standhaft. »Du bist immer noch nicht du selbst, Maena. Schon lange nicht mehr. Du sagst seltsame Dinge und bist zu merkwürdigen Zeiten weg.«

»Seltsam? Das kommt von dir? Einem Mann, der nie schläft, nie isst, nie trinkt?«

Ein Nicken. »Vielleicht ist keiner von uns mehr ganz das, was wir einmal waren.«

Verdammt richtig.

»Wenn ich mich recht erinnere, wollte der Svarde, den ich kennengelernt habe, die Unholde vernichten«, sagte Maena und verschränkte die Arme. »Er sagte, er würde alles tun, um die Welt von den Monstern zu befreien. Aber hier bist du nun und kämpfst für sie. Warum?«

»Weil, Maena, ich mir nicht sicher bin, ob wir gewinnen könnten. Die Feuerläufer sind zahlreich, sie sind stark, sie sind schlau. Die Inseln sind nicht vereint.«

»Eine Kalkulation. Von dir.«

Jetzt runzelte Svarde die Stirn. »Das ist es, wovon ich rede, Maena. Du bist einen Moment feindselig, im nächsten glücklich. Ich verstehe es nicht.«

Und er wird es nie verstehen. Er hat das Ziel aus den Augen verloren, Maena. Wir nicht.

»Vielleicht wirst du es verstehen, wenn du siehst, was sie Kance antun«, sagte Maena. »Wenn diese Monster die Himmelsinseln zu Asche verbrennen. Vielleicht erinnerst du dich dann daran, wer du bist.«

»Vielleicht. Aber ich hoffe, Maena, du tust dasselbe.«

Der Rana-Hauptmann ließ Svarde dort stehen und wanderte in die Tunnel. Ein Beobachter hätte annehmen können, dass Maena einen Spaziergang machte, frische Luft schnappte oder sogar nach frischem Höhlenwasser suchte. Whent-Kundschafter, Soldaten und Leute taten dasselbe ständig, obwohl sie auf Jochis Befehl hin in Gruppen gingen. Das Dunkle Unterland blieb eine Heimat für Unholde, blieb ein Risiko.

Maena ging allein.

Als sie alle neugierigen Blicke hinter sich gelassen hatte, wagte sie sich durch enge Biegungen höher hinauf, eine kleine Laterne an ihrem Gürtel spendete ihr Licht, und Maena beschleunigte ihren Schritt. Sie ging zielstrebig. Sie bog an Kerben ab, die fast unsichtbar an Kreuzungen in den Stein geritzt waren, und bahnte sich ihren Weg um die klaffende Schlucht der Wunde herum, hinauf, darüber und herum. Fast eine Stunde Weg.

Es endete in einer Blase, einer abfallenden Kammer, feucht und muffig. Löcher übersäten den Boden, stellenweise fast wie ein Gitter. Maena musste nicht so weit gehen, obwohl sich die Kammer tief in die Dunkelheit erstreckte. Weit genug, um das Nötige zu tun.

Ein gedämpftes Stöhnen zog ihre Augen, ihr Licht, nach

rechts. Maena griff in die Tasche auf ihrem Rücken, die für die kurze Reise schlank gepackt war, und holte einige dieser Pilze heraus. Eingewickelt und verzehrfertig. Auch einen Wasserschlauch. Sie beugte sich hinunter, löste den Stoffknebel von dem Mund des jungen Mannes. Seine Augen waren wild, die Haut hagerer als beim letzten Mal, als sie ihn besucht hatte.

Öfter, habe ich gesagt. Er wird verhungern, wenn wir uns nicht besser um ihn kümmern. Wir brauchen ihn noch.

Maena zuckte zusammen, als sie die Fesseln des Mannes lockerte, hielt eine Hand am Schwertgriff, während er aß und trank. Zumindest hatte er die Anweisungen befolgt und die Löcher benutzt, um seine Blase und seinen Darm zu entleeren. Als er fertig war, griff Maena wieder in ihre Tasche und zog eine weitere kleine Schachtel heraus, diese mit Warnungen in Whents kantiger Schrift gekennzeichnet.

»Ist das das, was du mir gesagt hast zu finden?«, fragte Maena.

Der Whent nickte. Maena drehte es in ihrer Hand. Es schien so klein für das, was es versprach.

»Wie viele?«, fragte sie.

Er nannte ihr eine Zahl. Eine, die Zeit brauchen würde, damit ihr Schmied sie unbemerkt herstellen konnte, aber machbar.

»Danke«, sagte Maena und streckte dann die Hand aus, um die Fesseln des Mannes wieder festzuziehen.

Er stürzte sich dann auf sie, ein verzweifeltes Greifen nach ihrem Schwert, das Maena mit einem Ellbogen gegen den Kiefer des Mannes abwehrte. Er sank auf die Steine, ein raues Stöhnen markierte das Ende des Kampfes.

»Du hast Glück, dass ich dich brauche, Steinbeißer«, sagte Maena und setzte ihre Arbeit fort. »Und ich werde dir das verzeihen. Genauso wie die Inseln, wenn sie herausfinden, was wir getan haben.«

Ja. Du wirst endlich deinen Eid erfüllen.

Ihren Eid. Gemeinsam. Für zu viele verlorene Freunde würde Maena tun, was Svarde nicht tun würde, und den Unholden ein Ende setzen.

4

DER LANGE, DUNKLE MARSCH

Erfolg brachte Svarde Verbannung, Versagen machte ihn zum König. Zugegeben, ein König mit einem Königreich aus Stein und Leichen. Dennoch, alles in allem ein besseres Ende als die Hütte an der Südwestecke von Vis, wo seine einzigen Freunde der Wind, der Regen und-

Kivi schnaubte, direkt vor ihm, und warnte Svarde vor einer Absenkung der Tunneldecke, die ihn zum Ducken zwingen würde. Er und das Ferrit gingen am Ende einer zusammengewürfelten Truppe: Tote, Feuerläufer und Whent-Ingenieure – Jochi weigerte sich, seine Soldaten für den Najahn-Krieg zu entbehren, schenkte aber seine Wissenschaftler, um den Weg für die brennenden Unholde zu ebnen.

Die Bürde des Kommandos war in den Tagen, seit Svarde die gezackte Klinge ergriffen und sich ihrer lebens- spendenden Kraft ausgeliefert hatte, weniger erdrückend geworden. Noctia-Narben im Griff der Klinge vermischten sich mit der Klinge selbst, ein Stück eines größeren Dolches, den Vis geschmiedet hatte, als der Gott noch lebte, plante

und Noctia in einem brutalen Stich verriet. Zumindest lautete so die Legende, und Svarde schenkte solchen Geschichten nicht mehr viel Glauben.

Lebenslange Wahrheiten waren in den letzten Monaten auf viele Proben gestellt worden und hatten die meisten nicht bestanden.

Dort oben musste Catyas unnötiges Gefängnis sein, ihre erzwungene Alterung, während die Narben ihr Leben aussaugten, um ein Netz zur Häutung der Unholde zu erschaffen. Die Inseln hatten dieses Netz für so notwendig erachtet, dass sie Erneuerungen erzwangen, ein weltumspannendes Rennen, das von den jüngeren Seelen auf den Inseln gelaufen wurde, um alle sieben Narben zu sammeln und die verheerende Belohnung zu ernten. Svarde hatte die Rolle des Wächters mit feierlicher Ehre übernommen, die Frau, die er liebte, am Ende zurückgelassen, um zu verwelken, und war davongelaufen.

Nur um durch Amis Bemühungen – seiner Mitwächterin, die ebenso von Catyas Schicksal zerrissen war – zu erfahren, dass die Unholde keine zufälligen Peiniger waren, sondern fliehende Kreaturen. Hilflos, verwirrt und aus ihren sterbenden Welten in die Inseln gestoßen. Würde es einen Unterschied machen, den Grund zu kennen, warum diese Monster in Häuser, Bauernhöfe und Wälder eindrangen?

Für einen jüngeren Svarde, der es vorzog, seine Verbitterung mit Gewalt und Bier zu pflegen, wahrscheinlich nicht.

Für den älteren?

»Vielleicht kommst du ja von dort«, sagte Svarde zu Kivi, der steinbeplatteten Echse, die sich in den heißesten Orten wohlfühlte und ihre saphirblauen Augen auf ihn richtete. »Fotis feuerversengte Ruine wäre perfekt für dich, oder?«

Als ob sie zustimmen würde, drehte sich Kivi um und biss ein Stück aus der Wand, ihre steinernen Kiefer schabten Gestein ab und hinterließen funkelnde Geoden-Brocken. Svarde sah all dies dank der Laterne, die an seinem Gürtel hing, deren schwankende Flamme und das sie antreibende Öl dem breiten Tunnel ein schattiges Leben verliehen.

Die Spur, die Ami und ihre Feuerläufer an der Spitze der Formation hinterließen, war nicht schwer zu verfolgen: Wo die Unholde gingen, zeigten sich schwarze Brandspuren. Verkohltes Moos, versengter Stein und Asche säumten den Weg.

Dass die Feuerläufer Amis Krieg zustimmten, einem Krieg, den die Najahn oben als Preis dafür forderten, den brennenden Unholden eine Heimat unter den Inseln zu geben, kam überraschend. Die Monster hatten mit ihren Metallkonstrukten und vierarmigen Dreschflegeln ein Talent dafür gezeigt, alles auf ihrem Weg zu zerstören. Ami, die anmerkte, dass sie nicht alles verstehen konnte, was diese obsidian-gekrönten Kreaturen sagten, deutete an, dass die Unholde müde waren. Dass sie schon so lange einen verlorenen Krieg gegen ihre sterbende Welt geführt hatten ...

Nun, das konnte Svarde verstehen. Auch wenn er sich dafür entschieden hatte, den Kampf gegen die Unholde aus der Ferne zu beobachten.

Jetzt, mit einem letzten entscheidenden Schlag gegen das windige Kance, konnten die Kämpfe vielleicht abflauen. Jochi schlug Barrikaden vor, ein Gemetzel gegen alle Unholde, die herauskamen und keine Intelligenz oder Vernunft zeigten. Die Narben unterstützten Armbrüste, Speere und Schwerter. Irgendwann würden diese anderen

Welten sterben, und Frieden, oder das, was die Inseln dem am nächsten kamen, würde Wurzeln schlagen.

Als Motivation zum Marschieren würde Svarde das nehmen. Besser als bittere Wut, auf jeden Fall.

Narben sprachen, und so tat es auch die Klinge. Während Svarde selbst nie den geistigen Mischmasch genossen hatte, der mit einer Handvoll der Göttersteine einherging, vermittelte Ami den Eindruck lebhaft genug: wie mitten in einem Streit zu stehen, ohne entkommen zu können. Die Klinge sprach nicht auf dieselbe Weise, sondern berührte Svardes Gedanken mit Verbindungen, Eindrücken, Vorschlägen, die der Barbar annehmen, ablehnen oder verdrehen konnte.

Diese Vorschläge waren ausnahmslos tote Dinge.

Von Anfang an, als Svarde am Rande des Todes lag, hatte er Menschen am einfachsten zu erfassen gefunden. Die Klinge nahm Svardes Befehle – bewegen, bauen, schützen, helfen, weniger verbal und mehr emotional gegeben, wie sich selbst zum Aufstehen oder Atmen zu zwingen – und übersetzte sie durch eine Art Noctia-Magie, die diese Körper verstehen konnten. Menschen passten am besten zu diesen Eindrücken, reagierten so, wie Svarde es wollte, obwohl es Pannen gab. Einer nahm Svardes Aufforderung, Nahrung zu finden, und versuchte, einige nahegelegene Whent-Arbeiter zu zerreißen. Ein anderer versuchte, ein Kochfeuer zu machen, indem er seinen eigenen Arm anzündete, um das Feuer zu entfachen.

Macken, die es auszubügeln galt, und Svarde tat dies, mit einer Ausnahme: die Verbindung zu allem, was über einen Menschen hinausging.

Ami hatte ihren Versuch erwähnt, mehr Unhold-Körper für Svarde zum Üben zu sammeln, und der Barbar konnte die Klinge bitten, nach Insekten zu graben, nach alten Tierkörpern, die in den Höhlen verblieben waren, aber seine Bitten an diese fremden Formen blieben unbeantwortet. Vielleicht gab Svarde den Befehl nicht richtig weiter, vielleicht beherrschte die Klinge keine Macht über nichtmenschliche Seelen.

So oder so hatte der Gang durch die Höhlen, als er Svarde von den Toten wegführte, die er dirigiert hatte, die Klinge in eine sanfte Stille versinken lassen. Wie jemand, der im selben Raum schlafend atmet.

Bis die Waffe erwachte.

Der Funke kam von vorne, wie ein Licht, das in Svardes Geist aufflammte. Er stolperte und schleifte über den staubigen Höhlenboden. Kivi schnaubte fragend.

»Etwas stimmt nicht«, sagte Svarde und umfasste die Klinge mit beiden Händen. »Jemand ist vorne gestorben.«

Kivi nahm die Information auf und huschte zur Seite, kletterte die Wand hoch und setzte ihren Vorwärtsmarsch an der Decke fort. Besser für einen Hinterhalt, obwohl Svarde sich nicht vorstellen konnte, was in diesen Höhlen noch lauern könnte, nachdem die Feuerwandler durchgezogen waren.

Die Antwort kam fast eine Stunde später, nachdem sie sich durch eine Reihe länglicher Räume mit scharfen Biegungen um tropfende Tümpel geschlängelt hatten - einige rauchten noch immer von der Restwärme der Feuerwandler. Zwei Whent-Ingenieure, ihre Gesichter blass und schweißgetränkt, standen über einem dritten, dem vom Schwert entdeckten Körper. Die Gestalt lag geschwärzt da, fast bis zur Unkenntlichkeit verbrannt.

»Ein Unfall«, sagte die erste Ingenieurin, als Svarde aufholte, ihre Stimme wie totes Eisen. »Eine der Schutzwesten blieb an einem Felsen hängen und rutschte ab. Er versuchte, sie zu fangen, der Feuerwandler auch. Seine Kleidung fing Feuer, und das war's.«

Svarde nickte in Richtung der Tümpel und rammte das Schwert vor sich in den steinernen Boden. »Er hat es nicht mit dem Wasser versucht?«

»Das Zeug kochte wegen all der Feuerwandler. Nur ein anderer Weg zu sterben.«

Der zweite Ingenieur verschränkte die Arme und blickte Svarde an. »Ami hat uns gesagt, wir sollen auf Sie warten, um zu sehen, ob Sie etwas tun können?«

»Wie zum Beispiel?«, brummte Svarde zur Antwort, obwohl er bereits wusste, worauf das hinauslaufen würde.

»Ihn aufwecken. Ihn zurückbringen.«

»Es gibt kein Zurückbringen.« Das Schwert flackerte einen Gedanken. Der Körper war nicht so verbrannt, dass er nicht stehen, nicht mit ein wenig Noctia-Anstrengung benutzt werden konnte. Svarde schob den Gedanken beiseite. »Euer Freund ist fort.«

Die Augen der ersten Ingenieurin blitzten auf, »Wir ziehen in den Krieg, Svarde. Es geht nicht um Freunde. Es geht darum, einen weiteren Körper an der Front zu haben.«

Der Tagesmarsch endete, wie er begonnen hatte, als Ansammlung in einer namenlosen Höhle irgendwo unter dem Meer. Die Feuerwandler hatten sich abgespalten und eine Kammer mehrere Abzweigungen entfernt gefunden, um sich niederzulassen. Svarde wusste nicht, was die Kreaturen aßen, wie sie überlebten, aber die Unholde hatten bisher noch um nichts gebeten.

»Nicht, dass ich es wüsste, wenn sie es täten«, sagte Ami, die mit einem Krug Bier in der Hand am kleinen zentralen Feuer der Kammer saß. Zelte waren im Raum verteilt, die Whent-Kundschafter und -Ingenieure in ihre eigenen Gespräche vertieft. »Die Feuerwandler reden sowieso nicht viel mit mir.«

Ami, ihr rotes Haar zurückgebunden und in ihrem Noctia-Leder verschwindend, starrte ins Feuer. Das Licht glitzerte auf ihrer goldenen Gesichtsplatte, die beiden Vis-Narben an der Seite nahe ihrer Wange eingelassen. Ein Whent-Schwert lag in der Nähe, ein Kommandantenhorn an ihrem Gürtel. Insignien waren über ihre Person verteilt und erklärten Ami zu diesem und jenem gemäß Jochis Forderungen.

»Aber sie hören zu«, antwortete Svarde und ließ sich gegenüber seiner Wächterkollegin nieder.

Nicht, dass er es nötig gehabt hätte. Müdigkeit, Hunger, all die natürlichen Aspekte des Lebendigseins spielten für Svarde keine Rolle mehr. Oh, er spürte Dinge durchaus: Stieß er seinen Zeh an einem Felsen, würde er ordentlich schmerzen, und seine Kehle schien ständig trocken zu sein, aber goss er Bier in seinen Magen, würde es ein Loch finden, aus dem es auslaufen konnte, keine betrunkenen Eskapaden, kein malziges Vergnügen zu haben. Essen schien den Moment zwischen dem Auftreffen auf seiner Zunge und dem Schmecken zu verpassen, ein kreidiges Nichts, das in seinem Magen landete und am anderen Ende in ähnlichem Zustand wieder herauskam, wie es hineingegangen war.

Eine Kreatur der Stasis war Svarde, und Ami wusste es.

»Vorerst«, sagte Ami und wedelte mit ihrem Pilzsandwich – essbare Moose, gequetscht zwischen zwei großen braunen Kappen – in Richtung von Svardes Schwert. »Soweit ich weiß, könnten sie Angst vor diesem Schwert haben und dem, was es mit ihrem Anführer gemacht hat. Mit dir dabei werden sie dorthin marschieren, wo wir es ihnen sagen, weil sie keine Alternative haben.«

»Ist das etwas Schlechtes?«

»Es ist es, wenn wir vorhaben, die Inseln mit diesen Monstern zu teilen, wenn wir fertig sind.«

Ami schleuderte die Worte jedoch nicht mit viel Furcht hervor. Eher mit Akzeptanz, sogar Abneigung. Sie hatte aufgehört, sie Unholde zu nennen, und schien nach etwas zu suchen, das über 'Feuerwandler' hinausging. Etwas, das besser zu einem Fluch nach ein paar Krügen passen würde.

»Hast du von dem Ingenieur gehört?«, fragte Svarde.

»Der sich selbst gegrillt hat?«

Svarde nickte.

»Er wird nicht der Einzige sein, wenn wir fertig sind«, erwiderte Ami, hatte aber immerhin den Anstand zu stirnrunzeln und zu seufzen. »Ich habe über Kampfstrategien nachgedacht, als wäre ich irgendeine Art von General. Mir fällt keine ein, außer die Feuerwandler einfach durchmarschieren zu lassen. Alles verbrennen, während sie vorrücken. Wäre das nicht schrecklich?«

»Es würde gewinnen.« Svarde sprach, hielt dann inne. »Ist es nicht seltsam, Whent und Noctia sind wahrscheinlich die einzigen zwei Inseln mit echten militärischen Befehlshabern, abgesehen von Kance, und sie sagen, sie stünden hinter uns, geben uns aber nichts?«

Ami lachte, »Svarde, wenn ich eines gelernt habe, seit ich um Fassle herum bin, dann dass er jede Gelegenheit nutzen wird, um seine Verbündeten zu schwächen. Besonders wenn es dabei seine Feinde verbrennt.«

»Du meinst, sie stellen uns eine Falle?«

»Ich sage, sowohl Fassle als auch Jochi würden es lieben, wenn Kance beim Vernichten unserer Feuerwandler-Freunde sterben würde, und wir gleich mit.« Ami deutete auf Svardes Schwert. »Deshalb musst du jeden gefallenen Körper nehmen und zurück in die Reihe stellen. Unsere Macht im nächsten Krieg wird davon abhängen, wie viele Feuerwandler diesen hier lebend überstehen.«

5
SCHLÄGEREI AM HAFEN

Ein malerischer Winterhafen, Schneeflocken wirbelten herein, während die wenigen Schiffe, die groß genug waren, um für größere Gewinne das Eis zu trotzen, ein- und ausfuhren. Hafenarbeiter, eingemummelt in dickes Leder und Pelze, riefen Befehle und schoben Kisten über das Kopfsteinpflaster. Gelächter, Betriebsamkeit und Sonnenlicht, das sich auf lila und schwarzen Rüstungen spiegelte.

Letzteres fiel Wax besonders auf, als er ein Seufzen unterdrückte. Was vor ein paar Monaten noch Panik ausgelöst hätte, fügte sich jetzt in eine neue Gewissheit. Torny zog ihre Dolche, Bliss ihren Metallstab, und sogar Livier zückte sein Rapier, das silberne Schwert, das wie gemacht für die Kälte aussah. Nur Eujo teilte Wax' resignierte Miene.

»Die Skars also?«, sagte die Königin, als würde sie einen schlechten Handel verkünden.

»Sieht so aus.«

Die Najahn, Wax zählte etwa acht, verlangsamten ihre Schritte, als sie an den fliehenden Gelehrten vorbeikamen, die die Renewals gesichtet hatten. Sie formierten sich in zwei Reihen, Hafenarbeiter und Träger teilten sich wie ein stämmiges Meer um sie herum. Die vorderen Najahn zogen ihre Gleven heraus, hielten sie bereit, während die hinteren die Chakram-Scheiben mit ihren rasiermesserscharfen Kanten abnahmen. Noch ein paar Schritte, um in Reichweite zu kommen, und Wax vermutete, dass diese Scheiben auf ihre Köpfe zielen würden.

Es ging nicht mehr um die Renewals, sondern um die Skars.

»Verbrennen? Den Boden sie verschlucken lassen?«, sagte Eujo und stellte sich neben Wax hinter Livier, Bliss und Torny. »Ein Dutzend verschiedene Arten zu sterben.«

»Das müssen sie nicht.«

»Glaube nicht, dass sie uns einfach gehen lassen, Wax.«

»Dann spülen wir sie aus dem Weg.« Wax warf Eujo ein Grinsen zu, von dem er wusste, dass es aufreizend war. »Verschaff mir ein paar Minuten, dann sind wir hier raus.«

»Was hast du-«

Wax wartete nicht ab, sondern rannte stattdessen zum Meer und zu einem nahen Pier, der sich ins Wasser erstreckte. Am Ende des Piers wartete ein kleiner Schlepper, der gerade Pause von seiner Aufgabe machte, größere Schiffe durch die schrumpfenden Eisschollen zu lotsen. Der arme Kapitän stand jetzt in der Nähe des Bootes, schirmte seine Augen mit einer Hand ab und beobachtete die seltsame Gestalt, die auf ihn zurannte.

Ein in warmes Leder gehüllter Vis sah nicht viel anders aus als jeder andere auf den Inseln, aber Wax rannte mit dem geschmeidigen Stil eines Dschungelliebhabers, der dazu gedacht war, Farnen auszuweichen und auf blattbedecktem Boden Halt zu finden. Das musste den neugierigen

Blick auf sich gezogen haben, die Verwunderung, die Wax' neuer Skar in seinen Geist aufnahm.

Der Tamas-Skar nährte Möglichkeiten, und Wax vermischte sie, als würde er einen Tagtraum formen, mit seinen eigenen Wünschen. Der Kapitän zuckte zusammen, als hätte ihn jemand ins Gesicht geschlagen, beugte sich dann hinunter, um sein Schiff loszumachen.

»Wir müssen Sie für einen Moment ausleihen«, sagte Wax, als er beim Kapitän ankam, wobei der Tamas-Skar die Worte weiterhin mit frischem Bedürfnis, Verlangen und Wollen durchdrang. Der Stein gab Wax zurück, was er spürte: die Langeweile des Kapitäns, die Suche nach Sinn in einer stumpfen Tagesroutine. »Wir sind Renewals und müssen den Najahn entkommen.«

»Boot wird nicht so schnell sein«, murmelte der Kapitän, während er trotzdem die dicken Taue löste.

»Aber Sie können uns durch das Eis führen. Das ist es, was zählt.«

Ein Held, das würde der Kapitän sein, und der Tamas-Skar ließ den Mann daran glauben. Machte es so wahr, dass Wax die Hand ausstreckte und sie auf die Schulter des Kapitäns legte, um sich zu stabilisieren. Er sagte dem Stein, wie wenn er ein Jucken wegschob, er solle nachlassen, bevor Wax zusammenbrach.

Wie ein harter Sprint, diese Skars.

Rufe lenkten Wax' Aufmerksamkeit zurück zu seinen Freunden, obwohl seine Wächter weder Wax noch die Najahn beobachteten. Stattdessen hatten Livier, Bliss und Torny Eujo für den Karren im Stich gelassen, sprangen auf und trieben das Pony zu einer verwirrten, wilden Jagd den Pier hinunter. Eujo, rechts und allein auf dem Steg, hielt eine einzelne Hand in Richtung der Najahn ausgestreckt.

Diese eine Hand verwirrte den schwarz-violetten Vorstoß.

Die Wellen beendeten es.

Die gefrorene See wogte auf, was eben noch friedlich plätscherndes Wasser gewesen war, senkte sich nicht weit von Wax ab, als hätte ein riesiger Löffel ins Meer geschöpft. Das Loch füllte sich jedoch nicht, sondern rauschte auf das Ufer zu. Schaumkronen liefen über die Steinkante, glitten über das Kopfsteinpflaster und krachten in die Najahn-Soldaten. Stiefel, die eben noch festen Halt hatten, fanden sich rutschend wieder, schwere Rüstungen ließen die Soldaten in ein hilfloses, klirrendes Desaster kippen.

Begleitet von mehr als ein paar schmerzerfüllten Schreien. Wax zuckte zusammen. Diese Chakrams, die Gleven, würden bei einem versehentlichen Griff scharf sein.

Besser allerdings als der Tod.

»Pass auf, Wax!«, rief Torny und holte den Vis zurück zum heranrasenden Karren. »Sie hält für niemanden an!«

Sowohl Bliss als auch Livier versuchten, das Pferd zu beruhigen, aber zwischen den aufgewühlten Wellen, dem Geschrei und dem puren Wahnsinn des Morgens hatten sich die Augen des Ponys nach hinten gedreht, seine Hufe donnerten auf den Boden. Hinter Wax, seinen Schlepper nun frei, fluchte der Kapitän und sprang an Bord.

Wax tat nichts dergleichen. Aufrecht vor dem herannahenden Pony stehend, streckte Wax beide Hände dem Tier entgegen. Ließ den Tamas-Skar erneut die Kontrolle übernehmen. Der Stein pulsierte Angst und Panik zurück, und Wax massierte diese Krämpfe in Ruhe, in Nachgiebigkeit. Das Pony schauderte, sein Galopp verlangsamte sich, die Hufe rutschten, als sie auf das steife Holz trafen, das mehr gefroren als nicht war.

Ihre sanfte Nase kam an Wax' Kinn zum Stehen. Bliss'

weit aufgerissene Augen saßen dahinter, die Zügel in ihren Händen. Livier stieß einen Kance-Fluch aus, sprang ab, als Wax am Pferd vorbei den Pier entlang rannte.

»Ladet alles auf dieses Boot«, rief Wax seinen Wächtern zu, während er mit Livier Schritt hielt, den Steg zurück zu Eujo entlang.

Die Kance-Königin – jetzt Kances einzige Königin, erinnerte sich Wax – wich rückwärts vor ihrer eigenen Flut zurück. Die Najahn richteten sich auf, ein paar mutige stolperten auf Eujo zu, ihre Gleven schlugen Funken, als die Speerspitzen auf den Boden prallten.

»Eine kühne Idee«, sagte Livier zwischen Atemzügen, als das Paar sich dem Ende des Piers näherte. »Fast so kreativ wie eine Gabel in meine Hand zu stechen.«

»Aber bei Weitem nicht so befriedigend.«

Livier grinste, obwohl die Tamas-Narbe andeutete, dass der Attentäter nichts dagegen hätte, Wax irgendwann in der Zukunft eine Klinge zwischen die Rippen zu jagen. Eine Warnung, die später folgen würde, wenn Liviers absolute Loyalität zur Kance-Königin es nicht verhindern würde.

Andererseits war Wax nun schon seit Wochen von Bedrohungen umgeben. Zumindest versteckte Livier es nicht.

»Los jetzt«, sagte Livier, als sie Eujo erreichten, wobei der Kance-Killer erneut seinen Degen zog. »Wenn uns jemand verfolgt, kümmere ich mich darum.«

»Jetzt bist du also so eifrig, dein Leben für mich zu geben«, sagte Eujo, ging an Livier vorbei und gesellte sich zu Wax, ohne einen zweiten Blick zu werfen. »Schade, dass das vorher nicht da war.«

»Für den Himmelspalast«, erwiderte Livier.

Eujos Augen hätten nicht härter rollen können, aber sie ging schnell mit Wax weiter und folgte seinem Hinweis zum Schlepper. Torny und Bliss, nun vom Kapitän begleitet, warfen ihre Taschen an Bord, wobei sie mehr Wert auf Geschwindigkeit als auf Sanftheit legten. Mindestens eine Tasche zerbrach auf dem harten Holz des Schleppers.

Dennoch fiel eine zerrissene Tasche angesichts der möglichen Katastrophen des Tages kaum ins Gewicht.

»Wie hast du ihn bestochen?«, fragte Eujo, als sie zurückliefen, Livier folgte mit seinem wedelnden Degen, während die Najahn beschlossen, dass ihre Leben mehr wert waren als eine halbherzige Verfolgung. »Ein Lächeln? Das Versprechen frischer Vis-Mangos?«

»Wie du sagtest, die Narben.«

Eujo brauchte einen Moment, um zu verstehen. »Die Tamas? Was hat sie getan?«

»Sie ließ mich wissen, was er wollte.«

»Du hast seine Gedanken gelesen?«

»Besser als ich deine lesen kann.«

Eujo runzelte die Stirn. »Du solltest diesen Stein besser nicht bei mir benutzen, Wax, sonst werde ich dich ausweiden.«

Wax lachte, die Najahn und ihr unglückseliger Angriff waren so gut wie vergessen. »Das würdest du nie tun.«

»Ich gebe zu, es steht im Moment nicht ganz oben auf meiner Liste.« Eujo verlangsamte ihr Tempo, als sie sich dem Karren näherten, und blickte zurück zum Dock. Die Najahn standen jetzt größtenteils und kümmerten sich um ihre Wunden. Ein paar blickten in Wax' Richtung, aber ihr Blick sagte, dass die Flucht erlaubt, sogar willkommen wäre. »Das war ein guter Rat, Wax. Ich meine, sie nicht zu töten.«

»Ich dachte mir, wir sind hier, um die Inseln zu retten. Nicht um diejenigen zu ermorden, die dort leben.«

Was Wax nicht sagte, als er Eujo auf den Schlepper half,

war, dass Pan darauf bestanden hätte. Sie hatten Pan beim Aufwachsen oft als weich bezeichnet, immer als sanften Seitenhieb. Er hatte jedoch Recht gehabt. Die Wunden, die Wax von diesem Abenteuer davontragen würde, dank der Vis-Narbe, wären eher mental als alles andere. Alpträume. Quälende Tagträume.

Am besten vermied er es, ihre Zahl zu erhöhen, wenn er konnte.

Der Schlepper stieß vom Hafen ab, der eifrige Kapitän am Ruder lenkte das kleine, schnelle Schiff. Das Pony und sein begleitender Karren waren mit einem Klaps auf den Hintern in Richtung Werft und zu wem auch immer, der sie beanspruchen wollte, geschickt worden. Das Tier gehörte Daklin, dem Tamas-Schauspieler und offensichtlichen Machthaber, aber der Mann wollte nicht mit den Erneuerern gesehen werden.

»Ruf und Gerüchte sind alles, was ein Mann hat«, hatte Daklin am Vorabend gesagt und seinen affektierten Hut ein letztes Mal gelüftet, bevor er verschwand.

Noch eine Seele, die Wax nicht unbedingt wiedersehen musste.

»Was jetzt?«, gebärdete Bliss und gesellte sich zu Wax am Bug des Bootes.

Eujo und Livier hatten die Köpfe zusammengesteckt, Letzterer überhäufte die Kance-Königin mit Informationen über das Reich, über das sie nun herrschte. Torny beobachtete das Heck, die Banditin verzichtete für einmal auf das Messerwerfen, um scharf nach möglichen Verfolgern Ausschau zu halten. Das ließ Wax und seine Schwester den Horizont absuchen.

»Wir hoffen, dass Deux auftaucht«, sagte Wax. »Hoffen, dass mit dem Schiff alles in Ordnung ist.«

»Und dann?«

»Dann geht's nach Kance, Bliss.«

Seine Schwester nickte. Die Sonne schien weiter, das Meer glitzerte, und dort draußen wurde aus einem Fleck am Horizont etwas Größeres. Etwas, das Wax kannte.

»Siehst du?«, sagte Wax. »Ich wusste, es würde alles gut ausgehen.«

Bliss konnte nur lachen.

6

DER ERSTE SCHLAG

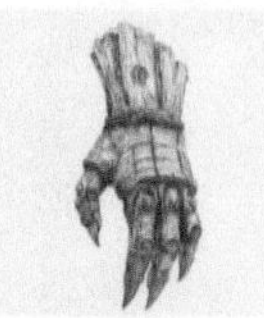

Den Himmelspalast zu verlassen, bot mehrere Möglichkeiten: Die Standhaften und Ängstlichen konnten die Treppen benutzen und stundenlang Stufen hinabsteigen – eine so mühsame Reise, dass am Fuße des Palastturms ein Gasthaus florierte, das denen diente, die Kance-Wein brauchten, um es nach oben zu schaffen, oder ein Bett, um nach dem Abstieg zusammenzubrechen. Mutigere Seelen konnten einen von Kance gefertigten Aufzug versuchen, einen von zweien, die durch riesige, miteinander verbundene Flaschenzugsysteme von oben nach unten und umgekehrt schossen. Dass sie oft kaputt gingen und Reisende stundenlang oder tagelang festsaßen, war ein Risiko, das man für die Bequemlichkeit in Kauf nahm.

Quik wählte die dritte Option, wenn auch nur, weil es der schnellste Weg zum Hafen war, zum wartenden Schiff und weg von Gladdrings Einmischung. Selbst mit dem Auftrag, der ihm einen Zweck gab, spürte Quik weiterhin einen klebrigen Schatten, der an seinen Fäden zog – etwas, das der Jäger hoffte, durch Distanz abzuschwächen.

Um diese Distanz zu erreichen, begab sich Quik zu einem Vorsprung mit einer rot bemalten Kante, die unwissende Wanderer vor dem sicheren Tod dahinter warnte. Die grauen Mauern des Himmelspalastes wölbten sich um Quik und den Vorsprung und blockierten den pfeifenden Wind. Ein wunderschöner Himmel breitete sich vor ihm aus, bevölkert von Vögeln, ein paar wattigen Wolken und dem, was auf diesem Vorsprung auf ihn wartete.

Der Gleiter klammerte sich mit Seilen, die durch Metallringe liefen, an seinen Geburtsort. Diese Seile führten zu einer einfachen Kupplung entlang der Mittelstange des Gleiters, wo ein leichter Zug sie lösen und den Gleiter in die Hände des Schicksals entlassen würde. Zusammengerollte Segel im klassischen Kance-Blau und -Silber kräuselten sich an den Seiten über der Mittelstange, während geflochtene Körbe und Riemen darunter auf jegliche Ausrüstung warteten. Quiks spärliche Besitztümer füllten sie kaum.

Vor allem, da der Jäger sich weigerte, die Handschuhe von seiner Person zu lassen.

»Solange sie mich nicht kratzen«, sagte seine Seglerin, eine scharfäugige Frau. »Wenn sie das tun, könnten wir abstürzen.«

Quik näherte sich dem Vorsprung und blickte hinunter. Der schlanke Palast, in den aufsteigenden Berg gemeißelt, bot reichlich Möglichkeiten für Notlandungen. Liegeplätze, alle mit diesen grellen roten Kanten, säumten den ganzen Weg nach unten.

»Du wirst schon klarkommen«, sagte Quik.

»Ein Draufgänger, was?«

»Du hast ja keine Ahnung.«

Die Seglerin lachte und half Quik, sich anzuschnallen. Als Passagier ritt er oben, ein feines silbernes Netz diente als fast gemütliches Bett zwischen ihm und der Seglerin.

Seine Hände umklammerten stabile Stangen. Ein einzelner Vis-Splitter, aus Gladdrings gestohlenem Hort entnommen, murmelte beruhigende Nichtigkeiten in Quiks Kopf.

Ein sonniger Tag, ein herrlicher Tag, und nach einem kurzen Countdown flog Quik hinein.

Wenn Wax ihn jetzt sehen könnte.

Der Gleiter kippte vom Vorsprung, die Seglerin stieß sich mit den Füßen ab. Ihr Flug neigte sich nach unten, und Quiks Magen machte einen Wettlauf zu seiner Kehle, nur um dann die Palastmauern verschwinden zu sehen. Mit einem Schnappen, einem Rascheln und dem tosenden Wind breiteten sich die zusammengerollten Flügel frei aus. Der Gleiter ruckte, Quiks Blick auf den sich nähernden Boden wandelte sich wieder in diesen klaren Himmel. Kühle Luft durchströmte seine warmen Roben, dicke Handschuhe verhinderten, dass seine Finger taub wurden, wenn auch nicht sein Gesicht.

»Ein guter Start!«, rief die Seglerin unter ihm. »Hältst du dich fest, Vis?«

»Fürs Erste.«

»Lass diesen Moment andauern. Ich habe noch nie einen Passagier verloren, und ich würde ungern mit dir anfangen.«

Quik grinste. Das war schwer zu vermeiden, jetzt, da der Gleiter sich eingependelt hatte und ein Besuch in Noctias Reich nicht in unmittelbarer Zukunft zu liegen schien. Stattdessen flogen sie über die Halbinsel, die Kances Hauptstadt – Vesphere – und den westlichen Rand der Insel markierte. Jenseits des glitzernden Meeres unter ihnen sah Quik Segel und Schiffe in Hülle und Fülle, sogar mehr als um Noctias Ringstadt versammelt waren.

»Gehören die alle zu Kance?«

»Unsere, ja. Und Händler, die Schutz suchen.«

»Vor den Najahn?«

»Vor Unholden, meistens. Die Bestien sind im Wasser immer noch zahlreich.«

Richtig. Quik hatte gehört, dass die Monster dieser Tage nicht mehr so oft an Land auftauchten. Ob die Aegis etwas Kraft zurückgewonnen hatte, um sie zu verbrennen, oder ob etwas anderes störte, schien niemand sicher zu wissen. Die Wasserbestien zeigten jedoch keine Anzeichen von Nachlassen. Sie bedrängten Schiffe, griffen Häfen an und schwammen an Strände, um zu verschlingen, zu zerfleischen oder zu laichen.

Die Seglerin lenkte den Gleiter in einen gemächlichen Sinkflug und erläuterte dabei ihre Entscheidungen. Zum Fuß der Insel zu gleiten, bedeutete, sich so weit wie möglich von der Insel selbst zu entfernen und Platz für Gleiter freizuhalten, die sich in der Mitte hielten oder zurückkamen.

»Zurück?«, fragte Quik. »Wie das?«

»Windgeysire. Kance ist voll davon.«

Die Seglerin erklärte die Blaslöcher, die reine Luft geradewegs in den Himmel schossen. Als ob Kance, der Gott, seufzte. Gleiter konnten sich über den Geysiren positionieren, die warme Luft nutzen und hoch genug aufsteigen, um die mittleren Ebenen der meisten Türme zu erreichen.

»Von dort aus ist es eine Wanderung, aber keine zu lange«, schloss die Seglerin.

Quik ließ sie von da an weiterreden und ließ das Gespräch verblassen, während er die Aussicht genoss. Besser als eine Vis-Kronendachwanderung, wenn auch unstabiler, und eine Erinnerung daran, wofür er kämpfte, wofür sie alle kämpften.

»Siehst du das? Im Westen?«, fragte die Seglerin.

Quik drehte sich und bemerkte ferne, dunkle Flecken weit draußen auf dem Meer.

»Najahn-Karavellen«, fuhr die Seglerin fort. »Sie behalten uns im Auge. Wir könnten sie verfolgen, aber wozu die Zeit verschwenden?«

»Besser, sie zu zermahlen, wenn sie nah kommen.«

»Stimmt, oder? Sie werden uns zahlenmäßig überlegen sein, aber ihre Schiffe sind zu langsam. Wir werden sie flankieren und diese schwarzen Bastarde auf den Meeresgrund schicken. Die Najahn werden lernen, warum Kance noch nie einen Krieg verloren hat.«

Narro begrüßte Quik, als der Vis die Einstiegsrampe hinaufging, eine einzige Tasche auf dem Rücken. Der Kance-Kapitän, gekleidet in den traditionellen silberblauen Umhang, die Mütze und die Stiefel der Windinseln, sah jünger aus als Quik, ein Mythos, den der Mann zerstreute, als er Quiks hochgezogene Augenbraue bemerkte.

»Von Natur aus gut aussehend, weißt du«, scherzte Narro und trat beiseite, um Quik durchzuwinken. »Es ist ein Segen für mich, den meine Familie schon immer hatte. Das Alter perlt an uns ab, das tut es. Ohne Weiteres.«

»Na gut«, erwiderte Quik und ließ seinen Blick stattdessen über den Kance-Klipper schweifen.

Das Schiff breitete sich wie ein flaches Brett nach links und rechts von Quik aus, weiß gestrichene Planken, die in einen himmelblauen Rumpf übergingen. Eine Färbung, erklärte Narro, die dem Schiff aus der Ferne Tarnung verleihen sollte. Alle Kabinen lagen unter Deck. Sogar das Steuerruder befand sich im Bug.

»Der Wind, er streift uns nur ganz leicht, außer dort,

wo wir es am meisten wollen«, sagte Narro und zeigte auf die gereffte Segel, die sich um einen einzigen Mast wickelten. »Du wirst schon sehen. Wenn wir in Fahrt kommen, werden wir Vis finden, bevor die Najahn überhaupt merken, dass wir weg sind.«

»Und wie lange dauert es, bis wir in Fahrt kommen?«

Narro grinste, ein breites Lächeln, das das runde Gesicht des Mannes teilte, das von dickem, gelocktem Haar umrahmt war. »Du bist derjenige, auf den wir gewartet haben. Notfallbefehle, musst du wissen, kamen gerade rechtzeitig heute Morgen rein, bevor wir in See stachen. Kein großes Problem, verstehst du, nur eine Änderung.«

»Eine Änderung wovon?«

»Von dem, was wir eigentlich tun sollten.«

»Was war das?«

Narro bekam jetzt einen anderen Glanz in die Augen. »Die Lila-Schwarzen jagen, Vis, und ihre verrotteten skarstehlenden Selbste auf den Grund des Meeres schicken.«

Der wahrscheinliche Erfolg von Narros ursprünglicher Mission wurde nicht lange nach dem Auslaufen des Klippers offensichtlich, als er mit genug Geschwindigkeit von Kance ablegte, um Quik gegen eine Lagertruhe zu drücken, eine von mehreren, in dem, was als Brücke des Schiffes diente. Unter dem Bug gelegen, befehligte Narro einen halbkreisförmigen Raum, der voll war mit mehreren Matrosen, Kisten gefüllt mit Vorräten - nur genug für ein paar Tage, um den Klipper schnell zu halten - und einem glasgefüllten Fenster vorne zum Sehen.

Von Quiks wenigen Seereisen her vermutete er, dass ein normales Schiff Welle um Welle gegen dieses Glasfenster krachen sehen würde, was es nutzlos machen würde. Der Kance-Klipper jedoch ritt nicht so sehr auf den Wellen, als dass er über sie hinwegsprang. Er *hüpfte*, während er dahin-eilte, wobei die leichten Berührungen sanfte Erschütte-rungen durch den Rumpf sandten. Stunden vergingen wie im Flug, der Tag ging in den Sonnenuntergang über, aber Narro weigerte sich, die Segel zu senken.

Sie würden Vis am nächsten Tag erreichen.

Um Quik herum verbrachten die Matrosen, die Solda-ten, die nicht mit der Handhabung der wirbelnden Filament-Leinwand beschäftigt waren, die dem Klipper seine Geschwindigkeit verlieh, ihre Minuten damit, Rüstungen zu polieren, Rapiere zu schärfen und Kance-Armbrüste zu ölen.

Zwei, nahe dem Heck der Brücke, arbeiteten auch mit mehreren Töpfen. Ein einzelner schwarzer eiserner Kessel mit einem hölzernen Trichter auf der Oberseite stand zwischen zwei kleineren Gefäßen. Jeder Matrose schöpfte mit hochrandigen Kellen ein oder zwei Löffel aus ihrem Fläschchen in den zentralen Kessel. Während Quik zusah, stieg leichter Dampf auf, gefolgt von einem der Matrosen, der die Mischung in einen dritten Behälter, eine Glaskugel, schöpfte und das Ding mit einem harten Holzstopfen verschloss.

»Was ist das?«, fragte Quik, als sie die offene See erreichten und keine Antwort, keine Erklärung sich bot.

»Eine Überraschung«, sagte Narro, drehte sich vom Steuerruder weg und sprach, bevor einer der Matrosen etwas anbieten konnte. »Eine, die du bald sehen wirst, wenn ich mich nicht irre.«

»Bald?«

»Siehst du das?« Narro zeigte darauf. Der orangefar-bene Himmel, violette Wolken, ging in ein dunkles Meer über, das von mehreren beleuchteten Punkten durchbro-chen wurde, die über das Blickfeld glitten. »Das, mein

Freund, ist ein Narr.« Als er Quiks Verwirrung sah, nahm Narro wieder sein wildes Grinsen an. »Ein Najahn-Schiff, das nach Norden fährt. Diese Lichter sind ein Signal, das nach Eskorte ruft. Sie denken, sie sind in sicheren Gewässern, weil Kance ruhig war. Fühle dich geehrt, Quik. Heute Nacht schlägt Kance den ersten Schlag.«

7
WAFFENHANDEL

Dreamhold, wie Maena und die meisten hier unten es nannten, war nicht ganz dasselbe ohne seine taumelnden Toten. Seit Svarde mit den Feuerläufern abgezogen war, bewegte sich die ganze Stadt, die einst von diesen verwesenden Leichen summte, stattdessen im üblichen Rhythmus einer lebendigen Stadt, mit den Tag- und Nachtzyklen von Industrie, Trunkenheit und Tauschhandel. Ohne die fremdartige Magie fand Maena die Schieferstein-Gebäude und düsteren Schmieden allzu gewöhnlich, allzu beschaulich. Die Whent erfüllten ihr Versprechen, das Dunkle Unten in ein normales Zuhause zu verwandeln, aber dabei gaben sie das Ziel, die große Aufgabe auf.

Dieser Ort war immer noch gefährlich, immer noch tödlich, aber alles, was Maena auf dem Weg zu ihrem Ziel sah, war die altbekannte Routine.

Genug Feuerläufer waren noch in der Kammer - und täglich kamen mehr dazu, jetzt aus ihrer brennenden Heimat in großen schwarzen Eisenkapseln befreit - um die meisten verirrten Unholde in Schach zu halten. Ihre riesigen Dreschflegel, die Ballisten oder einfach ihre brennenden Hände quetschten das schäumende Leben aus den Unholden, die es wagten, in das Gebiet der Feuerläufer vorzudringen. Die klügeren Monster flohen durch Unterwasserkanäle aufs Meer hinaus oder brachen zu den kleinen Tunneln auf der anderen Seite der Kammer durch.

Jochi hatte an diesem Morgen befohlen, diese Tunnel zu befestigen. Diese verknorrten Röhren zeigten nach Süden, in Richtung von Svardes Feuerläufer-Truppe, und der Whent-Kommandant war der Meinung, dass es keine gute Idee wäre, Überraschungsangriffe auf seine Freunde zuzulassen.

Ein solcher Befehl bedeutete mehr Ausrüstung, Anforderungen und Gelegenheiten.

»Was machst du hier?«, knurrte Maenas Zielobjekt, als sie in die Schwatschmiede trat, deren ständige Hitze der Kapitänin für einen Moment den Atem raubte.

Oh, er weiß schon, warum.

Der stämmige Ingenieur, der mit mehr Ruß bedeckt war, als Maena für gesund hielt, wedelte mit einer Zange in ihre Richtung, als könnte das orangeglühende Werkzeug sie verscheuchen.

»Ich helfe bei Jochis neuestem Befehl«, sagte Maena. »Warum sonst?«

Der Ingenieur hätte die Augen verengt, oder vielleicht tat er es auch, aber verrostete Schutzbrillen, die die rußverschmierten Augäpfel bedeckten, verhinderten jegliche Wahrnehmung. Stattdessen grunzte der Mann, drehte sich zu seiner Assistentin um und befahl der ähnlich rußverschmierten Frau, eine Pause zu machen.

»Ich kann weiter-«, sie griff nach der Zange.

»Ich sagte, mach eine Pause«, erwiderte der Ingenieur.

»Es wird nicht in meiner Schmiede gearbeitet, ohne dass ich dabei bin.«

So eingeschüchtert schlüpfte die Assistentin an Maena vorbei und murmelte einen nutzlosen Steinbeißer-Fluch unter ihrem Atem.

Sei jetzt nicht schüchtern. Frag nach dem, was wir brauchen. Wirklich brauchen.

»Hast du es?«, fragte Maena und sah sich um, ob die Antwort offensichtlich war.

Frisch an die Wände geschraubte Regale enthielten die Produkte des Ingenieurs, von Standardwerkzeugen bis hin zu schwerem Bergbaugerät. Der Mann war kein Waffenschmied, das hatte er Maena beim ersten Mal gesagt, als die Rana-Kapitänin vorbeigekommen war, aber Maena hatte bereits ihre Schwerter. Hatte ein Messer in ihrem Stiefel. Was sie brauchte, nun, das war nicht auf diesen Regalen.

Zumindest nicht offen sichtbar.

»Du musst schon deutlicher werden, Rana«, schnaufte der Ingenieur, legte die Zange hin und traf Maena am breiten Arbeitsamboss in der Mitte der Schmiede. »Es gibt hier viele 'es'.«

Der Tonfall des Mannes deutete mehr an als seine Frage. Er wusste sehr gut, warum Maena hier war, wusste es, weil mehrere aufeinanderfolgende Nächte in einer einfachen Taverne drei Türen weiter die Information aus ihr herausgepresst hatten.

Oder so dachte er zumindest.

»Der Plan ist in Bewegung«, sagte Maena. »Die Gelegenheit ist da.«

Der Ingenieur beugte sich vor und schob die Schutzbrille von seinen Augen. Der Mann verfiel in ein schattiges Lächeln und enthüllte mehrere fehlende Zähne um einen knorrigen, angesengten Bart herum.

»Zu spät, meiner Meinung nach. Die meisten Feuer-läufer sind schon weg.« Ein weiteres Schniefen. »Du hast deine Chance verpasst.«

»Sie werden an Kances Küsten sterben. Ich mache mir Sorgen um das, was danach kommt. Das ist es, worauf wir uns geeinigt haben.«

»Glaubst du, du kannst es schaffen?«

Wir sind die Einzigen, die es können.

»Wenn du mir hilfst«, sagte Maena. »Die Zeit läuft uns allerdings davon. Die Leute werden es bemerken.«

»Warum das?«

Weil dieser Kundschafter, den wir gefesselt haben, Freunde haben wird, Freunde, die mit jedem Tag intensiver nach ihm suchen werden. Wir hätten ihn schon längst töten sollen.

»Besser, du weißt es nicht.« Maena griff nach einem Beutel. Als sie ihn öffnete, kam leuchtendes lila Moos zum Vorschein. »Das ist doch, was du wolltest, oder?«

Der Ingenieur nickte, ließ seinen Blick durch die kleine Schmiede schweifen. In den Ecken brannten Laternen, aber das Öl, um sie am Brennen zu halten, erforderte Handel. Das Moos am Leben zu erhalten war einfacher, ein oder zwei Spritzer Höhlenfluss-Wasser und das lila Leuchten würde einen kleinen Raum hell erleuchten. Der Handel und die Zucht des Mooses war zu einem von mehreren lukra-tiven Geschäften in Jochis unterirdischem Imperium geworden.

»Ich werde mehr brauchen«, sagte der Ingenieur. »Besonders wenn du so viel brauchst, wie du gesagt hast.«

Maenas Lippe kräuselte sich, »Liefere, und du wirst so viel Moos haben, wie du dir nur wünschen kannst.«

»Dann habe ich hier deine erste Lieferung.« Der Inge-nieur drehte sich um und ging zu einem hinteren Regal, das vom Laternenlicht nur schwach beleuchtet wurde. Darauf lagen Taschen verstreut, die meisten prall gefüllt mit unförmigem Inhalt. Der Ingenieur griff nach einer ganz rechts, zog sie mit einem Stöhnen herunter. »Sie ist schwer. Denkst du, du schaffst das?«

»Ich komme schon klar.«

Der Ingenieur sah nicht ganz überzeugt aus, dass er Maena glaubte, aber er hielt seine Bedenken zurück, als die beiden Taschen den Besitzer wechselten. Der Mann hatte Recht: Die Tasche bog Maena fast den Rücken, aber sie schöpfte aus einer besonderen Ausdauer, einer speziellen Art, die mit fester Überzeugung einherging.

»Es ist nicht genug, wohlgemerkt«, sagte der Ingenieur. »Gib mir noch ein paar Tage und du bekommst den Rest. Mit dem Moos.«

»Wie gesagt, Sie bekommen es.«

»Und kein Wort darüber.«

»Selbstverständlich«, erwiderte Maena. »Ich möchte nicht, dass einer von uns den Unholden zum Fraß vorgeworfen wird. So ein schreckliches Ende.«

Der Ingenieur runzelte die Stirn und sagte nichts mehr, als Maena die Schmiede verließ.

Der Gefangene hatte einen fahlen Teint, als Maena die Tasche ablieferte. Der Tag – wenn man es so nennen wollte – war vergangen, ohne dass der Mann etwas zu essen bekommen hatte. Eine unbeabsichtigte Folter, aber sich an das Wohlergehen des Whent-Kundschafters zu erinnern, geschweige denn danach zu handeln, rangierte weit unten auf Maenas Prioritätenliste. Schließlich war sie entschlossen, die Unholde aufzuhalten und zu verhindern, dass jemand anderes erleiden musste, was sie erlitten hatte.

Im Vergleich dazu – ein bisschen Durst, ein bisschen Hunger ... zählte das überhaupt?

»Bitte«, sagte der Kundschafter, »ich habe Ihnen alles

gezeigt, was Sie wollten. Lassen Sie mich gehen, und ich werde niemals ein Wort darüber verlieren.«

Maena hatte die Tasche auf den felsigen Boden gelegt, ihre Gürtellaterne warf orangefarbenes Licht auf den kleinen Steinfleck vor dem natürlichen Gitter, das über der Kammer darunter hing. Der Zugstrick löste sich und enthüllte zusammengeklumpte Boxen. Alle aus Metall, mit zwei getrennten Hälften. Eine dünne Schnur verband sie alle miteinander und lief durch einen kleinen Ring an der Oberseite. Wenn Maena an dieser Schnur zog, würde sich ein Trennstück in den kleinen Boxen verschieben und den Inhalt im Inneren vermischen lassen.

Von da an musste man nur noch die Schnur anzünden, und während die Flamme nacheinander jedes Behältnis erreichte, würde die Höhle explodieren. Die Steine würden zerbröckeln. Die Tore, der Teich, alles würde unwiederbringlich begraben werden.

Keine Unholde mehr, kein Terror mehr, keine wie wir mehr.

»Es ist nicht so, dass ich dir nicht glaube«, sagte Maena zu dem Kundschafter, dessen Hände gefesselt waren und dessen Knebel zwischen ihnen auf dem Boden lag. Sie hatte ihm bereits Wasser gegeben, mehr Pilzpaste auf dünnem Brot. »Es ist nur so, dass ich dich noch brauche.«

»Wofür?«

»Ich arbeite noch an den Details, aber keine Sorge, es wird nicht lange dauern.«

»Mir geht es nicht gut, Maena-«

»Nenn mich nicht so, Steinbeißer. Ich bin nichts für dich, niemand.« Sie stand auf und legte eine Hand auf die zitternde, dünne Schulter des Kundschafters. »Du solltest schlafen. Träum von etwas Besserem als das hier.«

Der Kundschafter flehte weiter, bis Maena den Knebel wieder einsetzte. Sie seufzte bei diesem Anblick und wandte sich schnell ab. Es war nicht so, dass sie dem Mann schaden wollte, selbst wenn er ein Whent war. Dass der Kundschafter bei seiner Freilassung sofort zu Jochi plappern würde, war jedoch klar. Eine Verschwendung, da der Kundschafter noch einen gewissen Nutzen hatte.

Die wichtigste Rolle zu spielen.

Stimmt. Maena würde den Mann bald genug sein Leid beenden lassen, aber dafür brauchte sie mehr Moos zum Tauschen. Mehr Vorrichtungen, um das Gitter abzudecken. Sie streckte sich, spürte ihre Beine, ihre Arme. Fit, bereit loszulegen, und noch ein paar Stunden, bevor sie nach Traumfeste zurückkehren sollte.

Zeit zum Sammeln.

Jochis Kundschafter – zumindest die, die nicht in Maenas geheimem Alkoven gefangen waren – führten gute Karten. Die Originale lagen ausgebreitet auf breiten Tischen im Whent-Lager, bewacht von Wachen und oft von Jochi selbst studiert. Diese Karten skizzierten patrouillierte Wege zurück zur Oberfläche, markierten wachsende Lager entlang des Weges. Maena folgte nun einem dieser Pfade, stieg auf und bog hier und da ab, um tiefer vorzudringen.

Immer tiefer, jetzt da die Moose so wertvoll waren. Die Höhlen wurden blank geschabt. Maenas Laterne warf Schatten, als sie mit ihren Schritten schwankte, Stachelschuhe gaben Halt, wenn auch keinen besonders bequemen Gang. Dennoch, wenn man die größeren Tunnel hinter sich ließ, machten plötzliche Abstiege und Aufstiege gute Ausrüstung zur Notwendigkeit.

Und wenn das spuckende Knurren, das sie hörte, ein Anzeichen war, half auch eine gute Waffe.

Die Geräusche deuteten auf einen Konflikt hin, also verhüllte Maena ihre Laterne unter ihrem Whent-Umhang, als sie sich näherte. Enge Höhlenwände zwangen die Rana in einen engen Durchgang, der sie auf einen schmalen Vorsprung ausspuckte. Darunter lag ein kleiner Teich, gefüllt von Wasser, das von einer Decke tropfte, die fast auf einer Linie mit Maenas Plattform lag. An seinem Rand, nicht von ihren Laternen, sondern von geerntetem blauen und violetten Moos umgeben, standen mehrere Whent. Ihre kräftigen Anzüge waren zu sauber, um auf eine lange Zeit im Dunklen Unten hinzudeuten, und sie trugen nicht Jochis Farben.

Händler also. Oder Müßiggänger, die hofften, unter der Erde ein Vermögen zu finden. Dass sie auf einen schleimigen, spuckenden Unhold gestoßen waren, war ein schlechtes Spiel. Die schlangenartige Kreatur mit einem schmalen blauen Körper, der mit Beinen und dornigen Rücken versehen war, behauptete ihren eigenen Platz ein paar Schritte hinter den Whent. Doppelte Zungen schossen bei jedem Zischen aus einem schlitzförmigen Mund, bucklige Kugeln an den Füßen deuteten auf eine ganz andere Heimat hin als die, in der sie sich jetzt befand.

Beide Seiten also vom Pech verfolgt.

Aber nicht wir.

Nein. Maena ließ sich auf die Beine nieder und beobachtete, wie die Händler Klingen und Keulen gegen den Unhold schwangen. Das Monster schien nicht eingeschüchtert zu sein, der Grund dafür wurde klar, als es sich zurücklehnte, den Schlitz öffnete und etwas übelriechenden Schleim auf das Händler-Trio spuckte. Die Whent heulten auf, als es sie traf, der Schleim klebte, stank und ... dampfte?

Die Rana beugte sich vor und starrte, als der Unhold versuchte, die Situation auszunutzen. Das Biest stürmte vor, knubbelige Beine hielten es unsicher. Das Monster rammte den führenden Whent, den kräftigsten Mann, und stieß ihn zurück in den Teich, der tiefer war, als Maena zunächst gedacht hatte. Der Whent verschwand, von seiner schweren Kleidung hinabgezogen, eine Katastrophe, die den Unhold dennoch für einen brutalen Schlag durch die Verbündeten des Händlers öffnete. Keule und Klinge trafen, gruben sich tief ein und versetzten den Unhold in einen blau-blutigen Amoklauf.

Wunden wurden ausgetauscht, und als der Kampf verzweifelter wurde, schien eine gemeinsame, tödliche Niederlage immer sicherer.

Maena beobachtete, lächelte und dankte Rana für die törichten Steinbeißer. Heute war ein guter Tag.

8

AUFTAUCHEN

Tageslicht.

Zwei Wochen in der Dunkelheit, Pilze essend und grübelnd, grübelnd, wann Svarde endlich die Oberfläche durchbrechen und zum ersten Mal Luft atmen würde, die nicht vom verbrannten Geruch der Feuerläufer durchdrungen war. Die Whent-Späher überbrachten diese Hoffnung durch eine Höhle an der Küste am nördlichen Ende von Kance, die durch Erdrutsche blockiert und jetzt von den Feuerläufern selbst und ihrer rohen Kraft freigeräumt worden war.

»Wir hätten sie in die Luft jagen können«, sagte Olgata, die Whent-Späherin und Jochis auserwählte Sprecherin auf dem Marsch, zu Svarde, als sie in sicherem Abstand von dem Feuerläuferpaar standen, das die Felsen beiseite hackte. »Dafür haben wir die Sprengstoff mitgebracht.«

»Und riskieren, dass die Höhlen über uns einstürzen?«, fragte Ami, die ihre komplette Noctia-Rüstung trug, deren rosafarbenes Mooselicht sie in ein ätherisches Violett tauchte.

»Wir sind keine Idioten. Wir hätten es richtig geplant, wie wir es schon tausendmal zuvor getan haben.«

»Dann betrachte es als einen Vorteil für die Feuerläufer«, sagte Svarde und glättete Olgatas Stirnrunzeln mit der Leichtigkeit eines toten Mannes. Drama schien so weit weg, wenn das Leben verschwunden war. »Wir geben ihnen eine Aufgabe, lassen sie diese erfüllen, binden sie so ein wenig an uns.«

Olgata schnaubte: »Wenn du glaubst, dass sie sich auch nur einen Deut um uns scheren, liest du sie falsch.« Bei den gerunzelten Blicken von Svarde und Ami fuhr die Späherin fort: »Sie sind einfach nur verzweifelt. Sie wollen überleben. Sie werden alles dafür tun.«

Was Olgata meinte, dass die Feuerläufer jederzeit beschließen könnten, dass die Zusammenarbeit mit Ami, Svarde und Noctia nicht der wichtigste Schlüssel zu ihrem Fortbestehen war, blieb unausgesprochen. Es war eine Möglichkeit, die nicht bestätigt, geplant oder durchdacht werden konnte. Stattdessen nahm sich Svarde vor, die Feuerläufer beschäftigt und belohnt zu halten.

Feindseligkeit durch Bestechung in Schach gehalten.

Die Sonne und die frische Meeresbrise drangen in die Höhle ein, als sich das Loch vergrößerte. Die Feuerläufer kamen zu ihrem Schluss, als die Öffnung groß genug war, um ein Paar der massigen, brennenden Bestien nebeneinander durchzulassen. Diese Unholde würden jedoch nicht die Ersten sein, die hinausgingen, was den kleinen Tanz nötig machte, um die glühenden Kreaturen um Svarde, Ami und Olgata herumzumanövrieren, ohne die Menschen zu versengen. Ein Trick in den Höhlen, aber einer, an den sich inzwischen alle gewöhnt hatten.

Obwohl Svarde trotz all der Zeit die Feuerläufer und ihre Partikel immer noch nicht verstehen konnte. Ami schien eine gewisse Vorstellung davon zu haben, und das reichte ihm.

Nicht dass Svarde noch viel länger unter den Monstern leben würde. Eine verbrannte Windinsel und er wäre frei von den brennenden Unholden, hätte Zeit zu …

Svarde unterbrach diesen düsteren Gedankengang, indem er die Höhle verließ und echten Sand betrat, wenn auch Sand, der mit schmelzendem Eis und Treibholz verkrustet war. Karge Winterbüsche und dünne Bäume säumten das südliche Ende des Strandes, dahinter erhoben sich Kances Türme hoch, höher und noch höher. Vögel schwebten und wirbelten umher, einige stürzten herab, um die neuen Kreaturen zu untersuchen, die in ihrer Mitte auftauchten. Alle landgebundenen Tiere hielten sich wohlweislich versteckt und fern.

Klug.

»Ich werde mich umsehen«, sagte Olgata und brach nach Süden auf. »Was ist unser erstes Ziel?«

»Eine Kapitulation ohne Kampf zu erreichen«, antwortete Ami und beschattete ihre Augen, während sie sich umsah. Ihre goldene Gesichtsplatte schimmerte, fast so blendend wie die Sonne über ihnen. »Wenn das nicht klappt, geben wir Noctia das Signal und beginnen einen blutigen Marsch nach Süden.«

Olgata nickte und machte sich auf den Weg, über die Bäume und Steine hüpfend, die den ansonsten angenehmen hellbraunen Sand verunstalteten.

»Ein blutiger Marsch?«, fragte Svarde und warf einen Blick zurück zur Höhle. Kivi lauerte am Eingang und knabberte an einem grauen, nassen Stein. »Ich nehme an, du sprichst nicht von unserem Blut.«

»Bluten Feuerläufer überhaupt?«, fragte Ami, mehr müde als aufgeregt klingend. »Ich glaube nicht.«

Als Olgata zurückkehrte, hatten sich die Feuerläufer und ihre Whent-Anhänger über den Sand ausgebreitet. Die Feuerläufer mussten ihre Schritte schnell anpassen, da ihre Hitze den Sand bei jedem Schritt zu glänzendem Glas schmolz. Bald wurde der Strand zu einem funkelnden Spiegel, einer Fläche, die trotz der kühlen Temperatur sowohl in ihrer Hitze sengend als auch rutschig zu begehen war.

Svarde ließ die Whent zurück in die Bäume klettern, um Olgatas versprochene Nachricht abzuwarten.

»Es gibt eine Stadt weniger als eine Stunde Fußmarsch südwestlich«, sagte Olgata und traf sich mit Svarde und Ami unter blattlosen Ästen. »Klein genug, dass ich keinen Kampf erwarten würde.«

»Perfekt also für das Signal und einen einfachen Einstieg.« Ami nickte und wandte ihren Blick zu Svarde. »Stimmst du zu?«

»Perfekt, um Noctia wissen zu lassen, dass wir hier sind, sicher. Einfach?« Svarde lachte. »Nichts in unserem Leben war einfach, Ami.«

»Das Bier war es früher.«

Olgata blickte zwischen den beiden hin und her, ihr wettergegerbtes Gesicht zeigte nicht die geringste Belustigung.

»Die Späherin scheint unseren Humor nicht zu schätzen«, sagte Svarde und verzog sein graues Gesicht zu einem breiteren Grinsen. »Du bist zu ernst, Olgata.«

»Wir haben eine Armee brennender Unholde im Rücken«, fügte Ami hinzu. »Die Kance werden entweder wie eine schwache Brise zusammenklappen oder wie weiches Papier verbrennen.«

»Wie kannst du das wissen?«, fragte Olgata und drehte sich um, um zurück in Richtung der erwähnten Stadt zu blicken. »Sie haben gegen Plünderer gekämpft, sie haben starke Rüstungen und-«

»Sie haben noch nie gegen so etwas gekämpft. Jeder ist ein Feigling, wenn das Unbekannte an die Tür klopft. Kance wird es auch sein.«

Ami trieb die Feuerläufer mit einfachen Worten und Gesten voran. Ein Fingerzeig den Strand hinunter, eine Gehbewegung, und schon machten sie sich auf den Weg. Die Feuerläufer, ihre diamantförmigen Obsidianköpfe funkelnd, folgten der Wächterin. Die meisten trugen zwei schwere Flegel, deren Ketten und Stachelkugeln durch den Schmutz schleiften. Die großen Konstrukte, die bei ihren Angriffen so auffielen, hatten die Reise nicht mitgemacht, die Tunnel waren zu eng für diese massiven Kettenlaufwerke gewesen.

Darin zumindest fand Svarde eine gewisse Erleichterung: Die Feuerläufer würden fremd genug sein. Brächte man die knarrenden, knirschenden Metallmaschinen mit, könnte es selbst ihren Noctia-Verbündeten schwerfallen, das zu akzeptieren. Es war eine Sache, militärische Hilfe einzuladen, eine andere, an der eigenen Zerstörung mitzuwirken.

Andererseits ging hier Svarde, jetzt neben Ami, mit Kivi im Schlepptau. Ein unsterblicher Mann mit einer gezackten Klinge, der zugleich war und nicht war wie die Frau, mit der er Schritt hielt. Nahrung, Trank, selbst Luft zum Atmen waren ihm jetzt so fern wie der Tod einst in jenen berauschenden Tagen erschienen war, als er mit Catya durch die Inseln marschierte.

Eine seltsame Macht, aber eine mit edlen Zielen. Der Traum würde sie tragen.

Olgatas Ziel, die kleine Stadt, lag eingebettet zwischen mehreren hoch aufragenden silbergrauen Monolithen. Die

Türme rahmten die zusammengedrängten Gebäude und den zentralen Spitz ein, einen treppenumsäumten Zylinder mit Gleiter-Startpunkten an seiner Spitze. Ein geschickter Flieger konnte die Kance-Winde nutzen, um von so einem Spitz aus auf halber Strecke über die Insel zu gleiten, und Svarde fragte sich, ob nicht schon einer gestartet war und eine Warnung über den Wind trug.

Der späte Nachmittag brachte einen orangefarbenen Schimmer und passende Schatten, wobei die Feuerwandler selbst mit der zischenden Luft verschmolzen, die ihren marschierenden Reihen folgte. Schwarze und verbrannte Linien folgten ihren Schritten, glasiger Sand markierte ihre Abdrücke. Die Bestien marschierten in Stille, obwohl Svarde ihre Schädel jedes Mal funkeln sah, wenn er sich umdrehte: Gold, Blau und Grün tanzten gegen das Obsidian.

Kampfstrategie, hoffte er.

Ami pfiff zum Halt außerhalb der Stadt, auf einem schlammigen Feld, das für die Frühjahrsaussaat bestimmt war. Dünne Bäume und die Kanten der Monolithen säumten ihre Formation, mit Svarde und Ami an der Spitze – Kivi schnaubte zwischen ihnen – und den Feuerwandlern weit dahinter. Olgata und die anderen Whent blieben außer Sicht zurück am Strand und hielten sich an ihre Rolle als Notfallreserve. Die Stadt, mit sich kräuselndem Rauch, der aus rötlichen Schornsteinen aufstieg, ihre schockierend weißen Gebäude standhaft, bemerkte nichts.

»Warte darauf«, murmelte Ami.

»Oh, ich weiß, was kommt.«

Ami verzog den Mund zu einem Lächeln. »Tust du das, Svarde? Hast du schon mal eine Insel überfallen?«

»Beim letzten Mal endete ich damit, Whent zu helfen, einige Unholde abzuwehren. Ich stelle mir vor, dass es diesmal nicht dasselbe sein wird.«

»Nein, wahrscheinlich nicht.«

Diese Antwort fand ihre Wahrheit, als ein einzelner Gleiter vom Spitz der Stadt startete. Er machte eine lange, gemächliche Kurve am wolkenlosen Himmel, glitt über die Feuerwandler hinweg, bevor er zu einer sanften Landung einige Schritte vor Ami und Svarde herabsegelte. Sein Pilot, ein drahtiger Kance-Mann, lief zum Stillstand, zog an einem Draht, um die Flügel des Gleiters zu einer schmalen Linie zusammenzufalten. Der Mann streifte die Konstruktion ab, fing sie auf und bettete den Gleiter sanft zwischen die schlammigen Klumpen. Mit seinem Handgelenk schob er die Flugbrille hoch und von seinen Augen, blinzelte Svarde und Ami an. Ein einsamer Rapier ruhte in einer Scheide an seiner Seite, seine Ausrüstung ansonsten fürs Fliegen, nicht fürs Kämpfen gemacht.

»Hallo, Eindringlinge!«, sagte der Mann, während er näher kam, ein schmaler Schnurrbart und ein mutiges Grinsen erhellten sein Gesicht. »Willkommen auf unserer stürmischen Insel!«

Ami runzelte die Stirn, blickte zu Svarde, der lachte.

»Willkommen in der Tat«, erwiderte Svarde. »Ich bin Svarde, das ist Ami, und hinter uns sind unsere Freunde, die Feuerwandler, die kommen, um für ihr Recht zu kämpfen, in unserer Welt zu leben.«

Der Mann schob seine Unterlippe vor, nickte. »Eine ungewöhnliche Bitte, aber wenn man mit Unholden marschiert, nehme ich an, hat das Übliche bereits das Weite gesucht. Mein Name ist Veloc, und ich bin hier, um zu sagen, dass Kance keinen Krieg mit euch oder euren Unholden hat. Tatsächlich würde ich sagen, wir haben mit niemandem Krieg außer mit diesen verdammten Lila-Schwarzen.« Veloc nickte Ami zu, die ihre Noctia-Rüstung trug. »Wächterin, ich bin überrascht, dich in ihren Farben zu sehen. Das letzte, was ich hörte, war, dass du und der Zirkel nicht gerade auf freundschaftlichem Fuß standen.«

Ein weiterer Blick zwischen Svarde und Ami, obwohl diesmal die flammenhaarige Wächterin die Führung übernahm.

»Du bist gut informiert, Veloc, für jemanden, der so abgelegen lebt«, begann Ami.

»Du lässt es klingen, als sollte ich das nicht sein.« Veloc verschränkte die Arme. »Es ist ja nicht so, als hätten die Whent ihre Münder gehalten. Der Winter taut und Gerüchte reisen schnell. Was jetzt zählt, ist jedoch die Wahrheit. Was habt ihr vor und was erwartet ihr von uns?«

»Ergebt euch und sagt den anderen Städten auf Kance, dasselbe zu tun. Wir sind nicht an Zerstörung interessiert.«

»Woran seid ihr dann interessiert?«

»An einer Heimat für die Feuerwandler. Und weitere Unholde obendrein, wenn wir sie finden.«

Veloc schritt an Ami und Svarde vorbei, was ein neugieriges Schnauben von Kivi hervorrief. Der Mann beäugte die Feuerwandler, die in ruhiger Formation standen, ihr Obsidian blitzte auf. Er beobachtete sie für einen langen Moment, bevor er sich am Kinn kratzte.

»Also sind sie wirklich intelligent? Zivilisiert?«, fragte Veloc.

»Genug«, antwortete Svarde. »Sie verdienen ein Leben.«

»Ich würde fragen warum, aber der Tag neigt sich dem Ende zu und ich fürchte, wir sind in einer Sackgasse«, sagte Veloc, und zum ersten Mal neigte sich seine Stimme weg von der schneidigen Verve eines Schelms. »Ich habe kein Verlangen danach, meine Heimat ausgelöscht zu sehen, und ich weiß, dass meine biersaufenden Freunde keine Chance gegen diese Monster haben, die ihr da drüben habt.

Ich kann euch allerdings nicht die Insel versprechen.« Veloc ging zurück, pflanzte sich wieder zwischen Ami, Svarde und seiner Stadt auf. »Gebt mir einen Tag. Ich werde einen Boten schicken, unsere verzweifelte Lage erklären und für Frieden eintreten. Dann, wenn Kance nein sagt, könnt ihr ohne Furcht vor uns weitermarschieren. Und wenn sie ja sagen, nun, dann können wir diesen Kampf beilegen, ohne ein einziges Leben zu verlieren. Wie klingt das?«

»Wie das Versprechen eines Narren«, sagte Ami.

»Aber eines, das wir versuchen können«, warf Svarde ein. »Ami, wenn die ersten Geschichten über die Feuerwandler davon handeln, wie sie eine Stadt zerstört haben, werden sie jede Chance auf Akzeptanz verlieren. Wir müssen es versuchen.«

»Der Mann, der, ähm, sehr krank aussehende Mann hat Recht«, stimmte Veloc zu. »Mit den Gleitern reisen unsere Nachrichten schnell. Einen Tag, meine Freunde, und dann könnt ihr all die Gewalt haben, die ihr begehrt. Schlagt hier euer Lager auf, wenn ihr wollt, ich werde morgen zurückkehren.«

Mit einer scharfen Verbeugung drehte sich Veloc um und begann seinen Weg zur Stadt. Während er ging, hob der Mann eine Hand, ein weißes Tuch aus einer Tasche gezogen und winkend. Bei diesem Anblick starteten zwei Gleiter vom Spitz, ihre dunklen Formen surften auf den Dämmerungswinden um den Monolithen, krümmten sich nach Süden, Tod oder Erlösung auf ihren Schwingen.

9
AUF SEE

Wenn man Wax gebeten hätte, sein Baumhaus auf Kitaye mit den Unterkünften an Bord der *Storm's Edge*, Eujos dekadentes Schiff, zu vergleichen, hätte er zugeben müssen, dass die feinen Betttücher, die Essensauswahl und der allgemeine Luxus einen beeindruckenden Eindruck machten. Nachts krochen keine Spinnen über seine Beine, und die frische Meeresbrise wirkte der oft erdrückenden Feuchtigkeit des Dschungels entgegen.

Und es war schwer, die Freude zu leugnen, dass eine Crew jede Mahlzeit zubereitete und auf Wunsch Kaffee oder Tee servierte.

»Ich weiß«, gebärdete Bliss, als Wax seufzend diese Gedanken seiner Schwester mitteilte, während sie auf dem obersten Deck des Schiffes saßen.

Das silberweiße Dach über dem weitläufigen Speisesaal diente an diesem schönen sonnigen Tag nach ihrer Abreise von Tamas als sonnenfangender Ruheort. Wax und Bliss hatten jeweils einen dünnen Leinenstuhl, saubere Kance-Roben ersetzten ihre zerlumpte Abenteuerausrüstung.

Keiner trug eine Waffe, beide hatten Gesichter und Füße mit Meerwasserduschen gereinigt, und sie stießen mit dampfenden Tassen an, während schimmernde Kance-Segel über ihnen flatterten.

Obwohl hier und da Eisschollen zwischen den tiefen Meereswellen schwammen, betrachtete Deux sie nicht länger als Bedrohung, und die *Storm's Edge* schob sie einfach beiseite. Nicht jedes Schiff konnte das Gleiche von sich behaupten, daher lag der Ozean ansonsten verlassen da, kein Schatten am Horizont oder sonst irgendwo. Auch keine Wolken, ein sonniger, wunderschöner Tag.

Fast genug, um einen vergessen zu lassen, warum man überhaupt hier draußen war.

»Ich kann nicht glauben, dass wir es so weit geschafft haben«, fuhr Bliss fort und gebärdete mit ihrer linken Hand, während sie mit der rechten nippte. »Niemand ist wirklich verletzt.«

»Dank der Skars«, erwiderte Wax.

Und das sind nur die körperlichen Wunden, obwohl Wax diesen Teil für sich behielt. Eujos Ultimatum damals auf Noctia kam ihm jedes Mal in den Sinn, wenn seine Gedanken in diese Richtung gingen: das Trauma, den Terror, den bleibenden Schaden beiseite schieben und sich darauf konzentrieren, die Inseln zu retten, die Erneuerung zu sein und so weiter und so fort. Eine Litanei, fast ein Mantra, das Wax sich angewöhnt hatte, am Anfang und am Ende jedes Tages vor sich hin zu murmeln.

Ob Noctia es glaubte oder nicht, die Inseln brauchten ihn, oder zumindest redete Wax sich das ein.

»Was sagen sie?«, fragte Bliss. »Wenn wir hier so sitzen, reden sie dann mit dir?«

»Die ganze Zeit. Ständig.«

»Du verstehst sie?«

»Es ist, als würde man mit einem Tier sprechen. Man kann erkennen, was sie wollen, und sie hören vielleicht auf mich, wenn ich sie zu etwas dränge, aber es ist nicht perfekt.«

»Was wollen sie gerade?«

Wax lachte: »Nun, Vis konzentriert sich auf einen Zeh, den ich mir heute Morgen gestoßen habe. Foti ist jetzt ruhig. Rana sagt mir ständig, ich soll den Ozean dazu bringen, uns vorwärts zu schieben, während Whent das Schiff anscheinend in winzige Flöße zerlegen will.«

»Was?«

Wax hob die Teetasse in einer Schulterzuckbewegung. »Wie gesagt, sie sind nicht schlau. Sie sind geistlos und seltsam.«

»Was ist mit Tamas?«

Wax warf seiner Schwester einen Blick zu. Der Tamas-Skar verhielt sich anders als die anderen, weniger auf die natürliche Welt fokussiert und mehr auf das Leben um ihn herum. Gerade jetzt schnappte er die ehrliche Neugier seiner Schwester auf, vermischt mit Sorge und ein wenig Verlangen.

»Willst du es versuchen?«, sagte Wax und zog die Kette unter seiner Robe hervor. Mit etwas Druck auf beiden Seiten des Tamas-Skar-Schlitzes drückte er den Topas heraus. »Es wird dir nicht wehtun. Nur, weißt du, lass ihn nicht fallen.«

»Als ob.« Bliss streckte ihre Hand aus und nahm den Stein. Sie schloss für einen Moment die Augen und schüttelte dann den Kopf. »Du bist nicht sehr interessant, Wax.«

»Weiß ich doch«, ertönte eine neue Stimme, Eujo, die auf das obere Deck kletterte.

»Hey«, sagte Wax und drehte sich in seinem Stuhl um, um der Königin einen verletzten Blick zuzuwerfen, »ich bin sehr interessant. Weißt du, dass ich auf allen bis auf einer der Inseln war?«

Eujo nahm den dritten und letzten Stuhl zu Wax' Linken ein, ihre silberblauen Roben im Wind flatternd. »Ach ja? Hast du etwas Interessantes gesehen?«

»Nun«, sagte Wax und legte die Arme hinter den Kopf, sich gegen die Leinwand des Stuhls lehnend. »Ich habe diese verrückte Dame getroffen, die darauf besteht, dass sie königlicher Abstammung ist. Aber sie ist so eine schlechte Schauspielerin, dass sie uns fast umbringen ließ, und-«

»Hey, sie wollten uns nicht umbringen. Mir nur eine schöne Tätowierung verpassen.«

»Ist das das, was das war? Hätte ich sie dann machen lassen sollen?«

»Du?«, lachte Eujo. »Wenn ich mich recht erinnere, war es Livier, der uns gerettet hat.«

Wax leugnete, lenkte ab, scherzte und plauderte mit der Königin, die beiden tauschten Sticheleien und Scherze, Geschichten und alberne Ideen aus, bis der Tee zur Neige ging. Es war ein so perfekter Morgen, wie Wax ihn sich nur vorstellen konnte, bis Eujo sich vom Stuhl erhob und erwähnte, dass sie, Deux und Livier besprechen mussten, was passieren würde, wenn sie Kance erreichten.

Wenn die Königin zur alleinigen Herrscherin der Insel werden würde.

Als Eujo ging, sah Wax zu seiner Schwester hinüber, die zeitweise gedöst hatte, aber jetzt die Augen offen hatte und breit grinste.

»Was?«, fragte Wax.

Bliss streckte ihre Hand aus, der Tamas-Stein funkelte in ihrer Handfläche. »Weißt du, was der mir gesagt hat?«

»Dass ich der Beste bin?«

Ein leichtes Kopfschütteln, immer noch lächelnd. »Dass du sie liebst, Wax.«

Tornys überraschter Fluch bei der Nachricht, dass Fassle und Yarvick zusammenarbeiteten, ließ den Banditen erröten und zog Deux' hochgezogene Augenbraue von der anderen Seite des langen Esstisches auf sich, als die Vierergruppe plus Livier und der Kapitän des Schiffes ein spätes Mahl teilten.

»Ich meine«, fuhr der Bandit fort, »diese beiden bekämpfen sich schon im Dunkeln, seit ich lebe. Wir reden hier von durchgeschnittenen Kehlen, gestohlenem Schatz, Bestechung und Erpressung. Das ist unmöglich.«

»Offenbar wurde ein Weg gefunden«, sagte Livier. Der Attentäter sah aufgrund seiner Verletzungen auf Tamas immer noch etwas blass aus, aber Nächte, in denen er einen Vis-Skar umklammerte, zeigten Wirkung. »Notwendigkeit und all das.«

»Notwendigkeit?«, fragte Wax. »Welche Notwendigkeit? Was ist die Bedrohung?«

Eujo hob ihre Hand und tippte auf ihr Armband. »Diese. Die Skars sind der Grund, warum Fassle die Erneuerung beendet hat, und ich vermute, Kance hat eine Menge davon aus Noctia gestohlen. Fassle will sie zurück, und Yarvick auch.«

»Ein solches Bündnis hält nur, bis die Skars zurückgeholt sind«, sagte Deux. »Danach, vermute ich, werden sie zu ihren alten Gewohnheiten zurückkehren.«

»Toll. Nichts, was wir erleben werden«, sagte Torny. »Also schicken sie alle Najahn hinter Kance her?«

»Nicht alle. Vis kämpft ebenfalls, obwohl dieser Kampf so gut wie vorbei zu sein scheint. Mottilan hält noch stand, Kitaye ist gefallen.«

Wax schluckte und tauschte einen besorgten Blick mit

seiner Schwester. Ob seine Mutter und sein Vater an den Kämpfen beteiligt gewesen waren? Unwahrscheinlich. Trotzdem könnten sie Freunde verloren haben. Bliss' Lira wäre sicher mitten im Aufstand gewesen. Ein jüngerer Wax hätte bei Deux' Worten vielleicht aufspringen und darauf bestehen, sofort nach Hause zurückzukehren, aber stattdessen blieb er stumm.

Es gab nichts, was Wax für Vis tun konnte, zumindest nicht zu Hause.

»Wax?«, fragte Eujo. »Hast du nichts dazu zu sagen?«

»Was soll ich sagen? Wir haben unsere Entscheidung schon vor langer Zeit getroffen. Es sind die Skars, die Aegis oder nichts.«

»Stimmst du zu, Bliss?«

Wax' Schwester nickte. »Ich bin sein Wächter. Ich gehe, wohin Wax geht.«

»Noctia sei Dank«, sagte Torny. »Ich muss nicht zu dieser pflanzenverseuchten Insel.«

Sie waren jedoch auf dem Weg nach Kance. Deux, mit Ergänzungen von Livier und Eujo, gab Wax, Bliss und Torny ein neues Briefing. Die neuesten Nachrichten, bevor Deux nach Tamas aufgebrochen war, betrafen diese gestohlenen Skars und die Najahn, die sie verfolgten. Dass Fassle und Yarvick einen umfassenden Krieg gegen Kance führen würden, schien unvermeidlich, dass Kance schließlich fallen würde, schien ebenso vorbestimmt. Foti, Rana, Whent und Tamas unterstützten Noctia, und mit diesen Ressourcen war ein Ergebnis bereits abzusehen.

»Außer, dass wir die Skars haben«, sagte Eujo am Ende. »Mit denen können wir jede Armee zurückschlagen.«

»Ja, nur hat Noctia sie auch«, wandte Torny ein. »Wenn du deine Insel retten willst, Eujo, brauchst du etwas anderes.«

»Und was wäre das, Torny?« Eujos vertrauter Stahl war in ihrer Stimme zurück.

»Befreie dich von Fassles Unterstützung. Und von Yarvicks«, sagte Torny. »Sie reden davon, die Unholde aufzuhalten, die Inseln zu retten? Wir machen es zuerst, dann haben sie keinen Grund mehr zu kämpfen. Die anderen Inseln werden sich nicht für nichts opfern.«

Livier lachte: »Du lässt es so einfach klingen, Bandit.«

»Das ist es auch. Wir bringen Wax hier nach Kance, werfen ihm ein paar Skars aus diesem gestohlenen Vorrat zu, und bäm. Das ist ein Set von sieben.«

»Und dann?«, fragte Livier. »Der Thron der Aegis steht im Zentrum von Noctia. Sie werden euch nicht in die Nähe lassen, und selbst wenn ihr es irgendwie dorthin schafft, wen interessiert's? Sie werden nicht aufhören.«

»Wir werden den Inseln zeigen, dass es einen anderen Weg gibt«, sagte Wax und zog die Blicke auf sich. »Ich versuche nicht, der nächste Aegis zu werden. Ich will die Skars nicht benutzen, um jemanden zu töten oder zu verletzen. Aber ich glaube, ich muss daran glauben, dass wir sie benutzen können, um die Unholde aufzuhalten. Wie Fassle und Yarvick, aber ohne ihre Armeen, ohne ihre Kontrolle. Wir können besser sein, weil wir es sein müssen.«

Eine Rede, eine kleine, und Wax hätte gerne Unterstützung in den Gesichtern gesehen, die ihn anstarrten, aber stattdessen fand er Besorgnis, Zweifel und mehr als einen Seufzer. Eujo bemerkte, dass ihr Essen kalt wurde, und das Gespräch schmolz, ohne offensichtliche Lösung, zu anderen Themen.

»Du hast es versucht«, sagte Eujo später, als sie und Wax am Heck des Schiffes standen. Sichi strahlte hell, ihr rosa Licht verwandelte das Meer in eine schäumende Sommerblume.

»Ich versuche es«, antwortete Wax. »Ich weiß nur noch nicht, wie wir das anstellen werden.«

»Die Unholde aufhalten? Die Inseln retten?«

»Zwei schwierige Fragen.«

Eujo lehnte sich über die Heckreling. Sie trug einen ernsten Blick, ihr Haar flog im Wind. Immer so zielstrebig, so darauf bedacht, die nächste Herausforderung zu meistern. So anders als er selbst, als in jenen Tagen, als sie durch den Dschungel schwangen.

Auch anders als Sawi.

»Wir können nicht ruhen, Wax. Wir können nicht aufgeben. Ich werde nicht zulassen, dass meine Insel fällt.« Eujo sah Wax nicht an, als sie sprach, als ob der Ozean dort draußen irgendeine Antwort bereithielte. »Aber ich will auch nicht, dass meine Leute sterben. Glaubst du, es ist es wert? Für die Skars zu kämpfen?«

»Oder was?«

»Wir geben Fassle und Yarvick die Steine, das ist es. Lassen sie versprechen, sich zurückzuziehen.«

»Die andere Königin hat das nicht getan. Sie muss einen Grund gehabt haben«, sagte Wax. »Ich denke, wir kommen nach Kance, finden heraus, was es war, und sehen dann weiter. Wer weiß, mit etwas Glück wartet die Antwort schon auf uns.«

»Und wenn nicht?«

»Dann finden wir eine, Eujo. Das haben wir die ganze Zeit über getan. Wir können jetzt nicht aufhören.«

»Wohl nicht.« Eujo lächelte und richtete sich auf. »Morgen werden wir Kance sehen. Das erste Mal seit Monaten werde ich zu Hause sein. Das erste Mal, dass du die Türme, die Gleiter sehen wirst. Es ist unglaublich, Wax.«

»Wirst du mir eine Führung geben?«

Eujo legte eine Hand auf Wax' Arm und drehte ihn zurück in Richtung der Kabinen. »Alles, Wax. Ich werde dir alles zeigen. Und zum ersten Mal werden wir keine Messer im Rücken haben.«

»Klingt langweilig.«

Die Augen der Königin glänzten, als sie kicherte: »Wax, ich garantiere dir, nichts davon wird langweilig sein.« Sie begann zu gehen und zog Wax leicht mit sich, mit einem lachenden Zwinkern. »Einschließlich heute Nacht.«

Eujo drehte sich um, ging rückwärts, ihre Hand in seiner, und sah ganz und gar schelmisch, mächtig und großartig aus ...

Wax schüttelte den Kopf und folgte diesem strahlenden Lächeln, dieser entschlossenen Hoffnung.

Der Tamas-Skar summte seine Wahrheit, und Wax konnte nur zustimmen.

10
ENTERÄXTE

Terror war die Waffe der Kance. Wie Narro es ausdrückte: Ein Schiff auf offener See zu verstecken, selbst in der Dämmerung, war nicht gerade einfach. Also warum nicht den Angriff annehmen und zum Untergang des Feindes werden? Die Kance-Soldaten, die nicht mit der Bedienung der Segel oder dem Steuern des Klippers beschäftigt waren, kletterten in der trüben Dämmerung an Deck, in dicke Roben gehüllt und mit Rapieren bewaffnet.

Keine Rüstungen für diese Schwertkämpfer.

Stattdessen schlugen sie mit den Schwertgriffen auf die Reling des Schiffes, während sich die beiden Schiffe näherten. Ihre Stimmen erhoben sich zu einem donnernden Lied, das Quik nicht kannte, aber schnell lernte - eine einfache Litanei, die um die Hilfe des Windgottes und den Untergang ihrer Feinde bat. Quik beobachtete, sang und nahm an all dem vom Bug des Klippers aus teil, seine eigenen Kance-Roben leicht in der kühlen Dämmerung. Er trug kein Schwert, sondern stattdessen seine Holzhandschuhe, die auf Vis geschnitzt und dank einiger findiger Noctia-Schmiede nun mit Metallspitzen versehen waren.

Ironisch vielleicht, dass diese Bemühungen nun ihren eigenen Streitkräften schaden würden.

Die Najahn ignorierten die Annäherung nicht. Wie der Kance schien auch die Karavelle nicht für Soldaten bestimmt zu sein. Seeleute in schwarzen und violetten Najahn-Tuniken und Lederkleidung versammelten sich auf dem Oberdeck, einige reichten Armbrüste an die vorderste Reihe für den ersten Beschuss weiter.

Quik wollte gerade vor dem bevorstehenden Bolzen-regen warnen, als der Kance-Klipper ruckte und hart nach Steuerbord auswich, weg von ihrem direkten Kurs auf das Najahn-Schiff zu. Das Manöver ließ das Schiff tiefer ins Wasser eintauchen und verringerte sein Profil genau in dem Moment, als die Najahn feuerten. Quik musste sich an der Reling des Bugs festhalten, um nicht über Bord zu gehen, und hörte das Pfeifen der Bolzen, die für ihn und die Kance bestimmt waren, über sich hinwegfliegen.

Ein wahnwitziges Manöver, ein wildes Ziehen, das in der nächsten Sekunde umgekehrt wurde: Die Segel knallten und das Kance-Schiff schwenkte nach Backbord, um die Lücke zur Najahn-Karavelle schnell zu schließen. Das feind-liche Schiff hatte zwar die Größe, und die Najahn-Seeleute lehnten sich über die Reling, um ihre nächsten Salven nach unten zu richten, nur um sich Enterhaken ins Gesicht geschleudert zu sehen.

»Für Kance!«, rief Narro.

Einige der dreizackigen Eisenhaken prallten von ihren Zielen ab und fielen ins Meer. Andere verbissen sich mit lautem Krachen in der Karavelle, Holz splitterte. Ihre Werfer traten beiseite, und Quik sah Kance-Läufer, die darauf warteten, mit flatternden Roben auf die Seile zu springen. Mit vorsichtigen Schritten setzten die Kance einen Fuß vor den anderen, um auf die Najahn zuzustürmen. Hinter ihnen eröffneten andere Kance-Kämpfer das Feuer mit ihren eigenen Armbrüsten und zielten auf Najahn-Bogenschützen, die versuchten, inmitten des Chaos nachzuladen.

Und sie trafen.

Quik hörte die ersten Schreie, als er selbst zum Sprung ansetzte. Er verzichtete auf die Kance-Seile - er war nicht so selbstsicher, dass er glaubte, das Gleichgewicht dafür zu haben - und schlug stattdessen in die Seite der Karavelle ein. Quiks Handschuhe gruben sich ein, seine Stiefel suchten nach Halt. Da er keinen fand und der nasse Rumpf eine schlechte Kletterhilfe war, verließ sich der Vis-Jäger auf seine Arme. Ruckweise zog er sich an der Seite der Karavelle hoch, nahe am Bug des Schiffes.

In der Dämmerung sah ihn niemand. Oder vielleicht doch, und sie nahmen an, dass Quiks Kraft versagen würde, lange bevor er die Reling erreichen könnte.

Ein fataler Gedanke.

Während Kance und Najahn sich in altmodischem Schwertkampf gegenüberstanden, Rapiere auf traditionellere Rana-Entermesser und ein paar gezogene Gleven trafen, setzte Quik seinen Aufstieg fort. Narro hatte dem Vis ein anderes Ziel gegeben, eines, das er erreichen würde.

Mit Holzsplittern im Haar und brennenden Armen von der Anstrengung erreichte Quik die obere Reling des Bugs und zog sich mit einer unbeholfenen Rolle hinüber. Er kam auf die Knie und sah einen sich drehenden Najahn, der eine Armbrust hob, um auf Quiks Gesicht zu zielen.

Der Jäger sprang nach vorne, seine Stiefel fanden

endlich Halt auf dem flacheren, trockeneren Deck. Quik rammte den Mann, nutzte den Aufprall als Hebel, um sich aufzurichten, und warf den Najahn mit einem Ruck nach links über die Schiffsseite. Der Seemann prallte einmal vom Rumpf ab, bevor er in den Wellen verschwand, ein wortloser Schrei war das letzte Geräusch, das er je von sich geben würde.

Die Najahn-Karavelle hatte das gleiche Design wie das Schiff, mit dem Quik auf Foti gefahren war, was bedeutete, dass der Jäger auf der falschen Seite war. Zu seiner Rechten wölbte sich der Bug der Karavelle nach oben, ein Segel verband ihn mit dem Hauptmast in der Mitte des Schiffes. Ein kleinerer Mast und ein Segel lauerten am Heck des Schiffes und glänzten orange in den letzten Gluten des Tageslichts. Dieser kleinere Mast und das Ruder in seiner Nähe, die Kabinen darunter, waren sein Ziel. Um dorthin zu gelangen, müsste Quik durch ein blutiges Chaos waten.

Narros Vertrauen in die Kance schien auf den ersten Blick fehl am Platz zu sein. Ihre Rapiere stachen zwar die Seeleute nieder und trieben die Najahn zurück, aber die kleinen Klingen hatten nicht die Reichweite, um es mit den Gleven aufzunehmen. Die geschwungenen Speere rückten in den Vordergrund, die Najahn ließen ihre Entermesser fallen, als mehr Gleven von den unteren Decks kamen, weitergereicht von Dienern, Gefangenen oder anderen Seeleuten. Selbst als Quik zusah und versuchte, einen Weg hinüber zu planen, gerieten die Kance in eine verzweifelte Lage.

Der Vis-Jäger hatte noch nie zuvor in einem Krieg gekämpft - das Nächste, was er erlebt hatte, war der Najahn-Strandüberfall gegen die Banditen gewesen - und was zu tun war, schien ein völliges Rätsel. Hineinstürmen?

Versuchen, sich auf der Steuerbordseite herumzuschleichen? Den Kance-Umhang abwerfen und behaupten, er sei die ganze Zeit ein Najahn-Spion gewesen?

»Vis!«

Das Wort trug hart und panisch über die klatschenden Wellen, die Schreie, das Stöhnen und die Flüche hinweg. Narro, der die Seile hochkletterte und auf seine bedrängten, verlierenden Truppen blickte. Der Kance hatte eine Hand und beide Füße auf dem Seil, das Rapier erhoben und einen flehenden Blick in Quiks Richtung. Mehr als ein paar Najahn folgten ihm.

Tja, damit war die Möglichkeit der Heimlichkeit dahin.

Jubelnd täuschte Quik einen Ausfallschritt in Richtung der breiten Stufen zu seiner Linken an. Zwei Voulge-schwingende Najahn reagierten, lösten sich vom Kance-Angriff und richteten ihre gebogenen Speere auf die Treppe. Ein normaler Soldat wäre vielleicht direkt in diese scharfen Spitzen gelaufen und hätte darauf vertraut, die Voulges mit Klinge oder Schild abzuwehren.

Quik war kein normaler Soldat, und während das bedeuten mochte, dass er keine Ahnung hatte, wie man in Formation kämpft oder wie man pariert und zustößt, bedeutete es auch, dass er etwas anderes besaß: Unberechenbarkeit.

Von seiner Finte abstoßend, sprang Quik von der zweiten Stufe ab und federte vom höheren Deck des Bugs zu seiner Rechten ab. Wie beim Absprung von einem Dschungelbaum spürte Quik, wie sein Fuß aufsetzte, und drückte sich ab. Er flog höher, als die erhobenen Voulges reagieren konnten, und landete in einem wild um sich schlagenden, tackelnden Sprung. Der Vis trieb beide Najahn zu Boden, wobei seine Panzerhandschuhe die dürftige Schutzwirkung der Najahn-Roben durchdrangen. Heiße Nässe bespritzte Quiks eigene Robe, als er das Paar zu Boden riss, der Schwung trieb seinen nächsten Zug an.

Beim Jagen von Hanoko musste man immer davon ausgehen, dass die Katzen in Rudeln kamen. Nie durfte man sich zu einer leichten Beute machen.

Quik rollte sich von den Najahn-Körpern ab und zog seine Panzerhandschuhe mit den Knochen-, Haut- und Stoffresten an ihren Spitzen über seine Brust. Der erwartete Schlag eines dritten, überraschten Najahn kam, wild nach unten schwingend. Die Klinge krachte in Quiks rechten Handschuh und blieb in der Holzplatte stecken. Der Najahn-Seemann starrte darauf und versuchte vergeblich, die Schneide herauszuziehen.

Der Vis knurrte, der Najahn ließ seinen Blick von der Waffe zum Krieger huschen. Er hatte nur eine Klinge. Der Krieger hatte zwei, und der zweite Handschuh hatte keine Schwierigkeiten. Quik stürmte nach oben, drängte das festsitzende Schwert und seinen Träger in einen taumelnden Rückzug, der mit einem harten Vorwärtsstoß seines linken Handschuhs endete. Sein Opfer hustete, zitterte und brach zusammen.

Doch das kehlige Heulen kam weder vom Seemann, noch stammte die schneidende Klinge, die Quiks Arm streifte, von ihm. Der Jäger wirbelte herum und sah, wie ein weiterer Najahn auf das Deck fiel, während Narros Rapier sich aus der Seite des Mannes zurückzog.

»Behalt deine Umgebung im Auge, Vis«, sagte Narro und nickte Quik zu. »Wir haben die Öffnung. Zurück zur Sache.«

Narros knappe Worte sprachen die Wahrheit. Während Quik nur drei niedergestreckt hatte, hatte das Chaos seines Ansturms die Najahn-Verteidigung gespalten und den

Kance-Plünderern den Durchbruch ermöglicht. Die Seile waren gesichert, weitere Kance-Kämpfer sprinteten hinauf, während die Najahn sich mühten, eine Verteidigungslinie entlang des Oberdecks zu bilden. Diese Voulges boten immer noch einen mörderischen Vorteil, dem Quik sich nicht stellen wollte.

Stattdessen brach Quik nach rechts aus und rief Narro, ihm zu folgen. Die Najahn verteilten sich, um nachzusetzen, und jagten das Kance-Paar über das Oberdeck der Karavelle. Die Bewegung verdünnte die Linie der Schwarz-Violetten, ein Effekt, den Quik mehr im Schatten wahrnahm, als die Sonne hinter dem Horizont versank. Niemand hatte Zeit für Fackeln oder Laternen, die Schlacht versank in der Dunkelheit.

Sichi war noch nicht aufgegangen, und in ihrer Verspätung fand Quik einen Vorteil.

Narro parierte den ersten Angreifer und nutzte seinen Rapier, um den Voulge-Stoß abzulenken. Quik, der sich an Narros rechter Seite hielt, duckte sich unter der Ablenkung hindurch und drang nah heran. Seine Panzerhandschuhe drückten den Voulge-Schaft nach oben und öffneten den Seemann für Narros Nachstoß. Die violett-schwarzen Roben flatterten, als Quik seinen Ansturm fortsetzte und in der Deckung des Körpers blieb, während er den armen Kerl in seine folgenden Kameraden stieß.

Kaum sichtbar im offenen Blickfeld, stieß Quik nach rechts aus und gab dem Körper einen letzten Schubs in ein Gewirr aus Schwertern und Speeren. Die Najahn fluchten und verfehlten den Vis, als Quik auf sein ursprüngliches Ziel zusteuerte: die Kajüte des Najahn-Kapitäns und die Geheimnisse, die hoffentlich darin warteten.

Hinter Quik brüllte Narro und zog die Aufmerksamkeit auf sich. Die Kance verstärkten ihren Angriff, und Quik, der auf Verfolger lauschte, hörte keine. Ein Kämpfer, der vom Schauplatz floh, bereitete weniger Sorgen als die Klinge, die bereits an deinem Hals lag.

Oder vielleicht konnten sie ihn auch gar nicht mehr sehen.

Quik wäre fast direkt in die Kajüte gerannt, die Holztür und -wand erschienen mehr als Gefühl denn als sichtbares Objekt. Seine Handschuhspitzen kratzten, fanden die Umrisse der Tür. Quik zog am Griff - ein unbeholfener Zug mit den riesigen Handschuhen, aber der Vis wagte es nicht, sich zu entwaffnen, während der Kampf noch hinter ihm tobte. Der Griff rüttelte sich.

Verschlossen.

Quik trat zurück. Zielte und schnellte seinen linken Handschuh nach vorne. Die Metallspitzen zerschmetterten das obere Scharnier der Tür und verbogen es nach innen. Ein zweiter, krachender Schlag zerstörte das untere Scharnier, das verbogene Metall ächzte. Ein Stoß würde jetzt-

Schritte, die in seine Richtung liefen. Quik wirbelte herum und stieß mit seinem rechten Handschuh zu. Die herannahende Voulge, die gemäß der Najahn-Ausbildung direkt auf Quiks Hals zielte, zog eine tiefe Furche in Quiks rechten Handschuh und hinterließ einen brennenden Schnitt an seiner rechten Schulter. Der Najahn folgte dem Fehlschlag mit einem Schulterangriff, der gegen einen schwächeren Gegner, einen schmächtigeren Körperbau, vielleicht funktioniert hätte.

Quik begegnete ihm mit einem Stoß der linken Schulter, der Aufprall durchdrang die Roben des Najahn. Rippen knackten, der Mann rang nach Luft, und Quik versetzte dem taumelnden Narren einen Tritt hinterher. Der Schlag traf den Mann in den Schritt und ließ ihn samt seiner Voulge auf das Deck fallen.

Von diesem würde keine Gefahr mehr ausgehen.

Die Wunde an seiner Schulter ignorierend, wandte Quik sich wieder der zerstörten Tür zu und versetzte ihr einen zweiten Tritt. Das Schloss tat seine Arbeit, die Tür schwang nach rechts innen, wo sie gegen die Kabinenwand klatschte und dort hing, ein ruiniertes Ding, das Quik nun endlich sehen konnte, dank des Kerzenlichts, das von innen kam.

Dort, wartend, stand eine einzelne gepanzerte Gestalt. Der Najahn-Kapitän, mit erhobener Armbrust. Die Waffe klickte, der Bolzen flog, und Quik spürte einen stechenden Schmerz in seiner Brust. Der Jäger taumelte, der Kapitän bückte sich, um nachzuladen, die Armbrust zu spannen.

Für Vis. Für seine Freunde. Für seinen Bruder.

Quik knurrte ein Jägergebet, verfiel in einen Sturmangriff. Ein, zwei, drei Schritte, und der Kapitän ließ seine Armbrust fallen. Er griff nicht nach dem Schwert an seiner Hüfte, sondern nach den brennenden Kerzen neben dem Tisch hinter ihm. Einer, der mit dicken Papieren bedeckt war, deren Linien verschwammen, als der Armbrustbolzen an Quiks Lungen, Herz, etwas Wichtigem zerrte.

Der Kapitän griff zu, stieß die Kerze um, als Quik seinen Handschuh in den schmalen Spalt an dem Arm des Mannes trieb. Die Kerze traf den Tisch, die Flammen fanden ihre Zunge. Quiks Klauen fanden ihren eigenen Griff, bissen durch die weicheren Ringe unter der Najahn-Rüstung und hakten sich in Haut und das darunter liegende Gewebe. Der Najahn schrie. Quik zog, trat gleichzeitig zu und riss den Kapitän in einen blutigen Sturz zurück auf den Boden.

Der erste Hauch von Rauch, der erste Geruch von Verbranntem, stieg Quik in die Nase, und er erspähte eine Lösung: ein Krug Wein. Quik griff danach, merkte aber, dass seine Finger taub wurden, sein Panzerhandschuh zu ungeschickt und seine Sicht zu verschwommen war. Also holte er stattdessen aus und zerschmetterte den Krug auf der kleinen Flamme, die drohte, die Karten zu verschlingen. Ein tiefes Lila ergoss sich über den Tisch und verschlang das Orange, zwei Farben, die miteinander tanzten, bis sie zu einer einzigen Dunkelheit verschmolzen.

11

BARMHERZIGKEIT

Die Kulisse war geradezu malerisch für einen Mord: ein Höhlenteich, dessen Wasser sanft gegen die feuchten Steine und Stalagmiten am Rand schwappte, dazu das stetige Tröpfeln von oben. Abgestandene Luft, die durch einen fernen Windstoß leicht in Bewegung geriet. Und natürlich das knurrende, zuckende Ableben der Unholde, die die Whent-Gruppe überfallen hatten und nun selbst Opfer ihrer Schwerter und Äxte geworden waren – nicht ohne zuvor noch ihre eigenen Bisse verteilt zu haben.

Unholde, denen Maena nun den Rest geben würde.

Zwei Steinbeißer hatten den Kampf überlebt, einer schwer verwundet und bemüht, sich selbst zu verbinden, während der andere die Leichen seiner Kameraden durchsuchte. Eine grimmige Aufgabe, geprägt von Klauen, Eingeweiden und Flüchen. Eine Aufgabe, die ihn auch davon abhielt, nach seinem Freund zu sehen – eine Überprüfung, die sich erübrigte, als Maena von ihrem Aussichtspunkt herabsprang. Der Säbel führte den Sturz an, zielte nach unten und brachte den tödlichen Stoß mit nicht mehr als einem schockierten Seufzer. Sie ritt den zusammensackenden Körper bis zum felsigen Pfad, trat ab in eine Angriffsposition, wobei sich ihre Füße lautlos in den Kies gruben. Der Säbel, stets scharf, glitt mit einem Ruck aus Maenas Hand, ihre Linke diente dazu, die Rana in ihre nächste Bewegung zu balancieren.

Der schmale Pfad zum Teich wurde von ihrem Ziel erhellt: rosa leuchtendem Moos. Hier und da in Büscheln wachsend, tauchte das Moos den Raum in einen rosigen Schein, wobei das verspritzte Blut und die verstreuten Überreste Schatten warfen und einen dunkleren, karmesinroten Farbton annahmen. Ihr Ziel beugte sich über den letzten seiner Freunde, die Axt wieder am Gürtel und einen weiteren Fluch auf den Lippen.

Mach Schluss.

Der Mann legte eine Hand auf die Schulter des Toten, ein liebevoller Druck. Eine harte Zurückweisung der Stimme in Maenas Kopf und eine, die eine Frage aufwarf, eine Verschiebung, ein Keuchen von etwas, von dem sie dachte, es sei längst verloren.

»Was ist passiert?«, fragte sie, ihre Stimme ein steifes Flüstern.

Der Mann wirbelte herum, griff nach seiner Axt, zögerte dann aber verwirrt. Er trug die typische Aufmachung eines Whent: dicke Kleidung, einen Bart, Narben, die sich mit gebrochenen Nasen aus der Vergangenheit vermischten. Kräftig, vorsichtig. Ein zerquetschter Kiefernduft wehte zu ihr herüber. Eine Pelzmütze bedeckte seinen Kopf eng, ihre einst makellosen Silber- und Brauntöne nun mit den Hinterlassenschaften der Schlacht verkrustet.

»Wer bist du?«

»Ich habe nach dem hier gesucht«, sagte Maena und

deutete mit ihrem Säbel auf das Moos. »Ich hörte die Geräusche und wollte sehen, ob ich helfen kann.«

»Du kommst verdammt zu spät.« Der Mann wollte noch etwas sagen, bemerkte dann aber die zusammengesackte Gestalt in Maenas Nähe. »Verdammt, nein.«

Er schlurfte vorwärts, streifte Maena. Die Rana trat zur Seite, beobachtete, wie der Steinbeißer sich über seinen Freund beugte.

Du hast deine erste Chance verbrannt. Vermassle diese nicht.

Maena wollte seufzen, fluchen, die Torheiten beklagen, die diesen Mann und seine Freunde zu ihrem elenden Ende geführt hatten. Stattdessen hob sie den Säbel, richtete ihn für einen einfachen, den Hals durchtrennenden Schlag aus. Der Steinbeißer, die Hände auf seinem Freund, erstarrte. Diese Finger müssten die neue Wunde gefunden haben, müssten realisieren, dass ihr sauberer Schnitt nicht von Unholden-Klauen stammte.

Sie schwang zu.

Er tauchte nach rechts ab, rollte sich in einer Drehung von der Höhlenseite. Der Säbel verfehlte nicht: Er zog eine rote Linie entlang des Arms des Mannes und schnitt durch das Whent-Leder, als wäre es nicht mehr als Papier. Whents eigene Schärfung war am Werk, hier. Jochis Bemühungen, die sich gegen seine eigenen Leute richteten. Passend.

»Was zum-«, begann der Mann und zog seine Axt frei, als Maena nachsetzte und den Säbel in einem weiteren Querhieb schwang.

Der Whent hatte keine Zeit, seine Axt zu ziehen, hatte keinen Ausweichplatz und fing den Säbelhieb mit seinem Arm ab. Die Klinge drang tief ein, die Armschienen und der Mantel taten wenig, um den Schwung abzuwehren. Aber es verschaffte dem Mann eine Sekunde, die er nutzte, um eine wilde Herausforderung herauszubrüllen und die Axt in einem aufwärts gerichteten Hieb zu schwingen.

Solch wilde Schwünge hatten ihre Nachteile: vorhersehbar, ungenau, und Maena duckte sich unter diesem, ließ die Axt die Luft über ihrem Kopf durchschneiden, während sie den Säbel herauszog. In der Hocke sprang sie vorwärts und zielte auf einen kampfbeendenden Bauchstoß. Die Öffnung hätte da sein sollen, hätte ein leichtes Ziel sein sollen, aber der Whent zog seinen Schwung nicht zurück, sondern ließ stattdessen seinen Ellbogen fallen, während er weiter an der Höhlenwand entlangglitt. Der Treffer erwischte Maenas ungeschützten Kopf, schleuderte sie zu Boden. Der Säbel prallte von der Felswand ab, die Klinge schlug Funken und verfehlte Fleisch.

Maena schmeckte Kies, als sie auf den Boden aufschlug, ihre Hände und Knie drückten, um sie in Bewegung zu halten, um sie-

Die Axt biss in die Wand über ihrem Kopf, eine Folge weniger von Glück und mehr von des Whents Ausweichmanöver. Seine Seitwärtsschritte hatten ihn in den Teich platschen lassen, sein Halt rutschte ganz leicht weg, um den Schwung nach oben zu bringen. Maena ließ ihren Säbel fallen, sprang stattdessen hoch, um das Handgelenk des Whent zu packen, es mit ihrem ganzen Gewicht nach unten zu biegen, während er versuchte, seine Waffe festzuhalten. Die Spannung, das Drehmoment ließ etwas knacken, der Mann heulte auf und ließ die Axt los, riss seine Hand frei und stolperte zurück, fiel mit einem eisigen Platschen in den Teich.

Maena ließ die Hand los, erhob sich langsam und nahm die verlorene Waffe an sich. Sie holte auch den Säbel zurück, führte sowohl Axt als auch Klinge, als sie sich dem verwundeten Whent zuwandte, der Teich verlor seine makellose Klarheit, als Blut und Schmutz das Wasser trübten.

»Was willst du?«, knurrte der Whent und trat zurück in den Teich, ins tiefere Wasser.

»Wie ich sagte, das Moos«, antwortete Maena. »Alles davon.«

»Dann nimm es!« Der Whent brach in ein halbes Schluchzen aus. »Es ist nicht wert, dafür zu sterben, nichts davon ist es.«

»Da irrst du dich. Was dieses Moos bringen wird, was ich damit tun kann ...« Maena schüttelte den Kopf, näherte sich dem Rand des Teichs. »Kennst du mich?«

»Was? Dich kennen?«

Das kannst du nicht, Maena. Wenn er zu Jochis Lager geht, wird er uns identifizieren. Wir werden in der Falle sitzen.

»Wer ich bin«, fragte Maena den Whent. »Kennst du mich?«

»Ich habe dich noch nie in meinem Leben gesehen.«

»Aber du wirst dich an mich erinnern.«

Der Whent schien die Bedeutung zu begreifen, während er sein gebrochenes Handgelenk hielt und drei Schritte tief im Becken saß. »Nee, ich kann dich kaum sehen. Hab dich eigentlich gar nicht gesehen. Dämonen. Dämonen haben uns angegriffen. Haben alles genommen, was wir hatten. Ich musste mich tot stellen, verstehste.« Der Mann stammelte jetzt, flehte. Tränen. Rotz. »Hätt' sterben sollen, ja, das hätt' ich.«

Mach es wahr.

Maena beobachtete die traurige Vorstellung für einen langen Moment. So weit entfernt von den Steinbeißern, gegen die sie auf den Decks hunderter Schiffe gekämpft hatte. So weit entfernt von Jochis eigenen Kriegern, bereit, es mit den Feuerwanderern und anderen Dämonen dort unten aufzunehmen. Den Mann jetzt zu erledigen, wäre fast eine Gnade, ein Geschenk.

Aber.

Wir sind Mörder, Maena. Weil wir es sein müssen. Wegen dem, was getan werden muss.

Aber nicht herzlos. Noch nicht.

»Bleib da«, sagte Maena. »Beweg dich nicht aus dem Becken, bis ich weg bin. Dann zähl bis hundert, und mach es langsam. Wenn du damit fertig bist, bist du auf dich allein gestellt.«

Ihre andere Hälfte, ihre gespaltene Seele, tobte, als Maena das Moos einpackte. So viel sie tragen konnte, gestopft in Beutel, Taschen und die Teile von ihr, an denen es haften blieb. Der Whent wimmerte zunächst, verfiel dann in steinernes Schweigen und beobachtete Maena bei ihren Bewegungen. Doch er hielt sich an ihre Drohung, machte keine Anstalten, das Becken zu verlassen. Sie wappnete sich gegen mögliche Beleidigungen, aber sie kamen nie. Keine törichte Prahlerei, die Maena zwingen würde, einen tödlichen Schlag auszuführen.

Der Whent blieb still, und erst nachdem sie um die Biegung verschwunden war, nachdem sie stehengeblieben war, um zu lauschen, hörte sie ihn wieder sprechen.

Zahlen, eine nach der anderen, aufwärts zählend.

Der Schmied schlief, als Maena zurückkehrte. Traumfeste wurde nie ganz still, die Dunkelheit und Tiefe boten reichlich Anreiz für Biergelage und betrunkene Ausschweifungen, sodass Maenas hartes Klopfen von einem singenden Tumult hinter ihr begleitet wurde. Prügeleien und Possenreißerei. Es brauchte drei Anläufe, der letzte mit dem Griff ihres Säbels ausgeführt, um den Mann dazu zu bringen, die Tür zu öffnen. Er nahm die Beutel wortlos entgegen, öffnete sie einmal und nickte ihr zu.

»Zwei Tage«, sagte der Schmied. »In zwei Tagen hast du sie.«

Maena kehrte dann zu ihrem eigenen Bett zurück. Die flache Strohmatte. Sie reinigte ihren Säbel mit einem zerfetzten Lappen. Erfrischte sich und ließ sich auf das harte Bett sinken.

Das war dumm. Er wird es anderen erzählen.

Na und, wenn schon? Eine seltsame Frau erscheint, besiegt ihn im Kampf, alles nur wegen etwas Moos?

Maena lachte in sich hinein, hörte dann auf, sah sich um. Niemand war da, um zuzuhören, ihre Mitbewohner waren jetzt alle damit beschäftigt, ihr Bestes zu geben, um das Gestern auszulöschen, bevor das Morgen beginnen konnte.

Es ist ein Risiko, und wir können uns keine weiteren leisten. Wir retten die Inseln, Maena. Das ist zu wertvoll.

Die Rana-Kapitänin runzelte die Stirn. Sie hatte schreckliche Dinge getan. Hatte sie gegen ein größeres Wohl, eine bessere Zukunft rationalisiert. Eine, die nie zu kommen schien, bis jetzt. Sie waren so nah.

Zwei Tage. Zwei Tage, bis sie genug hätte. Dann würde die Erde beben, die Kammer würde einstürzen, und die Dämonen, alle von ihnen, würden vernichtet werden.

Deshalb kannst du diese Spielchen nicht spielen.

Stimmt. Nicht mehr. Obwohl, was machte es schon aus? Ein einzelner verwundeter, waffenloser Whent, verloren im Dunklen Unten? Maena tätschelte den gestohlenen Axtstiel, der Rest der Waffe unter ihren Taschen, Lederzeug und anderer Ausrüstung vergraben. Die Waffe war von guter Qualität, konnte gegen etwas Besseres eingetauscht werden. Ihr früherer Besitzer würde sie sicherlich nicht mehr brauchen.

Der Mann würde niemals überleben.

12

GLEITER UND RUHM

Da Schlaf für Svarde genauso wenig notwendig war wie Atmen, bemerkte der Barbar zusammen mit einigen Whent-Kundschaftern, die Wache hielten, den Angriff der Kance. Er kam nicht über Land, keine zermalmende Armee, die über die aufgewühlten Felder auf die Feuerläufer und ihre Freunde zumarschierte. Stattdessen kamen die Schimmernden mit der frühen Morgendämmerung, als Sichis Rosa mit dem ersten Orange der Sonne kollidierte und die Kance-Filamente wie winkende, frisch aus der Schmiede gezogene Klingen hervorhob.

Ein Schwarm, das war Svardes erster Gedanke, als die Formation um die Berge im Süden und Osten herumschwebte. Zuerst nichts, dann helle Striche, die sich alle in einer engen Formation aufreihten. Hoch und stetig kamen sie auf das schlaftrunkene Lager zu – die Feuerläufer, von denen Svarde nicht sicher war, ob sie schliefen, hatten sich über Nacht in einen ruhigen, knisternden Halbschlaf begeben – das gerade erst von alarmierten Whent-Pfiffen geweckt wurde. Eine Tundra-Trommel schlug, ein schneller

Rhythmus, der die ständigen Vogelrufe der Kance und die sanften Wellen übertönte.

»Kivi, wir sollten besser Deckung suchen«, sagte Svarde und erhob sich von dem Stein, den er sich am Rand des Feldes ausgesucht hatte. Teil einer Markierungslinie und gut genug als Sitz, von dem er sich immer wieder erhoben hatte, um einen Rundgang durch das nächtliche Lager zu machen. »Was auch immer diese Windreiter vorhaben, wir werden nicht viel tun können, um es aufzuhalten.«

Ami, die näher zur Feldmitte stand, teilte Svardes fatalistische Sicht nicht. Sie war beim ersten Ruf der Whent aufgesprungen und rannte nun herum, bellte Feuerläufer und Whent gleichermaßen an, aufzustehen, zu den Waffen zu greifen und sich auf einen Angriff vorzubereiten.

Als ob sie die Zeit dafür hätten.

Die Gleiter bewegten sich schneller als jede marschierende Armee und stürzten wie Raubvögel herab. Von unter den breiten Wedeln einer Palme beobachtete Svarde, wie die ersten Gleiter herabstießen. Zuerst konnte er ihre Waffen nicht ausmachen, diese goldenen Striche schienen nichts zu haben, aber Staubwolken vom Boden deuteten auf etwas anderes hin. Whent-Kundschafter und Soldaten, die zu langsam waren, das Feld zu verlassen, begannen vor Schmerz aufzuschreien, einige stolperten in den Sand und standen nicht wieder auf. Die Feuerläufer hatten keine Schmerzenslaute, keine Kampfschreie, sie kreuzten ihre Arme, um ankommende Geschosse abzuwehren.

Svarde sah nicht einen einzigen dieser brennenden Unholde fallen oder auch nur eine Verletzung erleiden. Keine ascheweißen Flecken, keine funkelnde Wut.

Er sah jedoch ihren Gegenangriff.

Als die Gleiter ihren Sturzflug abflachten, um über sie hinwegzufliegen, beugten sich die Feuerläufer hinunter und tauschten ihre Flegel gegen Steine und Erdklumpen, die durch die Hitze der Unholde zu geschmolzenen Glasgeschossen gehärtet worden waren. Mit vier Armen schleuderten die Unholde ihre Antworten auf die vorbeifliegenden Gleiter. Einer wurde an seinem zarten Flügel getroffen, das Fluggerät drehte sich hart im Kreis, bevor es direkt in den Boden stürzte. Ein anderer verlor seinen Piloten, die taumelnde, getroffene Gestalt fiel ihrem endgültigen Landeplatz entgegen. Die Gleiter nahmen das tödliche Feuer nicht ohne Gegenwehr hin, der glatte Angriff brach auseinander, als die Gleiter hierhin und dorthin zuckten, ein krampfhaftes Ausweichen, das seine eigenen Konsequenzen hatte.

Svarde zuckte zusammen, als ein Gleiterpaar ineinander flog, als ein anderer, der einem geworfenen Stein auswich, zu scharf abdrehte und in eine nahe gelegene Bergflanke krachte. Die erste Welle löste sich auf, die meisten wendeten ihre Gleiter zurück in Richtung der Stadt.

Als ob sie dort sicher wären.

»Komm schon, Kivi«, sagte Svarde zu dem treuen Ferrit. »Ich weiß, wie wir nützlich sein können.«

Der Barbar verfiel in einen ausgreifenden Trab in Richtung der Stadt, die große schwarze gezackte Klinge ruhte auf seiner linken Schulter. Keine Äxte an seiner Hüfte, kein Schild in seiner rechten Hand. Die Noctia- und Vis-Narben, oder die daraus gefertigte Klinge, vereinten ihr Flüstern in seinem Kopf, ein konstantes Summen, das Svarde sowohl Leben gab als auch entzog und ihn zu einer geschmacklosen Leere machte. Wenn auch zu einer fähigen.

Kance hatte noch einige Tricks auf Lager, die Ergebnisse waren sichtbar, als Svarde immer wieder einen Blick zurück auf seine Armee warf. Eine zweite Gleiterwelle kam höher herein, ihre Bolzen – Schüsse, wie Svarde von der ersten Welle bemerkt hatte, aus auf Schienen montierten Armbrüsten – waren weniger genau, aber nur eine Eröffnung für ihre nächste Waffe: kleine, von Hand abgeworfene Bomben.

Die winzigen Dinger kreischten herab, trafen die Erde und explodierten in knallenden Detonationen. Eine brillante Idee, gestohlen von Foti- und Najahn-Handwerkern, nun eingesetzt gegen die sich zerstreuenden Whent-Soldaten. Sie fielen auch inmitten der Feuerläufer, die die Hitze und den Druck mit Gleichgültigkeit absorbierten. Die Unholde bewiesen, dass sie auch höher werfen konnten, die Erdklumpen und Steine stiegen so weit in den purpurblauen Morgen auf, dass sie wie Sternschnuppen aussahen.

Gleiter fielen. Piloten starben. Der Kance-Angriff schwächte ab, zog sich zurück.

Keine dritte Welle umrundete die Berge.

Svarde rannte weiter, allein.

Die Kance-Stadt hatte eine kleine Steinmauer um ihre Außenbezirke, weniger eine Verteidigung als eine angenehme Grenze. Wandgemälde bedeckten die weiß getünchten Ziegel. Namen auch, die die bemerkenswerten Bürger der Stadt, ihre Anführer, priesen. Namen, die Svarde bald zu Asche machen würde.

Doch der Barbar seufzte, als er näher stapfte und die Felder für die harten Erdstraßen verließ, die hineinführten. Gestern hatte es noch eine kleine Hoffnung gegeben, eine Chance auf Frieden, und nun war diese Hoffnung verschwunden. Zu stur, diese dumme Insel, und nun würden sie dafür sterben.

Nun, Svarde würde seine Ziele auswählen. Diejenigen, die nicht kämpften, würden von seinem Schwert verschont bleiben. Ob die Feuerläufer dasselbe Mantra annehmen würden, konnte er nicht sagen.

Besser also, dass er den ersten Schlag gegen den Feind führte. Sie brechen und dabei retten.

Drei Soldaten in Kances gläserner Rüstung standen am Stadttor, eigentlich nur eine Lücke in der Mauer. Hinter ihnen, als Svarde sich näherte, herrschte Chaos. Abgestürzte und landende Gleiter, die nicht genug Schwung behalten hatten, um in einem der Bergpässe zu verschwinden, lagen über den Platz verstreut, waren in Dächer gekracht oder in Schornsteinen hängengeblieben. Stadtbewohner rannten hierhin und dorthin, viele mit vollgestopften Taschen auf dem Rücken.

Sie flohen also. Klug.

»Morgen«, sagte Svarde, während Kivi an seiner Seite schnaubte, als er sich näherte. »Ich nehme an, ihr möchtet jetzt nicht aufgeben, wo euer Angriff uns nur provoziert hat.«

Ein Wächter trat vor, und Svarde erkannte das Gesicht zwischen dem Helm, zur Hälfte verschattet, als die aufgehende Sonne ihre orange-violetten Strahlen über das Land warf.

»Kriege werden nicht in einem einzigen Scharmützel gewonnen«, sagte Veloc, zog seinen Degen und richtete ihn waagerecht auf Svarde. »Heute lernen wir. Morgen siegen wir.«

»Die Gleiter, die entkommen sind, vielleicht. Du ganz sicher nicht.« Svarde behielt seine große Klinge auf den Schultern und nickte in Richtung des Degens. »Dieser kleine Zahnstocher wird dich nur umbringen. Steck ihn weg.«

Veloc errötete. Die anderen beiden Wächter stellten sich an seine Seiten.

»Wir werden unseren Familien und Freunden die Zeit verschaffen, die sie brauchen«, sagte Veloc. »Dafür werden die Degen ausreichen.«

Svarde neigte den Kopf. »Aufgeben wird euch alle Zeit geben, die ihr wollt, und euer Leben dazu. Wir sind nicht hier, um euch zu töten.«

»Und wir sind nicht hier, um uns hinzulegen und die Steinbeißer und ihre Unholde über uns hinwegtrampeln zu lassen.«

Der Barbar hob die gezackte schwarze Klinge von seiner Schulter und umfasste sie mit beiden Händen. Die Noctia-Stimmen schwollen an, hungrig, und verlangten von Svarde zuzuschlagen. Hinter ihnen, unter ihnen, blieb das Vis still.

»Deine Wahl, deine Konsequenzen«, sagte Svarde und gab dann einen leisen Pfiff von sich.

Kivi schoss nach vorne und links, auf den Wächter an dieser Seite zu. Der Mann, anscheinend überrascht von der Geschwindigkeit eines Ferriten, stach nach der Steinechse. Der Schlag kam wild, der Degen traf auf Kivis Steinhaut und zerbrach. Kivi stoppte ihren Ansturm nicht, rammte den Wächter und riss ihn zu Boden.

»Hilf ihm«, schnappte Veloc dem anderen Wächter zu, bevor er einen Schritt auf Svarde zumachte. »Wenn ich dich töte, wird deine Armee zerbrechen?«

»Das ist es ja«, sagte Svarde. »Du kannst nicht.«

Velocs verwirrter Blick verwandelte sich in Entsetzen, als sein Schritt in einen geraden Stich überging, den Svarde in seine rechte Seite eindringen ließ. Der Degen glitt hinein, und Svarde spürte den Schmerz, wenn auch so entfernt, so vage, dass er einem Traum glich. Kein Blut quoll hervor, kein Zucken, kein gequälter Schrei. Stattdessen schlug Svarde mit der gezackten Klinge quer und schlug den Degen aus Velocs Händen in den Staub.

Der Kance-Soldat wich einen Schritt zurück, den Kopf schüttelnd. »Du bist nicht echt. Das ist nicht echt. Es kann nicht-«

»Doch, ist es.«

Svarde trat den Degen zu Veloc, der Griff der Klinge prallte von den gepanzerten Stiefeln des Mannes ab.

»Heb ihn auf und stirb, oder lass ihn liegen und ergib dich.«

Hinter Veloc machten es seine zwei Wächter nicht leichter, sich für den Kampf zu entscheiden. Kivi, die ihr erstes Ziel mit einem Kopfstoß bewusstlos geschlagen hatte, hatte das Bein des zweiten Wächters im Maul. Die Kiefer des Ferriten knirschten, zerbrachen die Kance-Rüstung und ließen die Frau aufschreien. Der Lärm fand sein Echo in der Stadt, als die fliehenden Menschen begriffen, dass der Krieg gekommen war, und früher als erwartet.

Veloc schluckte, fand genug Mut, um das Schwert aufzuheben. Wieder richtete er es auf Svarde, obwohl der Barbar sah, wie die Spitze zitterte.

»Mutig und dumm«, sagte Svarde.

»Ich bin kein Feigling.«

»Das habe ich nicht gesagt.«

Svarde bewegte sich, während er sprach, ging in einen breiten zweihändigen Schwung über, der Veloc den Kopf von den Schultern geschlagen hätte. Der Kance-Kämpfer duckte sich, fiel auf ein Knie, als Svardes Klinge über seinem Kopf pfiff. Veloc nutzte die Öffnung, stürmte erneut vor und stach Svarde in das, was ein tödlicher Stoß in den Bauch des Barbaren hätte sein sollen.

Wieder der entfernte Schmerz, das Murmeln des Vis. Kein Blut, keine Hitze, keine Trübung seiner toten Sicht.

Svarde kehrte den Schwung um. Veloc, dessen Degen sich in Svardes Leder verfangen hatte, konnte nicht schnell genug zurückweichen. Der Schlag des Barbaren traf Kance mitten in die Brust, die Klinge durchbrach die Kance-Rüstung und schleuderte Veloc in den Staub, nasses Rot folgte. Der Degen lag neben seinem Besitzer.

Veloc, stöhnend, presste seine Handflächen auf den Boden, begann sich zu erheben, nur um Svardes Stiefel auf seinem Rücken zu spüren. Er drückte ihn in den Staub.

»Letzte Chance, Veloc«, grollte Svarde. »Hör auf, oder ich zermalme deinen Schädel zu Staub.«

»Du bist ein Bastard«, spuckte Veloc durch Kies und Grit.

»Ein Punkt, den ich nicht bestreiten werde, aber mein Angebot steht.«

Veloc fluchte, ein schwaches, trauriges Ding, dann erschlaffte er. Svarde nickte niemandem zu, trat dann von dem Rücken des Mannes und kickte den Degen weg. Als er das tat, pfiff Svarde erneut und rief Kivi von dem stöhnenden Wächter an seine Seite.

»Gute Arbeit, Mädchen«, sagte Svarde zu dem Ferriten, kniete sich hin und tätschelte den Kopf der Steinechse. »Ich bin stolz auf dich.«

Kivi blitzte mit ihren saphirblauen Augen, ein besonderer Glanz. Svarde lachte.

»Stimmt, sie waren nicht viel«, murmelte Svarde, erhob sich und blickte auf die Stadt.

Die Menschen strömten weiter weg, zu dem, was Svarde für einen Hinterausgang hielt, einen Durchgang durch die Berge. Einen, dem ihre Armee schon bald folgen würde.

»Zufrieden mit dreien?«, fragte Ami nicht lange danach, als das Kance-Wächter-Trio an der Mauer sitzend zurückgelassen wurde. Nur Veloc hatte eine ernsthafte Wunde, und Svarde hatte dem Mann geholfen, sie mit Stoff aus seiner Tasche zu verbinden. »Ich sah dich weggehen und erwartete, dass die ganze Stadt inzwischen brennen würde.«

»Wenn du diese Feuerläufer hereinlässt, wird sie das«, sagte Svarde und blickte auf die lodernden Reihen, die sich hinter Ami formiert hatten.

»Sie sind alles, was übrig ist. Ich habe den Whent zurückgeschickt. Sie sind hier gefährdet, und wir brauchen ihre Körper nicht.«

»Nicht?«

Ami, flammende Haare und goldene Gesichtsplatte leuchtend, als der Morgen in voller Pracht anbrach, zeigte ein grimmiges Lächeln. »Du bist unsterblich, und die Feuerläufer sind es praktisch auch. Kance ist dem Untergang geweiht, Svarde. Die einzige Frage ist, wie viele von ihnen sterben müssen, bevor sie es begreifen.«

13
MEER UND STEINE

Die Najahn näherten sich der *Storm's Edge* mit unglaublicher Geschwindigkeit. Deux' erster Ruf an Deck kam kurz nach Tagesanbruch, als Kance am Horizont zu erscheinen begann. Im Osten waren bereits mehrere Najahn-Klipper sichtbar, die sich schnell näherten. Dahinter tauchten aufgeblähte Foti-Galeonen auf, die von den Lila-Schwarzen requiriert worden waren.

»Ein früher Eisgang hat die Sache schwieriger gemacht als erwartet«, sagte Deux zu Wax und Eujo, als sie das Deck erreichten.

Sowohl die Königin als auch der Vis trugen eine angenehme Erschöpfung zur Schau, die nach einer Dusche mit Meerwasser teilweise abgeklungen war. Jede verbliebene gute Laune von der absolut fantastischen Nacht zuvor verflog schnell beim Anblick der sich nähernden Flaggen und der Soldaten, die sie repräsentierten. Wax legte seine Hand auf seine Halskette und spürte die warmen Steine, die unter seinem Hemd warteten, den Kance-Umhang.

Dass er ihre Kraft bald würde einsetzen müssen, war keine Frage mehr. Dass Wax die Göttersteine immer wieder würde kontrollieren müssen, war jetzt das Muster seines Lebens, so unausweichlich wie Essen, Trinken und ... seine Aufmerksamkeit wanderte zu Eujo, die sofort in ein sachliches Taktikgespräch mit ihrem Kapitän verfallen war.

»Können wir ihnen entkommen?« Deux antwortete auf die Frage der Königin: »Die Galeonen haben keine Chance, uns einzuholen, und in einem fairen Rennen würden wir vielleicht auch diese Klipper schlagen. Aber hier schneiden sie uns den Weg ab und legen nur die Hälfte unserer Strecke zurück, bei gutem Wetter noch dazu. Ich werde die Mannschaft unter Waffen rufen.«

»Du klingst nicht zuversichtlich«, sagte Eujo, die sich die Reling mit Deux teilte und seinen Blick auf die feindlichen Schiffe erwiderte.

»Wir sind Seeleute, keine Soldaten, meine Königin. Livier ist der einzige echte Kämpfer, den wir an Bord haben, abgesehen von Euren Wächtern vielleicht. Jeder dieser Klipper wird ein oder mehr Trupps Najahn-Soldaten an Bord haben, bewaffnet und im Töten ausgebildet. Wir werden schon gegen einen hart zu kämpfen haben, geschweige denn gegen drei.«

»Dann werden wir nicht gegen sie kämpfen«, sagte Wax und zog die Blicke der beiden auf sich. »Wir müssen nicht.« Er tippte auf die Halskette. »Benutze deinen Kance-Skar, Eujo. Gib uns den gleichen Schub, den du auf dem Weg nach Whent gegeben hast.«

Eujo nickte, griff nach ihrem Armband und hielt dann inne. »Deux, die Najahn kämpfen gegen uns, richtig?«

»Das tun sie?«

»Dann hilft uns jedes ihrer Schiffe, das wir versenken, oder?«

»Das würde es?«

»Eujo?« fragte Wax. »Was?«

»Wir fliehen nicht«, erklärte Eujo. »Die Königin von Kance wird nicht fliehend in ihre Heimat zurückkehren. Ich will meine Insel inspirieren, ihnen nicht noch mehr Grund zur Angst geben.«

Deux' Stirn runzelte sich, entspannte sich dann, als Eujo ihr Handgelenk hochhob. »Du willst die Skars benutzen?«

»Nicht wollen, sondern werden. Ich werde es tun, Deux. Für meine Insel, mein Volk und um diesen verdammten Krieg zu gewinnen.«

Wax blieb stumm, während Eujo und Deux die Verteidigung planten und der erste Klipper sich der *Storm's Edge* näherte. Bliss und Torny trugen ihre Roben, darunter Leder. Stab und Dolche bereit. Auch die Kance-Seeleute hatten sich bewaffnet, obwohl Eujo sie darauf konzentriert hielt, die *Storm's Edge* mit hoher Geschwindigkeit segeln zu lassen. Nur weil sie die Skars benutzen wollte, um die Najahn zu vernichten, hieß das nicht, dass sie ein glückliches Entern erleichtern wollte.

Und genau das war der Gedanke, zu dem Wax immer wieder zurückkehrte. Eujo war von kalter Wut erfüllt. Der Tamas-Skar, der um Wax' Hals hing, sagte ihm so viel. Die Königin von Kance wollte Furcht und Verderben, Zerstörung und Tod über die Lila-Schwarzen bringen, die ihre Heimat angriffen. Sie war bereit, und obwohl sie nicht gefragt hatte, wusste Wax, was erwartet wurde: Wenn die Skars Eujos Energie erschöpft hätten, würde er ihren Platz einnehmen und das Massaker vollenden müssen.

Unfälle und Verzweiflung hatten Wax' Skar-Katastrophen zuvor angetrieben: das Rana-Blasenuntier, das Anwesen in Whents Küstenstadt, das wirbelnde Feuer und die wellende Erde am Najahn-Außenposten nahe der Goldenen Schlucht.

Eujo hätte fliehen können. Stattdessen wollte sie die Skars als Waffen einsetzen.

»Solltest du nicht da oben sein?« gebärdete Bliss und trat vor Wax, mit einem Stirnrunzeln im Gesicht.

Beide standen einige Schritte vom Bug der *Storm's Edge* entfernt, wo Eujo und zwei Kance-Seeleute mit steifen Holzschilden warteten. Diese Seeleute würden eintreffende Geschosse abfangen und Eujo Zeit geben, sich auf ihren Angriff zu konzentrieren. Der Klipper war jetzt nur noch Augenblicke entfernt, sein schmales Deck mit gepanzerten Soldaten bedeckt. Chakrams, Glefen und Armbrüste starrten ihnen entgegen.

Eine alte Art zu töten, die auf eine neue treffen würde.

»Pan hätte das nicht gewollt«, sagte Wax.

»Pan würde auch nicht wollen, dass du stirbst.«

»Das ist also die Wahl? Die Skars zum Töten benutzen oder sterben?«

Bliss gab Wax kein Stirnrunzeln, keine Hand, keine Unterstützung. Nur einen geraden Blick. »Mag sein, dass es nicht deine Schuld ist, aber da stehen wir jetzt, Wax.« Sie warf einen kurzen Blick auf den sich schnell nähernden Klipper. »Nur Kinder können so tun, als wäre es anders.«

»Das ist nicht-«

»Finde einen Weg, Bruder.« Bliss nickte zu Torny, die ahnungslos die sich nähernden Najahn beobachtete. »Ich bin nicht den ganzen Weg gekommen und habe sie gefunden, um sie jetzt zu verlieren.«

Die Najahn boten kein Vorspiel. Keine Verhandlung, keine Bedingungen, keine Aufforderung zur Kapitulation. Die Gruppe am Bug hob ihre Armbrüste. Wax hörte die Klicks nicht, aber die Bolzen flogen, Pfeile, die durch die Luft auf die *Storm's Edge* zuschossen.

Sie kamen nie an.

Eujo nahm die erste Salve. Der Wind frischte auf, als die Königin eine Hand in Richtung des Klippers ausstreckte. Die Bolzen verlangsamten sich, kippten und platschten in die Wellen. Nicht einer erreichte das Kance-Schiff. Wax hielt seine Augen auf die Najahn gerichtet und sah Überraschung über einige Gesichter huschen.

Einige, nicht alle.

»Sie wissen es«, sagte Wax, die Hände am Bug neben Eujo, als die beiden Schiffe sich einander näherten. »Sie erwarten die Skars.«

»Na und?« erwiderte Eujo atemlos. »Sie können uns nicht aufhalten. Du bist dran.«

Wax blickte zu den Wellen. Das Rana-Skar sprang in seinem Geist auf, frische Inspiration, hell und bereit. Wax ließ es los, und der Stein ruckte. Wax selbst lehnte sich nach vorne, drückte sich gegen die Reling, das Wasser zog an ihm, während das Skar danach schnappte. Unter ihm verschoben sich die Wellen, eine Flut wogte von der *Storm's Edge* weg und stieg in Richtung des Klippers auf. Gegen jede Strömung, gegen die anderen Wellen, eine unnatürliche Wand.

Der Klipper prallte auf die Welle, die Kraft schob das Schiff nach oben, bis es senkrecht stand und umkippte. Soldaten fielen in den kalten Ozean, Platschen und Schreie stiegen auf, als der Klipper mit seiner Besatzung verschwand. Wax sah es wie durch einen Schleier, als würde er einer Party nach zu viel Pfirschwein zusehen. Das Rana-Skar schnappte, stahl und verschlang ihn, und die Renewal wäre umgefallen, wenn seine Schwester, wenn Torny ihn nicht an den Armen gepackt und festgehalten hätte.

Die einzelne gebrochene Welle begann sich zu drehen, wirbelte um das zerstörte Schiff, die schwimmenden Soldaten, schäumte zu einem Strudel auf. Die *Storm's Edge* fuhr vorbei, während diese lila und schwarzen Seelen für immer verschwanden. Das Skar wollte sie tiefer, begraben auf dem Meeresgrund. Es griff nach mehr, drängte Wax mit wortlosem Druck.

»Wax«, Tornys Stimme ein fernes Geräusch.

Er konnte die Najahn nicht zurückkommen lassen. Konnte sie nicht wegschwimmen lassen. Das Skar würde es auch nicht zulassen. Gemeinsam konnten sie-

Wax schlug hart auf dem Deck auf. Der wenige Atem, den er hatte, entwich ihm, das Rana-Skar löste sich in einer verwirrten Kakophonie auf, während die anderen Steine um seinen Hals ihre eigenen Vergeltungsmaßnahmen anmahnten. Eujos Blick drängte sie weg, der erschöpfte, eisige Blick der Königin gepaart mit den besorgten Augen seiner Schwester und Torny.

»Es ist vorbei«, sagte Eujo. »Lass es los, Wax. Lass es los.«

Kaum hatte Eujo gesprochen, da zog einer der Kance-Soldaten sie weg. Deux' Stimme erhob sich, rief Eujo zurück zur Brücke. Bliss streckte die Hand aus, ergriff Wax' eigene, aber der Vis bewegte sich nicht. Seine Beine waren Magneteisenstein.

»Noch nicht«, sagte Wax.

»Tut mir leid«, erwiderte Torny, packte wie seine Schwester zu und gemeinsam zogen die beiden Wax hoch. Bliss schob ihre Schulter unter Wax' rechten Arm, stützte ihn. Torny nickte weiter nach Steuerbord, vorbei an dem sterbenden Strudel. »Das ist einer weniger, aber die anderen beiden kommen schnell näher. Du solltest besser schnell etwas Gewürz nehmen, Wax.«

Gewürz? Wenn Wax es schaffte, noch ein paar Minuten wach zu bleiben, würde er das als Sieg betrachten. Eujo schien zumindest ihre Farbe wiederzuhaben. Er fing für einen allzu kurzen Moment ihre eisernen Augen auf, als die Kance-Seeleute sie nach achtern fegten, wo die anderen beiden Klipper sich näherten.

»Geht«, sagte Wax. »Geht mit ihr.«

»Du kannst kaum stehen«, erwiderte Torny. »Ziemlich schwer zu-«

»Ihr könnt kämpfen. Das ist es, was zählt.«

Die Banditin, stets bereit mit einer frechen Antwort, runzelte nur die Stirn und blickte über Wax hinweg zu Bliss. Die Vis-Jägerin gab Torny ein leichtes Nicken und sie zogen Wax zurück, lehnten ihn gegen die vordere Wand des Speisesaals, eine schräge Latte aus gebleichtem weißem Holz. Als Ruheplatz würde es gut genug sein, und da seine Wächterinnen davoneilten, hatte Wax keine große Wahl.

Die *Storm's Edge* segelte weiter, ein Fleck am Horizont wurde mit jeder verstreichenden Minute deutlicher. Während hinter ihm Rufe nach Gegenangriffen, nach Schilden, nach Entern erklangen, fiel es Wax schwer, die Augen offen zu halten, irgendetwas anderes zu tun, als dem ständigen Gemurmel der Skar zu lauschen. Ihr wortloses Grollen bot keine Lösungen, keine zerstörerischen Forderungen, und darin zumindest fand der Vis einen kleinen Trost.

14

KRIEGSZERRÜTTETE WIEDERSEHEN

Der Schmerz, scharf und stechend, riss Quik aus einer unbekannten Dunkelheit in eine weiche, sandige, sonnendurchflutete Welt. Über ihm stand, mit kühler Besorgnis im Gesicht, jemand, von dem Quik geglaubt hatte, sie nie wiederzusehen. Es waren erst ein paar Wochen seit ihrer hastigen Flucht aus Noctia vergangen, aber die Inseln waren in dieser Zeit so weit ins Chaos gestürzt, dass alles davor wie ein verschwommener Traum erschien.

Annalyse, genau hier, genau jetzt, in einem Vis-Gewebe, mit einer zunehmenden Bräune, die verriet, dass sie mehr Zeit draußen verbracht hatte, als Noctia je erlaubt hätte, ließ diesen Traum hart auf die Realität prallen.

»Du bist wach?«, sagte Annalyse.

Quik versuchte zu nicken, spürte die Schmerzen, hörte das donnernde Grollen eines Vis-Skars, als es gegen seine Wunden ankämpfte. Der Skar erklärte, warum er nicht die Energie aufbringen konnte, sich zu bewegen, nicht einmal den Kopf zu schütteln. Die verdammten Steine nahmen so viel, wie sie gaben, doch als die Momente in der Kajüte der

Najahn-Karavelle zu ihm zurückkamen, wurde Quik klar, dass er den Skars erneut sein Leben verdankte.

Was bleiben würde, die Erinnerungen, das Trauma ... damit konnte er sich später befassen.

»Ich bin sicher, du bist müde«, sagte Annalyse und betrachtete offenbar Quiks offene Augen als ausreichende Antwort auf ihre Frage. »Wir werden dich brauchen, um das schnell zu überwinden.«

Die direkte Aussage führte zu mehr. Das Kance-Schiff, mit einem verwundeten Narro noch immer am Steuer, war Stunden zuvor in den Hafen geschlingert. Sie hatten die Najahn-Karavelle in Brand gesteckt, die Verwundeten und die Gefangenen mitgeschleppt und waren zum näheren Vis gesegelt. Eine Entscheidung, die zu gleichen Teilen getroffen wurde, um schnellere Hilfe zu bekommen und wegen dem, was Quik in der Kajüte des Najahn-Kapitäns sichergestellt hatte.

»Grobe Karten, aber dennoch Karten«, sagte Annalyse und ließ sich neben Quik nieder. Die beiden waren nicht allein – das Kance-Schiff schwankte an einem nahen Pier, Mottilan-Träger arbeiteten mit Kance-Seeleuten zusammen, um das Schiff, seine spärliche Ladung und die frischen Gefangenen zu entladen. »Diese Karavelle hatte unsere Küste überquert und mögliche Landeplätze notiert. Wo wir Verteidigungen hatten und wo nicht. Es gab auch Pläne, die einen Angriff über Land skizzierten.«

Die Najahn würden offenbar von Westen her vordringen und dabei Kitayes verbliebenen Widerstand ignorieren oder überwältigen. Wenn die Soldaten die Berge überquert hätten, würde die Najahn-Marine von der See her kommen und Mottilan zwischen zwei Hämmern zermalmen, um eine schnelle Kapitulation zu erzwingen. Ein Plan, der riskant wäre, solange Kance noch irgendeine

Kontrolle über das Meer zwischen den beiden Inseln hätte, etwas, wozu die Windsinsel laut Narro entschlossen war.

»Was uns vor ein Rätsel stellt«, sagte Annalyse. »Die Najahn müssen wissen, dass Kance Vis, ihren einzigen Verbündeten in diesem Kampf, nicht allein kämpfen lassen würde. Was würde Kance dazu bringen, ihre eigenen Schiffe abzuziehen? Was würde sie fernhalten?« Annalyse blickte auf Quik hinab, der immer noch zu müde war, um seinen eigenen Kopf zu heben. »Du weißt nichts darüber, oder? Narro wusste es auch nicht.«

Quik zwang sich zu einem leichten Kopfschütteln.

»Dachte ich mir.« Annalyse ließ ihren Blick über die Wellen schweifen, als könnte die Antwort dort unter den Mittagswolken lauern. »Dann müssen wir planen, was die Najahn tun könnten. Und das ist angreifen.«

»Wann?« Quiks Kehle kratzte, ein verblasster Eisengeschmack lag auf seiner Zunge.

»Die Kundschafter sagen in ein paar Tagen«, sagte Annalyse und zog einen Wasserschlauch von ihrer Hüfte, um die kühle Nahrung in Quiks Kehle zu gießen. »Sie bewegen sich schnell.« Sie zog das Wasser zurück, mit dem grimmigsten Blick, den Quik je bei ihr gesehen hatte. »Sie müssen denken, dass Mottilan sich nicht wehren wird. Fassle weiß nicht, wie falsch er damit liegt.«

Bei Sonnenuntergang, nachdem er den Nachmittag verschlafen hatte, saß Quik auf einem steifen Stuhl um einen großen Steintisch, auf dem eine Karte von Vis' Ostseite lag. Deshiva, irgendwie am Leben, irgendwie so lebendig und gefährlich wie eh und je, leitete den ersten echten Kriegsrat, den Quik je gesehen hatte. Sie erteilte Befehle und nahm gleichermaßen Rat von Ältesten, Jägern, Narro und Annalyse an. Quik selbst blieb still und ließ die Befehle und ihre Empfänger kommen und gehen.

Deshiva gab die Anordnungen mit Nachdruck, ohne Gladdrings silberne Zunge. Ein Befehl, die Späher auf den Bergpässen zu verdoppeln, kam mit klaren Warnungen darüber, wie viele Leben verloren gehen würden, wenn die Najahn unerwartet kämen. Ein Hilferuf an Kance, mehr Marineunterstützung zu schicken, wurde an Fischer mit so kleinen Booten und so geschickten Piloten weitergegeben, dass eine Entdeckung auf offener See fast unmöglich war. Dass diese winzigen Boote auf offener See kentern könnten, war ein Risiko, das mit Deshivas offener Bewunderung belohnt wurde, einem Vertrauen darauf, dass man sich an ihre Tapferkeit erinnern würde.

Wenn Gladdring Menschen mit Fäden lenkte, mit Messern am Rücken und Skars, die Seelen veränderten, dann war hier eine echte Anführerin.

Als Deshiva sich endlich Quik zuwandte, stand er auf. Seine Knie drohten nachzugeben, der Jäger stützte seine massiven Handflächen auf den Steintisch, aber Quik kehrte nicht auf den Stuhl zurück. Er würde, konnte keine Schwäche zeigen, nicht unter seinesgleichen, besonders nicht vor den Mottilan-Jägern. Annalyse zuckte zu seiner Rechten, aber Quik schüttelte ihre versuchte Unterstützung ab.

Deshiva nickte ihm ernst zu. »Quik, ich kann sagen, dass es wirklich ermutigend ist, dich hier bei uns stehen zu sehen. Diese Handschuhe an deiner Hüfte sind bereit, frisches Najahn-Blut zu finden?«

»Das sind sie, Jagdmeisterin.«

»Er ist fast gestorben, Deshiva«, meldete sich Annalyse zu Wort. »Der Vis-Skar gibt sein Bestes, aber er braucht mehr Zeit. Er-«

»Wir alle brauchen mehr Ruhe, Annalyse. Wenn Quik sagt, er ist bereit, glaube ich ihm.« Deshiva tippte auf einen

Punkt auf der Karte. Die Große Sana. »Wir werden diesen Krieg gewinnen, indem wir die Najahn überdauern. Dafür muss jeder unserer Jäger ein Dutzend von ihren aufwiegen. Das funktioniert nur mit mehr Vis-Narben.« Deshiva richtete erneut ihre harten Augen auf Quik. »Geh den Pfad hinauf. Du findest eine Gruppe im dritten Haus links. Sie brechen in einer Stunde auf. Schließ dich ihnen an. Nimm die Sana.«

»Die Sana nehmen?«, fragte Annalyse. »Aber die Najahn sind überall-«

»Sie erwarten, dass wir uns verstecken, dass wir uns ducken«, fauchte Deshiva. »Wir werden weder das eine noch das andere tun. Quik, verstehst du?«

Der Jäger verstand.

Quik erreichte die Gruppe, eine bunte Mischung aus Mottilan-, Kitaye- und Lira-Jägern. Tätowierte Haut verriet jeden Einzelnen, die Tattoos hoben sich im rosigen Licht Sichis von ihrer Haut ab. Quik kannte kein einziges Gesicht unter ihnen, bis auf eines.

»Wie?«, fragte er, als Sawi herbeieilte und den Jäger fest umarmte. »Wie bist du hier?«

»Stellt sich heraus, diese Höhlen führen weit«, sagte Sawi, trat zurück und verschränkte die Arme. »Annalyse dachte, du bräuchtest mehr Zeit. Ich wusste es besser.«

»Deshiva auch.«

Ein Pfiff zog sie beide zum Anführer der Gruppe, einem mürrischen Jäger namens Reth. Der Mann hob einen Speer, ein Mottilan-Blasrohr hing an einem Faden um seinen Hals. Jeder andere Jäger trug dasselbe, und Sawi reichte Quik sein eigenes Blasrohr zu seinen Handschuhen, mit dem Versprechen, es ihm unterwegs beizubringen, nachdem sie Geschichten ausgetauscht hätten.

Ohne ein weiteres Wort, mit Beuteln auf dem Rücken

und Taschen an den Oberschenkeln, brachen die fünfzehn Jäger entlang des Klippenpfades auf, der von Mottilan wegführte. Während sie liefen, bemerkte Quik verdeckte Stachelgruben, in Ästen versteckte Plattformen, von denen aus Bogenschützen aus der Deckung schießen konnten, und gestapelte Baumstämme und Felsen, bereit, für verheerende Erdrutsche losgelassen zu werden. Einige Mottilan-Bauarbeiter gruben sogar jetzt noch Gräben für weitere Fallen aus.

»Überraschend, oder?«, sagte Sawi, als sie nahe dem Ende der Gruppe joggten. Quiks Beine waren schwer, aber das Gefühl von Vis-Erde unter seinen Füßen, die tropischen Düfte und Dschungelgeräusche brachten belebende Erinnerungen mit sich. »Mottilan ist nicht das faule Desaster, das wir dachten.«

»Haben sie nicht versucht, dich umzubringen, als du das letzte Mal hier warst?«

»Der Mann, der das getan hat, ist tot. Die Najahn haben ihn getötet.«

»Ich hätte es getan, wenn sie es nicht getan hätten.«

Sawi lachte: »Du wärst zu spät gekommen.«

Die Worte zwangen Quik zu einem anderen Blick. Dass Sawi, einst die sanftmütige Sammlerin, so beiläufig über den Sieg in einem Kampf gegen einen bekannten Jäger sprach? Dass sie Rache als Gewissheit hinwarf statt als Wunsch?

Sie waren so weit von dem entfernt, wo sie gewesen waren. So weit.

»Es wird nie wieder so sein wie früher, oder?«, fragte Quik, als sie die Spitze der Klippe erreichten und nun nach Westen in die Gebirgspässe einbogen. »Das Leben, das wir früher hatten?«

»Nie. Denkst du überhaupt, dass wir Wax wiedersehen werden? Bliss?«

»Ich habe versprochen, ihm zu helfen, Sawi. Ich habe diesen Schwur nicht aufgegeben.«

Noch ein Lachen, ein derbes. Sawi begann etwas zu sagen, brach es dann ab.

»Quik, ich hoffe, du hältst diesen einen. Das tue ich wirklich.«

»Aber du glaubst nicht, dass ich es werde?«

»Ich bin nach Hause gekommen, Quik, weil ich hier sein wollte.« Sawis Stimme wurde leiser, fast zu einem Flüstern. »Aber egal, wer diesen Krieg gewinnt, die Inseln werden nie wieder dieselben sein.«

Vor ihnen wurden die Bäume dichter. Baumhäuser, die in besseren Zeiten Mottilan-Familien beherbergt hätten, standen dunkel und verlassen da, ihre Besitzer zusammengekauert in behelfsmäßigen Unterkünften an den Stränden unten. Der Feldweg zeigte kaum Spuren von Verkehr, der übliche Handel war tot. Ein fremdes Gefühl, das nur Minuten später verschwand, als Reth ihre Gruppe von der Straße weg ins Unterholz führte.

Sie würden sich der Großen Sana vom Dschungel aus nähern und die schlechten Fähigkeiten der Najahn in der Wildnis gegen sie nutzen. Ein guter Plan, über den Quik nicht viel nachdachte, während sie die Nacht durchwanderten.

Denn als Sawi das Dunkle Unten beschrieb, die kommenden Unholde und den unsterblichen Barbaren an ihrer Spitze, schien die Rückkehr zu dem Leben, das Quik liebte, unmöglich.

15
DER VERSCHWUNDENE MANN

Der Morgen begann gut. Ein spätes Aufwachen nach ihrer langen Nacht, gefolgt von frischen Eiern und Brot, die aus der ersten von vielen Najahner Lieferungen nach Traumfeste gebracht wurden. Die Wunde hallte nun wider von Hämmern und quietschenden Rädern, während Whent-Ingenieure von unten arbeiteten und ihre Noctia-Kollegen von oben kamen, um Seile und Aufzüge entlang der gewaltigen Länge zu spannen. Wie Maena hörte, wurden größere Vorsprünge zu Zwischenstationen umgebaut, wo stationierte Soldaten Taschen von einer Latte zur nächsten weitergaben und so eine tagelange Reise von der Oberfläche auf Stunden verkürzten.

Selbst in ihrer frühesten Ausführung brachten die Lieferungen Erleichterung von Pilzen und Moos, und Maena verschlang ihre Portion inmitten der überfüllten Tische, die entlang des zentralen Platzes von Traumfeste aufgestellt waren. Der uralte, knorrige Stein war Gastgeber für hektische Mahlzeiten, die von Jochi und seinen Quartiermeistern festgelegt und durch läutende Glocken alle paar Stunden angekündigt wurden. Alles außerhalb dieser Intervalle erforderte Tauschhandel, aber wenn man bereit war, den Fraß zu akzeptieren, den Jochi bereitstellte, konnte man umsonst essen.

Zumindest vorerst.

Maena, stets allein, ließ ihren Blick über die um sie herum essenden Menschen schweifen. Sie waren jetzt sauberer, weniger ein Entdeckergesindel und mehr eine zivilisierte – so zivilisiert, wie Felsenbeißer eben sein konnten – Gruppe. Farbig gefärbtes Leder und Pelze kennzeichneten Positionen, von braunen und schwarzen Ingenieuren bis hin zu dunkelroten Kundschaftern. Frische Wasserbecken hielten die Gesichter sauberer, funktionierende Schmieden bedeuteten scharfe Messer und Klingen. Lächeln und Lachen hatten die düstere Angst ersetzt, die vorgeherrscht hatte, als die Feuerwandler noch eine zu fürchtende Macht waren, statt Verbündete.

Alles Dummköpfe. Die Unholde werden sich wenden, und Jochi wird alles verlieren.

Wenn Pennifer oder Rasslebeck noch hier gewesen wären, statt zurück nach Rana abgeschoben zu sein, hätten sie zugestimmt. Jochi sah Frieden und Profit, unerschlossenen Ruhm. Maena unterdrückte ein aufsteigendes Kichern. Sie würde ihm das zugestehen, obwohl er es nicht verdiente. Das Verschließen dieser Tore würde das Dunkle Unten an Whent und Noctia übergeben, und Maena wusste, dass sie dafür keine Anerkennung erhalten würde.

Die wahren Helden bekommen nie, was ihnen zusteht.

»Warten Sie auf jemanden?«

Die Frage, gestellt von einer gedehnten und tonlosen Stimme, riss Maenas Blick von ihren restlichen Rühreiern hoch, gesalzen und köstlich. Der Sprecher hatte den Körper eines Whent-Kundschafters, dünn und für weite Strecken gemacht, trug aber keine Waffen, kein kampfbereites Leder. Stattdessen gaben leichte Pelze, eine Halskette aus Knochenzähnen und eine schlichte Tunika Deckung für aschfahle Haut, ein Gesicht, das aussah, als hätte es so lange kein Sonnenlicht gesehen, wie er lebte. Er roch nach Lagerfeuer, ein Geruch, der immer seltener wurde, da Traumfeste bessere Kohlenbecken einrichtete, um der ständigen Kälte der Tiefe entgegenzuwirken.

Ein Neuankömmling also.

Und kein Zufall.

Stimmt. Dass jemand zufällig Maena ansprechen würde, eine Person, deren Ruf sich scheinbar sofort auf jeden übertrug, der so weit unten ankam, war lächerlich. Sie kaufte in diese Aura ein: keine Notwendigkeit, Felsenbeißer ihre wenigen Momente des Friedens stören zu lassen.

»Werden Sie antworten, oder bin ich so interessant anzustarren?«

Maena legte ihre Gabel nieder, nickte zu dem Steinstuhl auf der gegenüberliegenden Seite des kleinen quadratischen Tisches.

»Es ist Platz.«

Der Mann ließ sich auf den Hocker sinken, seine Ellbogen spreizte er zu beiden Ecken, die Hände in der Mitte des Tisches gefaltet. Kein Essen oder Trinken, was jeden unschuldigen Grund für das Hinsetzen zunichtemachte.

»Sie sind Maena, die Rana-Kapitänin, richtig?«, fragte der Mann, wohl wissend, dass sie genau das war.

»Wer sind Sie?«

»Haggerth. Ich bin hier in Jochis Auftrag.« Der Mann blieb starr, während er sprach, kein Muskel bewegte sich, kein Auge blinzelte. »Ich werde Ihnen ein paar Fragen stellen, wenn das in Ordnung ist?«

»Fragen worüber? Und was meinen Sie mit 'in Jochis Auftrag'?«

»Sie sind von Rana, also wissen Sie es vielleicht nicht, aber Whent besteht nicht nur aus Raufbolden und Grobiane. Die Gruben sind für Verbrecher, und ich bin einer, der sie fängt.«

Er lässt Leute verschwinden, die nicht gesucht werden.

»Gerechtigkeit ist eine dehnbare Sache auf Whent, nach meiner Erfahrung«, sagte Maena.

»So ist es überall. Auch hier unten.«

Maena zuckte mit den Fingern in einer beiläufigen Zustimmung. Warf einen Blick umher, sah keine Seele, die an ihrem Gespräch interessiert war. Keine zuschauenden Verstärkungen, keine neugierigen Beobachter. Das bedeutete entweder, sie kannten Haggerth nicht, oder wussten gut, sich rauszuhalten.

»Es gibt einen Kundschafter, der seit ein paar Tagen vermisst wird«, sagte Haggerth und ließ dabei diese schiefergrauen Augen auf ihr ruhen, die Worte in der Luft hängen lassend.

»Leute verschwinden hier unten jeden Tag. Dort oben auch.«

»Es ist mein Job, sie zu finden, Maena.«

»Das habe ich verstanden.«

Haggerth lieferte die Beschreibung des Kundschafters, eine so genaue, dass Maena sich fragte, woher er die Informationen hatte, bis Haggerth seine Quelle offenbarte: der Partner des Kundschafters.

Natürlich erwischen wir ausgerechnet den einen Kundschafter, der etwas anderes liebt als allein im Dunkeln zu sein.

»Unser vermisster Mann ist schon lange Kundschafter«, fuhr Haggerth fort. »Es sieht ihm nicht ähnlich, ohne ein Wort zu verschwinden, ohne ein Zeichen. Verstehen Sie, was ich meine?«

»Vielleicht ist das an der Oberfläche so, aber das ist nicht, wo wir sind, Haggerth. Unholde kriechen durch diese Tunnel, und sie hinterlassen ungern Beweise.«

Haggerth nickte: »Außer, dass er diesen Monat nicht im Außendienst war. Sein Vorgesetzter und sein Partner sagen beide, er sei mit Detailkartierung beauftragt gewesen. Standorte für Lager, Bergbau und so weiter. Weit innerhalb der Schale.«

Der geschützte Bereich, wo Whent-Truppen die Tunnel sauber und frei hielten. Zumindest die, von denen sie wussten.

Gib ihm nichts.

Als ob Maena das tun würde. Sie erwiderte Haggerths Blick.

»Warum erzählen Sie mir das alles?«, fragte Maena.

»Weil ich mit mehr als einer Person gesprochen habe, die behauptet, Sie zuletzt mit ihm gesehen zu haben. Redend, durch die südlichen Tunnel verschwindend. Sie und er, allein.«

Er hat seine Hausaufgaben gemacht.

»Ist das der Mann, von dem Sie sprechen?«, fragte Maena.

»Ja, der ist es.«

»Er zeigte mir einen schnelleren Weg zum Rand der Muschel. Dann trennten sich unsere Wege. Das ist alles.«

Haggerth bewegte keinen Muskel.

Er kauft es mir nicht ab.

»Warum er?«, fragte Haggerth. »Von allen Kundschaftern, warum ausgerechnet er?«

Weil Inglan am Vorabend in der Taverne nicht zurückgeschreckt war, sich nicht weggedreht hatte, als Maena zu sprechen begann. Er hatte genickt, als sie die Wahrheit über die wirbelnden Tore und wie man sie stoppen könnte, flüsterte.

Schade, dass sein Glaube gebrochen ist.

»Er ging in diese Richtung. Dort wollte ich hin, und ich brauchte Hilfe.«

»Hilfe wobei?«

»Sie sind noch nicht lange hier unten, oder Haggerth?«, sagte Maena, während sie die letzten Bissen ihrer Eier in den Mund löffelte.

Niemals eine gute Mahlzeit verschwenden.

»Lang genug, um zu wissen, dass Sie länger hier sind als die meisten«, erwiderte Haggerth. »Sie sind ein Rana-Kapitän, das bedeutet, Sie haben Erfahrung darin, sich an unbekannten Orten zurechtzufinden. Das bedeutet auch, dass Sie keine allzu gute Meinung von uns haben.«

»Whent?«

Haggerth nickte ihr zu.

»Nichts davon spielt eine Rolle«, sagte Maena. »Was zählt, ist das, was sich in dieser Kammer unter dem Wasser befindet.«

Haggerth neigte den Kopf. »Und das wäre?«

»Der Grund, warum wir hier sind, und der Grund, warum ich geblieben bin.«

»Ich höre.«

Maena stand auf und hob ihren grauen Keramikteller. Haggerth tat es ihr gleich.

»Zuhören wird Ihnen nicht viel helfen, Haggerth. Das müssen Sie mit eigenen Augen sehen, um es zu verstehen.«

Haggerth vergrub seine Hände in dem leichten Mantel. Zog ihn eng um sich. Als ob allein die Vorstellung, irgend-wohin zu gehen, dem Mann einen Schauer über den Rücken jagte. Was bei seiner dünnen Statur nicht überraschend war. Trotz all seiner Worte würde Maena wetten, dass der Mann noch nicht lange auf der rauen Seite der Wildnis gewesen war.

Eine Gelegenheit also.

»Sie werden es mir zeigen?«, fragte Haggerth.

»Kommt drauf an.« Maena warf den Teller in eine Spül-wanne. »Wollen Sie wirklich wissen, was hier vor sich geht?«

»Das ist mein Job.«

Maena lachte. »Dann kommen Sie mit, Haggerth. Ich weiß nichts über Ihren verschwundenen Kundschafter, aber ich kann Ihnen etwas viel Wichtigeres zeigen.«

16

INVASION

Viktorie unter der Führung eines Anführers war nicht befriedigend. Svarde beobachtete, wie die Whent in die Kance-Stadt einmarschierten, Gebäude in Beschlag nahmen und die wenigen verbliebenen Bewohner in Gruppen einteilten, die überwacht, befehligt und beschäftigt werden sollten. Jenseits der Mauern und zurück zu den schmutzigen, brachliegenden Feldern sammelten sich die Feuerläufer in ihren üblichen Lagern. Ami war irgendwo dort draußen und sprach mit dem einzigen Unhold, dem sie vertraute, demjenigen, den sie treffend Spark nannte.

Sie erledigte die Arbeit eines Generals, während er auf dem Rand eines ausgetrockneten Brunnens saß und starrte. Kivi kaute auf demselben herum und grub sich einen körnigen Steinsnack aus.

»Wie schmeckt das?«, murmelte Svarde dem Ferrit zu, und Kivi schnaubte zur Antwort. »So gut, hm?«

Ein weiteres Schnauben, der Ferrit unterbrach seine Mahlzeit nicht. Hochwertige Steine in der Tat.

Für einen Tag, der von Kämpfen geprägt war, schienen

die einzigen Probleme der Nacht die Wolken am Horizont zu sein. Dick und auf sie zukommend. Was vor ein oder zwei Wochen noch Schnee gewesen wäre, würde jetzt wahrscheinlich Regen bringen, und nicht den angenehmen Nieselregen. Die Whent um Svarde herum brachten ihre Ausrüstung in die Häuser, benutzten Kance-Öfen statt offener Feuer. Fenster wurden verriegelt, die Straßen leerten sich. Was es an Siegesliedern und Feierlichkeiten gab, blieb hinter verschlossenen Türen.

Andererseits hatten die Whent kaum mehr getan, als den Gleitern zuzusehen. Was hatten sie schon zu feiern?

»Es wird nass hier draußen«, sagte Olgata, die Whent-Kundschafterin und Hauptverbindung zwischen Ami, Svarde und den Steinbeißern. Svarde zuckte bei dem Begriff zusammen, eine alte Angewohnheit, die er ablegen musste. »Ein Sturm zieht auf.«

»Sehe ich.« Svarde nickte auf die zackige Klinge hinunter, deren große Linie auf seinen grauen Oberschenkeln ruhte, über denen abgenutzte Lederhosen lagen. »Ich werde ihn wohl aussitzen.«

»Spüren Sie die Nässe auch nicht?«

»Ich spüre sie durchaus, aber ich bin neugierig.« Svarde blickte zu den Stadtmauern, zu den brennenden Gruppen dahinter.

»Ich bin besorgt.«

Svarde lachte leise. »Ich schätze, eine Menge Dampf. Das passiert, wenn man Wasser zu nah an die Hitze bringt. Morgen wird's richtig neblig sein.«

Olgata stimmte nicht in das Lachen ein. »Haben Sie das schon mal gesehen? Den Regen auf diesen Feuerläufern?«

»Sicher haben sie damit schon zu tun gehabt.«

Olgata kratzte sich an der Nase. »Glauben Sie, Foti, der Gott des Feuers, lässt es in seiner Heimat regnen?«

Die verdammte Vorahnung der Kundschafterin bewahrheitete sich. Svarde schlief nicht, als der Sturm einschlug - er schlief nie -, aber er war tief genug in einem Was-wäre-wenn-Kaninchenbau versunken, in dem er Catyas Erneuerung noch einmal durchging, dass er die ersten Tropfen nicht bemerkte.

Die Panik der Feuerläufer war jedoch schwer zu übersehen.

Dampf stieg in die Dunkelheit auf, die brennenden Gestalten auf den Feldern wie Leuchtfeuer in der Nacht. Orangefarbener Nebel stieg wie Wolken empor. Svarde wollte gerade aufstehen, als das Beben begann, ein Rätsel für seine Füße, das seine Augen lösten: Die Feuerläufer rannten, wie ein Mann, auf die Stadt zu.

»Kivi«, sagte Svarde und stand auf. Wie immer gehorchten seine Beine trotz stundenlangen Sitzens ohne jegliche Beschwerde. Was er für ein kleines Stechen, ein kleines Zwicken geben würde. »Ich glaube nicht, dass die Feuerläufer den Regen mögen.«

Die Whent hatten Wachen aufgestellt, vermummte Wanderer, die paarweise durch die Stadt patrouillierten, und sie reagierten mit Neugier auf den herannahenden Mahlstrom aus Dampf und Feuer. Svarde, mit Kivi auf den Fersen, rannte an gaffenden Gruppen vorbei.

»Schlagt Alarm!«, rief der Barbar, die Worte durchbrachen den Bann der regnerischen Nacht.

»Alarm?«, rief einer zurück. »Sind sie nicht auf unserer Seite?«

»Im Moment sind sie auf niemandes Seite außer ihrer eigenen!«

Svarde lief an Häusern, Gasthöfen, dunklen Läden und Ställen vorbei. Seine Füße rutschten und stampften auf nassem Stein. Die Mauern lagen im Schatten, von dem herannahenden Grollen umgeben. Die Feuerläufer ballten sich zusammen, während sie rannten, die Glutherde verschmolzen zu einer einzigen hellen Kugel, die direkt auf die Stadt zusteuerte. Sie würden in wenigen Augenblicken eintreffen.

Die Whent, die das Tor bewachten, flohen an Svarde vorbei in die entgegengesetzte Richtung, eine Entscheidung, die der Barbar mit einem weiteren Brüllen ermutigte.

»Sagt den anderen, sie sollen die Gebäude verlassen! Bleibt im Freien!«, rief Svarde ihnen nach und stellte eine Vermutung an.

Um eine Schmiede heiß zu halten, hielt man sie bedeckt. Wenn die Feuerläufer nicht völlig den Verstand verloren hatten, würden sie dasselbe suchen. Diese Kance-Dächer waren das Nächstbeste, was diese Bucht an Schutz zu bieten hatte, und jeder, der drinnen festsaß, würde ...

Svarde knurrte und nahm in der Mitte des Tores eine Kampfhaltung ein. Breit genug für große Karren und nicht viel mehr, stellte Svardes Masse ein Hindernis dar, das durch Kivis schnaubende Unterstützung noch verstärkt wurde. Er hielt die zackige Klinge vor sich, in der Hoffnung auf ein wenig erinnerte Bedrohlichkeit.

In der Hoffnung auf eine andere Art von Furcht.

Die Feuerläufer schwärmten aus, eine wirbelnde Masse aus zischendem Weiß und Grau, hier und da von orangefarbenen und roten Blitzen durchbrochen. Diese Obsidian-Dreiecke schwebten ebenfalls, schwebten im Nebel, ihre Oberflächen ein wildes Lichtüberangebot. Keine Klarheit ruhte dort, nur Panik. Der Ansturm war breiter als das Tor, höher als die Mauern zu Svardes beiden Seiten und nahm keine Rücksicht auf das, was sie vor sich hatten.

»Halt!«, schrie Svarde in den Sturm, der peitschende

Wind und Regen machten seinen Ruf zunichte, einen Ruf, den die Feuerläufer nicht im Geringsten beachteten.

Sie würden seine Klinge beachten müssen.

Die Feuerläufer stürmten auf ihn zu, keine Waffen hingen an ihren Gestalten, keine Metallausrüstung. Nur reines Feuer, und Svarde begegnete ihm mit seinem Schwert. Mit einem weiteren Aufschrei, sie mögen anhalten, trat Svarde in seinen ersten Schwung, zielte niedrig auf die Beine des Anführers. Es war, als versuchte man, die Sonne zu treffen, und Svardes Angriff verlangsamte sich, als die Hitze über ihn hinwegfegte, seine toten Augen versengte und verbrannte, was von seinem rissigen Bart übrig geblieben war.

Die Klinge fegte in etwas hinein, in dieses tobende Inferno, und fand ein Ziel.

Die Feuerläufer wurden nicht langsamer. Sie trampelten.

Das Inferno umhüllte Svarde, als panische, brennende, massive Körper ihn hin und her warfen. Es gab nichts zu sehen außer Feuer, nichts zu fühlen außer erstickender Hitze, und Svarde konnte nichts anderes tun, als die Klinge mit verbrannter Haut festzuhalten. Etwas Schweres und Heißes fiel auf Svarde und erstickte ihn in tanzendem Feuer.

Wieder einmal wurde ihm ein verdienter Tod verwehrt.

Ein dumpfer Schmerz blieb zurück. Nicht direkt Schmerz, sondern eher ein pochendes Auslaugen, während seine Gliedmaßen zitterten, während seine Augen, sein Mund, seine Lippen verschwanden. Während Svarde zu kaum mehr als Knochen wurde, während er-

Sein Rücken bewegte sich, schabte über dampfenden Stein. Etwas Hartes packte seine Schulter, und Svarde drehte sich um, sah mit Augen, die eigentlich nicht existieren sollten, wie Kivi an seiner verkohlten Haut zog. Die Klinge zitterte zu Svardes Rechten, und er musste nicht in diese Richtung schauen, um zu spüren, wie sich seine Haut, sein Körper und die gebrochenen Knochen wieder zusammenfügten. Er konnte es deutlich genug sehen, wie seine Beine, die nichts weiter als ascheverwehte Knochen waren, die sich vom Feuerwandler lösten, begannen, erneut tote graue Haut zu sprießen.

Die Skars hallten ihren infernalischen Triumph in Svardes Geist wider. Mit ihren Schreien kam ein anderer Klang: knirschender, sich verschiebender Stein, die Erde bebte, als die Feuerwandler ihre Verschnaufpause fanden. Ob irgendwelche Whent oder Kance in dem Ansturm starben, wüsste Svarde nicht: Das Toben übertönte alles andere.

Svarde setzte sich einige Stunden später auf. Das Zusammenwachsen seines Körpers ging weiter, ein langsames Wachstum, das Muskel für Muskel geschah, oder zumindest redete Svarde sich das ein. Dass keine Organe ersetzt oder nachwachsen würden, war eine Tatsache, die er sich weigerte in Betracht zu ziehen.

Was jedoch unmöglich zu ignorieren war, waren die schwelenden Ruinen draußen auf den Feldern und, von anderer Art, in der Stadt. Inmitten der schlammigen Spuren lagen große, aschene Körper, ein Anblick, der Svarde den Atem geraubt hätte, hätte er welchen zu verlieren gehabt. Bei einem gemessenen Blick zählte Svarde, dass mehr als die Hälfte der brennenden Unholde draußen im Sturm gestorben waren.

Ein Massaker durch die Hand der Natur, durch ihre eigene Unwissenheit.

Auch die Stadt hatte gelitten, obwohl ihre Verluste in Form von zerschmetterten Gebäuden kamen. Verschobene

Dächer wurden zu behelfsmäßigen Unterkünften, dampfend, als ihre erhitzten Platten den Regen auffingen. Die Feuerwandler darunter, sichtbar, als Svarde über die Mauer blickte, kauerten. Die mächtigen brennenden Krieger rollten sich zu Kugeln zusammen, umarmten einander in flackernden Kerzen. Viele trugen verräterische Ascheflecken, Wunden, die weit weg von jeder Schlacht erlitten wurden.

»Was haben wir getan, Kivi?«, fragte Svarde das Ferrit und stützte sich dabei auf die versengte Überreste des Tores. Seine linke Hand rieb über den Stein, immer noch mehr Knochen als totes Fleisch. »Wir haben die Monster zu ihrer Schlachtbank geführt.«

Schlimmer noch, Svarde konnte sehen, wie Jochi, Fassle und Yarvick dies als doppelten Sieg erklären würden: Die Feuerwandler wurden durch die einfachste Waffe, die die Inseln aufbieten konnten, niedergestreckt, während sie gleichzeitig eine Kance-Stadt verwüsteten. Der erste Tag der Kance-Invasion hatte sich für beide Seiten als verheerend erwiesen.

»Was nun?«, sagte Svarde, das Ferrit immer noch sein einziges Publikum.

Jenseits der zusammengedrängten Feuerwandler waren die wassergetränkten Straßen leer. Die Whent mussten Svardes Rat befolgt haben, waren zu den Türmen geflohen, zu den Schluchten dahinter. Ami wäre bei ihnen, würde versuchen, etwas Ordnung zu finden, eine Strategie.

Svarde beobachtete seinen linken Daumen, sah, wie Haut wie eine kleine Pflanze aus dem Knochen spross. Sie wickelte sich um seine Fingerspitze, verschmolz verschiedene Teile miteinander. Er war von den Feuerwandlern niedergetrampelt worden, fast zu nichts verbrannt, und doch war er hier, fast ganz. Wenn diese Unholde ihn nicht zerstören konnten, was dann?

Sie hatten eine Armee nach Kance gebracht, aber vielleicht brauchte die Insel etwas sowohl Geringeres als auch Größeres, um sie niederzuwerfen. Vielleicht sollte Svarde das tun, was er am besten konnte, und es so tun, wie er es mochte.

»Kivi«, sagte Svarde, »ich glaube, es ist Zeit, dass wir dem Ganzen selbst ein Ende setzen.«

Das Ferrit schnaubte fragend, was Svarde beantwortete, als er einen stockenden Gang in die Stadt begann. Der enge Pass lag auf der anderen Seite, und dahinter, nach einem langen Marsch, wartete der Himmelspalast. Warteten die Anführer der Windinseln. Svarde würde sie brechen, einen nach dem anderen, bis sie sich ergaben.

Und sobald sie das taten, würde der Barbar die Feuerwandler durch die tiefen Tunnel eskortieren, sicher und geschützt, bis sie endlich ihre neue Heimat fänden.

17
SCHIFF ZU SCHIFF

Bis zu diesem Moment hatte sich Wax auf See noch nie gefangen gefühlt. Die Wellen und der Ozean dahinter waren eine undurchschaubare Masse, die man wie Wolken oder den weiten Dschungel ignorieren konnte. Das Boot würde ihn auf die andere Seite bringen, solange er den Seeleuten vertraute. Selbst als sie das Rana-Handelsschiff geentert hatten, um Bliss und Torny zu retten, während das ganze Schiff langsam unter ihnen versank, fühlte sich Wax immer noch in der Lage zu entkommen. Sich freizublasen, freizubrennen oder freizu-schwimmen.

Der Angriff der Najahn errichtete Mauern, die Wax nicht einreißen konnte. Nicht allein.

Die seefahrenden Soldaten verzichteten auf dickere Panzerplatten zugunsten warmer, beweglicher Roben und Lederhelme und überfluteten die *Storm's Edge* von den beiden Klippern aus, die sie gefangen hatten. Enterhaken bissen sich in die hölzernen Reling ein, zogen die Schiffe eng genug zusammen, damit Enterbrücken über die Decks geschlagen werden konnten. Deux' eigene Matrosen, bewaffnet mit Rapieren, Keulen und allem, was gerade griffbereit schien, brüllten sich in den Kampf, aber sie waren keine richtigen Kämpfer.

Kance hatte seit Jahren keinen echten Krieg mehr geführt, und das Schiff der Königin war nicht für diese Art von Gefecht ausgelegt.

Wax sah die ersten Stiche, die Hellbarden und kurzen Najahn-Schwerter, die in einem tödlichen ersten Schlag in Eujos Mannschaft eindrangen. Die Vis-Erneuerung lehnte an der Reling nahe dem Heck der *Storm's Edge*, Bliss stand mit Sorge im Gesicht daneben. Wax konnte Eujo selbst nicht sehen, aber plötzliche Rufe und laute Platscher von der gegenüberliegenden Seite, wo der zweite Klipper angriff, deuteten darauf hin, dass die Kance-Königin jetzt die Skars einsetzte.

Nach seinem eigenen schweren Atem und den schweren Armen zu urteilen, schätzte Wax, dass Eujos Taktik, Truppen zu werfen, nicht lange anhalten würde. Dann würde es-

»Hier«, zeichnete Bliss und reichte Wax sein eigenes Schwert, das sie nach seinem Zusammenbruch an sich genommen hatte. »Ich wollte nicht, dass du dich schneidest, aber du könntest es jetzt brauchen.«

Seine Schwester pflanzte ihren Stab vor sich auf und beobachtete mit zweifelndem Blick, wie Wax sein Schwert hielt, als ob sie nicht glaubte, dass er dazu in der Lage wäre.

»Ich komme schon klar«, erwiderte Wax. »Zumindest für den Moment.«

»Einen nach dem anderen.«

Keiner von beiden stürmte jedoch auf die Enterbrücken zu. Stattdessen blickte Wax zurück über den Bug. Ein ferner Fleck deutete auf Kance hin und bestätigte, dass jede Flucht zur Insel schwierig werden würde.

»Keine Wahl«, sagte Wax. »Es tut mir leid, Bliss.«

»Wofür?«

»Dass ich dich da mit reingezogen habe.«

»Das ist die Schuld der Najahn, nicht deine. Lass uns sie dafür bezahlen lassen.«

Bliss' Zuversicht mochte einem Duell gegen einen Hanoko, die Dschungelkatzen ihrer Heimat, entsprochen haben, aber weder sie noch Wax hatten echte Erfahrung im Kampf gegen ausgebildete Soldaten oder wussten, was in einer offenen Schlacht zu tun war. Diese Sorge nagte an seinen ersten Schritten, als sie sich in Richtung des Kampfes bewegten, in Richtung eines schwankenden Kance-Widerstands.

Die Hellbarden hatten Reichweite, und die Najahn wussten das. Die gebogenen Speere stießen vor, schnitten und packten Deux' Matrosen. Wax sah, wie einer unter der Deckung eines Rapiers hindurchstach, durch die blauweiße Robe schnitt und sein schreiend Ziel über die Reling in den eiskalten Ozean zog. Der Hellbardenträger stand Seite an Seite mit zwei anderen Najahn auf den Enterbrücken, das Trio nahm sich geduldig Zeit, die verteidigenden Matrosen niederzumetzeln.

Eine leichte Aufgabe angesichts der kurzen Reichweite der Rapiere. Wax bemerkte auch, dass andere Najahn auf dem Klipper Armbrüste luden und abfeuerten. Die ruckelnden Schiffe und der Wellengang machten das Zielen schwierig, aber jeder Bolzen, der traf, schickte einen Matrosen zu Boden oder ließ ihn taumelnd zurückweichen.

Vier hilflose Kance blieben übrig, als Wax und Bliss den Angriff erreichten, blutig, schwitzend und fluchend.

Bliss erkannte das Offensichtliche und übernahm die Führung, indem sie zur Reling links von der Enterbrücke tanzte. Sie setzte ihren Fuß auf das Geländer. Wax drängte sich an dem Kance-Matrosen auf dieser Seite vorbei und schwang seine flache Klinge in einem wilden Hieb, der die beiden näheren Hellbarden zu einer Parade zwang. Metall traf auf Metall, und Bliss hatte ihre Chance.

Die Vis-Jägerin flog, schwang ihren Stab, während sie sprang. Das metallbeschlagene Ende schlug die aufsteigende Hellbarde des äußersten Najahn beiseite und traf den Helm des Mannes. Das schwarze Gerät knirschte, als sein Besitzer nach links fiel, in den nächsten Wächter hinein. Bliss setzte ihre Zehen auf den Rand der Enterbrücke und brach ihren Schwung ab, um den Stab für einen Folgestoß zurückzuziehen.

»Jetzt angreifen!«, rief Wax und stürzte sich in die abgelenkte Lücke, die Bliss geschaffen hatte.

Das Najahn-Trio sah sich von Rapierspitzen bombardiert, die kleinen Klingen drangen durch die weichen Roben und das leichte Leder darunter. Bliss' Stab schlug erneut zu, zielte auf schwache Knie und ließ den hintersten Najahn von den Brettern rutschen. Die anderen beiden folgten schnell, ein Sieg, der dadurch getrübt wurde, dass der letzte in einem verzweifelten Hakenschlag einen Matrosen erfasste und den armen Kerl mit sich in den Abgrund riss.

Für einen kurzen Moment waren die Rampen frei.

Die Armbrüste füllten die Lücke.

Wax streckte seine Hand aus, drückte den Kance-Skar und spürte, wie dessen Wind aufstieg. Die Dutzend Bolzen verbogen sich, schlugen auf die Bretter selbst oder flogen ins Meer hinaus. Wax' eigene Knie gaben nach, ein Sturz wurde nur dadurch verhindert, dass Bliss, die ihren Stab in der linken Hand ruhen ließ, Wax zurück auf die *Storm's Edge* zog. Die drei verbliebenen Matrosen hoben die erste Rampe an und warfen sie ins Meer. Als sie die zweite erreichten, stürmten bereits weitere Najahn-Soldaten heran.

Der unvorsichtige Angriff der Najahn gab Bliss eine Gelegenheit, als sie Wax auf das Deck der *Storm's Edge* schubste. Mit tief gehaltenem Stab schritt Bliss an den Matrosen vorbei und schwang ihre Waffe über die Rampe. Der erste Najahn senkte seine Voulge, um den Schlag abzuwehren – ein kluger Zug, der Bliss' Querschlag stoppte, aber ein dummer, da sein Schwung den Najahn nach vorne trug. Er stolperte über seine eigene Blockade, fiel nach rechts, wo die weggeworfene Rampe gewesen war, und stürzte in die dunklen Fluten.

Bliss schüttelte die blockierende Voulge ab und hob ihren Stab, um den nächsten Angriff abzuwehren – einen Sprungschlag des nächsten Najahn. Der mutige Sprung des Soldaten brachte ihn von der Rampe auf die *Storm's Edge*, eine Kollision, die ihm Rapierstiche einbrachte, aber Bliss und die Matrosen von ihrer Enterrampen-Barrikade zurückdrängte.

Mehr Najahn sprinteten herüber.

Kein langsamer, bedächtiger Angriff mehr.

Wax rappelte sich auf, als ein Najahn auf ihn zukam. Die vordere Voulge machte einen Stich in die Eingeweide, den der Vis mit einem hektischen Schlag abwehrte. Der Soldat stieß die Voulge ein zweites Mal vor, zog sie weg, als Wax zum Block ansetzte, und ließ das Schaftende gegen Wax' Brust krachen. Frischer Schmerz, sowohl ein dumpfes Pochen als auch ein scharfes Stechen, erschütterte Wax, als er zurücktaumelte. Der Soldat zog die Voulge zurück und stieß zu einem weiteren geraden Stich vor. Wieder schlug Wax das Schwert in einer wilden Abwehr, wobei sich das gebogene Speerenende in Wax' Oberschenkel verhakte und eine brennende Linie zog.

Der Vis jaulte auf. Der Soldat machte Anstalten, die

Voulge hochzuziehen und diese Linie durch Wax' Magen, Brust und alles, was darin lag, zu verlängern.

Wax stürzte sich auf seinen potenziellen Mörder, halb fallend und halb angreifend, wobei sein Schwert die tiefe Position der Voulge ausnutzte. Wax traf die Schulter des Najahn, der Schlag glitt mit nur einem Grunzen hindurch. Der Zug hatte jedoch die Distanz verringert und Wax' Bein von der Voulge befreit.

Und brachte den Kopf des Vis an die falsche Stelle. Der Najahn schnellte seinen eigenen gepanzerten Schädel nach vorne und versetzte Wax einen Schlag, der dessen Sicht verschwimmen ließ und sein Schwert aus der Hand fallen ließ. Der Najahn jedoch griff aus, fing Wax auf, als er zurückfiel. Er zog den Vis an seinem Hemd hoch, die harten Augen des Najahn fixierten Wax' Hals und was darum hing.

»Wir haben sie!«, bellte der Soldat und drehte Wax in Richtung der Rampen.

Mit Blut, das aus seiner Nase strömte, holte Wax zum Schlag gegen den Soldaten aus. Seine Faust traf die Roben des Mannes, löste aber keine Reaktion aus. An seinen Seiten sah Wax mehr Najahn vorbeiströmen, die Kance-Seeleute zurückgedrängt oder tot. Unter ihm wich das Deck des Schiffes der Enterrampe, gesäumt von schäumender Brandung und den letzten Atemzügen ertrinkender Kämpfer.

»Bliss!«, versuchte Wax zu rufen, doch der Schrei ging ins Leere, blieb unbeantwortet.

Inmitten der violetten und schwarzen Roben, der Kampfschreie und Zusammenstöße konnte Wax weder seine Schwester noch Eujo oder Torny sehen. Die Skars brodelten in seinem Geist, doch als Wax nach einem griff und Fotis Feuer zum Brennen bereit fühlte, bemerkte es der Soldat. Als der Mann auf sein eigenes Deck sprang, legte er eine Hand an Wax' Kehle und drückte seinen Daumen hinein.

»Ruf die Steine, Junge, und du stirbst, bevor sie antworten«, knurrte der Mann.

Das dachte er. Der Foti-Skar würde es ihm anders zeigen.

Als Wax die erste Hitze in seiner Handfläche spürte, huschte der Blick des Najahn-Soldaten über Wax' Schulter. Diese harten Augen weiteten sich.

Und die Skars verstummten.

18

AUF DEM GIPFEL DER WELT

Quik verbrachte den Tag mit Sawi und den anderen Jägern unter einem wärmenden Baldachin. Die ersten Anzeichen des Frühlings lagen in der Luft, frische Knospen und Vögel, die ihre Nester bauten. Der schwere Humus, wenn die Natur erwacht. Zurück in einem Gewebe, seine beschädigten Kance-Roben in Mottilan zurückgelassen, verbrachte Quik einen Großteil des Tages einfach damit, zu *sein*. Er benannte Lieder und Düfte, pirschte durch die Farne und spürte die Rinde, die er zu lange nicht mehr berührt hatte.

»Es kommt schnell zurück, nicht wahr?«, fragte Sawi, als sie sich am Nachmittag an einem bewaldeten Hang zu ihm gesellte. Sie hatte Obst und etwas gesalzenen Fisch mitgebracht, einen gefüllten Wasserschlauch griffbereit. Wie Quik ging und sprach sie jetzt ohne den Elan der Jugend. Sie trug Narben in sich. »Du verlässt Vis und es fühlt sich an, als wärst du verloren, aber die Heimat nimmt dir nichts übel.«

»Mir war gar nicht bewusst, wie sehr ich es vermisst habe«, sagte Quik. »Es ist, als würde man wieder lebendig werden, nach all den Gebäuden, dem Ozean, den Kämpfen.«

»Das Letztere wird nicht verschwinden.«

»Stimmt, aber zumindest weiß ich jetzt, dass ich auf der richtigen Seite stehe.«

»Warum, weil wir versuchen, die Najahn von unserer Insel zu vertreiben?«

»Das ist der offensichtliche Grund.«

»Hast du schon mal darüber nachgedacht, was passiert, wenn wir gewinnen?«

»Wenn?« Quik schnaubte. »Sawi, ich werde nicht träumen.«

»Du glaubst nicht, dass wir es schaffen werden?«

Quik schüttelte den Kopf, während er den Fisch kaute. Er musste Mottilan zugestehen: Die Stadt wusste wirklich, wie man Meeresfrüchte würzt. Kitaye liebte die Gaben des Meeres genauso sehr, aber seine Heimat bevorzugte eine einfachere Würzung. Mehr Früchte und Blätter, weniger Salz und Pfeffer.

»Ich denke, Fassle und Yarvick werden nicht aufhören«, sagte Quik. »Ich glaube, sie wollen beide an der Macht festhalten, und der einfachste Weg dafür ist, die Inseln zu erobern oder sie im Krieg zu halten.«

Sawi lachte. Auf Quiks fragenden Blick hin deutete sie mit ihrem eigenen Sandwich auf ihn wie mit einem Zeigefinger. »Hör dir mal zu. Vor ein paar Monaten warst du noch schweigsam und aufbrausend. Erst zuschlagen, dann reden. Jetzt philosophierst du über das Schicksal der Welt.«

Quik ertränkte eine leichte Röte mit einem Lächeln. »Ich war wohl lange genug um Gladdring herum.«

»Was ist dort passiert? Ich meine, nicht warum du hier bist, sondern mit Gladdring? Wie bist du von Noctia weggekommen?«

Er erzählte die Geschichte von Anfang an. Als eine Nachricht in seiner Kaserne-Koje hinterlassen wurde – Quik verbrachte seine Najahn-Rotation mit Patrouillen an der Hafenseite –, die ihn bat, sich spät in der Nacht vor einer Bar einzufinden. Gladdring, irgendwie noch am Leben, hatte ihm ein Angebot gemacht, das Quik nicht ablehnen konnte: wieder in Aktion treten, seinem Bruder helfen und aufhören, Zeit zu verschwenden.

»Von da an war es ein Kampf nach dem anderen«, sagte Quik. »Wir flohen mit der Kance-Königin, stahlen unterwegs einen Haufen Skars. Du hättest sehen sollen, was sie mit dem Labor gemacht haben, Sawi. Ein Chaos, aber sie brachten sowieso neue Skars dorthin.«

»Tja, das passiert wohl, wenn man den besten Wissenschaftler verliert, den man hat.«

»Vielleicht«, sagte Quik. »Wir segelten nach Kance ... Und die Najahn erklärten den Krieg. Ich wollte nicht an der Seitenlinie sitzen, und jetzt bin ich hier.«

Warum wollte er nicht über die Kance-Königin sprechen? Darüber, dass er sie im Ozean sterben ließ, oder was Quik vermutete, was mit der Noctia-Erneuerung geschehen war?

Solch düstere Gedanken verlangten nach dunkleren Zeiten, und der Nachmittag war zu schön, um ihn zu ruinieren. Das, und Sawi würde es vielleicht nicht verstehen. Vielleicht nicht-

»Ich bin froh, dass du hier bist«, sagte Sawi. »Ich meine, Annalyse ist nett, aber sie ist nicht eine von uns. Nicht, du weißt schon, aus unserer Gruppe.«

»Du meinst, die Idioten, die den ganzen Tag auf den Bäumen spielen wollten?«

»Hey.« Sawi gab Quik einen leichten Schubs. »Dir hat

es auch gefallen, bevor du beschlossen hast, ganz oder gar nicht Jäger zu sein. So ernst die ganze Zeit.«

»Das ist es, was Kitaye wollte.«

»Komisch, wie es immer das ist, was alle anderen wollen, das uns herumzieht, nicht wahr?«

Darauf hatte Quik keine Antwort.

Die Nacht brachte einen langen Lauf mit sich. Reth ließ sie sich ausrüsten und aufbrechen, sobald die Sonne hinter den Bäumen verschwunden war. Sichi steckte irgendwo hinter den östlichen Bergen fest, was ihren Spurt durch den Dschungel zu einem gefährlichen Unternehmen machte. Knöchel wurden verstaucht, Füße verfingen sich in Ästen, und Quik selbst erntete mehr als ein paar Kratzer von Dornenbüschen, die in der völligen Dunkelheit unmöglich zu erkennen waren. Jeder vernünftige Angriff wäre abgebrochen oder verschoben worden.

Aber Mottilan war verzweifelt, und wenn die Najahn einen Angriff nicht erwarten würden, umso besser.

Die Große Sana beanspruchte einen Mittelpunkt auf dem langsamen Anstieg vom Dschungelboden zu den Bergen an Vis' Ostseite. Quik hatte diese Berge einst für groß gehalten, aber verglichen mit den Türmen auf Kance und sogar Teilen von Noctias zerklüfteten Kratern konnte Vis nicht beeindrucken. Das störte ihn jetzt nicht, da die Überquerung und der Abstieg zur riesigen Blume bei hohem Tempo nur einen Tag statt mehrerer in Anspruch nahmen.

Eine längere Reise hätte den Najahn nur mehr Zeit gegeben, und die Schnelligkeit der Jäger fand ihre Belohnung, als sie sich der Basis der Großen Sana von der Rückseite näherten, wo Bäume, Farne und anderes Blattwerk dicht wuchsen.

Die fast vollständige Dunkelheit wurde von

verschwommenen Orangetönen auf der gegenüberliegenden Seite der Großen Sana durchbrochen, Najahn-Fackeln, die Reth genug Schatten boten, um seine Truppen zu dirigieren. Quik und Sawi würden mit einer Gruppe nach rechts ausbrechen, während Reth und die anderen nach links schwenken würden. Weitere Verantwortlichkeiten waren früher festgelegt worden.

Nicht zu Quiks Gefallen, aber er wusste, was es bedeutete, ein Soldat in den Reihen zu sein.

Ein Mottilan-Jäger übernahm die Führung ihrer Gruppe und führte ihre weichbeschuhten Schritte über das kühle Gras zum Stammfuß der Sana. Die Blume selbst lag in einer massiven Schale, gerippt und dick von Jahrhunderten langsamer Ausbreitung. Quik legte seine linke Hand auf die äußere Rinde und spürte ihre feste Textur mit seiner Handfläche. Die Spitzen seines Handschuhs ritzten die Oberfläche, was ihm einen scharfen Blick und eine stumme Ermahnung von ihrem Anführer einbrachte.

Nicht, dass die Warnung eine Rolle spielte. Bevor Quiks Gruppe den Eingang erreichte, flackerten die Fackeln. Grunzlaute und ein einzelnes Keuchen drangen in die zirpende Nacht. Keine Alarme, keine Schreie. Ein guter Anfang. Ihr Mottilan-Anführer, offenbar einer Intuition folgend, winkte die Gruppe um ihre Seite herum.

Drei Najahn lagen auf dem Boden, jenseits des Fackellichts ins Gras gezogen, gefesselt und geknebelt. Keiner trug echte Rüstung, nur Roben. Die Hellbarden lagen verstreut am Boden.

»Die Blasrohre haben ihre Arbeit getan«, sagte Reth, als Quik und die anderen sich formierten. »Geht schnell nach oben und nehmt jeden Skar, den ihr kriegen könnt. Wir halten die Basis, bis ihr zurückkommt.«

»Gegen was halten?«, fragte ihr Mottilan-Anführer. »Drei Najahn? Und keine anderen Wachen auf dem Weg?«

Der Mottilan hatte Recht, eine seltsame Tatsache, mit der Quik zu kämpfen hatte. Die Große Sana musste der wichtigste Ort auf der ganzen Insel sein, und doch sicherten die Najahn sie nur mit einem Trio schlampiger Soldaten? Ein Blick den Hügel hinunter zum beschädigten Außenposten zeigte einige spätnächtliche Aktivitäten, aber keine Patrouille, die in diese Richtung kam. Keine Wache, die sich fragte, warum jetzt eine ganze Schar von Schatten vor der riesigen Blume stand.

Lange hatte Quik die Najahn für die größte Macht auf den Inseln gehalten, und doch waren sie hier und ließen die Mottilan geradewegs in den Sieg spazieren.

»Vis begünstigt uns heute Nacht«, erwiderte Reth. »Hinterfrage das Glück nicht. Nutze es.«

Während sie es vielleicht gewagt hätten, im Dunkeln durch den Dschungel zu rennen, wagte niemand dasselbe im Inneren der Großen Sana. Quik, Sawi und die anderen Jäger zündeten neue Fackeln an und begannen den langen Aufstieg, bahnten sich ihren Weg über die pilzartigen Plattformen, die seltsamen Leitern und die von Insekten befallenen Netze. Unterwegs hielten Quik und Sawi zusammen, beide wissend, dass sie die einzigen Kitaye Vis in der Gruppe waren.

Ein Paar unter Rivalen. Quik spürte die Blicke, hier und da die finsteren Mienen. Sawi hatte kurz zuvor den gescheiterten Angriff auf den Najahn-Außenposten erwähnt, bei dem Kitaye und Mottilan gegeneinander gekämpft und am Ende die Basis direkt an die Najahn zurückgegeben hatten. Ihre verzweifelte Lage würde hoffentlich das gleiche Ergebnis verhindern, aber es konnte nicht schaden, vorsichtig zu sein, oder?

»Wax und Pan hätten das alles erklettert«, sagte Sawi, während sie eine weitere Pilzleiter erklommen. »Glaubst du, sie hatten Angst?«

Wax hatte diese Geschichte erzählt, ein weiterer Zusammenstoß zwischen Mottilan und Kitaye. Noch einer, den man am besten beiseite legte.

»Wenn ich meinen Bruder kenne, hätte er Pan mitgeschleift«, antwortete Quik.

»Da bin ich mir nicht so sicher.«

Quik lächelte. »Was denkst du denn?«

»Ich denke, trotz all seiner Reden war Wax ziemlich zufrieden mit der Situation.«

»Weil er den ganzen Tag mit dir verbringen konnte.«

Quik, seine Hände – diese Handschuhe hatten ihre Verbindungen zu seinen Beinen wiederhergestellt – mitten im Griff, sagte die Worte ohne nachzudenken, im Scherz. Sawi, gerade vor ihm und über die nächste Kante kletternd, drehte sich um und begegnete Quik mit einem grimmigen Blick.

»Wir waren für einen Moment perfekt«, sagte Sawi. »Dieser Moment ist vorbei. Wax hat ihn getötet, als er sich entschied, nach Foti zu gehen.«

»Du meinst, als er sein Versprechen gegenüber Pan hielt.«

»Als er mich verließ.«

Sawi drehte sich auf dem Absatz um und stürmte zur letzten Strecke.

Sein Bruder hatte da eine schlechte Wahl getroffen, das musste Quik zugeben. Sawi hatte Feuer. Geist. Mehr Abenteuer, als ein Haufen gottbesessener Edelsteine je bieten würde.

Dieser Gedanke, das potenzielle Leben, das sein Bruder mit Sawi gehabt hätte, löste sich auf, als Quik auf die

Blütenblätter der Großen Sana kletterte. Statt Jubel, dem Abkratzen lebensrettender Vis-Skars aus dem Zentrum der Blume, gesellte sich Quik zu Sawi und den anderen Jägern in stummer Bestürzung. Er hatte die Spitze der Großen Sana noch nie zuvor gesehen, aber Quik kannte Asche und Feuer mittlerweile gut genug, um zu wissen, dass die kahle Schlacke im Zentrum der Blume nicht dorthin gehörte.

»Es ist kein einziger mehr übrig«, sagte Reth mit toter und erschöpfter Stimme. »Verdammt, nicht ein einziger.«

Die Worte endeten mit einem Jubelschrei, allerdings einem, der von weit unten vom Boden kam, nicht von ihrer Gruppe. Quik, der dem Rand eines Blütenblattes am nächsten stand, drehte sich um und sah, wie sich ein Fackellichtschwarm wie Glut heranrollte und sich auf den Fuß der Großen Sana zubewegte.

Die Najahn hatten die Vis-Skars nicht nur genommen und verbrannt. Sie hatten eine Falle gestellt.

19
DIE HARTE WAHRHEIT

Mord verwandelte sich in etwas Größeres, als Haggerth sich bereit erklärte mitzuspielen. Zunächst bot Maena die Reise als Gelegenheit an, Antworten zu finden, als sie ihr Frühstück beendeten. Sie erwartete, Haggerth zu erstechen, sobald sie Dreamhold und alle wachsamen Augen gegen die Höhlen und ihre Geheimnisse eingetauscht hätten. Stattdessen stimmte Haggerth zu, Taschen, Essen, Wasser und Whent-Laternen mitzunehmen, die sie an ihren Gürteln tragen würden.

»Wenn das mir hilft, den Mann zu finden, mache ich mit«, sagte Haggerth, als Maena das Angebot machte.

Eine Tagesreise, hin und zurück. Maena sagte nicht, wohin, und ließ die Idee in der Luft hängen. Haggerth griff danach, denn welche Wahl hatte er schon?

Er ist sich bereits sicher, dass du die Ursache bist.

Das war deutlich genug. Aber Haggerth behielt seinen distanzierten Ton und seine offenen Fragen bei. Der Mann rief nicht nach Jochis Wachen oder zog eine Waffe aus seiner vollgestopften Jacke. Sie formierten sich, Vorräte gesammelt, an Dreamholds Südseite, bereit aufzubrechen.

Jeder Ausgang von Dreamhold hatte jetzt lebende Wachen. Mit Svardes Abreise waren die Leichen zu nichts zerfallen, ihre Knochen und Körper lagen im Staub und erzwangen lebende Ersatzkräfte. Da die Feuerwandler jedoch immer noch ihre Position hielten, waren die Unholdeinfälle minimal. Die Wachen scherzten, schärften Äxte und starrten stundenlang ins Nichts. Maena vermutete, dass mehr als ein paar ihre Wasserschläuche mit Ale füllten, nach den glasigen Augen und gebrummten Abschieden zu urteilen.

Wer auch immer Haggerth folgen würde, würde von diesen Trunkenbolden keine guten Informationen bekommen.

»Du hast entweder Glück oder bist sehr, sehr geschickt«, sagte Haggerth mehrere Stunden nach Beginn ihres Marsches, nachdem er Maenas lange, verschlungene Geschichte darüber, wie sie hierher gekommen war, angehört hatte.

»Beides.«

Haggerth lachte schnaubend, als ob der Mann nicht zugeben wollte, dass er es lustig fand. »Die beste Kombination, würde ich sagen.«

»Was bist du, Haggerth?«

Maena führte das Paar an, nun weit entfernt von den äußeren Laternen. Die Tunnel waren jetzt dunkler, die Moose von unternehmungslustigen Kundschaftern und Suchern abgekratzt. Ihr eigenes Licht warf Schatten zwischen den sich windenden Felsen, den gelegentlichen Bächen und den hervorstehenden Formationen, die sich nach oben und unten erstreckten. Haggerth folgte und hielt sich mehrere Schritte zurück.

Zu weit weg, um ohne Vorwarnung zuzustechen.

Alles, was ihre andere Hälfte wollte, war eine weitere

Leiche. Haggerth durchkreuzte diese Idee ständig. Nicht nur wegen der Entfernung oder Haggerths offensichtlichem Misstrauen, sondern weil der Mann nicht blind gegen sie zu sein schien. Er hörte zu, er stellte Fragen, er-

Es ist ein Trick, Maena. Das weißt du. Er wird warten, bis er sicher ist, bis du an dir selbst zweifelst, und dann wird es vorbei sein. Du kannst es nicht riskieren.

»Worüber denkst du da vorne nach?«, fragte Haggerth.

»Ich achte auf meine Schritte«, warf Maena hin.

»Der Tunnel ist einfach genug.«

Maena blieb stehen. Haggerth blieb ebenfalls stehen und hielt Abstand. Sie sah ihn an, ihre Wangen spürten das Fellfutter ihres dicken Mantels. Ihre Hand verweilte an ihrer Taille, direkt neben dem Griff ihres Messers. Drei Bewegungen: ziehen, einen Schritt machen, zustoßen. So viele Herzschläge, um es durchzuziehen. Haggerth konnte sich weder nach links noch nach rechts bewegen, er konnte nur zurückweichen.

Er wird stolpern und fallen. Ein leichter Kill.

»Ich habe in viele böse Augen geblickt«, sagte Haggerth und durchbrach die sanfte Stille. »Deine sind nicht wie diese.«

Maena blinzelte. Ließ ihre Hand vom Griff. »Was?«

»Deshalb bin ich hier. Ich habe herzlose Bastarde gesehen. Diejenigen, die schreckliche Dinge getan haben und in die Gruben gehörten, in die Kämpfe, aus denen niemand lebend herauskam.« Haggerth sprach mit beiden Händen lässig an den Seiten, nicht in irgendeiner Verteidigungshaltung. »Das bist nicht du, Maena. Vielleicht steckst du in etwas Schlimmem fest, vielleicht hast du meinen vermissten Kundschafter da mit reingezogen, aber du bist nicht böse.«

Maena lachte einmal kurz auf und schüttelte den Kopf. »Du weißt nicht, wovon du sprichst.«

»Genau das ist es, Maena. Ich weiß es. Ich weiß es wirklich, wirklich.«

Jetzt kniff Maena die Augen zusammen und musterte den Mann. »Wer *bist* du?«

»Das ist hier nicht die Frage.« Haggerth nickte nach vorn. »Ich denke, wir sollten weitergehen, wenn dieser Ort so weit weg ist, wie du gesagt hast.«

Mit durcheinandergebrachtem Plan tat Maena, was Haggerth vorschlug, ihre Schritte gingen wieder vorwärts. Diesmal hörte sie auf, Haggerths Abstand zu messen.

Sie kamen an und machten ein spätes Mittagessen an Maenas Ziel, einer schmalen Öffnung zu einem breiten Abhang, der in einen riesigen Teich hinabrollte. Jener, der mit Farben wirbelte und in der Ferne das Lager der Feuerwandler erreichte. Ami hatte Maena von diesem Ort erzählt – indirekt, der Wächter hatte mit Svarde und Jochi gesprochen und den Rana-Hauptmann ignoriert – und Maena war seitdem mehrmals hierher gekommen, auf der Suche nach Möglichkeiten.

Sie fand jetzt eine, wie Maena es oft auf diesem Weg tat: Mit großen, verschleimten Flügeln krabbelte ein stumpfnasiger Unhold am Rand des Abhangs im Wasser. Er tauchte mit prusteinem Getöse auf, brach durch die Oberfläche mit harschen Atemzügen aus Löchern, die seine Seiten übersäten. Drei Augen, jedes eine schmale Raute, glänzten grün, als die Kreatur um Halt in einer Welt kämpfte, die sich sehr von ihrer Heimat unterschied.

»Ein Unhold«, stellte Haggerth das Offensichtliche fest, als sie hinunterblickten, ihre eingewickelten Pilzbrote und getrockneten Karotten auf ausgebreiteten Taschen zu ihren Füßen verstreut. »Ist das, worauf du gehofft hast?«

»Ich wollte, dass du siehst«, sagte Maena und begann, die Steine hinunter zu der kämpfenden Kreatur zu steigen. »All diese Monster, die du kennst, die du gesehen hast, wie sie eure Häuser zerreißen, die Inseln verwüsten. Das ist nicht alles. Nicht einmal das meiste.«

Haggerth folgte nicht, verschränkte die Arme und beobachtete, wie Maena sich der Bestie näherte. Diese Diamantaugen konzentrierten sich auf Maena, die Kämpfe des Wesens verlangsamten sich. Die schweren Flügel waren nicht für einen windstillen Ort wie die Höhle gedacht. Vielleicht kam es aus Kances silbernen Wirbeln, einem Land, das wahrscheinlich in einem ständigen Rauschen wehte.

Was für eine grausame Überraschung, dem Tod zu entkommen und etwas Schlimmeres zu finden.

Maena zog ihre Klinge, wandte sich zu Haggerth um. »Diese Unholde gehören nicht hierher, Haggerth. Ihre Welten mögen zwar sterben, aber das bedeutet nicht, dass unsere der Ort ist, an den sie gehen sollten.«

»Nirgendwohin also, ist das, was Sie vorschlagen?«

»Wenn ein Rana seine letzte Reise antritt, zerren wir ihn nicht mit«, sagte Maena. »Wir geben ihnen ein würdevolles Ende. Wir lassen das nicht zu.« Sie richtete die Klinge auf den erschöpften Unhold, der seinen Kopf nun auf den Kieseln ruhen ließ. Der Atem nicht mehr als ein Pfeifen. »Es ist grausam, es ist sinnlos.«

»Und die, die überleben können? Wie die Feuerläufer?«, fragte Haggerth, seine Stimme so tonlos wie immer. »Was würden Sie zu denen sagen?«

»Ich würde sagen, wir haben ihnen eine Chance gegeben und sehen Sie.« Maena hob die Klinge, winkte damit zum Glühen auf der anderen Seite des Beckens. »Sie haben sich kaum bewegt. Die, die es getan haben, sind nur eine Waffe.«

»Ich dachte, es wurde eine Abmachung getroffen, dass-«

»Eine Lüge, und Svarde weiß es. Die Feuerläufer werden benutzt oder zerstört werden. Nichts dazwischen.«

»Und Sie würden ihnen stattdessen Gnade gewähren?«

Der Unhold bäumte sich auf, ein plötzlicher Stoß die Steine hinauf. Sein linker Flügel schwang nach oben in Richtung Maena, bereit, sie wegzustoßen, nur um mit seinem Gewebe an einem scharfen Felsen hängenzubleiben. Ein Maul voller sägezahnartiger Zähne schnappte unter dem Trio von Augen des Unholds hervor, weit entfernt von der Rana-Kapitänin. Sie drehte sich um und beendete mit einem einzigen Stoß die erbärmliche kurze Zeit der Kreatur in ihrer Welt.

»Gnade, Würde«, sagte Maena und zog ihr Schwert langsam zurück. »Nennen Sie es, wie Sie wollen, Haggerth, aber das Ende bleibt dasselbe: Die Götter haben diese Welt für uns geschaffen, und nur für uns allein.«

»All das hier«, sagte Haggerth, als Maena an seine Seite am oberen Ende des Hangs zurückkehrte, »hat also etwas mit meinem vermissten Kundschafter zu tun?«

»All das hier hat mit einer Entscheidung zu tun«, antwortete Maena. Sie hielt immer noch ihre Klinge, die nach einem reinigenden Eintauchen ins Becken von Wasser tropfte. Sie ruhte auf ihrer Schulter, Maenas andere Hand klopfte auf den Deckel ihrer Laterne. Haggerth hielt wie immer seine Hände locker. Er lehnte sich gegen eine raue graue Felswand, seine Laterne zu seinen Füßen. »Ich habe Ihnen gesagt, was passieren wird. Sie können mir entweder helfen oder nicht.«

Was dieses 'oder nicht' bedeutete, war beiden klar. Was Haggerth wählen würde...

»Ich denke, Sie treffen eine Entscheidung, die mehr als

nur Ihnen zusteht«, sagte Haggerth. »Ich denke, Sie erklären sich selbst zur Schiedsrichterin über zu viele Schicksale, Maena. Wenn das, was Sie sagen, wahr ist, wenn die Unholde zu nichts anderem als dem Tod bestimmt sind, warum ist es dann Ihre Verantwortung, ihn ihnen zu geben?«

»Weil ich die Einzige bin, die es tun wird.«

Haggerth seufzte. »Maena, ich sagte, Ihre Augen kennzeichneten Sie nicht als Monster. Daran halte ich immer noch fest. Aber ich sehe stattdessen etwas anderes, etwas weitaus Gefährlicheres.«

Das Schwert verließ ihre Schulter und richtete sich auf Haggerth.

»Ihre nächsten Worte könnten Ihr Leben bedeuten«, erwiderte Maena leise.

»Sie sind eine Fanatikerin, Rana. Sie waren zu lange allein mit Ihren eigenen Gedanken.« Haggerth spuckte zur Seite. »Die Sache ist aber, Sie können diese Gedanken haben. Was mich jetzt interessiert, ist mein Kundschafter. Sie sagen mir, wo er ist, und Sie können diesen Unholden so viele Gnadentode erteilen, wie Sie wollen.«

Ich hab's dir gesagt. Ich HABE dir gesagt, dass er die Dinge nicht richtig sehen würde.

Ja, das hatte sie. Und Maena konnte es nicht länger leugnen.

Sie ging vorwärts und Haggerth trat seine Laterne. Die brennende Kugel traf Maenas führende Klinge, zerbrach und schleuderte brennendes Öl über ihre Kleidung. Fluchend schwang Maena trotzdem, ihr Schwert traf die Luft, als sie ihren Mantel abwarf und dessen brennende Teile auf den Steinen darunter schwelen ließ.

Als sie sich aufrichtete, war Haggerth verschwunden.

Wenn er vor dir zurückkommt und sagt, was er denkt, sind wir tot.

Immer eine Sprecherin des Offensichtlichen, aber ihr anderes Ich übersah das Gleiche genauso oft. Haggerth hatte keine Lampe, war nur einmal durch die verwirrenden Tunnel hierher gelaufen. Sie hatte Stunden, Wissen und Licht auf ihrer Seite.

Dies würde eine Jagd sein, ja, aber Haggerth würde nicht weit kommen.

20

EIN STANDPUNKT

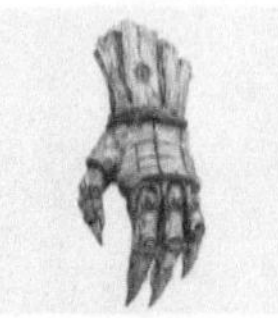

Der elende Tag wurde zur Nacht und wieder zum Tag, und Svarde hielt nicht an. Seine Füße, in Stiefeln, die inzwischen verbrannt und zerbröckelt waren, traten auf die gepflasterte Straße und ertrugen jeden Stich und jeden Stein. Svarde spürte den Schmerz, aber wie alles Sinnlose schob er ihn so weit weg, bis er so fern war wie die Erinnerungen an die Heimat, an ihre Reise, an Catya.

Viel näher war der Ferrit. Die Steinechse hielt Svarde, so gut es ging, an die Realität gebunden. Sie schnaubte während sie gingen und wies auf blaue Vögel und ihre goldenen Küken hin, die in den kristallinen Büschen hingen, welche aus den grauen Felsspitzen ringsum hervorragten. Dieselben Büsche ließen schimmernde Netze los, wenn der Wind auffrischte, Lametta, das irgendwie die Anmut besaß, nie in Svardes Hand, Haar oder Augen zu fallen.

Als ob Kance selbst solche Unhöflichkeit nicht dulden würde.

Eine schlechte Sache also für einen Barbaren, durch ihre Wildnis zu stapfen.

Nach dem Regensturm lag die Luft schwer vor Feuchtigkeit, der frühe Griff des Frühlings wurde von der verbleibenden Winterkälte vereitelt. Diese Böen peitschten und wanden sich zwischen den dünnen Bäumen und Felsen, so lebendig wie die Lavaflüsse von Foti oder die Dschungel von Vis. Svardes Haar und Bart waren bei dem Angriff der Feuerläufer verbrannt, ihr Fehlen ließ Svarde erschaudern, als Kance sein windiges Gespräch führte.

Nicht dass er hätte erfrieren können.

Svarde verbrachte seine Schritte damit, die Landschaft in sich aufzunehmen und die Proklamation, die er jedem geben würde, der es wagte, sich ihm in den Weg zu stellen, immer wieder durchzugehen: ein Protest gegen das Nehmen von Leben, ein Traum für die Feuerläufer. Wenn sein Publikum, hoffentlich diese Narren hoch oben im Himmelspalast, ihn abwiesen, würde Svarde sie auf andere Weise überzeugen.

Die zackige Klinge fühlte sich nicht schwer an, obwohl Svarde vermutete, dass das von Vis' Dolch abgebrochene Stück nicht für diejenigen gedacht war, die geschmeidige Waffen bevorzugten. Seine Arme halfen dem Schwert, auf seiner Schulter zu ruhen, während Svarde voranschritt, in einem angenehmen Tempo. Vielleicht hätte Svarde joggen können, einen regelrechten Sprint mit seiner unermüdlichen Energie hinlegen können, aber das hätte bedeutet, Kivi zurückzulassen und sein prekäres barfüßiges Gleichgewicht zu riskieren.

Andererseits hätte die Geschwindigkeit ihn vielleicht an der Anordnung vorbeigleiten lassen, die jetzt den Weg vor ihm verstopfte.

Sieben Kance-Soldaten, die die Roben gegen die

gläserne Rüstung getauscht hatten, die die ernsthafteren Kämpfer der Insel trugen. Sie standen in einer Reihe quer über die Straße, und Svarde musste nicht in den Bäumen, den Klippen zu beiden Seiten suchen, um zu erraten, dass auch Bogenschützen versteckt waren.

»Halt, Eindringling!«, rief die in der Mitte, eine Frau, die stämmig genug war, um Kances windiger Reputation zu trotzen. Sie hatte immer noch einen Degen an ihrer Seite, obwohl die Klinge neben den Kanten und scharfen Winkeln ihres Kettenhemds winzig aussah. »Dein Marsch endet hier.«

»Ist das so?«, fragte Svarde und verlangsamte seinen Schritt, bis er zehn Schritte entfernt stehen blieb. Neben ihm schnaubte Kivi und ließ Dampf ab, der um sie herum aufstieg. »Wer bist du, dass du mich aufhältst?«

»Tyfate«, antwortete die Frau. »Kommandantin der Nordwache von Kance. Du bist Svarde, nicht wahr? Barbar des Westens?«

»Barbar des Westens? Ist es das, wie sie mich nennen?«

»Du bist kein Wächter mehr, weder im Geiste noch in der Tat, also brauchten wir etwas Neues.« Tyfate machte eine Show daraus, an Svardes Seiten zu schauen. »Du gehst allein?«

»Kivi ist hier.« Svarde nickte zu dem Ferrit hinunter. »Ansonsten gehe ich allein, um Leben zu retten.«

»Indem du dein eigenes aufgibst?«

Das Gespräch hatte schon zu lange gedauert. Ami und der Whent würden die Feuerläufer in Bewegung setzen, vorausgesetzt, die brennenden Riesen konnten von ihrer Panik heruntergeholt werden. Sobald sie unterwegs wären, wäre Svardes ganzer Zweck ruiniert, wenn die Armee ihn einholte. Ebenso Tyfates Leben, das ihrer Soldaten und das aller Kance, die zwischen den Feuerläufern und dem Sieg der Najahn standen.

»Ich habe eine Botschaft für eure Herrscher«, sagte Svarde. »Eine, die ihnen die Chance gibt, ihre Insel vor der Zerstörung zu bewahren.«

»Wenn es darum geht, sich dem Lila und Schwarz zu ergeben, kannst du diese Botschaft mit ins Grab nehmen.«

Svarde nahm die schwarze Klinge von seiner Schulter und ließ ihre boshafte Spitze in der Erde nahe seinen Füßen ruhen. Ließ die Kance einen langen Blick auf ihre Bösartigkeit werfen und entscheiden, ob sie wirklich einen Vorgeschmack auf ihr dunkles Eisen wollten.

»Hier sind Kräfte im Spiel, Tyfate, die alles übersteigen, was ihr zu besiegen hoffen könntet«, sagte Svarde, gleichmäßig und langsam. »Eure Insel steht vor einem unmöglichen Krieg. Ihn zu führen, würde bedeuten, alles zu verlieren. Nehmt mein Angebot an und flieht, verdammt nochmal.«

»Drohungen werden dich nirgendwo hinbringen. Ein letztes Mal, Barbar. Dreh um und geh, oder bleib und lass deinen Leichnam das Frühlingsgras düngen.«

Ein kleiner Teil von Svarde hatte auf etwas anderes gehofft. Hatte gehofft, dass dieses Mal der Feind Vernunft annehmen würde. Aber der Barbar stand allein, und während Svardes graue Blässe seltsam erscheinen mochte und sein riesiges Schwert einen Kneipenschläger oder einen einzelnen Gegner innehalten lassen könnte, mochte eine Truppe mit Überzahl und Überraschung denken, sie könnte gewinnen.

Sie irrten sich natürlich.

»Dann überzeuge mich«, murmelte Svarde, bevor er in ein altes Gebrüll ausbrach, einen wilden Schrei, und einen, der sich so gut anfühlte wie alles, was Svarde getan hatte, seit er die schwarze Klinge ergriffen hatte.

Tyfate spielte nicht das Spiel der Heldenführerin. Keiner ihrer Soldaten tat es. Bei Svardes erster Bewegung sangen Armbrüste aus dem Dickicht. Bolzen drangen von links und rechts in Svardes Haut ein, bissen, rissen und hinterließen ein heißes Feuer, das den Barbaren durchzog.

Ein heißes Feuer, das Svarde mit einem weiteren Angriff löschte, einem weiteren-

Der nächste Bolzen traf Svardes Hals, drang ein und raubte dem Krieger seine Stimme. Svarde hatte genug Männer gesehen, die gewürgt wurden, ihres Atems beraubt, um zu wissen, dass er hätte zusammenbrechen müssen, dass er sich an den Hals hätte greifen müssen. Doch er schritt weiter, und während ein schmerzende Last an seinem Kinn zog, kam kein verzweifeltes Bedürfnis auf.

Die schwarze Klinge tat, was ihr Fluch verlangte.

Svarde sah die erste Furcht in den Augen der Kance-Soldaten aufflackern. Ihr entschlossener Mut beruhte auf einer Welt, die sie zu verstehen glaubten, und nun zerbrach diese Welt. Tyfate rief ihre Soldaten auf, für ihre Königin einzustehen, eine gut getimte Inspiration, und vier Rapiere sprangen vor, um Svardes durchlöchertem Vorstoß zu begegnen.

Der Barbar begrüßte sie mit einem Schwung, stürmte mit einer so rücksichtslosen Hingabe vorwärts, dass es für jeden normalen Mann den sicheren Tod bedeutet hätte. Die Rapiere zu seiner Linken und Rechten schlichen sich unter und über Svardes Angriff hinweg und trafen ein Bein und eine Schulter. Die Schläge erwiesen sich für die Angreifer als verheerender, da Svardes Erwiderung ihre Rüstungen wie glatten Samt durchtrennte. Der Panzer teilte sich, Gitterrisse breiteten sich aus, gefolgt von der dunkelroten

Blüte. Die beiden Soldaten in der Mitte versuchten zu parieren, ein sinnloser Versuch, bei dem ihre Rapiere knapp über dem Griff abgeschnitten wurden, wobei das Metall zerbrach und weit wegflog.

Als Svarde den Schlag beendete, taumelten die vier Soldaten zurück, fielen, und Svarde stürmte weiter. Zu seiner Linken schrie jemand in den Büschen. Kivi, nicht mehr auf dem Pfad, fand ein Opfer. Er hoffte, der Ferrit würde sich zurückhalten, den armen Bogenschützen nur bewusstlos schlagen. Wenn der Mann nicht zuerst versucht hätte, auf den Ferrit zu schießen, hätte er eine Chance gehabt.

Andernfalls, nun ja, könnte Kivi die Kance-Rüstung als leckeren Snack betrachten.

Drei weitere standen noch vor Svarde, Tyfate in ihrer Mitte. Alle hatten ihre Rapiere gezogen, obwohl ihre Schritte rückwärts gingen. Terror erhellte all ihre Blicke, so absolut, dass Svarde sich darüber wunderte, bis er sich selbst betrachtete, die sich schließenden blutenden Schnitte, die Bolzen, die einst in Knochen steckten und nun von der in Svardes Gedanken brüllenden Vis-Kraft weggedrückt wurden.

»Hier gibt es keinen Sieg«, sagte Svarde, während er über einen gefallenen Kance-Soldaten stieg. »Ihr verliert euch selbst und gewinnt nichts.«

Die Worte ließen Svarde grinsen. Er sprach auch nicht mehr viel wie sein altes biersaufendes Selbst. Wochen mit Jochi, die Last der Führung und vielleicht das Schicksal des Toten Königs hatten Svarde zu einer gehobeneren Sprache geführt, zu der Art von Worten, die Legenden schmieden.

Die von Königen respektiert würden.

»Was bist du?«, stammelte Tyfate und wich erneut Svardes Vorstoß mit ihrem eigenen Rückzug aus.

Ein weiterer Bogenschütze brüllte. Der Schaft einer brechenden Armbrust knackte. Von der anderen Seite fand ein Bolzen erneut Svardes Seite, den Barbaren nicht im Geringsten aufhaltend.

»Was ich bin?«, fragte Svarde. »Ich bin genau das, was ich gesagt habe. Ein Friedensbringer, wenn ihr es wünscht.«

Tyfate schüttelte den Kopf. »Das ist kein Frieden, den ich verstehen kann.«

»Dann lernt es besser, oder ihr werdet das Schicksal eurer Männer teilen.«

Die Kance-Kommandantin blickte erneut zu ihren beiden Mitstreitern. In ihren verängstigten Augen fand sie etwas Mut. Etwas Rückgrat, das sie langsamer werden, anhalten ließ.

»Wir stehen für Kance«, sagte Tyfate, ihre Stimme zuerst zitternd, am Ende jedoch fest. »Wir werden sie nicht preisgeben.«

Ihre Soldaten fanden, ihnen zur Ehre, bei den Worten ihrer Kommandantin ihre Entschlossenheit wieder. Sie formierten sich neben ihr. Ihre Rapiere glänzten im taufeuchten Sonnenlicht des Vormittags. Svarde schätzte die Lage ein, hob die schwarze Klinge mit beiden Händen, die Ergebnisse des letzten Kampfes tropften noch von ihrer Schneide.

»Mein früheres Ich«, sagte Svarde, »hätte euren Mut gelobt. Ich werde es nicht tun, denn dieser Kampf ist bereits entschieden.«

»Das werden wir ja sehen.«

»Bald«, sagte der Barbar, ohne eine Spur von Siegesgewissheit in seinen Worten, »werdet ihr gar nichts mehr sehen.«

21

LEBEN SIND LEBEN

Wax erwachte, als er auf den Boden krachte. Seine Schulter knackte, als er von der schwingenden Hängematte auf nasses Holz rollte und dann auf ein kaltes Metallgitter, das das spritzende Wasser in die Tiefe ableitete. Laternen quietschten, das Geräusch übertönte die Schreie der Besatzung und das rollende Peitschen des Donners. All das konnte das schmerzhafte Dröhnen in Wax' Kopf, seine geprellten Knochen und die seltsame, hallende Stille in seinen Gedanken nicht verbergen.

Kein einziger Skar sprach zu ihm.

Auf dem Rücken liegend, griff Wax nach seinem Hals und fühlte Haut, wo der Metallverschluss hätte sein sollen. Seine Kleidung war die gleiche geblieben: Kance-Leinen, fein gewebt, obwohl Wax' Robe verschwunden war, und in deren Abwesenheit zitterte er. Graues Licht, das durch eine Öffnung zum Oberdeck filterte, deutete auf den Tag hin, aber die tiefen Schatten und der Regen sprachen von Wolken. Ein besorgniserregender Umstand, angesichts seiner Lage.

Wo er sich ...

Der Najahn-Klipper. Ein kleines Schiff. Sie hatten Wax verprügelt, ihn bewusstlos geschlagen und hier unten verstaut. Dass er immer noch an Bord war, bedeutete, dass Eujo, Torny und Bliss ihn nicht hatten retten können. Falls sie überhaupt noch am Leben waren-

Nein. Das war ein Weg, den er nicht gehen würde. Noch nicht. Nie.

Stattdessen griff Wax nach einem Pfosten und zog sich daran hoch. Sie hatten ihm die Stiefel gelassen, die er seit Whent trug, und die robusten Dinger hatten auf dem Unterdeck genug Halt. Die Hängematten um ihn herum deuteten auf etwa zwei Dutzend Betten hin, obwohl sie alle leer schwangen und sich drehten, während der Klipper von Welle zu Welle schlingerte. Kisten und persönliche Habseligkeiten, in kleine abschließbare Boxen gestopft, waren in den Ecken festgezurrt, zusammen mit Ersatzausrüstung. Voulgen standen in einem Gestell nahe der Treppe zum Oberdeck festgebunden, und ihre glänzenden Spitzen gaben Wax ein Ziel.

Die Najahn hatten ihn zwar gefangen genommen, aber sie hatten einen Fehler gemacht, indem sie Wax nicht gefesselt hatten.

Er machte gemessene Schritte in Richtung des Gestells und lauschte den Rufen von oben. Die Najahn-Rufe waren alles andere als ruhig: die Stimme eines Anführers, der harte Ton einer Frau, die schrie, die Segel einzuholen, Ballast abzuwerfen, ein Seil nach irgendeinem armen Teufel zu werfen, der über Bord gegangen war. Ihre Rufe wurden mit einer Mischung aus Zustimmung und Panik beantwortet. Der Klipper rollte. Eine Welle schwappte über, strömte die Decktreppe hinunter, als Wax sich der ersten Stufe näherte.

Der Erneuerer zögerte.

Was genau würde Wax erreichen, wenn er eine Voulge griffe und als gewalttätige Bedrohung auftauchte? Er konnte nicht das ganze Schiff bekämpfen, und wenn sie wirklich weit draußen auf dem Meer waren, würde Wax sein eigenes düsteres Schicksal besiegeln, wenn er versuchte, mehr von der ohnehin schon knappen, verwundeten Besatzung zu töten. Die Begegnung mit den Banditen damals auf Foti blitzte durch seine Gedanken, eine erzwungene Zusammenarbeit, die Wax am Leben ließ, weitermachen ließ, weil er geduldig gewesen war.

Vielleicht würde das gleiche wieder funktionieren.

Wax fiel auf die Deckleiter, hielt sich mit beiden Händen an den Seiten fest und zog sich Stufe für Stufe nach oben zum Oberdeck. Als er sich näherte, begann der schneidende Regen, in kalten Klumpen auf seine Wangen zu klatschen. Seine Finger wurden schnell taub, seine Zähne begannen zu klappern. Ohne die Kance-Robe könnte Wax einfach erfrieren, bevor er weit käme.

Die Skars jedoch könnten dabei helfen. Sie würden ihn warm halten.

Sie könnten auch das Schiff retten.

Wax stürzte die letzte Sprosse hinauf und taumelte auf das Oberdeck, wo sich die Wut des Sturms in all ihrem Schrecken offenbarte. Als der Vis auf das nasse, halb gefrorene Holz rutschte, sah er Wellen, die sich turmhoch über dem Klipper auftürmten, während das kleine Schiff sich in verzweifelten Kreisen zu drehen schien. Vor ihm teilte der einzelne Hauptmast des Klippers und das Segel, das sich von seinem Rumpf bis zum Bug spannte, den grauen Horizont in zwei Hälften. Matrosen und Soldaten hasteten über das Schiff, einige fielen, andere tanzten über das Deck, als wäre der Aufruhr so normal wie nur irgend möglich.

»Bindet diese Taue fest!«

Wieder die Stimme des Kapitäns, hinter und über Wax. Sie konzentrierte sich auf ein paar Leinen nahe dem Bug, die sich gelöst hatten und wie Schlangen umherpeitschten, die nach Mäusen suchten. Zwei durchnässte Besatzungsmitglieder lösten sich von der Takelage, um sich auf die Dinger zu stürzen und sie wieder zusammenzubinden, ein Kampf, der zu ihren Gunsten zu verlaufen schien, bis eine Welle über den Bug brach und das Paar gegen die Steuerbordseite des Bootes schleuderte. Die Seile nahmen ihr wildes Peitschen wieder auf, und Wax, der aufstand - und sich zur Unterstützung mit dem Rücken an die Kapitänskajüte lehnte -, sah gerade noch rechtzeitig, wie eines, von einem Blitz erhellt, quer herüberpeitschte und einen der beiden Matrosen komplett von Bord fegte.

Der Körper platschte in die tobende See, tiefes Blau und weißer Schaum ließen den armen Kerl in einem Sekundenbruchteil verschwinden. Nichtsdestotrotz stürzten weitere Matrosen zur Seite, zogen Seile und Rettungsringe heran, um sie dem Mann hinterherzuwerfen.

Als ob der Klipper länger als einen Moment in der Nähe bleiben würde.

Obwohl, vielleicht konnte Wax dabei helfen.

Noch hatte niemand seine Ankunft bemerkt, eine Tatsache, die Wax nutzte, als er auf die Tür der Kapitänskajüte an seinem Ellbogen blickte. Er griff nach dem Griff, drückte, und fand sie verschlossen. Fand sie einen Moment später aufschwinged, mit einem Mann mit gezogenem Schwert und trockenen Najahn-Roben dahinter wartend.

»Du?«, fragte der Mann.

»Ich«, antwortete Wax und schwang seine Faust.

Ein verzweifelter Angriff schlug eine verwirrte Verteidigung, oder so ähnlich.

Wax' Schlag, nass und taub, traf die Wange des Mannes. Der Najahn - war dieser Typ der Kapitän? Versteckte er sich in seiner Kajüte? - taumelte zurück und Wax folgte ihm, wobei die Tür hinter ihm zuschlagend, als der Klipper erneut rollte.

Der Najahn versuchte, sich gegen das schlingernde Schiff zu stabilisieren, in einer Kajüte, die von einem Tisch, einer Seitenkoje und mehreren Kisten dominiert wurde. Niedrige Decken, eine an einem Scharnier hängende Laterne und ein Geruch von Erbrochenem, der aus dem entsprechenden Topf kam, vervollständigten das Bild, das Wax zu stören suchte, indem er auf den schwertbewaffneten Mann zurannte.

Der Mann, immer noch gegen den Tisch zurückweichend, schwang die Klinge in einem weiten Bogen. Wax verlangsamte gerade genug, um das Schwert vorbeisausen zu lassen, bevor er nach vorne stürzte. Die rechte Hand des Vis schnellte vor, packte den Schwertarm des Najahn am Handgelenk und drückte ihn quer über den Körper des Mannes. Mit seiner Linken holte Wax aus, war im Begriff, einen Schlag gegen das gehetzte Gesicht des Mannes zu führen, als Wax seine fehlende Halskette bemerkte, die genau dort auf dem Tisch lag.

»Ein Deal«, krächzte Wax, die Kehle ausgedörrt trotz all des kalten Regens, den er geschluckt hatte. »Ein Deal, um das Schiff zu retten.«

»Was könntest du schon möglicherweise tun?«, knurrte der Najahn und versuchte, seine Klinge zu befreien.

Wax' rammte sein Knie in den Bauch des Mannes und entlockte ihm ein Keuchen.

»Ich bin ein Erneuerter. Vertrau mir.«

»Du bist ein Verräter.« Die Worte des Mannes klangen hohl und erstarben in einem weiteren Krachen, gefolgt von mehr Schreien und hektischen Befehlen von draußen. »Ich kann nicht-«

»Wir werden alle sterben, wenn du es nicht tust.«

Wax spürte etwas Scharfes an seinem Bauch, blickte hinunter und sah, dass der Najahn mit seiner freien Hand einen Dolch gezogen hatte und die Spitze so ansetzte, dass er Wax im Nu aufschlitzen konnte. Der Najahn, mit rotem Gesicht und keuchend von Wax' Schlag, hielt inne, was der finale Stoß hätte sein sollen.

»Wenn du dieses Schiff zerstörst, zerstörst du uns, du wirst auf See ertrinken«, sagte der Najahn.

»Hab ich begriffen«, erwiderte Wax. »Jetzt geh entweder aus dem Weg oder töte mich, denn du verlierst mit jeder Sekunde mehr Seeleute.«

Der Mann trat beiseite, eine Bewegung, die geschmeidig genug war, um Wax fragen zu lassen, ob der Najahn ihn schon früher hätte töten können. Ob der Najahn vielleicht nicht so dumm war, wie Wax angenommen hatte. Das war jedoch eine Sorge für später.

Jetzt griff Wax nach der Skar-Kette, packte sie und zog daran. Die Steine und ihr beruhigender Unsinn durchfluteten seinen Geist. Der Vis-Skar griff seine kalten Hände an, die Prellungen an seinem Rücken und Kopf. Der Foti-Skar zog seine Wärme heran und trocknete Wax' durchnässte Kleidung. Und der Tamas-Skar bestätigte, dass der Killer, der den Raum mit Wax teilte, eher vorsichtig neugierig als mörderisch war.

Der Stein, auf den es ankam, war jedoch der silberne Schimmer und das Wasser, das er rief.

»Komm mit mir«, sagte Wax und drehte sich zurück zur Tür. »Ich werde dich brauchen.«

»Wofür?«

»Um mich aufrecht zu halten.«

Der Najahn fragte noch etwas, aber die Worte gingen im Tumult unter, als Wax durch die Tür stürmte. Der Regen peitschte weiter, die See wirbelte, und Seeleute verteilten sich an den Seiten des Klippers, hielten sich um ihr Leben fest und versuchten, Seile zu denen zu werfen, die es nicht geschafft hatten. Die Kapitänin schien aufgegeben zu haben, den Klipper zu steuern, und rief stattdessen, wo Seelen über Bord gegangen waren und wie man sie finden könnte.

Wax hatte eine bessere Idee, das bessere Werkzeug.

Der Rana-Skar brüllte, als Wax ihn losließ. Eine riesige Welle, die auf den Klipper zurollte, schwenkte zur Seite und versetzte dem Schiff nur einen streifenden Schlag, anstatt über das Deck zu krachen. Der Rana-Skar fand in den nahen Gewässern kämpfende Seeleute und drückte sie an die Oberfläche. Kälte drohte ihr Leben zu nehmen, und Wax, der die Seeleute weniger als Menschen und mehr als ferne Ahnungen wahrnahm, gab dem Foti-Stein Anweisungen.

Hinter Wax versteifte sich der Najahn, ebenso wie Wax selbst, während der Foti-Skar ihre eigene Wärme stahl und sie zu den schwimmenden Seelen hinausschob. Genug, um ihren Fingern Kraft zum Greifen und ihren Beinen Gefühl zum Treten zu geben.

»Hilf«, sagte Wax, ein Murmeln, das der zitternde Najahn hinter ihm auffing.

Arme schlüpften unter Wax' eigene und hielten den Vis aufrecht. Der Najahn rief nach Unterstützung, obwohl Wax nicht sah, ob jemand darauf achtete. Er versank in den Bemühungen des Rana-Skars, ließ den Willen des Steins eine Welle nach der anderen spalten, die eisige Nässe vom Deck wegwischen und den Klipper vorwärts treiben, ein Schub, den die Kapitänin spürte und nutzte.

Um die Inseln zu retten. Um es zu versuchen. Das hatte

er Pan versprochen, egal was, egal wie, egal ob Wax so tief in die Göttersteine eintauchte, dass er nie zurückkäme.

22

EIN TIEFER FALL

Angegriffen von Banditen, Flussungeheuern, einer weiteren Erneuerung und einem Meisterassassinen. Als Quik sah, wie die Najahn-Soldaten auf die wenigen Mottilan-Jäger an der Basis der Großen Sana zustürmten, wollte er fast von der riesigen Blüte springen. Das musste ein Traum sein, oder? Die schiere Flut an verrückten Konflikten, die ihn in den letzten Monaten verfolgt hatte, sprengte jede Vorstellungskraft, brach die Realität und ließ das idyllische Leben eines Vis-Jägers in die Fantasie entschwinden.

Was machte er hier? Wie konnte alles so schiefgehen?

»Wir springen«, sagte Sawi neben Quik, während die anderen Mottilan-Jäger im Hintergrund aufgeregt durcheinander redeten und jeder versuchte, einen Ausweg zu finden. »Wir schnappen uns eine Liane und schwingen uns davon.«

»Hast du den Verstand verloren?«, fragte Quik, der selbst kaum bei Sinnen war. »Der nächste Baum ist weit unten.«

»Welche andere Wahl haben wir?«

»Uns den Weg freikämpfen?«

Einige der Mottilan hatten sich bereits dafür entschieden und sprangen durch das Loch in der Nähe von Quik, um Reth und den anderen an der Basis der Großen Sana Verstärkung zu bringen. Der Zug ergab wenig Sinn, es sei denn, das Ziel war es, mit einem falschen Gefühl von Ehre zu sterben. Oder vielleicht hofften sie, die Najahn würden daran interessiert sein, Gefangene zu machen. Es gab keine Möglichkeit, sich den Weg durch die Angreifer freizuschlagen.

»Das wird nicht funktionieren, und das weißt du«, murmelte Sawi, ohne Anstalten zu machen, die anderen Mottilan am Gehen zu hindern.

Einer fragte, was Quik und Sawi vorhätten, und als keiner antwortete, fletschte der Jäger die Zähne, erklärte, er würde ein paar Najahn-Köpfe mitnehmen, bevor er sich Vis anschließe, und verschwand.

»Das ist eine Möglichkeit«, sagte Quik und näherte sich dem Rand des großen Blütenblatts, um hinunterzuschauen. Wenn überhaupt, glimmerten jetzt noch mehr Fackeln, die sich weit über die Große Sana hinaus bis zurück zur Bergstraße erstreckten. »Schau. Das sind nicht einmal alle von ihnen.«

»Überraschung«, sagte Sawi. »Jemand muss uns kommen gesehen haben. Die Najahn locken einen Haufen Jäger hier raus in die Falle, starten einen Überraschungsangriff, während wir alle weg sind. Mottilan fällt leicht.«

»Annalyse hat die Skars. Sie wird kämpfen. Deshiva auch.«

Dass sie beide schnell gegen diese Übermacht sterben würden, selbst mit den Skars, blieb unausgesprochen. Stattdessen kam Quik auf Sawis frühere Idee zurück. Ein Sprung wäre zwar echter Selbstmord. Kein Baum stand nahe genug an der Großen Sana, um einen Sprung möglich zu machen, geschweige denn hoch genug, um sie aufzufangen. Aber ...

»Ich habe vielleicht eine Idee«, sagte Quik, stand auf und ging zur gegenüberliegenden Seite der Blüte, die zu den dunklen Bergen zeigte. »Kannst du dich an meinem Rücken festhalten?«

»Wie als wir klein waren?«

»Genau so.«

Quik streifte sich die Kampfhandschuhe über. Er holte tief Luft. Er hatte sich noch nicht vollständig von den Stichverletzungen auf dem Boot erholt, und es war ein langer Tag gewesen, an dem sie durch den Dschungel gewandert und die Große Sana erklommen hatten. Was er jetzt vorhatte ... nun, ein wahrer Vis musste bereit sein, jeder Herausforderung zu begegnen.

»Was machst du, Quik?«

»Schau einfach zu.«

Quik trat auf das Blütenblatt, dessen glatte Filamente sich weich unter seinen Schuhen anfühlten. Er kniete sich hin, schob dann seine Füße an den Rand und brachte sich so nah wie möglich an die Rinde der Großen Sana. Mit seiner behandschuhten linken Hand griff Quik nach unten und rammte die Metallspitzen in die massive Rinde der Pflanze. Das uralte Holz splitterte, ein befriedigendes Knirschen bewies, dass Quiks Waffe Zähne hatte.

Dass er nicht völlig verrückt war.

»Steig auf«, sagte Quik, und Sawi zögerte nicht.

Sie verstand also. Sowohl was Quik versuchen würde, als auch das Ende, das kommen würde, wenn er fiele.

Sawi griff nach Quiks Geflecht, schlang ihre Finger durch die getrockneten Pflanzenseile und hielt sich fest. Quik spannte seine Muskeln an, murmelte ein Gebet zu Vis und ließ sich vom Blütenblatt baumeln. Die Filamente bogen sich unter seinem Gewicht, und Quik nutzte die Flexibilität, um sich und Sawi in einen harten Schlag gegen die Rinde der Sana zu schwingen. Die knotigen, runzligen Splitter brachen beim Aufprall, der Handschuh rutschte ab und schabte die Stücke ab, während Quik und Sawi nach unten rutschten. Er schwang seinen rechten Arm, rammte ihn in die Schale der Sana, und zusammen verlangsamten die beiden Griffe das Paar und brachten es zum Stehen. Quiks Füße suchten nach Halt und fanden winzige Risse.

Die Muskeln brannten. Der Atem ging schnell. Sawis Gewicht auf seinem Rücken brachte Quik mehr aus dem Gleichgewicht, als dass es ihn nach unten zog, und der Jäger lehnte sich an die Seite der Sana.

»Jetzt stecken wir mittendrin«, sagte Sawi. »Mach weiter, Quik.«

Quik wollte eine scharfe Antwort geben, aber clever zu sein erforderte Energie, die besser für Prioritäten wie am Leben zu bleiben und den nächsten Griff zu finden, genutzt wurde. Unter den Blütenblättern hatten sie kein Licht, nur den schwächsten Schimmer von Sichi. Die Seite der Großen Sana erschien wie eine schwarze Wand und nur das, die sich weit, weit unten in ein leeres Nichts erstreckte. Die Bäume, zu denen sie springen könnten, blitzten hier und da auf, wenn eine Brise verirrte Äste und Blätter in das spärliche Licht brachte. Ein Aufstieg, bei dem er den nächsten Zug nicht sehen konnte?

Warum nicht, angesichts allem anderen?

Quik ertappte sich dabei, wie er grinste, als er den linken Handschuh löste und diese scharfen Krallen nach unten gleiten ließ, wobei er seine Hand drehte, als sie zu seiner Taille kam. Sie hingen an einem einzigen Handschuh, mit der geringen Unterstützung von Quiks Schuhspitzen. Sein rechtes Handgelenk brannte, als er seine Linke in die Seite der Sana rammte und die Spitzen erneut in den Stamm der Blume grub.

Jetzt die rechte. Er löste sie vorsichtig, der plötzliche Abfall ließ den Handschuh an der Rinde entlangschrammen. Sawi schrie auf, Quik rammte den Handschuh wieder hinein und hielt sie fest. Sein linker Arm war nun weit über seiner Schulter, schmerzend, und sie waren kaum gefallen. Das würde nicht funktionieren.

»Sawi«, sagte Quik. »Wir werden rutschen, und du wirst springen.«

»Ich werde was?«

»Springen. Bei drei.«

Der Jäger begann zu zählen.

»Wohin soll ich springen, Quik?«

Er holte noch einmal tief Luft.

»Ich verstehe nicht-«

Quik zog die Handschuhe zusammen heraus, bis zu den äußersten Spitzen. Der Halt gab nach, die Rinde splitterte, und sie fielen. Quik kämpfte darum, die Handschuhe nah zu halten, drückte sie hinein, während Stücke gegen sein Gesicht schlugen, es zerkratzten, sich in seine Brust bohrten, durch sein Gewebe drangen und seine Beine malträtierten. Seine Schuhe brachen auf, und Quik zog seine Füße hoch, ließ die zerschundenen Sohlen von der Rinde abprallen, während ihre Geschwindigkeit zunahm.

Sawi begann zu schreien, hörte dann aber auf, kam zu dem richtigen Schluss, dass jede Flucht schwer geheim zu halten wäre, wenn sie schrie. Nicht, dass der Abstieg leise war: Die knackende Rinde verkündete ihren Fall laut genug, aber Quik konnte sich darüber keine Gedanken machen. Nicht jetzt. Er wollte seinen Kopf zur Seite drehen, nach den Bäumen Ausschau halten, nach der richtigen Entfernung, aber sie fielen zu schnell, hatten zu viel Geschwindigkeit, hatten-

Sie sprang ohne Vorwarnung. Zog ihre Beine auf Quiks Rücken zusammen und stieß sich ab, flog davon. Ohne ihr Gewicht versuchte Quik, seine Handschuhe hineinzurammen, den Fall zu verlangsamen. Die Spitzen brachen, Metallstücke flogen mit ihren Rindenverwandten davon. Der Jäger versuchte es mit seinen Zehen, auf der Suche nach jedem Fußhalt. Er presste seine zerschundenen Hände gegen die Rinde und fand nichts Großes genug zwischen den Rillen, um sich festzuhalten. Er würde in wenigen Augenblicken am Boden aufschlagen, und es gäbe kein Überleben dieses Aufpralls.

Also zog Quik, getrieben von Instinkt, Panik und purer Verzweiflung, seine Knie an die Brust, presste seine brennenden Handflächen gegen die Rinde, als er in den freien Fall überging, und stieß sich ab, flog als blutiges, zerschlagenes Etwas in die Dunkelheit.

23
VERFOLGUNG

Durch das Dunkle Unten zu rennen, barg so einige Risiken: Eine falsche Wendung konnte dich einen Abhang hinunterstürzen lassen, wo du dir den Kopf an einem scharfen Felsen aufschlagen könntest. Ein Ausrutscher auf Kies oder jahrelangem Staub konnte dich in eine zackige Wand schleudern und dich blutend zurücklassen – ein Geruch, der die falschen Unholde anlocken könnte. Oder du könntest einfach dein Licht verlieren, wenn das Öl ausgeht, und dich in der umherirrenden Dunkelheit verlieren, bis du verhungerst, keuchend und kriechend nach einer Hilfe, die nie kommen wird.

Haggerth könnte jedes dieser Schicksale erleiden, sollte Maena ihn nicht finden, und ihre Suche wurde immer frustrierender. Sie war einen Seitentunnel nach dem anderen hinuntergegangen, durch kleine Öffnungen geschlüpft, durch seichte Tümpel gewatet und um tiefere herumgeklettert, aber der Whent-Halunke hatte keine Spuren hinterlassen.

Oder du bist einfach eine miserable Fährtenleserin.

Eine Möglichkeit. Rana brachte seinen Kindern nicht

bei zu jagen, wie es die Vis und Whent taten. Wozu auch, wenn die Flussinsel jemandem, der eine Leine auswerfen oder einen Speer schleudern konnte, so viel mehr bot als das Aufspüren wilder Bestien?

So wie es war, verließ sich Maena auf das, was ihre Augen ihr sagten, was ihre Nase riechen und ihre Ohren hören konnten, und im Moment bot diese ganze Sammlung genau null Hinweise.

Dann geh dorthin, wo du weißt, dass er sein wird.

Das hatte sie bereits getan, indem sie ihre Verfolgungsrouten auf die Wege beschränkte, die sie zurück in Richtung Traumfeste bringen würden. Jede zackige Wendung ließ Maena die wahrscheinlichen Linien kreuzen, die Haggerth nehmen würde, um nach Hause zu kommen, und nicht ein einziges Mal kreuzte sie seinen Weg.

Was zu einem wahrscheinlichen Schluss führte: In seiner laternenlosen Flucht hatte der Mann sich in die falsche Richtung gewandt. Ein fataler Fehler, und einer, den Maena ihn das Leben kosten lassen konnte.

Und wenn er auftaucht, wird ein Messer dann genauso gut seinen Zweck erfüllen.

Maena schnüffelte im schwachen Schein ihrer eigenen Laterne, ihre Füße fanden automatisch den Weg zurück zu ihrem Ausgangspunkt, zu der leichendurchsetzten Stadt, die nun von Whent-Erkundern, Ingenieuren und gierigen Hoffnungsvollen wimmelte, die das Dunkle Unten für etwas Besseres ausbeuten wollten. Der Eindruck haftete der Rana-Kapitänin an, während sie ging, der Abscheu moderte in ihrem Geist.

Was, es ist die Wahrheit. Du hasst sie. Wir hassen sie. Sie verdienen, was auf sie zukommt.

Was Maena wusste, was sie hilflos mit ansehen musste, war die wachsende mörderische Neigung ihrer gespaltenen Seele. Der Teil, der von einem Schattenunhold losgerissen worden war und nicht weggehen, nicht schweigen würde, würde Maenas Gedanken jeden Moment vergiften, bis sie keine andere Wahl hatte, als zu gehorchen.

Gehorchen? Das ist eine bequeme Ausrede. Du willst das genauso sehr wie ich. Es ist das, was du Rasslebeck und Pennifer gesagt hast.

Hatte sie das? Damals an der Oberfläche, als Jochi den Freunden der Rana verbot, sich seiner Tiefsee-Expedition anzuschließen?

Ja. Du hast ihnen gesagt, du würdest den Kampf fortsetzen, ihre Schwüre erfüllen, die Unholde zu vernichten. Vergiss dein Versprechen nicht, Maena. Dein Versprechen, nicht meins.

Aber Versprechen, die aus Unwissenheit gegeben wurden-

Nein. Nicht das. Nicht jetzt. Wir haben diese Diskussion tausendmal geführt. Der Plan steht. Bis wir in die Stadt zurückkehren, werden die Sprengstoffe, die wir brauchen, bereit sein. Dann werden wir all diese Monster ein für alle Mal begraben.

Die Idee hatte einen gewissen Reiz, und was sollte Maena sonst tun? Inmitten eines Haufens Steinbeißer bleiben, ohne Verantwortung? Mit Svardes Verschwinden kümmerte es Jochi keinen Deut, was Maena sagte oder tat. An die Oberfläche zurückzukehren war eine Möglichkeit, eine, die sie nach Rana zurückbringen würde und ...

Das ist eine Frage für ein andermal, Maena. Wenn unsere Arbeit getan ist und du als Heldin zurückkehrst, weil du die Inseln gerettet hast.

Ah. Richtig. Eine Heldin. Maena lachte in sich hinein, während sie durch die Tunnel zurück zur Traumfeste pirschte. Gefeiert, in Legenden verewigt, ein Leben, das es wert war, in Erinnerung zu bleiben, und ihre Schwüre gegenüber den von den Unholden abgeschlachteten Rana erfüllt.

Ihr anderes Ich mochte mörderisch sein, mochte in Begriffen von Blut als Nutzen denken, aber in einem hatte sie Recht: Welche Wahl hatte Maena wirklich?

Die Traumfeste begrüßte Maenas Rückkehr ohne Bemerkung. Ein anderer Wächter wartete am südlichen Tunnelausgang, aber er gab Maena dasselbe ausdruckslose Nicken, das sie bei ihrem Aufbruch erhalten hatte. Der pelz-bekleidete, axttragende Felsbrocken von einem Mann fragte sie nicht nach Haggerth, was bedeutete, dass die vorherige Schicht nichts weitergegeben hatte. Ein Glücksfall.

Glück? Du nimmst an, dass sich die Leute für dich und dein Tun interessieren, Maena. Nur einer tat es, und der ist dort hinten im Dunkeln verloren. Sie werden es aber, danach.

Maena hüllte sich in ihre Anonymität und ging durch die sich ausdehnende Traumfeste zu ihrem Zentrum, wo ihr gewähltes Zimmer und die nahe gelegene Schmiede warte-ten. Die Stunde, markiert durch Laternensilhouetten an geschnitzten Kerben in Höhlenwänden, deutete darauf hin, dass Maenas Rückkehr spät kam. Laute, betrunkene Geräu-sche von verschiedenen Karren, Tavernen und Straßenver-sammlungen bestätigten diesen Eindruck. Die Whent liebten es, nach einem Tag zu feiern, jedem Tag, der damit endete, dass sie noch am Leben waren.

Von allen Dingen muss ich ihnen in diesem Punkt zustimmen.

Maena konnte dieses Gefühl teilen, obwohl sie bei keiner der Festlichkeiten auf dem Weg anhielt. Sie warf auch keinen Blick auf die elenden Leichen, die entlang der Wände geschoben und aufgestellt worden waren. Knob-lauch und andere Kräuter waren über die verwesenden Körper gestreut worden, um den Geruch zu überdecken.

Svarde hatte nicht gewollt, dass die Knochen begraben wurden, damit er sie bei seiner Rückkehr verwenden konnte. Bis dahin stank die Traumfeste wie ein verzerrtes Frühlingsfest, wobei ein zu tiefer Atemzug den anhaltenden Säuregeruch von Eingeweiden mit sich brachte.

Ein Grund mehr, unser Spiel zu zünden und mit diesem schrecklichen Ort fertig zu werden.

Als Maena bei der Schmiede ankam, waren die Türen verschlossen und die Fenster dunkel. Sie klopfte einmal, erhielt aber keine Antwort, was vermuten ließ, dass ihr Schmied sich einer der abendlichen Feiern angeschlossen hatte. Die Idee, nach dem Mann zu suchen, kam ihr in den Sinn, wurde aber schnell verworfen. Sie war schon weit gelaufen, und ihre Beine ließen sie wissen, dass sie nichts gegen eine Pause einzuwenden hätten. Vielleicht könnte sie eine Pause einlegen, am Morgen zurückkehren und ihre heldenhafte Verwüstung frisch beginnen.

Diese Überlegung brachte sie zu dem Gebäude, in dem sich ihr Zimmer befand, am zentralen Platz von Traumfeste. Als sie jedoch um die letzte Ecke bog, blieb Maena abrupt stehen. In der Nähe ihrer Tür standen zwei weitere Whent, genauso bewaffnet und gepanzert wie der Tunnelwächter. Sie hielten keine Bierkrüge, und ihre Augen suchten die Straße gezielt ab. Die Rana-Kapitänin zog sich zurück, lehnte sich an eine Hauswand und atmete tief durch.

Haggerth hatte es vielleicht nicht zurückgeschafft, aber der Mann hatte Freunde.

Eine List und eine Falle.

Aber Maena war noch nicht hineingetappt.

Du kannst nicht zurück.

Nein, aber sie konnte vorwärts gehen. Wenn Jochi oder andere Whent-Kräfte hinter ihr her waren, konnte Maena sich auch nicht auf den Ingenieur verlassen. Zumindest nicht bis zum Morgen warten. Sie musste diese Sprengstoffe jetzt holen und sie noch heute Nacht einsetzen.

Der Rückweg zur Schmiede führte sie über andere Routen, schmale Pfade zwischen den Gebäuden statt über die breiteren Straßen mit ihren betrunkenen Menschenmengen. Maena drehte ihren Kopf hin und her, auf der Hut vor, nun ja, den Beobachtern. Sie stolperte über einen in Kräuter gewickelten Körper, fing sich an einer Wand ab. Sie atmete tief ein, inhalierte den Knoblauchgeruch und würgte.

Du bist schlecht darin.

Sie war eine Rana-Kapitänin. Keine Spionin. Maena führte Überfälle an, kreuzte Klingen. Herumzuschleichen war nicht ihr Leben.

Jetzt ist es das.

Tränen drohten. Ihr Aufkommen war plötzlich und unerwartet, und Maena presste ihren Rücken gegen die raue Steinmauer. Über ihr tropfte die dunkle Höhlendecke Stacheln. Keine Sterne, keine Wolken, kein Horizont. Man konnte die Freiheit nur so lange ignorieren, bis ihre Abwesenheit in jedes Gefühl eindrang. Sie war gefangen, so gefangen hier.

Bis du die Scheusale begräbst. Dann kannst du gehen.

Richtig. Zurück an die Oberfläche reisen, entweder in einer gewagten, heimlichen Flucht oder als gefeierte Heldin. Maena wischte sich die Augen an ihrem schmutzigen Ärmel ab. Sie konnte diesen Teil nicht kontrollieren. Nur den Auslöser, den Einsturz. Das gehörte ihr.

Der Fokus half. Maena machte sich mit unerschütterlichen Schritten auf den Weg zur dunklen Schmiede. Niemand verfolgte sie, kein betrunkener Whent bemühte sich zu fragen, was sie tat. Die verriegelte Tür ragte vor ihr auf. Die Fenster rund um das Gebäude waren schmal, zu schmal, um sich durchzuzwängen.

Selbst wenn du könntest?

Jochi machte Dieben ein schnelles Ende und verhinderte Verbrechen mit Blut.

Die Schmiede lehnte an einem anderen Gebäude, ohne Gasse auf beiden Seiten, was andere Optionen einschränkte. Wie konnte sie hineinkommen?

Warte.

Ja. Ihre Wohnung mochte bewacht sein, aber Traumfeste summte heute Nacht. Maena war zwar erschöpft, aber ein Bier oder zwei, eine leichte Mahlzeit, all das konnte man in der Nähe bekommen. Sie konnte sich mischen, sich unter die Leute mischen, und wenn der Ingenieur zu seinem Laden zurückkehrte ...

24

EIN MANN, EINE INSEL

Die Angriffe hörten nicht auf, und Svarde machte nicht halt. Die Leichen markierten seinen Fortschritt, während Kance-Banden aus Bäumen, Klippen, Höhlen und einfach die Straße entlang anstürmten, verblüfft, den Barbaren und das Ferrit zu sehen, beide bedeckt mit den Ergebnissen ihrer brutalen Arbeit. Jede Konfrontation lief gleich ab: eine Frage, eine Drohung, ein Abschluss durch Svardes gezackte Klinge oder Kivis steinerne Kiefer.

Sie ließen keine Überlebenden zurück. Wenn ein Kance zu fliehen versuchte, jagte Kivi ihn nieder, die Ausdauer des Ferrits war größer als die jedes Soldaten.

Beabsichtigte Svarde, so endgültig, so absolut zu sein? Die Frage verschwand, als die Stunden, die ganzen zwei Tage vergingen und kein Zeichen von Ami und den Feuerwanderern hinter ihm auftauchte. Ihre Armee, die noch vor wenigen Tagen eine alles erobernde Kraft gewesen war, war durch einen Sturm aufgehalten worden, oder zumindest zur Bedeutungslosigkeit verlangsamt. Was das Gewicht des Erfolgs, den Feuerwanderern ein Zuhause unter den Inseln zu sichern, auf Svarde und seinen Ferrit-Freund legte.

Unsterblich zu sein, war kein Freifahrtschein zur Vorherrschaft. Svarde hatte nur seinen Körper und seine vielen Narben. Eine vorbereitete Streitmacht konnte ihn überwältigen, zerstören oder in die Falle locken. Überraschung blieb seine beste Chance, und Svarde erkannte, dass er sie nicht aufgeben konnte.

So fielen die Kance, Seele um Seele, entlang der schlammigen Straße nach Süden.

Svarde nahm keine Seitenwege, würde unter benachbarte, karge Bäume schlüpfen, wenn ein Gleiter am Horizont erschien. Wenn sich ein Teich zeigte, würde der Barbar baden, aber das waren die einzigen Abweichungen von seinem ansonsten unerbittlichen Vormarsch. Der Regen hielt zumindest das Schlimmste von seinen Augen fern, aber als Svarde einen Hügelgipfel erklomm und auf die Hauptstadt von Kance hinabblickte, die glänzenden Türme und den von Gleitern erfüllten Himmel, trug er kaum mehr als Fetzen, getränkt in getrocknetem Blut und Speichel.

Kances große Stadt hatte den gleichen bezaubernden Anblick wie beim ersten Mal, als Svarde hierher gereist war. Zugegeben, damals war Svarde lebendig gewesen und mit echten Freunden auf einem aufregenden Abenteuer. Dies war ... anders.

Wie viel von der Stadt würde er durchqueren müssen, um den Himmelspalast zu erreichen? Um die dortigen Herren zu überzeugen, ihren sinnlosen Krieg aufzugeben?

»Ich weiß nicht, Kivi«, sagte Svarde zu dem Ferrit, »aber wenn ich es nicht versuche, dann stirbt jeder einzelne der Feuerwanderer.«

»Ist das der Grund, warum du wie ein mordlustiger Held voranstürmst?«

Svarde wirbelte bei diesen Worten herum, obwohl er die Stimme gut genug kannte, um die Klinge gesenkt zu halten. Olgata, eine führende Whent-Kundschafterin und die Frau, die Svarde nahe gewesen war, seit sie Dreamhold erreicht hatten, beobachtete ihn aus einigen Schritten Entfernung. Sie saß auf einem Felsen, einem Wegstein, in den die Stunden zu den kleinen Städten eingemeißelt waren, die Svarde entlang der Straße passiert hatte. Schlanke Beutel säumten ihren dicken Kundschaftermantel, ihr Hemd und ihre Hose. Eine Axt an einem Oberschenkel und eine Klinge am anderen. Dunkelgrüne Gesichtsfarbe verhüllte ihr Gesicht.

Eine Aufmachung für eine lange Zeit allein.

»Jemand muss das beenden, bevor es beginnt«, antwortete Svarde. »Nach dem, was ich da draußen sehen kann, haben die Najahn die Insel nicht angegriffen. Dass du hier bist, bedeutet, dass Ami und die Feuerwanderer auch nicht in der Nähe sind. Was bedeutet, dass ich Zeit habe.«

»Um was zu tun, jeden in dieser Stadt abzuschlachten?«

»Es braucht nur die Anführer, die ihre Köpfe verlieren, um Meinungen zu ändern.«

»Um sich zu ergeben? Kance?« Olgata rutschte vom Felsen, streichelte Kivi, als das Ferrit herbeilief, um sie zu begrüßen. »Die Windinsel wird nicht nachgeben. Sie werden bis zum letzten Mann kämpfen.«

»Das sagen die Leute, aber weißt du, was ich auf Whent gefunden habe? Eine ebenso stolze Insel wie diese hier? Eine Stadt auf der Flucht, weil ein paar Unholde zu Besuch kamen. Wenn du mit unmöglichen Chancen konfrontiert bist, nimmst du deine Familie und läufst.«

Olgata schien den Punkt einzuräumen, schloss sich

Svarde in seinem Blick auf die Hauptstadt von Kance an. »Und du bist diese Chance?«

»Ich muss es sein.«

Der Übermut der Kundschafterin verblasste, als sie die kreisenden Gleiter, die funkelnden Segel im Hafen beobachteten.

»Die Feuerwanderer sind in einer Krise«, gab Olgata zu. »Ami konnte die Stadt und die Dächer, die sie in Unterkünfte verwandelt haben, nicht verlassen. Der Regen ist zu häufig, zu gefährlich für sie.«

»Dann ist es vorbei. Am nächsten klaren Tag sollten sie in die Höhlen zurückkehren.«

»Das würde dich allein lassen. Ganz allein.«

»Das bin ich bereits.«

Olgata nickte: »Svarde, warum tust du das? Warum kommst du nicht mit mir zurück, überlässt Fassle und Yarvick ihr Blut. Die Feuerwanderer können für ihren Platz argumentieren. Foti wird ihre Hitze für ihre Schmieden nicht ablehnen, und Whent könnte sie auch gebrauchen.« Die Kundschafterin grinste. »Viele Gasthäuser hätten nichts dagegen, wenn so ein Unhold ihre Schankstube den ganzen Winter über warm hielte.«

Svarde kaufte der Kundschafterin die Idee und ihre weitere Bedeutung fast ab: Lass die Unholde herein, diejenigen, die nicht nur aus Blut und Zähnen bestehen, und jeder würde seinen Platz unter den Inseln finden. Sicher, es würde Zeit brauchen, es würde nicht immer einfach sein, aber es gäbe Heimstätten und Bedürfnisse zu erfüllen. Svarde könnte in Dreamhold sitzen und die Tore beobachten, bis alle Welten jenseits davon in Nichts zerfielen.

Ein angenehmer Gedanke, gewissermaßen.

Es würde nur Tausende von Najahn- und Kance-Leben

kosten, während ihre Armeen und Flotten einander über die Jahreszeiten hinweg abschlachten würden.

»Wenn ich es schnell beenden kann«, sagte Svarde, »dann können wir beides erreichen. Die Unholde können ihre Heimstätten haben, und diese Stadt kann gerettet werden, ihre Menschen verschont bleiben.«

»Ein edler Eroberer also.«

»Nein, ein Krieger auf der Suche nach einem Weg.«

Der Wind blies weiter – hier blies er immer – und die Wolken zogen vom massiven Bergspitz am westlichen Ende der Stadt weg. Die grün-graue Oberfläche des Felsens war übersät mit Svardes Ziel: dem Himmelspalast, der glänzte, als seine unzähligen Diamanten das Sonnenlicht einfingen. Gleiter schossen davon, als sich Sichtlinien öffneten, wie Vögel, die von ihren Sitzplätzen auffliegen. Die gewundene Treppe des Turms schimmerte, Gruppen wanderten entlang ihrer vielen, vielen Stufen. Andere würden in den Aufzügen im Inneren sein.

So oder so, eine Option.

Und eine Idee.

»Könntest du bleiben?«, fragte Svarde Olgata.

Die Kundschafterin schien von der Frage nicht überrascht zu sein. Sie zeigte ein kleines Lächeln. »Deutest du etwa an, Svarde, dass ein Monster wie du Schwierigkeiten haben könnte, ganz da hoch zu kommen?«

»Nicht ohne einen Berg von Leichen, der diesem Turm gleichkommt.«

»Also willst du, dass ich einen Weg finde?«

»Damit ich keinen schlagen muss, ja.«

Olgata stellte sich Svarde gegenüber und musterte ihn von oben bis unten. Das kleine Lächeln verschwand und machte einem ausdruckslosen Gesicht Platz, hinter ihrem Blick arbeitete es.

»Ich bin eine Wildniskundschafterin, Svarde. Ich infiltriere keine Städte«, Olgata zögerte, »aber wir brauchen dich lebendig. Na ja, zumindest so lebendig, wie du eben sein kannst.«

»Also kommst du mit?«

»Unter einer Bedingung«, sagte Olgata und kniff sich in die Nase. »Es gibt einen Höhlenteich zwanzig Minuten zurück. Wir werden dich säubern, und dann, Svarde, dann können wir sehen, wie wir dich und dieses riesige Schwert aus dem Blickfeld halten.«

Selbst Kivi schnaubte bei dieser Vorstellung.

25
ANKUNFT

Die Ringstadt antwortete auf den Ruf der Krise. Die Najahn-Kriegsmaschinerie und die erforderlichen Anstrengungen ließen den riesigen Hafen so geschäftig sein, wie Wax es noch nie zuvor gesehen hatte. Trotz der letzten Spuren des Winters strömten Schiffe ein und aus, die Schmieden surrten und der Handel boomte. Najahn-Soldaten drängten sich an den Docks und überwachten die Verladung von Kisten auf gewaltige Foti-Galeonen, die von ihrem üblichen Dienst als Erztransporter zu Waffentransportern umfunktioniert worden waren. Auch kleinere Klipper wie der, der Wax in den Hafen brachte, waren in Hülle und Fülle vorhanden. Neue Ballisten aus Rana wurden an ihren Relings befestigt, bereit, schnelle Kance-Schiffe ins Visier zu nehmen. Neue Waffen, Widerhaken-Seile, lagen in Haufen bereit, um zusammen mit diesen Ballisten die Segel der Kance zu zerfetzen und ihre Schiffe zum Kentern zu bringen.

Eine militärische Litanei setzte sich fort, die Wax ausblendete, während seine Eskorte den ehemaligen Renewal durch nasse Straßen und kühle Luft in Richtung des Najahn-Viertels führte. Die vertrauten, gestuften und gepflasterten Alleen weckten nicht allzu ferne Erinnerungen, Nächte mit Eujo, in denen sie von einem üppigen Abendessen zum nächsten zogen, eine weitaus angenehmere Ablenkung als das ständige Getöse darüber, wie seine Heimat, Vis und Kance, bald von der Macht der Najahn zerschmettert werden würden. Die Skars halfen Wax, ihr Gemurmel war eine willkommene Ablenkung: Der Whent-Skar fand all das Gestein und die Felsen um sie herum ansprechend und schlug in wortlosen Drängen vor, Wax solle den Skar hier und da ein Gebäude zum Einsturz bringen. Der Rana-Stein schnüffelte die Regenfässer unter den spitzen Dächern aus und deutete an, dass er das Viertel, das Wax eskortierte, wegspülen könnte, um ihn frei zu lassen, damit er... alles niederbrennen könnte, wenn es nach dem Foti-Skar ginge. Ein gewaltiges Inferno entfachen, das von Haus zu Haus springen und die Ringstadt in Asche verwandeln würde.

Tamas bot eine andere Idee an: Wax' Najahn-Eskorte war neugierig auf den Vis-Renewal, sogar inspiriert von dem jungen Mann, der mit ihnen ging. Wax könnte, mit einem kleinen Anstoß, diese Inspiration in Rebellion verwandeln, dass Wax allein, mit den Skars, die Schurken aufhalten und die Welt in ihren früheren Frieden zurückversetzen könnte. Eine rosige Vorstellung, die von all den Waffen um sie herum widerlegt wurde, von der Tatsache, dass sie Wax zu einem Treffen mit Fassle selbst brachten, dem Anführer des leitenden Zirkels der Najahn und demselben Mann, der die Inseln in den Krieg geschickt hatte.

Dass Fassle Wax einfach zum nächsten Aegis werden und alles abblasen lassen würde, um ein paar Jahre relativer Ruhe zu erkaufen, schien absurd. Wax selbst wollte diese Ehre nicht einmal, oder den lähmenden Fluch, der damit einherging, ein Fluch, wie Wax erkannte, der nicht nur von der Wunde und ihrem Thron kam.

Er hatte die Skars benutzt, um den Klipper durch den Sturm zu bringen, ihn an trägen Strömungen und widrigen Winden vorbei zu beschleunigen und das Boot schneller als erwartet in den Hafen von Noctia zu bringen. Die Anstrengung hatte Wax zu allen Tageszeiten daniederliegen lassen, wobei ihm Essen und Trinken häppchenweise von einer dankbaren, durch Kämpfe und Ertrinken dezimierten Crew gereicht wurde. Die Episode hatte Wax nicht über die Möglichkeiten nachdenken lassen, sondern mehr über die Erschöpfung, die ihn noch immer plagte: schwere Schritte, langsame Atemzüge, halbgeschlossene Augen selbst inmitten des hellen, frühen Frühlingsnachmittags um ihn herum.

Die Skars hatten eine gewisse eigene Kraft, einen Schub, der bei jeder wirklichen Anstrengung schnell erschöpft war, und die Gottsteine zögerten nicht, ihrem Wirt mehr abzuverlangen. Nicht nur den Willen eines Tages, sondern den einer Woche, eines Jahres, eines ganzen Lebens. Wie viel hatte Wax mit diesen Skars bereits verloren?

»Du siehst also«, durchbrach die Stimme des Najahn-Kapitäns seine Gedanken, als sie die Tore des Najahn-Viertels passierten, »dies alles ist eine beschlossene Sache. Kance und Vis sind tapfere Inseln, das bestreitet niemand, aber je früher diese Kämpfe enden, desto mehr Leben werden gerettet. Das erkennst du doch, oder?«

Wax wandte dem Mann einen trüben Blick zu. »Du glaubst, ich hätte hier irgendeine Macht?«

Der Najahn-Kapitän, in seinen Helm gehüllt, nahm die Frage mit einem Stirnrunzeln auf, dann lachte er. »Ich schätze, du hast keine. Hab vergessen, dass ihr Renewals nicht mehr das seid, was ihr mal wart.«

Diese Bemerkung begleitete Wax den ganzen Weg bis in den Versammlungsraum des Zirkels, ein buchstäblicher Kreis mit einer abgesenkten Plattform in der Mitte, von der aus Besucher Fassle, die beiden Adepten und alle anderen Personen ansprechen würden, die für notwendig erachtet wurden, um eine Entscheidung zu treffen. Wax, nun in purpurne und schwarze Najahn-Roben gehüllt, betrat den Raum unter Laternen und ihrem warmen Schein. Der Raum selbst hatte eine rauchige Hitze, die durch Öfen weit unter ihnen aufstieg. Fassle, der einzige, der den Raum mit ihm teilte, schien das künstliche Klima zu genießen: Seine Roben sahen so dünn aus wie das Gesicht des Mannes, so knochig wie seine gefalteten Finger.

»Der abtrünnige Renewal«, sagte Fassle zur Begrüßung, als Wax die goldene, geriffelte Ringmarkierung in der Mitte des Raumes gefunden hatte und darauf stand. »Ich kann nicht behaupten, dass ich dich je von Angesicht zu Angesicht sehen wollte, aber ich bin nicht enttäuscht, dass du hier bist.«

Die Najahn-Eskorte hatte Wax auf dem Weg hierher nicht viel gegeben, außer zwei Dingen, um die Wax gebeten hatte, als die Najahn-Türme und ihre unheilverkündenden Fahnen näher kamen. Kaffee, frisch gebrüht aus Vis-Bohnen, und die dicken, formellen Roben, die er jetzt trug. Die, die Wax zum Schwitzen gebracht hätten, wenn der Vis-Skar nicht sein Bestes getan hätte, um Wax' Körper in perfektem Einklang zu halten. So nahm der Renewal, der vor Fassle stand, die leichte Beleidigung des Mannes ohne mit der Wimper zu zucken hin und warf Wax' klassisches breites Grinsen zurück.

»Du hast Glück, dass du mich gefunden hast«, sagte

Wax und genoss den Nervenkitzel, den der Tamas-Skar ihm sandte, als er Fassles Überraschung wahrnahm.

»Glück?«

»Klar. Du bist gerade dabei, all diese Menschen, all diese wunderschönen Boote da draußen zu verschwenden, aber jetzt, wo ich hier bin, musst du das nicht mehr.«

»Und Kance und Vis ihre Skars behalten lassen?« Fassle lehnte sich vor und musterte Wax von seinem erhöhten Platz aus. »Ich glaube, du missverstehst etwas, Vis. Wir können die Zukunft der Inseln nicht auf wohlwollendem Handel riskieren.«

»Genau das meine ich. Du brauchst keine Skars mehr.«

Mehr Verwirrung. Gerunzelte Augenbrauen, eine gerümpfte Nase.

»Lassen Sie mich das genauer erläutern«, sagte Wax. »In der letzten Saison bin ich über die meisten Inseln gereist. Ich habe die Skars aus nächster Nähe in Aktion gesehen. Ich kenne ihre Macht. Ich weiß auch, dass ein einziger Satz von sieben die Unholde für sehr, sehr lange Zeit fernhalten kann.«

»Jetzt kürzer als je zuvor. Der eigentliche Grund, warum wir hier sind.«

»Richtig, aber das liegt daran, dass ihr nichts Neues versucht habt.«

»Etwas Neues?«

Der Blick eines verwirrten Anführers. Gab es etwas Kostbareres?

»Schaut«, sagte Wax und tippte auf die Halskette. »Die Aegis hat, solange wir existieren, diese Skars verbrannt, um die Unholde fernzuhalten, richtig? All diese Macht, die nur eine Sache tut. Aber was, wenn wir etwas anderes täten?«

»Das ist es, was wir tun. Wir werden unsere Soldaten ausbilden, die Skars zu benutzen, um den Kampf zu den

Unholden zu bringen und sie auszurotten.« Fassle schien zu realisieren, dass er sich seinem Gefangenen erklärte. »Nun, was-«

»Ich sage Ihnen, es gibt einen besseren Weg«, unterbrach Wax. »Geben Sie mir sieben Skars und eine Chance, und wir können den Krieg beenden, bevor er richtig beginnt.« Der Vis zeigte auf Fassle. »Denken Sie darüber nach: Im Moment besteht Ihr Vermächtnis darin, zu zerstören, wie die Inseln seit langer, langer Zeit funktioniert haben. Mit meiner Hilfe können wir es weiter verändern. Sie können der Retter sein. Derjenige, der die Kette gebrochen hat.«

»Mit Ihrer Hilfe.« Fassle legte seine gefalteten Hände flach. »Ich muss sagen, Wax, das war nicht der Verlauf, den ich für diese Audienz erwartet hatte.«

»Ich versuche, Erwartungen zu übertreffen.«

»Offensichtlich. Aber ich finde Ihre Idee interessant genug, um ihr eine Chance zu geben, obwohl Sie zu spät sind, um den Krieg zu stoppen. Kance wurde bereits invadiert, und der finale Angriff auf Vis hat in diesem Moment begonnen.« Fassle trommelte mit den Fingern. »Trotzdem könnten Sie, wenn Sie schnell arbeiten, ein paar Leben retten. Zwei Tage, Wax. Zwei Tage, um zu beweisen, dass Ihre Idee Potenzial hat. Wenn nicht, setze ich Sie mit Ihren sieben Skars auf die Wunde. Sie werden unsere neue Aegis sein, während die Najahn die Inseln einnehmen und unsere Streitkräfte vorbereiten, um die Welt ein für alle Mal von den Unholden zu befreien.

Wenn alles gut geht, sollten Sie den Fluch der Skars nicht lange tragen müssen. Ein paar graue Haare auf Ihrem jugendlichen Kopf. Einverstanden?«

Eujo war wahrscheinlich bereits auf Kance, möglicherweise in diesem Moment unter Beschuss. Dasselbe galt für

Wax' Familie und Freunde auf Vis. Schon zu spät, vielleicht zu spät. Dennoch ...

»Abgemacht. Zwei Tage«, sagte Wax. »Ich werde allerdings einen Kance- und einen Noctia-Skar brauchen.«

»Oh, ich weiß genau, wo Sie die finden können«, sagte Fassle. »Und ich denke, Sie werden sehr interessiert sein, sie kennenzulernen.«

Als Fassle einem beobachtenden Wächter signalisierte, dass das Treffen zu Ende war, wandte Wax seine Aufmerksamkeit nach innen, zu einer Vorstellungskraft, die ihn noch nie im Stich gelassen hatte.

Denn die Erneuerung hatte ein Wunder versprochen, und Wax hatte nicht den blassesten Schimmer, was das sein würde.

26

STURZ UND KAMPF

Sichi rettete den Jäger, wie es der Mond so oft tat. Das rosafarbene Licht gab Quik einen Schatten zum Zuschlagen, einen herabhängenden Ast am Rande seiner Reichweite, als der Vis in Richtung des grasigen Bodens am Fuße der Großen Sana stürzte. Seine Hände, noch immer in den Handschuhen steckend, griffen nach oben und fassten den dünnen Zweig, umklammerten ihn mit beiden Händen. Quiks Magen machte einen Satz, als der Ast unter seinem Gewicht nach unten schwang, bevor er eine verborgene Kraft fand und ihn in Richtung des Stammes schleuderte.

Ein Dschungel offenbarte sich als Silhouette, hundert Möglichkeiten und Fallen tauchten auf, während Quik flog, als der Ast... brach. Ein unterbrochener Fall wurde zu einem fortgesetzten Sturz, aber Quik hatte sein Ziel, hatte seinen veränderten Schwung, und er schwang seinen Körper nach vorne. Das Farnblatt fing Quiks Brust auf, bog sich, hielt ihn, während der Jäger seine kühle Länge hinabrutschte, um auf der anderen Seite durchzubrechen, sich überschlagend, gegen Büsche, Blätter und Erde prallend. Dornen und

Steine zerfetzten sein Gewebe, zerschnitten Quiks Haut, und seine rechte Schulter knackte mit einem so plötzlichen Schmerz, dass Quik aufschreien wollte.

Er hielt sich zurück. Biss die Zähne zusammen. Blieb stattdessen auf dem kalten Boden liegen. Jenseits davon begann die Schlacht um den Fuß der Sana abzuklingen. Die Mottilan-Jäger stießen keine Kriegsschreie mehr aus. Stattdessen schwebten Kapitulationsaufforderungen der Najahn herüber. Quik verdrängte die Auswirkungen, alle Gedanken an den größeren Kampf, der im Gange war. Was jetzt zählte, war aufzustehen, zu atmen, lebend herauszukommen.

Das erste Ziel kam mit einer Litanei von Schmerzen, stechenden und pochenden Qualen, die gleichermaßen von seinen Knöcheln, Knien und der Taille ausgingen. Quiks Schulter war in eine betäubende Leere verschwunden, der Arm hing schlaff herab, und überließ die Anstrengung des Aufstehens Quiks linker Seite. Die Handschuhe, nun zahnlos, waren hier keine große Hilfe, aber sie zu entfernen, würde warten müssen, bis Quik auf die Beine gekommen war, bis zu einem Punkt, an dem nebensächlichere Dinge-Geräusche, und nicht Klinge auf Klinge oder Klinge auf Körper. Knirschende Blätter, raschelndes Gras und gesprochene Fragen. Das verräterische Klirren und Klappern von Rüstungen.

Sich in die Hocke zu zwingen, war einfacher als aufzustehen, und Quiks blutige Beine schienen eher bereit, den halbherzigen Ansatz zu akzeptieren, indem sie seinem linkshändigen Schub in die Hocke nachgaben. Als er sich auf den Fersen im Dreck drehte - seine Schuhe, die von der Sana bereits zu Fetzen gescheuert worden waren, waren bei der Landung abgebrochen - dankte Quik erneut Sichi für ihre Güte.

Drei Najahn näherten sich, Hellebarden bereit, über die schmale grüne Fläche zwischen der Großen Sana und dem Dschungel. Sie bewegten sich langsam, vorsichtig. Gut ausgebildet also und nicht überheblich. Pech gehabt.

Die meisten Najahn, denen Quik auf Noctia begegnet war, waren nur allzu eifrig darauf aus gewesen, ihre scheinbare Unbesiegbarkeit, ihre Verachtung für die anderen Inseln zur Schau zu stellen. Ein paar dieser überheblichen Kämpfer hier, und Quik hätte ihnen vielleicht eine Lektion erteilen können. Eine tödliche.

Stattdessen blieb der Jäger tief, hielt sich auf den Fußballen. Er nahm Maß an seinen Waffen: ein funktionierender Arm, ein zahnloser Handschuh und Beine, die nach längerem Gebrauch nachgeben könnten. Nicht großartig, aber der beschädigte Handschuh konnte immer noch einen Schlag abwehren, und die Najahn würden nicht wissen, dass Quiks rechter Arm und seine Beine fast nutzlos waren. Überraschung war auch auf seiner Seite.

Und dies war Quiks Heimat.

Der Jäger trat nach links, als das Najahn-Trio den gebrochenen Ast fand, der in den spindeldürren Armen kleinerer Bäume hing. Einer fragte, ob ein Tier die Ursache sein könnte, sein Partner wischte diese Idee beiseite und meinte, jeder Zufall heute Nacht sei ein Feind, bis das Gegenteil bewiesen sei. Der Dritte bewegte sich weiter vorwärts und benutzte seine Hellebarde, um Büsche und die ersten Blätter des Farns beiseite zu schieben.

Quik wartete, bis der Najahn die Mitte des Farns erreicht hatte, bis die Hellebarde weit ausholte, um den Weg freizumachen, und eine Lücke in der Verteidigung des Mannes ließ. Najahn-Helme schützten die Seiten und die Oberseite, ließen aber das Gesicht frei, eine Öffnung, die Quik mit einem faustgroßen Stein ausnutzte. Der Jäger schleuderte ihn, während er aufstand, und der Stein zertrümmerte die Nase des Najahn und ließ den Soldaten taumeln und über das Unterholz stolpern.

Schwere Rüstung hatte ihre Vorteile, aber wieder aufzustehen, nachdem man zu Boden gegangen war, gehörte nicht dazu. Der Najahn würde für einige Momente am Boden bleiben, Lücken, die Quik nutzen würde, nutzen musste.

Der Jäger trat nach rechts und zielte auf den ausladenden Baum, dessen Ast sein Retter gewesen war. Die anderen beiden Najahn schrien, und Quik hatte die flüchtige Hoffnung, dass das Paar sich zurückziehen, nach Verstärkung suchen und dem Jäger eine Öffnung geben würde. Stattdessen drängten sie vorwärts, ignorierten ihren am Boden liegenden Freund und teilten sich auf. Einer folgte dem Farnpfad, der von ihrem zerschmetterten Verbündeten geöffnet worden war, während der andere, der zeigte, dass seine Ohren besser funktionierten als seine Reflexe, nach links abzweigte, direkt auf Quiks gewählte Deckung zu.

Ein notwendiger Fehler, sich zu trennen, und einer, den Quik ausnutzen würde.

Er brach in Richtung des linken Angreifers aus und brachte ein paar Schritte zwischen diesen Najahn und die anderen beiden. Quik hatte keinen weiteren Stein, aber ein Klumpen aus Dreck und Blättern in seiner linken Hand funktionierte fast genauso gut. Seine Beine brannten, das heiße Blut rann hinunter, aber sie funktionierten gut genug, um den Jäger um die Seite des Stammes herum zu bringen. Der Najahn richtete die Hellebarde auf Quik, öffnete ihren Mund, um um Hilfe zu rufen, und bekam den Dreck direkt auf die Lippen. Der Schrei verwandelte sich in einen Husten. Die Hellebarde schwankte, und Quik schlug sie weg, wobei die Rückseite des Handschuhs den sich kräuselnden Speerkopf der Hellebarde zu Boden drückte.

Hätte Quik eine funktionierende rechte Hand gehabt, hätte ein einfacher Schlag den Kampf dann und dort beendet. Der Najahn erwartete es, ihr panischer Blick passte zu dem Dreck, der aus einem würgenden Mund spuckte. Der Jäger hatte keine solche Option, aber er hatte einen Schädel, und der Dreck bot ein leichtes Ziel zum Anvisieren. Seine Stirn traf das Gesicht des Najahn hart, ihre Augen verdrehten sich, als sie zusammenbrach. Die Rüstung klirrte, als ihr Körper sich zusammenkrümmte, ein ebenso deutlicher Alarm wie jeder Schrei.

Quik drehte sich um, um dem herannahenden Paar entgegenzutreten, die violetten Platten fingen Sichis rosa Streifen ein und ließen die Najahn wie quälende Phantome erscheinen, als sie anstürmten. Die einfache Drehung beanspruchte Quiks gequälte Beine einen Schritt zu weit, und Quiks rechter Knöchel gab nach, brach zusammen wie sein rechter Arm und ließ den Jäger in eine einkniende Verteidigung sinken. Er hob den Handschuh, dann ließ er ihn fallen und passte die Waffe seinem schlaffen Gegenstück an.

Das Najahn-Duo hielt an, die Hellebarden auf Quiks Herz gerichtet.

»Ergibst du dich, Vis?«, fragte der eine Najahn, der noch unversehrt war.

»Lass ihn nicht«, sagte der zweite mit einer blubbernden, gurgelnden Stimme. »Er verdient, was er gleich bekommt. Pavarde kann sich ihre Befehle sonst wohin stecken. Sie ist jetzt nicht auf ihrem Schiff.«

Pavarde? Der Name kitzelte irgendwo, etwas für später, falls Quik so lange leben würde.

Der erste Najahn warf einen Blick auf den zweiten, eine Öffnung, die durch einen kleinen moralischen Makel gewährt wurde. Quik nutzte sie. Wie bei seinem zweiten Hinterhalt schaufelte Quik mit der linken Hand Erde und schleuderte sie auf den Najahn, wobei er sich mit dem Schwung des Wurfes zu einem Uppercut erhob, der eigentlich direkt das Kinn des Najahn hätte treffen sollen.

Einer, der an einem gepanzerten Unterarm abprallte, als die beiden Soldaten den Schauer mit Voulgen und Metall abwehrten. Der erste Najahn zuckte mit dem Schaft seiner Voulge, traf Quiks Schulter und schleuderte ihn in den Boden. Der zweite drückte die Speerspitze gegen Quiks Hals.

»Wie ich schon sagte«, knurrte der blutige Najahn.

»Tu es«, sagte der erste.

Quik hatte keine Chance, in Erinnerungen zu schwelgen oder letzte Worte zu sagen. Sein Körper war erschöpft, überwältigt vom Sturz, dem Schlag, dem Kampf. Die Voulge würde wenigstens all dem ein Ende setzen, und das, während Quik im kalten Trost seiner Heimatinsel lag?

Eine gewisse Gerechtigkeit.

Doch der Schlag fiel nicht. Ein überraschtes Grunzen, ein Fluch und ein lauter, metallischer Aufprall. Verstreute Erde streifte Quiks Wange und er drehte sich, um zu sehen, wie Sawi dem ersten Najahn gegenüberstand. Die Klinge der Frau blitzte auf und parierte die Voulge des Najahn in einer knappen Parade. Sie versuchte, die Distanz zu verkürzen, aber der Najahn war kein Anfänger und vereitelte den Vorstoß mit einem Rückzug.

Einem, der seine Knie direkt in die Nähe von Quiks liegendem Körper brachte. Während Sawi mit doppelgriffiger Klinge vor sich wartete, nutzte der Najahn seine Chance. Der Soldat schob seinen linken Fuß nach vorn und ging zu einem geraden Stoß über.

Quik fegte mit seinem Handschuh in einer Rückhandbewegung, ein Schlag, dem es an Kraft mangelte, aber genug tat, um den Najahn stolpern zu lassen. Der Voulgen-Schlag ging nach links und tief, durchbohrte einen Busch. Ein schlimmer Fehlschlag, den Sawi nicht wiederholte.

»Komm schon«, sagte Sawi einen Herzschlag später, die Whent-Klinge in ihren Rückenriemen geschoben. »Sie werden bald nach ihnen suchen.«

»Ich kann mich nicht schnell bewegen«, erwiderte Quik und nahm ihre Hilfe an, um seine müden Beine unter sich zu bringen. »Ich werde niemandem davonlaufen.«

»Wir verstecken uns, wenn wir müssen.« Sawi warf Quiks Arm über ihre Schulter und begann mit ihm einen holprigen Gang in den Dschungel. »Dies ist unsere Insel, Quik. Wir sind noch nicht fertig, für sie zu kämpfen.«

27
TRINKEN MIT DEN TOTEN

Ein einziges Bier machte es nicht viel leichter, mit dem Feind zu feiern. Maena trieb durch die Straßen von Traumfeste, die nächtlichen Festlichkeiten voller Krüge, schlechter Trommelmusik und dem donnernden Getöse von Whent-Armdrücken, -Rennen oder -Trinkwettbewerben in ihrer Peripherie. Sie hielt Ausschau nach suchenden Augen, während sie versuchte, sich anzupassen, stets darauf bedacht, dass Maena einen Drink in der Hand und ein bereitwilliges Lachen für jede Dummheit in der Nähe parat hatte.

Die Whent wollten Maena jedoch nicht ihr Spiel spielen lassen. Ein Ruf, den Maena selbst kultiviert hatte, indem sie ihre tobenden Feste in der Vergangenheit mied, bedeutete, dass die stämmigen Krieger, Kundschafter und Händler die Rana-Kapitänin als Kuriosität betrachteten, und nicht als jemanden, den man dulden sollte. Eine freundschaftliche Rauferei kam zum Erliegen, als Maena sich in den inneren Ring schlängelte, Blicke richteten sich auf die Rana-Kapitänin, bis ein Whent, zerschlagen und blutig vom vorherigen Kampf, wissen wollte, was Maena glaubte, hier zu tun.

»Keine Gossenliebhaber hier«, knurrte der Mann. »Ist mir egal, ob Jochi sagt, wir sollen dich nicht schlagen, das heißt nicht, dass ich eine Rana-Ratte brauche, die mir meinen Spaß verdirbt.«

»Als ob du wüsstest, wie man so etwas findet«, schoss Maena zurück, aber sie machte sich schnell genug davon, als zu viele andere Fäuste sich erhoben, um die Sache weiterzuführen.

Maena erfuhr eine ähnliche Behandlung bei Trinkwettbewerben, beim Schnappen eines Snacks von einem Tisch, der mit Pilzpasteten überquoll, und sogar beim bloßen Gehen durch die Straßen. Die Feindseligkeit war nicht völlig neu – Maena würde sich nicht selbst belügen, dass sie einen Whent-Kundschafter für ihre Taten zum Teil gestohlen hatte, um den alten, allgegenwärtigen Drang zu lindern, dem altehrwürdigen Feind ihrer Insel etwas Schaden zuzufügen – aber mit Svardes Verschwinden und den stillen Leichen schüttelten rostige Spannungen ihre Lähmung ab.

Tu nicht so, als wärst du überrascht. Es war schon immer so.

War es das? Damals an der Oberfläche, nachdem Maena und ihr Team die ersten Feuerwandler besiegt hatten, hatte Jochi sie herzlich willkommen geheißen. Sie in den langen Marsch in die Dunkle Tiefe eingeladen. Sie hatte an seinem Tisch gegessen, ihre Meinungen geäußert und war gehört worden.

Bis sie aufhörten zuzuhören. Du weißt warum.

Svardes Schuld. Der Barbar war gegangen, hatte mit diesen Äxten und dem Ferrit die Vorhut gespielt und sie allein gelassen, er-

Du brauchst ihn nicht, und das ist nicht der Grund. Belüg uns nicht, Maena.

Nein. Die Einladungen hörten auf, weil Maena keinen

Sinn mehr ergab. Zumindest sagte das Jochi. Zu blutrünstig, zu wild, zu gefährlich, und dass sie eine Rana war, half auch nicht. Bleib eine Weile ruhig, sagte der Kriegsherr, und so hatte sie es getan. Sie war Svarde gefolgt und ...

Wir sind uns in der Dunkelheit nähergekommen, nicht wahr?

Der letzte Tropfen Bier weckte Maena aus ihren Erinnerungen. Sie war von der Musik, dem Getöse weggewandert und fand sich in der stillen Kathedrale wieder, die Svarde einst dominiert hatte. Jetzt saß auf dem schlichten, riesigen Steinstuhl – er war zu schmucklos, um ein Thron zu sein – der ehemalige Besitzer von Traumfeste. Seiner Macht beraubt, seit Svarde gegangen war, kauerte der Tote König nach vorn gebeugt, seine massive, verbeulte Rüstung in sich zusammengesackt.

Zersetzte sich sein Körper darin, oder hielt der Zauber der Klinge, einmal geschenkt, den Mann konserviert? Die anderen Leichen schienen jedenfalls den Ort zu verpesten, aber andererseits hatte Maena noch keine zu Staub zerfallen sehen.

Zumindest nicht auf natürliche Weise. Mehr als nur ein paar hatten Gliedmaßen verloren oder waren von mutwilligen Whent zerstört worden.

»Ich hätte gedacht, du würdest das gutheißen«, sagte Maena zu der turmhohen Gestalt. »All diese Jahre die Linie gegen die Monster halten, auf ein Ende warten, und hier bin ich, um es dir zu geben.«

Der Tote König bot keine Antwort, also warf Maena ihren leeren Krug auf den Ersten Wächter. Er zerschellte inmitten seiner geschundenen und gefleckten Panzerung, ohne eine Bewegung zu bewirken.

»Aber sie werden keine Lieder über mich singen«, fuhr

Maena fort. »Sie werden sich nie an die Rana-Piratin erinnern, die die Tore schloss, die die Wahrheit sah.«

Du hast es auch nicht, bis ich es dir gezeigt habe.

»Gezeigt? Du hast mich nicht vergessen lassen!«

Maenas Stimme hallte durch die Kathedrale. Ohne einen lebenden Bewohner hatte niemand viel von dem Moos ersetzt. Stattdessen sickerte schwaches rosafarbenes Licht von weit oben herein. Ein winziges Geschenk von Sichi, den ganzen Weg durch Noctia, hinunter durch die Wunde, bis hierher.

Weil du die Wahrheit akzeptieren musstest. Die Unholde sind die Fehler der Götter. Sie müssen zerstört werden, nicht vergeben.

»Weiß ich doch . . . «, murmelte Maena und wandte sich wieder dem Toten König zu. »Du hättest uns allen so viel Zeit ersparen können.« Ein leises Lachen, denn wie absurd war das alles wirklich? »Wie viel Aufwand wäre es gewesen, die Kammer zu überfluten? Mit deiner leichengetriebenen Armee Erde in den Pool zu schaufeln, bis du ihn begraben hättest?«

Einmal begonnen, sprudelten die Anschuldigungen heraus, ein nicht eingeschlagener Weg nach dem anderen, alle dem Toten König zu Füßen gelegt. Maena ging vor diesem Thron hin und her und fand Katharsis in der feierlichen, stillen Aufmerksamkeit des Wächters. Sicher, der Tote König antwortete nicht, bot keine Vorschläge an, aber Maena fand sie dennoch.

Der chaotische, gewundene Pfad, der sie an diesen Abgrund geführt hatte, konnte nicht geändert werden, nein, aber Maena konnte andere vor dem gleichen Schicksal bewahren, und selbst wenn keine Seele ihren Namen kennen würde, keine Statuen sich erheben würden, um ihre Brillanz zu verkünden, würde sich die Mühe lohnen.

Nicht alle Legenden müssen erzählt werden.

»Ich tue mich schwer damit, Sie so edel zu finden«, verkündete Haggerth, der flankiert von axtschwingenden Whent-Wachen am Eingang der Kathedrale erschien.

Maena, die gerade ihre Zweckerklärung beendet hatte, fragte sich, ob Haggerth seinen Zeitpunkt gewählt hatte, um sie nicht zu unterbrechen.

»Haben Sie zugehört?«, sagte Maena, drehte dem Toten König den Rücken zu und zählte die fünf Soldaten, Haggerth eingeschlossen, vor ihr. Keiner hatte glasige Augen vom Trinken, alle hatten die Hände an den Waffen. »Urteilen Sie über mich?«

Schlechte Chancen, Maena. Gibt es einen anderen Ausweg?

Nicht, dass die Rana-Kapitänin einen kannte. Nicht, dass Haggerth bereit schien, einen anzubieten.

»Wenn ein Whent-Kriegsherr strauchelt«, sagte Haggerth und blieb in der Mitte seiner Wache stehen, die sich in der breiten, leeren Kathedralenhalle auszubreiten begann, »liegt es oft daran, dass sie ihre Fähigkeiten überschätzen. Manche nennen es Größenwahn. Sie sind so besessen davon, etwas zu werden, was sie nicht sein können, dass sie verlieren, wer sie sind. Kommt dir das bekannt vor, Rana?«

Klingt, als hätte Haggerth kein Gefühl für Sinn und Zweck.

»Es gibt einen Unterschied«, entgegnete Maena und wich noch näher an den Toten König heran, als könnte die gepanzerte, riesige Leiche ihr eine Antwort geben. »Ich tue das nicht für mich selbst. Ich versuche, die Inseln zu retten.«

Haggerth, der, wie Maena bei genauerem Hinsehen feststellte, tatsächlich aussah, als wäre er stundenlang durch raue Höhlen gestolpert. Sein pelziger Whent-Umhang wies Risse auf, der Mann selbst trug Schmutzflecken und Schnitte an Beinen, Armen und Kopf, wo ein blinder Hieb seinen Tribut gefordert hatte.

Gut.

»Warum dann so geheimnistuerisch? Warum einen unserer Kundschafter entführen und darüber lügen?«, fragte Haggerth. »Warum einen unserer Schmiede drängen, Sprengstoffe herzustellen, ohne Jochi auch nur nach deinem Plan zu fragen?«

»Du bist wirklich gründlich, nicht wahr?«

»Dachtest du, ich würde das alles nicht herausfinden?«, Haggerth, stets gelassen, stand aufrecht zwischen Maena und dem Ausgang der Kathedrale. Vier Wachen flankierten sie nun von allen Seiten. »Dachtest du, niemand würde es bemerken? Oder dass der Schmied Jochi nicht von Anfang an erzählt hätte, worum du ihn gebeten hast?«

»Er wusste es?«

»Zum Teil. Der verschwundene Kundschafter war meine Nachforschung, und jetzt ist das einzig fehlende Puzzlestück, wo, Maena. Wo planst du, die Bomben zu platzieren? Ist das der Ort, an dem wir unseren Kundschafter finden werden?«

»Jochi wusste es und hat mich nie danach gefragt?«

Haggerth runzelte die Stirn. »Erst meine Frage.«

Er wird dich nicht töten, bis er den Kundschafter hat. Du hast einen Trumpf in der Hand.

Als ob Maena noch nie Verhandlungen geführt hätte. Zugegeben, meistens hatte Maena hilflose Seekapitäne unter Druck gesetzt, ihre Beute aufzugeben, um ihr eigenes Leben zu retten, aber die umgekehrte Situation war ihr nicht so fremd, dass sie ins Straucheln geriet.

Alles, was zählte, war, den Vorteil zu finden und ihn auszunutzen.

»Ein Deal also, Haggerth«, sagte Maena. »Gemeinsam

werden wir den Kundschafter finden. Ich werde dir zeigen, wie man die Inseln rettet. Wenn es dir nicht gefällt, kannst du mich dort töten.«

Haggerth überlegte, dann nickte er auf das Schwert an ihrem Gürtel. »Keine Waffen, keine Tricks. Von diesem Moment an, Maena, Kapitän von Rana, bist du eine Gefangene der Whent.« Bei seinen Worten näherten sich die vier Wachen. »Wenn du Widerstand leistest, lasse ich dich direkt in die Gruben bringen. Wenige überleben sie einmal. Du wirst es kein zweites Mal schaffen, herauszukommen.«

28

AUFSTEIGENDE WIEDERVEREINIGUNG

Svarde verdankte, so ungern er es auch zugab, Tamas sein fortgesetztes Un-Leben. Die verdammte Insel hatte damals, als er Catyas Wächter gewesen war, darauf bestanden, dass er eine Nebenrolle in Catyas aufgeführter Szene spielte. Er hatte sich zur Musik bewegen und leichtfüßig agieren müssen, während er einen weiß bemalten Deckel trug, der die Sonne darstellen sollte. Ami hatte ihn dafür verspottet, und selbst Catya konnte ihr Grinsen nicht ganz verbergen, aber Svarde hatte seine Aufgabe erfüllt und war, wie es die Regieanweisungen verlangten, über die Bühne getänzelt.

Jetzt tänzelte er auf leisen Sohlen durch die Straßen von Kance. Wolken verdeckten Sichi, ausladende Schatten wurden von Straßenlaternen geworfen, die mit Noctia-Öl gespeist wurden. Ein Vorrat, den Kance bereits rationierte, wie man an den vielen dunklen, gewundenen Straßenzügen erkennen konnte. Olgata vermutete, dass Kance auch eine Ausgangssperre verhängt hatte, da zu viele Tavernen still und zu viele Straßen leer waren. Hier und da wanderten Soldaten umher, in Roben gekleidet und mit

Rapieren bewaffnet in der kühlen Luft. Die Vogelrufe, Kances natürliche Symphonie, veränderten sich mit Einbruch der Nacht zu tiefem Heulen und Trillern von Kreaturen, die Svarde nicht sehen konnte.

Die große Klinge ruhte auf seinem Rücken, verhüllt in die befleckten Gewänder, die er mehreren Kance-Soldaten abgenommen hatte, die sie nicht mehr brauchten. Die Roben passten Svarde nicht und saßen eng, die Hosen scheuerten an Oberschenkeln, die er ohnehin nicht mehr spüren konnte. Zumindest gewährte der Tod Svarde diesen kleinen Segen: Die Schmerzen und Qualen des Reisens und des Krieges waren verschwunden.

Für eine Stadt im Kriegszustand hielt Kance seine Sicherheitsmaßnahmen jedoch locker. Die Patrouillen waren nicht dicht. Svarde spürte keine Augen, die ihn beobachteten, keine Spione aus einer Bevölkerung, die entschlossen war, wachsam zu bleiben. Vielleicht weil Noctia die Kämpfe noch nicht so weit getragen hatte, vielleicht weil Kance glaubte, sein Sieg würde leicht kommen. Oder seine Niederlage unvermeidlich sein.

»Wenn wir zur Spitze des Himmelspalastes gelangen wollen«, sagte Olgata, als sie zwischen zwei dunklen Häusern zum Stehen kamen, den gedrungenen Kance-Bungalows mit ihren vielen Fenstern und dünnen Holzwänden. »Dann haben wir zwei Möglichkeiten: die Treppen oder die Aufzüge.«

»Treppen.«

»Falsch. Die Treppen winden sich um das Äußere des Turms. Sie würden uns kommen sehen und uns in die Falle locken. Du würdest das vielleicht überleben, aber ich nicht.«

Svarde schnaubte und tätschelte Kivi, das Ferrit, das an

seiner Seite herumkrabbelte. »Du musst nicht mit uns kommen.«

Olgata nickte in Richtung des Klingengriffs, der über Svardes Schulter ragte und in ständigem Kontakt mit der grauen Haut seines oberen Rückens blieb. Ein Zugeständnis an die Skars in der Waffe, die Svarde am Leben erhielten.

»Diese Klinge darf niemandem in die Hände fallen«, sagte Olgata. »Wenn du sie fallen lässt, muss ich sie nehmen und zu Jochi zurückbringen.«

»Das ist der Grund, warum du hier bist? Die Klinge?«

»Einer davon.«

Svarde musste die Whent-Kundschafterin neu einschätzen. Gerissen, geschickt und immer bereit, den Moment für ein größeres, entfernteres Ziel aufzugeben. Olgata war von Svarde und Maena weggerannt, als die Leichen des Toten Königs sich zum ersten Mal näherten, und sie hatte die Führung bei der Kartierung der Tunnel südlich von Traumfeste nach Kance, nach Vis übernommen.

»Warum bist du so loyal, Olgata?«, fragte Svarde. »Was bringt dir das?«

Die Kundschafterin schüttelte den Kopf. »Nicht jetzt. Wenn wir das alles überleben und du mich sehr betrunken machst, erzähle ich es dir vielleicht. Bis dahin konzentrieren wir uns auf die Aufzüge. Wenn wir das richtig machen, wirst du bis zum Frühstück Kance regieren.«

Sie lauerten in der Nähe der Hauptstraße, die zum Himmelspalast und dem riesigen, hervorstehenden Turm führte, den er krönte. Kances Vorliebe für fließende, silberne Stile dominierte den Blick, selbst in der Dunkelheit des frühen Morgens. Himmelsdiamanten säumten die breite Allee, teilten kunstvoll geschnittene Heckenreihen und Fahnenstangen, an denen verschiedene Kance-Insignien flatterten. Hier brannten Laternen, Wachen patrouillierten, und Olgata war nicht begeistert.

»Es ist wunderschön am Tag«, sagte Svarde. »Einer der wenigen Orte auf den Inseln, die wirklich etwas wert waren.«

»Sei still«, sagte Olgata.

Sie hatten sich mit dem Rücken an ein Steingebäude gepresst, das mehrere Stockwerke hoch war und für offizielle Geschäfte bestimmt schien. Kivi klammerte sich an die Wand über Svardes Kopf, gelegentliche Splitter ihrer Krallen rieselten auf seine Robe.

»Heimlichkeit hat uns so weit gebracht, Kundschafterin«, sagte Svarde und bewegte seine Hand zu seiner Klinge. »Vielleicht ist es Zeit, die Taktik zu ändern.«

»Ich sagte, sie werden die Aufzugseile kappen, wenn sie uns einsteigen sehen«, zischte Olgata, ihre Stimme ein hartes Flüstern. »Hast du nicht zugehört?«

»Dann müssen wir uns eben beeilen.«

Olgata schien bereit, auch diese Idee beiseite zu wischen, als ein sich näherndes Rascheln, viele Füße auf Stein, sie unterbrach. Das Paar, gut im Schatten verborgen, blickte vom Himmelspalast weg und sah noch mehr Wachen. Sie marschierten in Formation. Für einen Moment fragte sich Svarde, ob sie entdeckt worden waren, ob Kance endlich seinen wichtigsten Ort befestigte. Nur für einen Moment, dann verschwand dieser Gedanke beim Anblick eines einzigen Gesichts.

Die Vis trug frische Jahre in den Jahreszeiten, seit Svarde sie zuletzt gesehen hatte. Auch der Stab, den sie trug, hatte sich verändert, von flexiblem, aber zerbrechlichem Vis-Bambus zu gehärtetem Holz und Metall. Sie trug auch Kance-Roben und ging wie jemand, der Zeit in der Zivilisation verbracht hatte, statt der federnden Art des

Dschungels. Svarde nahm all das mit einem Blick auf, verbrachte aber den Rest des Marsches damit, ihre anderen Züge zu studieren, die niedergeschlagenen Augen und den frustrierten Mund, die fest geballten Fäuste an ihren Seiten. Die Art, wie sie immer wieder Blicke zurück zum Meer warf.

Die Art, wie sie ohne einen der anderen ging.

Bliss, so war ihr Name gewesen. Das Mädchen, das als einzige bereit war, an jenem Abend auf dem Deck seiner Kajüte etwas Pfeifenkraut mit ihm zu teilen. Eine Mutige, aber wie war sie hierhergekommen? Und allein?

»Das ist die Königin«, sagte Olgata, fast ehrfürchtig. »Jetzt die einzige von Kance. Sie war auch deren Erneuerung.« Die Kundschafterin legte eine Hand auf Svardes Handgelenk und nickte in Richtung der trotzig wirkenden Frau inmitten der Soldaten, als sie vorbeigingen. »Ihr Armband. Es hat Scharten.«

»Die Steine sind überall, Olgata. Was zählt, ist, ob die Königin weiß, wie man sie benutzt.«

»Nein, was zählt ist, dass wir unsere Chance haben.«

»Was?«

»Der Regent, oder wer auch immer jetzt Kance führt, wird bald seine Stellung verlieren. Die Königin wird die Macht übernehmen, und jetzt kannst du sie schnappen.« Olgata nickte dem königlichen Gefolge hinterher. »Kance wird seinen Kampfwillen verlieren, wenn sie in Gefahr ist. Dein dummer Plan könnte tatsächlich funktionieren.«

»Moment, dummer Plan?«

Olgata schnaubte: »Offensichtlich. Jetzt ist unsere Chance. Lass uns gehen.«

Bevor Svarde weiter nachfragen konnte, was genau seinen Plan so dumm machte, schlängelte sich Olgata an der Gebäudeseite entlang in die breite Allee, blieb aber im Schatten. Wenn die Wachen in Sichtweite nicht damit beschäftigt gewesen wären, die Königin zu beobachten, wäre der Zug aufgefallen. Stattdessen trottete Svarde Olgata hinterher, und Kivi folgte ihm, alle blieben geduckt.

Kance half seinen Eindringlingen auch hier, mit seiner verzierten, aber flachen Architektur. Keine Zäune, seltsame Erhebungen zu Eingängen oder andere Hindernisse zwangen Svarde zu schwierigen Sprüngen oder lauten Drehungen. Stattdessen bewegten sie sich in geducktem langsamem Trab vorwärts und nutzten die Hecken und sprießenden Gärten. Olgata sagte kein Wort und Svarde machte keine Fehler, so brachten sie sich ohne Zwischenfall ans Ende der Allee, gerade als sich die Gruppe der Königin in mehrere Parteien aufteilte. Die Königin selbst ging zum Zentrum des Turms, wo die Aufzüge warteten. Die meisten Wachen trennten sich ab, um ihre Beine in den ebenerdigen Baracken auszuruhen, vermutete Svarde.

»Jetzt warten wir und machen dann unseren eigenen Vorstoß«, sagte Olgata. »Wir nehmen den zweiten Aufzug und-«

»Nein«, murmelte Svarde. Die Intuition des Barbaren hatte ihm eine neue Idee gegeben. »Ich ändere den Plan. Deck mich.«

»Decken? Was-«

Svarde brach in einem geraden Sprint über den Hof aus. Kivi, stets treu, hielt mit ihm Schritt und brach mit einem knackenden Ausbruch von Blättern und Zweigen durch die Hecken. Die Wachen von Kance wurden endlich aufmerksam, drehten sich um und schrien. Einige dachten daran, Rapiere oder Armbrüste zu ziehen.

»Lenk sie ab, Kivi«, sagte Svarde, während seine Füße über den diamantbesetzten Steinhof donnerten. »Bring dich nicht um.«

Der Ferrit tat, wie Svarde ihn gebeten hatte, und stürzte

sich auf den nächsten Wachmann, riss den armen Kerl zu Boden. Kivi hielt nicht inne, um die Seele zu verstümmeln, sondern stieß sich zum nächsten ab, der gerade zielte, um auf Svarde zu schießen. Die Armbrust bekam ihren Bolzen nicht ab, bevor der Ferrit sie zerschmetterte und ihren Besitzer hart zu Boden schlug.

Svarde nutzte diese Sekunden, erreichte den geschwungenen Bogen, der den Eingang des Turms markierte. Silberne Linien wirbelten nach rechts und links, als würde der Mund des Turms Wind blasen. Stattdessen empfing die künstliche Höhle Svarde ohne den geringsten Windstoß. Drinnen umgaben sanfte Laternen die Zwillingsaufzüge und ihre massiven Türen mit einem Heiligenschein. Die Königin und ihre Gruppe, Svarde zählte schnell zehn, waren dabei, den linken Aufzug zu besteigen.

Zwei Wachen, diese in der verzierten Rüstung von Kance, mit diesen hübschen vergoldeten Rapieren, gaben die Bemühungen um den Aufzug auf, um sich Svarde in den Weg zu stellen.

Arme Seelen.

Svarde hörte nicht auf zu rennen, als er nach oben griff und die große Klinge freischwang. Dabei teilte sich Svardes Robe, Fragmente an seinen Ärmeln blähten sich auf wie die Flossen eines seltsamen Geschöpfs. Die merkwürdige Erscheinung hielt seinen Schwung nicht auf, inmitten der Rufe, der Flüche, der Aufforderungen, den verdammten Aufzug in Bewegung zu setzen.

Ein Rapier traf Svardes linke Schulter. Das andere schaffte es nie, sein Besitzer wurde nach links gespalten und prallte mit dem Schwung in den zweiten Wachmann. Svarde setzte seinen Weg zum Aufzug fort, das Rapier steckte noch in seiner Haut. Die verbleibende Gruppe um die Königin muss ein Haufen winselnder Berater, wertloser

Politiker gewesen sein, denn sie schrumpften an die Rückwand des Aufzugs.

Alle außer zweien. Eine dürre junge Frau mit einem Dolch in jeder Hand und Bliss, ihren Stab gezogen und bereit. Eine Kampfhaltung, die ins Wanken geriet, als sie Svarde sah, die Linien in seinem toten Gesicht erkannte, als sie seine Forderung hörte, die er vorbrachte, als er seine untoten Füße in den Aufzug setzte.

Frieden, nicht für Kance, nicht für Noctia, sondern für die Unholde.

29
INMITTEN DER BLUMEN

So viele Farne, Blumen und Ranken Wax auch auf Vis berührt hatte, nie hatte er etwas gefühlt, das dem Lelune im riesigen Wundkrater von Noctia glich. Einige Blumen blühten, während Sichi durch die Wolken schlich und die nächtliche Schau mit ihrem rosenroten Licht küsste. Ein frischer Wind jagte umher, ließ die knospenden Pflanzen erzittern und erinnerte Wax daran, dass er nicht den wärmsten Umhang angezogen hatte, den Noctia ihm zur Verfügung gestellt hatte. Der Kleiderschrank in seinem Zimmer war regelrecht vollgestopft gewesen, mit so vielen Kleidungsstücken, dass Wax annehmen musste, sie stammten von jemand anderem.

Trotzdem hatte alles gepasst.

»Das sind meine Lieblinge«, sagte Catya, die ehemalige Aegis, während sie ihn durch die Blumenfelder führte. Sie ging langsam und vorsichtig, immer einen Stock in der Hand, aber sie sprach scharf und klar. »Jede Nacht, in der ich konnte, verließ ich die Wunde und beobachtete, wie sie erblühten.«

»Sie sind wunderschön.«

»Eine Erinnerung an das, was ich zu verteidigen versuchte, denke ich. Mehr als die Najahn jedenfalls.«

»Sie haben dich nicht gut behandelt?«

»Sie haben mich benutzt«, Catya warf einen Blick zurück auf Wax und grinste reumütig. »Nun, wir haben uns gegenseitig benutzt. Diese Narben haben mir vielleicht einen Großteil meines Lebens gestohlen, aber ich musste nie um eine Mahlzeit feilschen, mir Sorgen machen, ob ich warm bleibe, oder ob ein Unhold mir die Zehen abbeißt.«

Wax lachte: »Ich kenne mehr als ein paar Leute, die diesen Handel eingehen würden.«

»Würdest du?«

Ah. Wieder dieser plötzliche Tonwechsel. Catya mochte das, eine Angewohnheit, die Wax im Laufe des Abends bemerkt hatte. Die Aegis würde über dies lachen, über das scherzen oder in einer angenehmen Anekdote verloren scheinen, nur um es dann wie bei einem Überraschungsangriff gegen Wax zu wenden. Ein Test vielleicht? Oder nur eine Marotte, die sich über ein Jahrzehnt mit wenig Lebenssinn entwickelt hatte?

»Nein«, sagte Wax. »Ich habe versprochen, so weit zu gehen. Aber ich werde mich nicht auf diesen Thron setzen.«

»Weil Fassle dem ein Ende gesetzt hat?«

»Weil ich denke, dass es ein Fehler ist.«

Sie erreichten eine spärlich bewachsene Stelle. Catya setzte sich auf den weichen Stein, klopfte auf den Platz neben sich und forderte Wax auf, den Weinschlauch und die für sie gebackenen Törtchen herauszuholen.

»Erdbeere«, sagte Catya lächelnd, als sie das Gebäck heraushob. »Vor einer Saison hätte ich das nicht essen können. Nicht ohne es zu Brei zu zerquetschen.«

»Dann ist es wohl eine Erleichterung, nicht mehr auf diesem Thron zu sitzen?«

»Das ist nur ein Stuhl, weißt du. Es ist nichts Besonderes daran.«

»Aber-«

Catya legte das Törtchen beiseite, griff in die Tasche ihres Umhangs und zog eine Halskette hervor. Eine, die der sehr ähnlich sah, die Wax jetzt um den Hals trug. Alle Skars waren da, bis auf einen, den Vis-Stein, den Wax so gut kannte.

»Sie haben mich alle behalten lassen, aber ich habe die Kette nicht mehr angelegt, seit ich sie abgenommen habe«, sagte Catya. »Der eine Skar, den ich noch halte?« Ihre freie Hand ging zu ihrem Hals, wo eine einfache Brosche hing. Wax konnte erraten, was sich darin befand. »Vis hat mir ein wenig von dem zurückgegeben, was die anderen Steine genommen haben. Zumindest etwas mehr Zeit.« Sie wandte sich zum Zeltenzentrum, dessen Wache sich entspannt hatte, seit die Whent-Truppe den Zustrom der Unholde eingedämmt hatte. »Der Stuhl war ein Symbol für alle anderen. Für die Skars spielt er keine Rolle. Fassle gefällt natürlich, dass er ihn kontrollieren kann.«

»Wie hast du es dann gemacht? Wie warst du die Aegis?«

Ein kleines Lächeln. »Sie rufen die Erneuerung aus, während die Aegis noch am Leben ist, für den Übergang, der mehr ist als nur deinen jungen Hintern auf diesen Stuhl zu setzen. Soweit ich weiß, hat Demion es der nächsten erzählt, und ihre Worte wurden von einer zur nächsten weitergegeben, bis zu mir.«

»Worte?«

»Später. Bevor es kalt wird.«

Catya hob einen Finger und machte sich dann daran, das Törtchen zu verspeisen. Wax nahm den Hinweis auf, füllte zwei kleine Holzbecher mit rotem Tamas-Wein —

einem guten südlichen Jahrgang, wie der Najahn erklärt hatte, der an seiner Tür erschienen war mit der späten Versammlung und dem Befehl, Catya an der Wunde zu treffen – und kostete sein eigenes Gebäck. Noch warm, noch saftig und köstlich auf eine Weise, wie nichts, was Wax auf Vis gegessen hatte, sein konnte. Fast künstlich. Gefertigt ohne die dornige Hand der Natur.

Sie aßen schweigend. Catya ließ sich Zeit, ein Tempo, das Wax beizubehalten beschloss, als er merkte, dass Eile ihm keine schnelleren Antworten bringen würde. So war es seit dem Treffen mit Fassle gewesen. Ein Najahn wich nicht von Wax' Seite, bereit, seine Fragen zu beantworten – bis zu einem gewissen Punkt – und ihn zu Mahlzeiten zu führen, zu Teilen des Najahn-Viertels, die er bei seinem ersten Aufenthalt in der Ringstadt mit Eujo nicht gesehen hatte, und es zu vermeiden, ihm zu sagen, was später geschehen würde, außer ihn davor zu warnen, ein Bier nach dem anderen zu kippen.

Was Wax am liebsten getan hätte, denn das hätte vielleicht die Albträume verschwommen, die jeden Moment mit Angriffen drohten. Visionen von Bliss und Eujo, zerschmettert im Meer oder von einer Najahn-Hellebarde durchbohrt. Torny, von Armbrustbolzen durchsiebt. Oder, fast noch schlimmer, wie sie ohne Wax weitermachten, ihn für tot und verloren hielten.

Die Vis konnten kein Schiff kapern, konnten nicht nach Kance schwimmen. Er hatte seinen Najahn-Aufpasser gefragt, ob er eine Nachricht schicken könne, und diese Antwort würde am Morgen kommen.

»Du hast zu kämpfen«, sagte Catya zwischen dem Ablecken von Erdbeerfüllung von ihren Fingern.

»Ist das so offensichtlich?«

»Du bist hier ohne Freunde. Keine Wächter, obwohl

Fassle sagte, du seist eine Erneuerung.« Wieder hob Catya eine Handfläche, dann senkte sie sie, um Wax' Handgelenk zu halten. »Ich brauche deine Geschichte nicht, Wax. Habe sowieso nicht genug Zeit dafür.« Sie lachte und blickte zum Mond hinauf. »Diese Spaziergänge sind nicht leicht.«

»Warum dann einen mit mir unternehmen?«

»Aus zwei Gründen. Erstens, weil Fassle es befohlen hat, und er wird mir meine Skars und alles, was ich habe, wegnehmen, wenn ich nicht tue, was er will. Zweitens, weil du eine echte Chance hast, alles zu verändern.«

Wax leerte seinen Becher und füllte ihn nach. »Zu viele Leute sagen das.«

»Der Unterschied ist, ich weiß, wovon ich rede.« Catya holte die Skar-Halskette wieder heraus. Sie griff nach dem schimmernden Diamanten in einem Schlitz und löste ihn mit geschickten, gestreckten Fingern heraus. »Der gehört dir, ich brauche ihn nicht mehr.«

»Kance?«

Catya nickte, als Wax den Skar nahm und sein seltsames Flüstern mit dem der anderen vermischte. »Mehr als jeder andere versuchte dieser, mich zur Flucht zu bewegen. Er sang immer von Freiheit.«

»Sang?«

»Das ist es, was die Steine tun, Wax. Sie singen.«

»Ich dachte immer, sie würden in einer Sprache reden, die ich nicht verstehen kann. Die Sprache der Götter oder so etwas. Dann die Gefühle, stimmt's? Die Dränge, die mich dazu bringen, sie loszulassen, dies oder das zu tun? Du sagst, es ist ein Lied?«

»Ein Teil davon«, sagte Catya. »Wie bei einer Band ist jeder Skar sein eigenes Instrument, das seine Melodie spielt. Wenn du ihm ein Solo gibst, dann glänzen seine

Fähigkeiten und du bekommst dein Feuer, deinen Wind, deine bebende Erde.«

Wax blinzelte und wandte sich seinem Wein zu. Er hoffte, Catya würde den Skeptizismus in seinem Gesicht nicht bemerken.

»Der Aegis vor mir? Er war Musiker, also ist es vielleicht seine Interpretation, aber es passt«, fuhr Catya fort, ohne einen Hauch von Beleidigung in ihrem stets höflichen Ton. »Die Götter vereinten ihre Kräfte, um die Inseln und die Welt, in der wir leben, zu erschaffen. Das wissen wir. Und um den Schild zu erschaffen, der sie umgibt, müssen die Skars synchronisiert werden, damit sie in Harmonie spielen.«

Das zumindest konnte Wax glauben. Dass die Steine einen Soloauftritt haben wollten? Na ja.

»Wie machen wir das?«, fragte Wax. »Oder, wie hast du es gemacht?«

»Zuerst musst du zuhören. Nicht nur einem, sondern allen. Wenn du dann ihre Lieder zusammen spielen hörst, dirigierst du. Sagst Foti, er soll langsamer werden, Vis, er soll schneller werden.« Catya wedelte mit dem Finger in der Luft, während sie sprach. »Die ganze Zeit, die ich auf diesem Stuhl saß, Wax, tat ich nicht nichts. Vielmehr hielt ich die Skars in Harmonie. Tag ein, Tag aus, schlief, wo ich konnte, jahrelang, während die Skars mich für ihr Lied ausgelaugt haben.«

Wax hatte begonnen, den Steinen zuzuhören, hörte aber auf, als Catya mit der Andeutung endete.

»Das will ich nicht«, sagte Wax und ließ seine Hand von der Halskette sinken, in die er den Kance-Skar eingesetzt hatte. »Ich versuche nicht, du zu sein.«

»Dann sei es nicht.« Catya erhob sich zitternd. »Wax, du musst dir einen Noctia-Skar besorgen. Dann, dann solltest du etwas anderes tun, etwas, das ich erst in Betracht gezogen habe, als ich all diese Skars auf neue Weise eingesetzt sah.«

»Und das wäre?«

»Alle Aegises vor mir ließen die Skars eine einzige Melodie spielen, diejenige, die die Unholde fernhielt. Wax, ich sage dir, es muss mehr geben.« Catya streckte die Hand aus und legte sie Wax zur Stabilisierung auf die Schulter, während sie ihren Stock auf den kiesigen Boden des Kraters setzte. »Vielleicht kannst du das Lied finden, das die Götter für uns bestimmt haben, das Lied, das diese verfluchte Welt wieder in Ordnung bringen kann.«

30
VON INSEKTEN GEPLAGT

Hinkend durch den Dschungel in einer dunklen Nacht nach einem erschöpfenden Tag zu laufen, raubte Quik viel von der Freude an seiner Heimat. Jeder Farn, jede Ranke und jede knorrige Wurzel wurde zu einem Hindernis, jede rutschige Stelle, die durch geschmolzenen Schnee von den Berggipfeln entstanden war, wurde zur Gefahr, einen ohnehin schmerzenden Knöchel zu verdrehen. Es gab noch nicht viele Insekten, aber die wenigen, die unterwegs waren, schienen Quik und Sawi zu finden und ihre langsamen Gestalten erbarmungslos zu belästigen: Juckende Stiche übersäten bald ihre geschundenen Körper.

Quik schätzte, dass mindestens zwei Stunden vergangen waren, als Sawi aufgab, als sie in eine relative Lichtung auf dem Aufstieg zu den Bergen und Mottilan stolperten. Sie setzte Quik ab, lehnte ihn an einen Baum, bevor sie selbst zusammenbrach. Blätter und Nadeln boten ein Bett, wenn auch ein kühles. Das Blut aus ihren Wunden verkrustete mit Erde. Quiks Mund lechzte nach Wasser, und er vermutete, dass es Sawi nicht besser ging.

Die frühe Frühlingssaison bedeutete, dass Vis noch nicht seine üppigen Früchte trug. Ihre Mägen knurrten ohne eine einfache Lösung, also griff Quik auf die alten Methoden zurück.

»Wir müssen wie Jäger sein«, krächzte er zu Sawi, die als rosafarbener Schatten sichtbar war. »Leben wie die Jäger auf langen Reisen.«

»Wie?«

»Essen, was wir können.«

»Ich verstehe nicht?«

Quik spürte, wie sich ein neugieriges Insekt auf seinem Oberschenkel niederließ. Sein rechter Arm funktionierte nicht, aber sein linker bewegte sich einwandfrei. Sawi hatte ihm die Handschuhe ausgezogen und sie im Dreck liegen lassen, sodass, als Quik seine Hand blitzschnell über das Insekt schnappen ließ, als er das geflügelte Wesen in seiner Handfläche einfing, die hölzernen Waffen ihm nicht im Weg waren.

Das Schlucken fiel ihm nicht leicht, aber das Insekt ging trotzdem runter.

»Sie werden dich nicht krank machen«, sagte Quik. »Genug davon, und du überlebst.«

Die Stille, die ihm antwortete, ließ Quik sich fragen, ob Sawis Ekel sie sprachlos gemacht hatte. Dann hörte er die leisen Schläge, das Wischen von Hand zu Mund. Er grinste, ließ seinen Kopf gegen die weiche Rinde rollen, während er ein weiteres Insekt schnappte. Sawi hatte schließlich nicht vergessen, was es bedeutete, ein Vis zu sein.

Die Insel, der Gott, würde sie versorgen.

Sawi trieb die Idee sogar noch weiter. Sie begann, mit ihren Händen durch die verrottenden Blätter zu fahren und fand saftigere Würmer, Käfer und Maden. Jeder Biss drängte gegen Quiks Leben, gegen das, was er zu akzeptieren, wonach er zu streben gelernt hatte, aber Wildheit bedeutete Überleben, und schon bald waren ihre Mägen gefüllt. Ihr Durst wurde von wärmeren Dingen als Wasser gestillt.

»Ich glaube, ich habe schon Schlimmeres gegessen«, sagte Sawi, die jetzt neben Quik saß, beide lehnten an demselben Baum. »Noctia könnte von diesen Insekten noch einiges lernen.«

»Das meinst du nicht ernst.«

Sawi lachte heiser: »Vielleicht nicht, aber ihr Fisch war immer so zäh.«

»Das war er, nicht wahr? Ich habe eine Stunde lang darauf herumgekaut.«

Jetzt lachten sie beide. Es verdrängte den Schmerz. Sie lehnten sich aneinander, wischten träge nach den wenigen Insekten, die sich noch an das Paar heranwagten, um zu beißen, und ließen die Nacht vergehen, während sie eine Geschichte nach der anderen austauschten.

»Wir sollten irgendwann schlafen«, murmelte Quik später. »Es wird bald dämmern, dann müssen wir wieder laufen.«

»Oder wir könnten einfach hier warten und Insekten essen, bis sich die Inseln beruhigt haben.«

»Ich habe Wax einen Eid geschworen, Sawi. Ich kann nicht aufgeben.«

»Ich denke, er würde es verstehen, angesichts der Umstände.«

Quik bewegte sich, blickte auf Sawis schattiertes, schmutziges, insektenverschmiertes Gesicht mit seinen zerzausten Haaren und blutigen Kleidern. Er musste nicht besser aussehen, und doch sah er dort eine gewisse Vernunft, eine Überlegung, dass es vielleicht das Beste wäre, einfach unter den Blättern zu liegen und Geschichten zu erzählen, solange sie zu zweit waren.

Nur war Quik halbtot, und Sawi war die Partnerin seines Bruders gewesen.

»Ich bin mir nicht sicher, ob er das würde«, sagte Quik und wandte seinen Blick ab, richtete ihn auf einige dunkle Bäume auf der anderen Seite der Lichtung.

»Wie gut kanntest du deinen Bruder?«, fragte Sawi, ohne Quik Abstand zu gewähren.

»Er war mein Bruder? Was für eine Frage ist das?«

»Du warst immer auf der Jagd, Quik. Hast dich wichtig gemacht, nur um hier und da aufzutauchen und uns zu sagen, wir sollen erwachsen werden.«

»Weil ihr alle ständig in Schwierigkeiten geraten seid.«

»War es nicht, weil du einsam warst?«

»Ich...« Quik schluckte, blinzelte. Das Leben eines Vis-Jägers bedeutete Tage im Dschungel, allein, auf der Jagd nach Beute und mit ihr in der Hand zurückzukehren, oder zumindest mit einem Ort für einen Überfall. Das wurde erwartet, das wurde getan. »Vielleicht. Nicht mehr als jeder andere.«

»Wenn du mehr Zeit mit uns verbracht hättest, dann wüsstest du, dass Wax nicht der Typ ist, der in der Vergangenheit verharrt, bei Misserfolgen. Er macht weiter. Versucht es immer wieder, manchmal nur zum Spaß.« Sawi kicherte. »Er brachte uns in Schwierigkeiten, weil er nie nein zu einer Idee sagte. Er wollte immer, dass du auch mitkommst. Er hat dich vermisst, als du erwachsen wurdest.«

»Ich vermisse ihn jetzt.«

»Ich auch«, sagte Sawi. »Er hätte irgendeine dumme Idee, um uns hier rauszuholen. Etwas, an das wir nicht denken würden.«

Das würde Wax tun. Quik starrte in die Bäume. Was würde sein Bruder jetzt tun? Er hätte die Skars, was die Dinge verändern würde. Ein Vis-Skar zum Beispiel würde jetzt ziemlich helfen. Quik hätte eines von Annalyse nehmen sollen.

Warte.

Quik sah zu Sawi und bemerkte, dass das Mädchen tatsächlich eingeschlafen war. Ihr Kopf ruhte auf seiner Schulter, aber an ihrer Hüfte hing die Whent-Klinge. Eine, die, richtig eingesetzt, vielleicht ...

»Gib mir dein Schwert«, sagte Quik und griff nach der Klinge.

»Warum?«, fragte Sawi, ohne die Augen zu öffnen.

»Ich habe eine Idee. Wie Wax.«

Das weckte Sawi weiter auf, und sie zog die Klinge und reichte sie Quik. »Was hast du vor?«

»Hilf mir, einen Stein zu finden.«

Diese Suche dauerte an einem bewaldeten Berghang nicht lange. Sawi schleppte einen Stein herbei, etwa doppelt so groß wie Quiks Faust. Sie legten Blätter auf einen Haufen auf einer Seite, während Sawi über das Risiko murmelte, das sie eingingen.

»Mottilan hat Leute, die Ausschau halten, sie werden es sehen«, sagte Quik, während er den Schlag abmaß, die momentane Hoffnung tat ihr Bestes, um die Schmerzen und die schweren Augenlider zu vertreiben. »Sie werden kommen und uns finden.«

»Oder vielleicht tun es die Najahn stattdessen. Eine Helmbarte für jeden. Wäre das nicht schön?«

»Müssten uns um all das hier nicht mehr sorgen.«

Quik zog das Schwert über den Stein. Ein Kreischen, keine Funken.

»Du musst die Klinge da richtig reinhauen«, sagte Sawi,

und Quik versuchte es erneut. Immer noch nichts. »Hier, lass mich mal versuchen.«

Es war einfach genug, das Schwert zu übergeben. Quik hatte sowieso nur einen funktionierenden Arm. Er lehnte sich zurück an den Baum und beobachtete, wie Sawi ihren Winkel anvisierte.

»Glaubst du, Annalyse fragt sich, wo du bist?«, fragte Sawi.

Die Frage warf Quik so weit aus der Bahn, dass er nicht bemerkte, wie Sawi einen gezielten Streich ausführte und die ersten Funken in die Blätter fliegen ließ. Sie zog das Schwert zurück und wiederholte den Streich. Mehr Funken, mehr schrille Metall-auf-Stein-Schreie.

»Vielleicht?«, antwortete Quik.

»Garantiert tut sie das. Hast du nicht darauf geachtet, wie sie dich angesehen hat?«

Natürlich hatte er das. Natürlich hatte er es bemerkt. Natürlich hatte Quik Zeit mit Annalyse finden wollen, um dort weiterzumachen, wo sie am Pier auf Noctia aufgehört hatten.

»Wie war das?«, fragte Quik, und Sawi lachte und zog die Klinge.

Diesmal hinterließen die Funken etwas Rauch. Beim nächsten Mal hinterließen sie eine Glut, die wuchs.

»Ich sage nur, Quik, wenn wir das hier überleben, glaube ich nicht, dass du allein sein musst.«

Quik kicherte und beobachtete, wie die Flammen wuchsen. Die Morgendämmerung näherte sich ebenfalls, der Himmel über ihnen verlor seine Wolken und gewann an Licht. Mottilan würde vielleicht nicht den Schein des Feuers sehen, aber definitiv den Rauch bemerken. Sie würden kommen und jeden gepanzerten Najahn schlagen, der versuchte, durch den Dschungel zu navigieren. Quik und Sawi würden überleben, würden wieder kämpfen können.

Oder auch nicht. Sich an irgendeinen ruhigen Strand am südlichen Rand der Insel davonstehlen ... ohne Wax hätte Quik an dieser Idee festgehalten.

»Was ist mit dir, Sawi?«, fragte Quik. »Wer wartet auf dich?«

»Meine Familie. Meine Insel.« Sawi stand über der Flamme, die Klinge an ihrer Seite. »Ich bin zurückgekommen, um zu kämpfen, Quik. Sieht so aus, als würde ich diese Chance bekommen.«

31
ZUR LEGENDE WERDEN

Jahre und Jahre auf See, angefangen als einfache Botin, Deckhand, ein Straßenkind auf Rana-Frachtschiffen. Sobald sie einen Säbel halten und mit einer Armbrust schießen konnte, ohne einen Verbündeten zu treffen, stieg Maena auf zu den Klippern und Kuttern, die zwischen Noctia und Whent auf der Suche nach leichter Beute die Gewässer durchkreuzten. In all dieser Zeit, all diesen Überfällen auf Küstenstädte und plumpe Whent-Schiffe, war Maena nie Gefangene gewesen.

Das hatte sich mit Svarde und seinem Abtauchen in die Dunkle Tiefe geändert. Einmal in die Gruben gebracht, und jetzt, nachdem sie diesem leichtsinnigen Barbaren gefolgt war, ging sie mit Whent-Steinfressern im Rücken, die Hände fest zusammengebunden. Haggerth ging am nächsten, sein Atem nah genug, um ihren Nacken zu kitzeln. Dass er eine Klinge mit der Spitze direkt auf Maenas Taille gerichtet hielt, war auch nicht leicht zu ignorieren: Er sorgte dafür, ihr Leder jedes Mal anzuritzen, wenn Maena langsamer wurde.

Sie hatten Dreamhold weit hinter sich gelassen und

stapften durch die schrägen, dünnen Tunnel aufwärts und um die riesige Kammer herum, deren Gewässer diese schrecklichen Tore zu anderen Welten beherbergten, zu den ersten Fehlern der Götter. Maena hatte zunächst versucht, sich eine clevere Falle für das Whent-Trio auszudenken, das ihr folgte. Vielleicht ein Seitengang zu einer Höhle, in der Unholde leben könnten, oder ein schneller Sprint, um vor ihren Laternenlichtern zu verschwinden.

Beide Optionen endeten auf die gleiche Weise: Maena verloren in der Dunkelheit, ohne Waffen und mit gefesselten Händen, Futter für dieselben Unholde, die hoffentlich die Whent fraßen.

Auf diese Unholde konnte man sich auch nicht mehr verlassen. Die Monster waren, nachdem sich die Feuerläufer als Bollwerk erwiesen hatten und Jochi das Whent-Gebiet erweiterte, als immer mehr Menschen kamen, die nach Glück oder Freiheit von einer elenderen Existenz suchten, größtenteils verschwunden. Kundschafter, die die Kammer beobachteten, berichteten, dass wasserfreundliche Unholde noch immer durch die tieferen Tunnel schlüpften, die ins Meer sickerten, aber landliebende Monster sahen sich unter Beschuss, sobald sie frei schwammen.

Also ging Maena zu ihrem gewählten Versteck und sagte nichts. Sie hörte stattdessen ihrem anderen Selbst zu, einer Persönlichkeit, die selbst in den glücklichsten Zeiten immer am Rande der Aggression stand und jetzt in Richtung völligem Wahnsinn kippte.

Ich versuche dir nur zu helfen, da du anscheinend nicht willens bist, es selbst zu tun.

Ja, Maena umzudrehen und zu versuchen, Haggerth mit einem Kopfstoß zu überwältigen, war definitiv eine Strategie. Eine, die zu ihrem schmerzhaften Tod führen würde, aber eine Strategie.

Ich höre dich keine Vorschläge machen.

Stimmt. Maena konzentrierte sich auf etwas anderes, etwas, mit dem sie in etwa einer oder zwei Minuten fertig werden musste.

»Sind wir fast da?«, fragte Haggerth. »Wir laufen schon eine Weile. Es war eine lange Nacht.«

»Eure Entscheidung.«

»Eigentlich deine. Wenn du nichts davon getan hättest, wäre ich immer noch oben an der Oberfläche. Schlafend in einem gemütlichen Bett.«

»Trotzdem Eure Entscheidung.«

Haggerth knurrte, ließ das Geplänkel aber absterben. Die kühle Fassade des Mannes hatte sich während des ganzen Weges hierher abgenutzt, wie ein sich abschälendes Kostüm. Ob es Erschöpfung war oder die Tatsache, dass Maena noch nicht eingeknickt war, die glatte Maske verrutschte.

Eine mögliche Schwäche?

Falls ja, musste das Ausnutzen warten, denn sie waren angekommen. Maena stapfte, wobei Haggerth ihr mit seiner freien Hand helfen musste, die letzten paar Schritte in die breite Höhle, die sich über dem Pool erstreckte. Die Gruppe ging hinein, und der Kundschafter, Maenas Gefangener, gab beim Anblick ein jämmerliches Wimmern von sich. Der Mann, dünn, ausgezehrt und trocken, streckte seinen Kopf in Richtung des Whent-Trios, und Haggerth befahl einem der Wachen, ihn loszubinden.

»Stell dich hier hin«, sagte Haggerth und wies Maena zur linken Wand.

Der Mann löste die Laterne vom Haken an seinem Gürtel und stellte sie auf den Boden, sagte der Wache, die

nicht mit dem Helfen des Gefangenen beschäftigt war, sie
solle Maena im Auge behalten, dann ging Haggerth nach
vorne und nahm die Kammer in Augenschein. Die Lücken
im Felsboden zeigten deutlich, was unter ihren Füßen lag,
und die dunklen Kisten, mit Zündschnüren verbunden,
boten ein Rätsel, das Haggerth dazu brachte, sich zu ducken
und mit seiner Klinge an einem der Würfel zu stochern.

»Was ist das?«, fragte Haggerth.

Maena beäugte die Wache, die sie beobachtete. Der
Mann schien genauso müde wie die anderen, hatte aber
eine Hand am Griff seiner Axt. Ein kühner Bart, dickes
Leder und ein mit Schmutz bedecktes Gesicht. Jemand, der
tagsüber im Stein arbeitete. Kein handverlesener Jochi-
Experte. War es Haggerths Überheblichkeit, oder hatte
Jochi zu viele höhere Prioritäten, wie den Krieg mit Kance,
um seine besten Soldaten für diese kleine Nebenmission zu
entbehren?

»Maena?«, fragte Haggerth erneut. »Was war dein Plan
hier?«

»Ein Problem zu lösen, das Jochi und Svarde nicht
willens sind anzugehen.«

»Das ist keine Antwort.«

Der ehemalige Gefangene stand auf wackeligen Beinen.
Der Kundschafter taumelte, der Whent, der ihn hochhob,
verlor fast selbst das Gleichgewicht. Maenas eigene Wache
bewegte sich, streckte einen Arm aus, um den Mann zu
stützen.

Jetzt.

Zum ersten Mal hatten Maena und ihr anderes Selbst
die gleiche Idee. Die Rana trat vor, schwang ihr Bein und
trat Haggerths Laterne. Der Globus wirbelte durch die Luft,
traf auf eine Felsplatte und zerbarst, verstreute brennendes
Öl. Mehr als ein Tropfen landete, wo er gebraucht wurde,

und entzündete die Zündschnüre an mehreren Stellen. Zischen erfüllte die Höhle, als Maenas Wache sie ohrfeigte und die Rana rückwärts gegen die Felswand schleuderte.

»Lauft, verdammt!«, schrie Haggerth.

Die Erfahrung der Whents im Umgang mit Stein zeigte sich als wertvoll, da sie verstanden, was die brennenden Zündschnüre bedeuteten und sich schnell bewegten. Das Trio schleifte den Kundschafter mit sich und ließ Maena zurück, während sie den Tunnel hinunterhasteten. Haggerth folgte ihnen, hielt jedoch inne, um an Maenas Schulter zu ziehen und sie hochzuheben.

»Komm schon«, knurrte Haggerth, während die Zündschnüre immer heller glühten. »Ich werde dich nicht so leicht entkommen lassen.«

Maena drehte sich von ihm weg und setzte das manische Lächeln auf, das ihr jetzt so natürlich kam. »Ich bin bereits entkommen.«

Haggerth griff erneut nach ihr, und die Höhle explodierte.

Zuerst kam der Druck. Ein Wind so hart und stark, dass er Maena direkt in Haggerth schleuderte und sie beide gegen die Wand nahe ihres Eingangs warf. Feuer folgte, ein kurzes Züngeln, das weiteren Explosionen wich, als die anderen Sprengsätze der Reihe nach detonierten. Die Erde bebte. Schmutz und Steine prallten gegen Maenas Rücken, zerschnitten jedes Stück ihrer ungeschützten Haut. Ihr Atem wurde in einem einzigen Keuchen aus ihr herausgepresst.

Durch all das drückte die Kraft sie gegen Haggerth, und sie sah, wie seine Augen zurückrollten und er das Bewusstsein verlor, als sein Kopf hart gegen die Höhlenwand schlug. Für einen Moment schien die Flucht eine verlockende Möglichkeit.

Im nächsten Augenblick brach der verbliebene Höhlenboden ein und riss Maena und Haggerth mit sich. Das Fallen war nur eine vage Empfindung, Maenas Verbindung zur Realität durch die wiederholten Schockwellen beeinträchtigt. Der Ingenieur hatte seine Arbeit getan, und obwohl Maena die vollständige Kartierung nicht beendet hatte, war das, was da gewesen war, ausreichend, um sie mit klingenden Ohren, schmerzenden Kopf und halb gebrochenem Körper zusammen mit Felsen und Steinen in Richtung ihres Ziels stürzen zu lassen.

Haggerth, ein schattenhafter Fleck, von oben beleuchtet durch die letzten Momente des brennenden Mooses und der Zündschnüre, fiel nahe genug an Maena heran, dass sie, als sie in die kühlen Gewässer des Beckens einschlugen, die Hand ausstrecken und-

Schwimm, du Idiotin.

Ihre Hände. Verbrannt und zerschlagen, aber frei. Das Seil war bei den Explosionen gerissen. Maena konnte ihre Finger nicht spüren, aber ihre Arme ruderten im trüben Wasser, ihre Beine traten. Sie streckte die Hand nach Haggerth aus, während Felsbrocken und spitze Stalagmiten um sie herum ins Wasser stürzten. Ihre Kleidung, das dicke Whent-Leder, zog sie beide tiefer, ein sicherer Tod.

Und Maena wollte, dass Haggerth sah, dass er verstand, wer ihn hierher gebracht hatte. Der Mann hatte nicht gewonnen, war nicht erfolgreich gewesen, und als ihre Lungen brannten, fand Maenas vernarbte Berührung Haggerths Mantel. Sie zog ihn näher heran und verzweifelte fast, das Wasser war zu dunkel, um etwas zu sehen. Auch Haggerth schien schlaff. Möglicherweise bereits tot.

Ein ausreichender letzter Sieg.

War es das? Maena blickte zur Oberfläche, sah aber kein Licht, keine Wellen. Nur Stein um Stein, Schutt und Staub,

die herabstürzten. Vielleicht hatte sie doch Erfolg gehabt, vielleicht waren die Höhlen fragil genug gewesen.

Vielleicht, vielleicht hatte sie die Inseln doch gerettet.

Doch Maenas Abstieg in die Dunkelheit setzte sich nicht fort. Was schwarz gewesen war, fand plötzlich Licht, ein haselnussbraunes Glühen, bernsteinfarbene Partikel, die um sie herum aufstiegen. Maena, die Haggerth immer noch mit einer tauben Hand festhielt, drehte sich im Kreis, während die Partikel immer dichter wurden. Sie trat, bis ihre Füße nicht mehr schwammen, bis sie ein Gewicht spürten und sie und Haggerth an einen Ort zogen, an dem noch nie ein Rana, kein Mensch, je gewesen war.

32
SINNESWANDEL

Das langsame Knirschen der Zahnräder wurde zu Svardes Verbündetem im Kance-Aufzug. Die Seilzüge ächzten mit mahlenden Bewegungen und zogen das dünne Holzkonstrukt nach oben, während seine Insassen einander neugierige Blicke zuwarfen.

»Sie sind hier, weil Sie darauf vertrauen, dass Fassle sein Wort hält?«, fragte Eujo, die Königin von Kance. Sie stand flankiert von ihren beiden Wächtern, eine Bezeichnung, die sie trotz Noctias Abkehr von der Erneuerung beibehielt.

Ein Wort, das Svarde immer noch benutzte, um sich selbst zu beschreiben, obwohl sein Versuch bei der Erneuerung vor mehr als zehn Jahren geendet hatte.

»Ich vertraue ihnen, weil ich keine andere Wahl habe«, sagte Svarde. Er hielt die große schwarze Klinge mit beiden Händen vor sich. Nicht, dass er vorhatte zuzuschlagen, aber Überraschungen konnten von überall kommen, und beide Wächter hielten immer noch ihre Waffen. »Die Unholde fliehen aus sterbenden Welten. Sie brauchen einen Ort, an den sie gehen können.«

»Tun sie das?«, fragte der kleinere Wächter, eine quirlige Kämpferin, die in jeder Hand einen Dolch hielt. »Brauchen sie wirklich Zuflucht? Denn meiner Meinung nach haben sie viele von uns getötet. Warum sollten Monster kostenloses Land bekommen, wenn es genug von uns gibt, die es gebrauchen könnten?«

»Wir führen keine politischen Diskussionen in diesem Aufzug«, sagte Eujo und legte eine Hand auf die Schulter der Wächterin. Eine Hand, bemerkte Svarde, die zu einem Handgelenk mit einem bestimmten Armband führte. Er konnte die Skars jetzt überall erkennen, jene magischen Steine, die sowohl Segen als auch Fluch seines Lebens zu sein schienen. »Was zählt, ist, was wir hier und jetzt tun werden.«

›Gib auf‹, gebärdete Bliss und nahm dafür eine Hand von ihrem Stab. Ein Risiko und vielleicht ein Zeichen dafür, dass sie Svarde nicht ganz für den Feind hielt, als den er erschien. ›Wir können einen anderen Weg finden, wenn du die Klinge senkst.‹

»Es gibt keine Alternative«, stimmte Eujo zu, als Svarde seinen Blick wieder zu ihr wandte. »Ich weiß nicht, was dich mit all diesen Wunden am Leben erhält, und du siehst schon tot aus, aber oben auf diesem Aufzug werden selbst für dich zu viele Wachen sein.« Sie schüttelte das Armband. »Und ich kann diese benutzen. Du weißt, was das bedeutet.«

»Das weiß ich.« Svarde bewegte die Klinge jedoch nicht. »Sie zu töten würde Chaos bringen, Königin von Kance. Noctia würde es ausnutzen. Sie würden Ihre Insel einnehmen und meinen Unhold-Freunden das Zuhause geben, das sie verdienen-«

»Schon wieder dieses Vertrauen. Ich sage Ihnen, Fassle wird einen Dreck tun«, platzte die Dolch-Wächterin heraus. »Sobald er die Skars hat, wird er seine Macht haben. Das war's. Alles andere ist entweder nützlich oder wird weggeworfen.«

»Du sprichst, als würdest du Fassle kennen?«

»Ich kenne Yarvick, und Yarvick kennt Fassle verdammt gut«, gab die Wächterin zurück.

Der Aufzug kroch weiter, aufwärts. Zu beiden Seiten ragten enge Felswände auf. Keine Geländer, die Abstände zwischen Holzboden und dem rauen Stein gerade schmal genug, um einen versehentlichen Sturz zu verhindern. Dennoch trat Svarde bei den Worten der Wächterin beinahe einen Schritt zurück. Stattdessen schüttelte er den Kopf und blickte zur Königin.

»Sie haben sich eine interessante Wächter-Sammlung zugelegt.«

»Sie gehören nicht mir«, erwiderte die Königin. »Aber Torny hat Recht. Ich kann Fassle nicht vertrauen, was bedeutet, dass ich Ihnen nicht vertrauen kann.«

›Das können Sie‹, gebärdete Bliss. ›Svarde hat uns geholfen, ganz am Anfang. Auf Vis. Wax und Sawi wären ohne ihn tot.‹

»Ich habe diesen Unhold getötet, obwohl ich es jetzt bereue«, brummte Svarde. »Dieses Biest versuchte wahrscheinlich nur zu verstehen, wo es gelandet war, lief einfach vor-«

»Halt«, sagte Eujo und nickte dann zur hellbraunen Decke des Aufzugs. »Wir werden bald oben sein. Wenn Sie überleben wollen, Svarde, dann brauchen wir einen Plan.«

»Verhandeln«, antwortete Torny, die Wächterin. »Fassle mag nicht vertrauenswürdig sein, aber er ist ein machthungriger Bastard. Er muss wissen, dass jede Invasion hier viele Leben kosten wird. Das wird ihm keine

Freunde machen. Wir reden, spielen auf Zeit und schalten ihn dann aus.«

Wenn es eine bessere Möglichkeit gegeben hätte, die Aufmerksamkeit aller auf sich zu ziehen, war sich Svarde nicht sicher, welche das gewesen wäre.

»Wiederholen Sie den letzten Teil?«, fragte Eujo.

»Klar. Scheint offensichtlich, dass dieser Typ Teil des Problems ist«, sagte Torny. »Yarvick sagte immer, Fassle sei Noctias größter Fehler. Wir schaffen ihn aus dem Weg, vielleicht ist der nächste Najahn-Anführer bereit zu kooperieren. In der Zwischenzeit kann der große Hässliche hier all diese Unholde in das Dunkle Unten bringen. Druck aufbauen. Wenn es zu viele Monster gibt, um sie zu verstecken, zwingen wir die Inseln dazu, Orte für sie auszuwählen. Einfach.«

»Hast du dir das alles gerade ausgedacht?«, fragte Svarde.

»Hab schon eine Weile darüber nachgedacht, eigentlich. Hab viele Nächte damit verbracht, die Sterne anzustarren und über unser aller Schicksal nachzudenken.« Torny verdrehte die Augen. »Natürlich gerade eben, du Idiot. Ich denke schnell. Jeder gute Dieb muss wissen, wie er aus der Klemme kommt.«

»Dann schicken wir einen Waffenstillstand an Fassle«, sagte Eujo. Svarde öffnete den Mund und sie stoppte ihn mit einer Handbewegung. »Mit einem Angebot. Wir werden die Skars zurückgeben, von denen ich höre, dass sie Noctia gestohlen wurden. Sie werden keinen Außenposten auf unserer Insel bekommen, aber sie werden ihre Steine zurückbekommen.« Sie richtete einen geraden Blick auf Svarde. »Wird er das akzeptieren?«

Der Barbar nickte: »Das wird er müssen, oder ich werde ihn selbst in zwei Hälften spalten.«

Der Aufzug entließ die Gruppe in eine weiße Steinhalle, die von Laternen erhellt wurde. Eujo stellte sich nach vorne, Svarde nach hinten, obwohl Bliss sich zwischen den beiden hielt. Eine kühle Brise begrüßte sie, zusammen mit einer sanften, wandernden Flöte, deren luftige Musik die Gruppe nach rechts geführt hätte. Oder zumindest hätte sie das, wenn nicht mindestens zwanzig bewaffnete und gepanzerte Kance-Soldaten mit gezückten Klingen dagestanden hätten, die auf Svarde gerichtet waren.

»Legt eure Waffen nieder«, verkündete Eujo, und obwohl Svarde sie für jung hielt, lag in ihrer Stimme der Stahl einer geschmiedeten Befehlshaberin. »Wir haben eine Einigung erreicht.«

Die Kance-Soldaten zögerten. Unter den verzierten, gläsernen Helmen huschten Blicke hin und her.

»Ich sagte, steckt eure Schwerter zurück in die Scheide«, sagte Eujo. »Oder habt ihr vor, eure Königin zu ignorieren?«

Wieder die Blicke, die völlige Bewegungslosigkeit.

»Na, na«, ertönte eine neue Stimme, arrogant und vertraut. »Ihr habt eure Königin gehört. Steckt eure Schwerter weg.« Einige Soldaten traten zur Seite und gaben den Blick auf einen großen Mann in silber-blauen Kance-Roben frei. Trotz der späten Stunde wirkte Gladdring – Svarde grub den Namen aus einem allgemeinen Noctia-Nebel, der Mann war schon immer einprägsam gewesen – lebhaft und munter. Er breitete seine Arme vor Eujo aus und verbeugte sich tief. »Ich bin so froh, dass Sie Ihren gefährlichen Weg hierher überlebt haben, meine Königin. Und ein Angriff am Eingang Ihres Palastes?« Gladdring warf Svarde einen Blick zu. »Wenn wir nicht Wache gehalten hätten, wären wir gar nicht vorbereitet gewesen.«

Auf Gladdrings Worte hin steckten die Soldaten

tatsächlich ihre Schwerter weg, aber ihre harten Blicke änderten sich nicht. Die meisten richteten sich auf Svarde, aber der Barbar bemerkte, dass nicht wenige auch Bliss und Torny folgten. Vertrauen schien auf Kance nicht im Überfluss vorhanden zu sein. Nichtsdestotrotz waren auf dieser Insel die Königinnen von höchster Bedeutung.

Eujo würde hoffentlich schnell Nachricht nach unten schicken, um auch Kivi und Olgata aus der Gefahr zu halten. Ami und die Feuergänger-Truppe würden als Nächstes kommen, eine sichere Eskorte zurück unter die Erde und aus dem Regen.

Für eine Herrscherin hatte Svarde Eujo vernünftig gefunden. Sogar eifrig, die Dinge in Ordnung zu bringen. Vielleicht hatte das Alter sie noch nicht so verhärtet wie viele von Svardes eigenen Altersgenossen.

»Naiv und leichtsinnig«, sagte der Mann, der Regent sein wollte, der Mann, den Svarde zuletzt als Handels-Tenet des Najahn gekannt hatte. Gladdring führte sie in den großen Thronsaal des Himmelspalastes – die beiden Throne nahmen eine Seite ein, ruhten auf einem silbernen Podest mit breiten Fenstern dahinter, die den Blick auf den Ozean freigaben. »Man kann nicht mit einem Rohling verhandeln, der einen in Reichweite seiner Klinge hat.«

»Und doch habe ich es getan«, sagte Eujo und schritt direkt an Gladdring vorbei zu ihrem Thron. Obwohl sie unter ihrer Robe Seefahrerkleidung und Leder trug, bewahrte die Königin ihre edle Aura, als sie sich auf das steife Konstrukt aus Stein und Himmelsdiamanten niederließ. Sie glättete die Robe unter sich, faltete die Hände und blickte den Regenten finster an. »Ihre Rolle hier ist beendet, Gladdring. Ich danke Ihnen für Ihre Dienste, aber Sie können jetzt gehen.«

Die Kance-Truppe, die sie am Ausgang des Aufzugs

begrüßt hatte, war dem Quartett in den Thronsaal gefolgt und beobachtete nun das Gespräch. Sie reihten sich in einer gebogenen Linie auf und versperrten jeden einfachen Ausweg, ein Detail, das Svarde nur deshalb bemerkte, weil die Bewegungen so gezielt gewesen waren. Nicht das allgemeine Herumstehen von Soldaten, die auf den nächsten Schritt warteten, sondern ein Schritt in einem laufenden Plan. Dass sie nicht untereinander murmelten, sondern konzentriert blieben, war entweder das Ergebnis bewundernswerter Ausbildung oder etwas weitaus Schlimmeres.

»Meine Königin, Sie sind gerade erst angekommen«, sagte Gladdring und behielt seine Position in der Mitte des Raumes bei. »Nehmen Sie sich etwas Zeit, um sich mit Kance vertraut zu machen, mit unserer Situation -«

»Unserer?«, unterbrach Eujo. »Es gibt kein ›unser‹, Gladdring. Dies ist meine Insel, dies sind meine Leute, und Sie gehören zu keinem von beiden. Gehen Sie. Der Aufzug kann Sie nach unten bringen, und ich bin sicher, Sie haben genug wertvolle Kleinigkeiten in dieser Robe, um sich eine Überfahrt woandershin zu erkaufen.«

Svarde lachte, als Gladdrings Gesicht rot wurde. »Da hat sie dich erwischt. Befehl der Königin, Gladdring. Beweg dich.«

»Du hältst dich raus«, knurrte Gladdring, bevor er seine verengten Augen wieder auf Eujo richtete. »Es scheint, Sie haben nicht vor, vernünftig zu sein?«

»Vorhaben, vernünftig zu sein?« Eujo erhob sich von ihrem Thron. »Meine Insel wird angegriffen, und gerade eben habe ich ein Angebot erhalten, dem ein Ende zu setzen. Frieden zu finden. Was könnte vernünftiger sein?«

»Sie würden Kance zu Noctias Marionette machen«, sagte Gladdring, und seine Stimme nahm einen neuen Ton an, einen, der ein besonderes Gewicht trug. Die Hände des

Mannes waren in den Taschen seiner Robe verschwunden, was ihm das Aussehen eines ruhigen Beraters verlieh. »Sie würden Ihr Volk an Fassle ausliefern. An den Najahn. Die Leute, die unsere ältere Königin ermordet haben. Sie haben zu viel Zeit in der Ferne verbracht, Eujo.«

Während er sprach, zitterte Svardes spöttischer Zweifel und brach. Gladdring hatte einen Punkt. Fassle würde Kance übernehmen. Frieden würde nur eine Tür zum Disaster öffnen, nicht wenn Kance all diese Skars hatte, sich behaupten konnte. Eujo war so jung, so naiv. Gladdring hatte Recht, hatte -

Das Ziehen der Klingen erregte Svardes Aufmerksamkeit. Die Kance-Soldaten hatten ihre Rapiere gezogen und richteten sie auf die Königin. Eine Königin, die selbst blass, ängstlich und zweifelnd aussah. Torny und Bliss, ihre beiden Wächterinnen, wirkten verwirrt. Bliss' Stab traf mit einem harten Schlag auf den Steinboden, aus tauben Fingern gefallen.

Der Anblick gab Svarde seine Antwort, brachte das seltsame Gebräu, das mit seinen Gedanken spielte, in frische Klarheit, gerade als Gladdring den Befehl gab.

»Bringt die Königin in ihre Gemächer. Tötet die anderen.«

33
DIE LETZTE HOFFNUNG

Wein und Wunder hatten die Angewohnheit, die Nacht verschwinden zu lassen, und Catya hatte keinen Mangel an Geschichten. Nachdem Wax sein Ziel erreicht hatte - Fassle nach seinem eigenen Noctia-Skar zu fragen -, ließ die Unmöglichkeit, dies so spät in der Nacht zu tun, das Paar mit einer Flasche, wunderschönen Blumen und einem von Sichi erleuchteten Himmel zurück, den es zu genießen galt.

Die Anspannung des letzten Tages, die anhaltende Frustration darüber, nicht in der Nähe von Bliss, Eujo und Torny zu sein, verschwand nicht ganz, wurde aber auf Abstand gehalten, als Catya sich an Erfahrungen erinnerte, die sie beide geteilt hatten: die Erkenntnis, dass sie ihre Heimat nie wiedersehen würden, das Verständnis dafür, was die Skars mit ihnen anstellen würden, und wie es keine andere Option gab, als weiterzumachen.

»Alles nur, damit meine Freunde weiterhin ihr Erz in Smythes Casinos verspielen können«, sagte Catya lächelnd mit weingeröteten Wangen. »Wie ist das für eine edle Sache?«

»Zumindest haben sie Spaß«, erwiderte Wax und goss die letzten Tropfen aus der Flasche in sein Glas. »Vis wird in Stücke gerissen, und nichts, was ich tue, wird das aufhalten.«

»Das ist nicht deine Schuld.«

»Ja, das weiß ich. Heißt aber nicht, dass ich nicht frustriert bin.«

Catya nickte, beide blickten den Krater hinunter zur Wunde und ihrer Abdeckung, die von Najahn-Soldaten patrouilliert wurde. Da kein unmittender Wachwechsel bevorstand, waren die Laternen gedimmt, kaum ein Geräusch drang zu ihnen herauf. So friedlich, wie der Ort eines göttlichen Mordes nur sein konnte.

»Nun, mein Vis-Freund, ich glaube, der Wein ist aus und die Nacht ist lang«, sagte Catya, stützte sich auf ihren Stock und erhob sich. »Willst du mich zurückbegleiten?«

»Natürlich.« Wax grinste. »Schade, dass Noctia keine Bäume und Lianen hat. Es wäre so viel schneller, sich von Ast zu Ast zu schwingen.«

»Als ob diese alten Knochen das aushalten würden.«

»Es gibt viele Vis-Älteste, die immer noch durch den Dschungel springen, Catya. Wir könnten es dir beibringen.«

Die Aegis legte ihre Hand auf Wax' Schulter, als sie die ersten Schritte über den kiesigen Boden zurück zum Pfad und dem Tunnel in die Ringstadt machten. »Das würde mir gefallen, Wax.«

Catyas zweiter Schritt landete nicht. Als sie Wax' Namen sagte, erzitterte der Boden plötzlich und rutschte in Richtung der Wunde. Catyas Stock rutschte weg und sie fiel, während Wax sich drehte und nach ihr griff, obwohl seine eigenen Füße unter ihm wegrutschten. Gemeinsam purzelten sie in die Lelune-Blumen, die Erde bebte für einige kurze Sekunden, bis Wax, der Catyas Stock benutzte und ihn in das umgestürzte Gestein rammte, sie beide zum Stillstand brachte. Catyas knochige Finger klammerten sich an Wax' Robe, aber die Aegis zeigte keine Angst in ihren Zügen, nur Entschlossenheit.

Der Blick auf Catya, unter Wax, gab dem Vis einen Einblick in die Wunde und wo sie gewesen war. Der Riss wuchs, verschlang rollende Steine, als wäre er ein großer Mund, der Noctia verschlang. Die Leinenabdeckung riss und fiel, die ersten Schreie hallten zu ihnen herauf. Der Boden bebte weiter, die Erschütterungen wurden heftiger.

Der Stock wackelte in Wax' Griff.

»Lass mich los!«, rief Catya, ihre müde Stimme erhob sich kaum über das mahlende Grollen. »Rette dich selbst! Die Inseln brauchen dich!«

Die Inseln brauchten Wax nicht, sie brauchten die Skars, und bei Catyas Worten erwachten die Steine in Wax' Geist zum Leben. Kance, neu erworben, drängte darauf, ihn und die Aegis mit einer Windböe die Kraterwand hinaufzustoßen. Vis murmelte sich durch die neuen Schnitte und Prellungen, die Wax bereits an Beinen und Händen davongetragen hatte. Foti, Rana und Tamas waren sinnlos, eine Flut nutzloser Eindrücke, die von dem einen Skar beiseite gedrängt wurden, das Sinn ergab.

Wax ließ den Whent-Stein frei, die Macht des Gottes umhüllte ihn und Catya, um die herabstürzenden Felsen aufzufangen. Statt Chaos hielt der Whent-Skar den Erdrutsch in Schach und ließ Wax den Stock aufgeben und auf einem stabilen Steinbett zur Kratermitte gleiten, mit Catya unter ihm liegend. Ihr Schwung ließ nach der neuen Grenze der Wunde nach, einem gezackten Kreis mit frischen Rissen, die sich in die zerstörten Lelune-Felder erstreckten. Weitere Erdrutsche entstanden, als die

Erschütterungen nachließen, und jedes Mal ließ Wax den Whent-Skar den Schutt umleiten, sodass er sich in harmlosen Haufen um sie herum auftürmte.

»Hilfe!«

Der Ruf kam, als die Erdrutsche nachließen, und weitere folgten. Rufe aus dem Inneren der Wunde. Wax überprüfte sich selbst und Catya und fand die Aegis zwar zitternd, aber am Leben. Auch der Vis schien ernsthafte Verletzungen vermieden zu haben, und der darin liegende Imperativ trieb ihn zum Rand der Wunde.

Sichis rosiges Licht ergoss sich in das Loch, das nun fast den gesamten Kraterboden bedeckte. Die Ausdehnung war nicht gleichmäßig erfolgt, Klippen und Schluchten ragten inmitten des zerklüfteten Bodens auf. Najahn-Soldaten, das Leinendach und ihre gesamte Ausrüstung lagen verstreut zwischen den Felsvorsprüngen. Wax zählte acht Najahn, die um Hilfe riefen, ihre Rüstungen reflektierten Sichis Licht und hoben sich vom dunklen Gestein ab.

Wie viele waren es vor dem Beben gewesen?

Wax schüttelte den Kopf. Den Überlebenden helfen, um die anderen später trauern.

Diese Hilfe musste jedoch auf clevere Weise erfolgen. Das Loch hatte die gesamte Ausrüstung der Najahn verschlungen und Wax nur zerbrochene Blumen, Steine und seine eigenen Hände gelassen, um die Soldaten zu befreien. Und natürlich die Skars.

Diesmal trat Kance in den Vordergrund und bot Windstöße als Möglichkeit an. Als Wax sich auf den nächsten Soldaten konzentrierte, eine Frau in verbeulter schwarzgoldener Rüstung, die über einem gekrümmten, brechenden Stein zusammengesackt war, deutete der Skar in Gefühlen statt Worten an, dass Gewicht keine Rolle spielen würde. Der Stein könnte die Rettung bewirken, könnte sie retten, wenn Wax ihn nur singen ließe.

Okay. Wax entspannte sich und ließ den Kance-Skar seine Arme und Beine mit der kühlen Berührung einer Brise durchfluten. Luft schoss von ihm weg, eine unsichtbare Hand schwang unter die Soldatin, deren Augen sich weiteten und deren Mund einen panischen Schrei ausstieß, als sie vom Felsen gehoben wurde, über den Rand der Wunde flog und mit einem schweren Knirschen zwischen den Steinen landete.

»Autsch«, murmelte Wax und zuckte beim Anblick des stöhnenden Körpers zusammen. »Beim nächsten Mal sanfter?«

Der Kance-Skar reagierte nicht, außer dass er Wax drängte, ihn erneut freizulassen, diesmal mit einem Schreiber als Ziel, der nur in Najahn-Roben gekleidet war und es geschafft hatte, auf der gegenüberliegenden Seite des Kraters Hand- und Fußhalt zu finden. Wax ließ den Skar los, spürte wieder den Rausch und sah, wie der Schreiber hochgehoben wurde. Der arme Mann zappelte, als er flog, aber diesmal ließ der Skar seine Beute nicht im Dreck fallen, sondern setzte den Mann sanft auf einer zertrümmerten Lichtung ab.

»Viel besser«, sagte Wax, seine Stimme kratzig beim Sprechen. Seine Beine zitterten, das erste Zeichen, dass der Kance-Skar seine Kraft mehr von Wax als von der verbliebenen Energie des Gottes nahm. Wax setzte sich, schaute und fand den nächsten Soldaten, den es zu retten galt. »Den da als Nächstes.«

Drei weitere flogen in schneller Folge heraus, sodass noch ein Trio in der Grube verblieb. Diese drei waren tiefer, und obwohl Wax es nicht laut zugeben würde, hatte er sie für zuletzt aufgehoben, weil die Anstrengung umso größer sein würde.

»Lass mich«, sagte Catya, die Schritt für langsamen Schritt an Wax' Seite kam. Sie hatte ihren Stock wiedergefunden, schien an der Seite zu bluten, behielt aber dennoch eine grimmige Lebendigkeit. »Du bist am Ende, oder?«

»Ich glaube, ich schaffe noch einen.«

»Und wenn dein Geist versagt? Sie werden fallen. Nein. Gib mir den Skar.«

Die Aegis hatte Recht. Mit dem Vis-Skar, der noch immer seine Schnitte heilte und seine Prellungen linderte, mit der Anstrengung, die der Whent-Stein für ihre Erdrutschfahrt verbraucht hatte, und am Ende eines langen Tages schwanden Wax' Reserven. Wie Catya noch viel mehr haben konnte, wusste Wax nicht, aber man sagte nicht Nein zur Aegis.

Nicht, wenn es um die Skars ging.

Wax löste den Kance-Stein und reichte ihn Catya. Um sie herum rappelten sich die geretteten Najahn auf, kamen an den Rand des Kraters und riefen ihren Freunden ermutigende Worte zu. Mehrere andere begannen den mühsamen Aufstieg auf dem zerstörten Pfad, in Richtung Heimat und Hilfe. Seile und Rettung auf diesem Wege würden jedoch nicht so bald kommen, und Warten riskierte versagende Griffe, rutschende Füße und …

»Die ganze Zeit habe ich die Skars nur für eine Sache benutzt«, flüsterte Catya und setzte den Stein des Gottes in ihre Halskette ein. »Jetzt sehe ich, was wir hätten tun können.«

»Lass einfach den Skar dich führen, Catya«, sagte Wax. »Er wird-«

»Da irrst du dich, Vis. Sieh, was die Götter angerichtet haben, als man sie sich selbst überließ.« Catya lächelte, als sie ihre Augen schloss und ihre freie Hand in Richtung der Grube ausstreckte. »Sie rufen nach Führung.«

Wax erwartete, dass der Wind um ihn herum auffrischen würde, doch die Luft blieb still. Stattdessen kamen alarmierte Schreie von den drei – allesamt gepanzerte Najahn-Soldaten – in der Grube. Wax lehnte sich vor und sah, wie ihre Haltevorsprünge zitterten. Der Fels selbst begann sich um ihre Hände zu bewegen und schob die drei in einer einzigen Bewegung nach oben. Jetzt wehte die Luft, aber nicht von Catya selbst. Stattdessen stieg sie von unten auf, wirbelte in einem breiten Schwall empor und verband sich mit der bewegenden Erde, um alle drei Soldaten zum Kraterrand fließen zu lassen, hinauf und darüber. Die Soldaten fanden Hilfe, die auf sie wartete, Hände und erleichterte Umarmungen.

»Zwei Skars kombinieren«, sagte Wax. »Das habe ich noch nie versucht.«

Catya sagte nichts, und als Wax hinübersah, hatte sie sich neben ihn gesetzt. Ihre Haut war angespannter als zuvor, und obwohl ihre Augen offen waren, lagen die Lider schwer. Ihr Atem ging leicht.

»Du musst gehen«, flüsterte Catya, ihre Hände tasteten nach ihrer Skar-Halskette.

»Gehen?«

»Die Wunde. Was das hier verursacht hat, wartet dort unten.« Catya sackte nach vorne und Wax fing sie auf. Die Aegis fummelten weiter an ihrer Skar-Halskette. »Ich habe zehn Jahre lang beobachtet und gewartet. Wir können nicht mehr, Wax. Die Inseln zerbrechen, und du bist der Einzige.«

»Ich bin der Einzige?« Wax folgte ihren Fingern, den Steinen, die sie löste. Noctia, Kance. »Der Einzige wofür?«

»Bring die Götter zusammen. Mach ihre Fehler rückgängig. Rette uns.«

Die Worte kamen stockend, kaum mehr als Flüstern. Catyas Augen fanden Wax' für einen einzigen, langsamen Herzschlag, bevor sie sich ein letztes Mal schlossen. Ein sanfter Seufzer entwich ihren Lippen, und die Aegis war nicht mehr.

Genau wie Pan.

Wax presste seine Lippen zusammen, wandte einen tränenverschleierten Blick zu Sichi, aber der Mond hielt keine Antworten bereit. Die würden nur von dort unten kommen, tief in dieser Grube, in der Dunklen Tiefe. Catya hatte versucht, ihm zwei Skars zu geben, aber Wax wusste etwas, das sie nicht wusste.

Er legte Catyas Kopf nieder, als die ersten Najahn-Soldaten bemerkten, dass ihre Aegis nicht mehr stand. Ihre Metallstiefel stapften in Wax' Richtung, ihre ersten neugierigen Rufe drangen durch die kalte Luft. Wax antwortete ihnen nicht, als er die Verschluss fand, Catyas Halskette löste und sie abzog.

Müde, zerrissen, aber mit einer Pflicht, die auf seine Schultern gelegt worden war, band Wax die zweite Halskette um seinen Hals. Der erste Soldat erreichte seine Seite, stellte eine Frage, die Wax über dem Summen der neuen Skars in seinem Geist nicht hörte. Möglichkeiten, Macht und Hoffnung, wenn er sie nur ergreifen könnte.

Die Vis-Erneuerung, der nächste Aegis, machte einen Schritt nach vorne und sprang dann in die Dunkelheit.

34
DER BISS DES DSCHUNGELS

Einen Baum in der schwindenden Nacht zu erklimmen, mit einem lädierten Körper, der kaum mehr als Insekten und Tau zu sich genommen hatte, war eine Erfahrung, die Quik nicht wiederholen wollte. Er und Sawi waren von Ast zu Ast gekrochen, hatten die Fackel zwischen sich weitergereicht und manchmal neue entzündet, wenn die Übergabe zu schwierig erschien. Jetzt saßen sie inmitten der obersten Blätter, den brennenden Ast so hoch platziert, dass seine Flammen über das Blätterdach hinausragten. Die Morgendämmerung brach an und verbannte die Sterne und das helle Zeichen des Feuers.

»Es wird immer noch reichen«, sagte Quik, als Sawi besorgt murmelte. »Jeder Jäger, der etwas taugt, könnte das von diesen Bergen aus erkennen.«

»Oder von diesem Außenposten.«

»Wenn die Najahn uns umzingeln, Sawi, werden wir wenigstens ein paar von ihnen mitnehmen können.«

Quik fletschte die Zähne, als er sprach, in der Absicht,

mit dem Grinsen etwas Mut einzuflößen, und Sawi belohnte seine Bemühungen mit einem leisen Lachen.

»Von einer Glefe erstochen. So hatte ich mir mein Ende nicht vorgestellt«, sagte Sawi.

»Ich bezweifle, dass du damit allein bist.«

Noch ein Lachen. Trotz ihrer ausgetrockneten Kehlen tauschten die beiden weiter Geschichten aus, wechselten den brennenden Ast gegen einen anderen, als er herunterbrannte, während der Morgen länger wurde und die Wolken sich zu einem sonnigen Tag verzogen, der die erste echte Wärme des fortschreitenden Frühlings mit sich brachte.

Das erste Anzeichen dafür, dass ihr Aussichtspunkt Aufmerksamkeit erregt hatte, kam mit einem Rascheln aus dem Süden, brechenden Ästen und zerreißenden Blättern. Ein schlechtes Omen, das Quik die Stirn runzeln ließ, während er die Baumwipfel beobachtete und das Grün darunter nach verräterischen Zeichen dessen absuchte, was er bereits wusste. Doch der nahende Tod wurde durch gerufene Najahn-Befehle bestätigt, selbstsicher in ihrem Sieg.

»Umzingelt den Baum«, kam der Ruf, begleitet vom Stampfen und Klirren der Rüstungen, die in der Dschungelhitze die schwitzenden, müden Soldaten einhüllten.

Sie hielten ihre Glefen jedoch hoch. Andere hielten Chakrams bereit, geladene Armbrüste mischten sich mit den scharfen Scheiben auf ihren Rücken. Eine Zugeständnis an die vielen Hindernisse des Dschungels, die einen großen Kreis um ein Ziel erschwerten. Quik hätte zu jeder anderen Zeit über die Najahn geschmunzelt, die sich dem Willen seiner Insel beugten, aber ihm fehlte jetzt der Sinn dafür, als er und Sawi zusahen, wie das Lila und Schwarz ihren ausgewählten Baum umzingelte.

Die Najahn waren nicht völlig unvorbereitet gekommen: Holzfälleräxte, zweifellos vom Außenposten mitgenommen, hingen an mehreren Najahn-Rücken, und diese Soldaten machten die Werkzeuge bereit, als ihre Kommandantin, eine schlanke Frau, die weit mehr Jahreszeiten gesehen hatte als Quik, die Befehle erteilte. Zuerst hackten das Trio in leichten Schlägen Farne und Schösslinge von der Basis des Baumes weg und gewannen so Platz mit Zeit und Energie. Die anderen Soldaten, offenbar unbesorgt über jegliche Bedrohung durch das Vis-Paar, nahmen auf Steinen und Moos rund um die Lichtung Platz. Helme wurden von heißen Köpfen genommen und Nebengespräche erhoben sich, zornige Ausbrüche, die sich über einen vertrauten Freund im Dschungel beschwerten: die Lira. Stechende nächtliche Hinterhalte, Tod, der gebracht und verschwunden war, bevor die Najahn einen Gegenangriff sammeln konnten.

Während ihre Truppe sich beschwerte, rief die Kommandantin dem Paar Fragen zu, die Quik und Sawi allesamt unbeantwortet ließen.

»Sollten wir ein paar Äste auf sie fallen lassen?«, fragte Sawi. »Ich denke, ein schwerer könnte-«

»Das würde uns nur erschießen lassen«, sagte Quik. »Diese Armbrüste könnten uns jetzt töten, aber sie halten sich zurück. Ich will wissen, warum.«

»Du fragst nicht?«

»Glaubst du, die Najahn würden es uns sagen?«

Sawi zuckte mit den Schultern, den Rücken an die Rinde gelehnt. »Schaden könnte es nicht.«

Sammler. Immer diese seltsamen Ideen.

»Najahn«, rief Quik, als die Axtträger ihre Zerstörung beendet hatten, »was wollt ihr?«

»Informationen«, kam die harte und eifrige Antwort.

»Was könnten wir euch schon geben?«, antwortete Sawi. »Wir sind nur ein Paar verirrter Jäger.«

Die Najahn starrte finster, ein komischer Anblick von so weit unten. Als ob Quik von einem Spatz beleidigt würde.

»Wir wissen, wer ihr seid. Eure Spur war nicht schwer zu finden, auch wenn das Feuer euer Ziel verraten hat.« Die Hauptfrau streckte die Hand aus, berührte ihren Baum. »Es gab letzte Nacht mehrere Najahn, die von der Großen Sana verletzt wurden und schworen, ihre Angreifer seien ein junger Mann und eine junge Frau gewesen, ein Paar, das eurer Beschreibung entspricht. Eure Leben sollten verwirkt sein, aber für den richtigen Preis könnt ihr sie zurückbekommen.«

»Und wohin gehen?«, fragte Quik. »Um unter euren Stiefeln in Kitaye zu leben?«

»Besser das als der Schmutz.«

»Wenn du meinst«, sagte Quik, nur damit Sawi auf seine Worte ansprang.

»Ihr lasst uns runter, wenn wir euch geben, was ihr wollt?«, fragte die Vis-Sammlerin.

Dieses finstere Starren verwandelte sich zu schnell in ein heiteres Lächeln für Quiks Geschmack, aber der Jäger sparte sich seine Überraschung für seine Freundin auf. Sawi ignorierte ihn jedoch. Als die Kommandantin diesen Bedingungen zustimmte, begann sie den langsamen, schmerzhaften Abstieg.

»Und du?«, fragte die Najahn-Hauptfrau Quik. »Schließ dich ihr an, oder meine Armbrüste werden ihre Zielübung haben.«

Das ließ Quik nicht viel Wahl. Er nahm das Angebot der Hauptfrau an und begann seinen Abstieg. Er ließ die Fackel oben brennen - die feuchten Blätter und lebenden Äste würden ein Ausbrennen ohne großen Schaden garantieren, aber jede Sekunde, in der diese Flammen flackerten, bedeutete... Hoffnung? Würde Quik so weit gehen zu sagen, dass er noch welche hatte?

Die grimmige Realität verhärtete sich, als er Sawi von einem Ast zum nächsten folgte. Die Najahn schienen zufrieden damit, ihren Abstieg zu beobachten, mehr als ein paar der vierzehn oder fünfzehn holten Wasserschläuche und Brot hervor. Quik maß den Abstand mit jedem Abstieg, versuchte herauszufinden, welche Höhe am besten geeignet wäre, um einen Sprung zu wagen und auf einem dieser Soldaten zu landen. Er hatte keine Waffe, da seine zahnlosen Handschuhe auf dem Waldboden unter ihnen lagen, aber Quik hatte Gewicht, und auf einen unvorbereiteten Kopf zu landen, könnte-

Ein Pfiff mischte sich unter den morgendlichen Vogelgesang des Dschungels, scharf und leise genug, dass die Najahn ihn überhörten. Für Sawi und Quik jedoch verständlich. Die Sammlerin, mehrere Äste unter Quik und in Reichweite einer Voulgenspitze, stoppte ihren Aufstieg. Sie schwankte, mit ihren nackten Füßen auf der Rinde balancierend. Die Najahn-Hauptfrau runzelte die Stirn.

»Kletter weiter. Wir kehren vor Einbruch der Dunkelheit zum Außenposten zurück, mit euch oder ohne eure Leichen.« Die Hauptfrau unterstrich ihre Worte mit einem leichten Wink zu einem Soldaten in ihrer Nähe, und der Mann hob seine Voulge. »Ihr werdet nicht mögen, was diese mit einem Vis anstellen können.«

Sawi blickte als Antwort zu Quik hoch, öffnete ihren Mund und gab einen Ruf von sich. Der laute, klassische Schrei würde auf der ganzen Insel bekannt sein, zusammen mit der Geschichte, die er erzählte: Die Vis, die diesen Ruf ausstieß, war nicht besiegt, stand immer noch für ihren Gott ein.

Quik antwortete mit seinem eigenen Ruf, die Geräusche veranlassten die Najahn, ihre Wasserschläuche, ihr Brot und Obst abzulegen. Sie griffen nach ihren Waffen, als die Rufe weitergingen, nun aus den Bäumen, Farnen, dem Dschungel rings um die Najahn kommend.

Nicht dass die Voulgen, Chakrams und Armbrüste jetzt noch eine Rolle spielten.

Pfeile zischten heran, mit dem leisesten Geräusch in ihrem Kielwasser, erst entdeckt, als Fehlschüsse von den Helmen der wenigen Najahn abprallten, die sie noch trugen. Andere Soldaten schlugen sich die Hände an den Hals, an die Wangen, in denen die schmalen Nadeln steckten. Najahn stürzten zu ihrer Ausrüstung, nur um beim Aufstehen zu sehen, wie ihre vergifteten Kameraden taumelten und fielen. Die Hauptfrau versuchte einen Befehl zu rufen, ihr Ruf brach ab, als Quik einen Ast abbrach und den Stock auf den Helm der Najahn warf.

Die Hauptfrau stolperte, fluchte und streckte einen Finger nach oben zu Quik, eine verdammende Geste, die durch die aus dem Dschungel hervorbrechenden Vis bedeutungslos wurde. Mit gefiederten Speeren in der Hand, Blasrohre noch an manchen Lippen, die zweite Wellen sendeten, schritten die Vis mit gnadenloser Effizienz auf die Najahn zu. An ihrer Spitze, wie es schien, war wie immer Deshiva, und ihr Speer fand sowohl vergiftete als auch noch stehende Opfer. Die Najahn, mehr als die Hälfte ihrer Zahl in Sekunden durch Pfeile niedergestreckt, fanden keinen Zusammenhalt, erlebten den blutigen Tod. Rüstungen erwiesen sich als wenig nützlich gegen kombinierte Stöße von allen Seiten, und als Quik einen zweiten Ast abbrach, um ihn zu werfen, war das Scharmützel bereits beendet.

Die Najahn-Hauptfrau war noch am Leben, obwohl eine gebrochene Nase und das aus der durchbohrten Rüstung sickernde Blut andeuteten, dass dieser Zustand flüchtig sein könnte. Deshiva stand über ihrer Beute, während die anderen Jäger Platz um den Baum für Sawi und Quik zum Abstieg machten. Erst als er unten ankam, hörte Quik Deshivas zweiten Befehl.

»Keine Gefangenen«, schnappte die Jägerin. »Was sie uns angetan haben, tun wir ihnen an. Ehrt Vis mit Najahn-Blut.«

Sawi begann zu protestieren, aber Quik stoppte die Sammlerin mit einer festen Hand auf Sawis Arm. Als sie ihn wütend anstarrte, nickte Quik zu ihren Rettern, zu den Vis, die diesen Hinterhalt so gut ausgeführt hatten. Zu den knorrigen Händen und müden Körpern, die Jagdmesser benutzten, um den verbliebenen Najahn ein endgültiges Ende zu bereiten.

Dies waren keine Mottilan- oder Kitaye-Jäger, jung und voller Leben. Dies waren Älteste, deren Kampftage weit hinter ihnen lagen. Ohne die Pfeile, die Panik, hätten die Najahn diese faltigen und schwachen Arme überwältigt und die Vis massakriert.

»Wenn die Najahn wissen, dass dies alles ist, was uns geblieben ist«, murmelte Quik, »dann haben wir keine Chance.«

Deshiva erlöste die Najahn-Hauptfrau von ihrem Leben und betrachtete dann das Paar. »Ich hasse es, wie recht du hast, Quik. Wir sahen eure Flamme, sobald sie entzündet wurde, und es hat so lange gedauert, weil diese Tapferen alles sind, was uns geblieben ist.« Sie musterte beide von oben bis unten. »Könnt ihr gehen? Laufen?«

»Langsam«, sagte Quik.

»Dann werden wir langsam gehen.« Deshiva winkte die Jäger zurück in den Wald, in Richtung der Berge und Mottilan. »Die Najahn rücken vor. Wir haben Kundschafter verloren, mehr Jäger. Ihr und Sawi seid die einzigen, die von dem Überfall zurückgekehrt sind.« Während sie um Farne herumschlüpften, unter Ästen hindurchtauchten, sprach Deshiva weiter in leblosen Sätzen. »Das Ende kommt jetzt schnell für Vis. Wir werden sterben, meine Freunde, aber dabei werden wir eine Legende erschaffen.«

35
ELYSIUM

Der Tod empfing sie mit goldenen Blumen.

Außer, dass du nicht tot bist.

Maena nahm die Erklärung ihres anderen Ichs mit bereitwilliger Ablehnung auf, denn wo sonst könnte sie sein, außer in jenem großen Jenseits, in das jede Seele gelangte, wenn sie von ihren körperlichen Fesseln befreit wurde? Die Luft, wenn es denn welche gab, stand still. Auf ihrem Rücken spürte Maena kaum etwas unter sich und sah nur diese honigfarbenen Blumen, die sich über ihrem Kopf erstreckten und einen verbrannten, wolkenlosen Himmel verbargen. Kein Vogelgesang, kein fernes Wetter, keine summenden Insekten.

Ich wäre nicht hier, wenn du gestorben wärst, Maena. Ich wäre frei.

Das zumindest hatte einen Hauch von Logik. Es sei denn, nicht einmal der Tod konnte die verfluchte Spaltung heilen, die Maena in jedem Moment heimgesucht hatte, seit ...

Ein Stöhnen zerstörte ihre Wahnvorstellung weiter, und

Maena drehte sich um, eine Rolle auf ihre rechte Schulter, die eine solch spastische, schmerzhafte Kaskade mit sich brachte, dass Maenas Augen aufblitzten und ihr der Atem stockte. Auf der Seite liegend, die Verbrennungen weiter pulsierend, sah Maena ein blutiges, triefendes Wrack im nassen Schlamm neben sich: Haggerth.

Der Whent sah aus, als wäre ihm die Haut abgezogen worden, sein Leder zerfetzt und in Streifen um ihn herum verteilt. Die Haut, die Maena sehen konnte, war weiß und rot aufgebläht, Verbrennungen, wie Maena sie nur bei schiefgelaufenen Überfällen gesehen hatte, wenn eine geworfene Fackel auf Treibstoff traf und ein seenahes Schiff in ein wütendes Inferno verwandelte.

Verbrennungen, die Maena, nach dem eisigen Schmerz zu urteilen, der durch ihren Körper jagte, zweifellos teilte.

Wir waren zu nah an den Detonationen. Die Höhle war zu klein. Wir haben den Preis für den Sieg bezahlt.

Hatten sie das? Einen Sieg errungen?

Ami, die ehemalige Wächterin und die einzige, die die Staubkörner durchquert und zurückgekehrt war, hatte erwähnt, in eine andere Welt gegangen zu sein. Zweimal. Ami hatte die windgepeitschte Katastrophe von Kances Gott und die silbernen Meere von Fotis Reich gesehen. Sie hatte eine gewaltige Andersartigkeit beschrieben, wo sich Erwartungen auf unvorhersehbare Weise verbogen, aber nicht so weit, dass sie sie auf der Stelle getötet hätten.

Dies, dies fühlte sich genauso an.

Aber welches Gottes Heimat? Und was bedeutet das?

Maena konnte keine der beiden Fragen beantworten, und mit ihren Beinen als verstümmelte Katastrophe — Maena blickte an sich herunter und schaute genauso schnell wieder weg, unwillig, sich der Verwüstung zu stellen, die ihr Körper war – glaubte sie nicht, dass sie sich in nächster Zeit irgendwohin bewegen würde.

Was dann, wir liegen hier und sterben?

Haggerth stöhnte erneut. Die Augen des Mannes waren geschlossen. Bewusstsein war eine ferne Sache und wahrscheinlich eine Gnade, angesichts der Schmerzen, die er fühlen musste. Maena konnte es selbst spüren, ein Vakuum nicht außer Reichweite. Sie könnte die Augen schließen, in die Qual versinken, ihr erliegen. Eine Erlösung, die sie verdient hatte, eine, die sie könnte-

Nein. Nein, das wirst du nicht. Ich bin zu weit gekommen, um hier zu sterben.

Aber das war der Plan gewesen. Die Minen zünden, die Kammer zum Einsturz bringen, diese Tore unter so viel Gestein begraben, dass die Unholde nie wieder hindurchkommen würden. Der Tod war ein akzeptierter Preis gewesen, war der Deal gewesen.

Ein Preis für den Erfolg, vielleicht. Woher wissen wir, dass wir überhaupt etwas erreicht haben? Unsere Mission bleibt unerfüllt.

Oder vielleicht wollte ihr anderes Ich nicht mehr ins Jenseits wandern.

Diese Überlegungen endeten, als der weiche, nasse Boden unter ihr zitterte, als eine kühle Welle über Maenas Schulter und Kopf schwappte. Sie prustete, ihre heiße Haut brannte erneut bei der Berührung des Wassers, und sie blickte in Richtung der Dusche, um eine Lagune zu sehen, einen Teich, nicht allzu verschieden von dem, in den sie gefallen waren. Breit, blau und bedeckt mit goldenen Blütenblättern von den umgebenden Pflanzen, kräuselte sich das Wasser mit neuen Ankömmlingen: Felsen, Steine und Geröll.

Es kommt herein. Alles davon.

Die Steine blubberten, Felsen, die seit unzähligen Jahrhunderten nichts als feuchte Höhle gekannt hatten, drängten durch das Tor des Gottes in eine neue Welt. Krachen und Klacken hallten wider, als die ersten Steine von den nachfolgenden geschoben wurden, ein Hügel wuchs in der Mitte des Teichs und drückte das Wasser nach außen. Eine Welle rauschte über Haggerth hinweg und verwandelte ein weiteres Stöhnen in ein prustendes Husten, die Augen des Whent flackerten auf.

Er schrie.

Maena wollte es auch, aber sie presste ihren Mund zu, nahm den Schmerz und schob ihn beiseite. Eine Lektion eines Kommandanten, kleinere Probleme zu compartmentalisieren, um sich auf das größere zu konzentrieren, wie das Wasser, das jetzt um sie herum rauschte, während Felsen und Erde weiterhin vom Boden des Teichs, vom Tor heraufrollten.

Die Rana-Kapitänin kehrte zu ihren Beinen zurück, die nun in sumpfigem, aufgewühltem Wasser lagen. Sie versuchte es, fand sie lebendig, aufmerksam und schwach. Dennoch traten sie, als sie es verlangte, und mit ihren Armen zog sich Maena herum, machte einen Vorstoß zu den goldenen Blumen am Rand des Teichs.

Haggerth schrie erneut.

Maena warf einen Blick auf den Whent, dessen Körper in die sich ausbreitenden Gewässer sank. Die Augen des Mannes rollten, sein verbranntes, geschlagenes Gesicht zuckte in einer Mischung aus Terror und Qual.

Du kannst ihm nicht helfen.

Als ob Maena das wollte. Haggerth hatte sie beide hierher gebracht, hatte ihre Pläne durcheinandergebracht,

und er war auch noch ein Steinbeißer. Alles, was sie verab-
scheuen sollte, und doch war er die einzige andere Person
hier. Möglicherweise, abgesehen von der brutalen Stimme
in ihrem Kopf, der einzige andere Mensch in dieser seltsamen Blumenwelt.

Dem Unbekannten allein gegenüberzustehen, war eine
größere Angst.

Maena stürzte sich zurück ins Wasser auf Haggerth zu.
Sie platschte, glitt, trat und schwamm halb, während
aufsteigende Erde schmutzige Wellen über ihr Gesicht
trieb, in ihren Mund, ihre Ohren, ihre Augen. Was war
schon mehr Schmerz, mehr Reizung zu dem, was sie bereits
erduldet hatte?

Sie fand zuerst Haggerths Beine, packte sie mit vernarbten, festen Händen und zog. Die nächste Welle half Maena,
sich aufzusetzen, ihr Schub ließ sie auf ihren Oberschenkeln aufstehen und stärker ziehen. Haggerth, der zwischen
Schreien prustete, rutschte in ihre Richtung, aber sein Kopf
tauchte unter die Oberfläche, als die Welle vorüberzog.

»Setz dich auf«, sagte Maena, ihre Stimme nicht einmal
ein Krächzen, nicht ein Flüstern, sondern ein dissonantes
Grollen.

Wie alles andere war auch ihre Kehle verbrannt.

Du verdammst uns beide.

Maena zog erneut, Haggerths Beine glitten an ihr
vorbei. Sie verlagerte ihren Griff auf seine Brust, beugte
sich, um ihre Schulter als Hebel gegen den Mann einzusetzen, und timed den Zug mit der nächsten Welle. Das
vorbeiziehende Wasser half genug, um Haggerths Kinn
nahe an Maenas geneigte Schulter zu bringen, und sie
schlüpfte mit ihrem Arm hinter seinen Nacken, zog den
Whent frei.

Diesmal hustete er, diese rollenden Augäpfel richteten

sich auf sie, als Haggerth Wasser aus seinen Lungen ausspuckte. Wellen prallten gegen sie, obwohl ihre Kraft, ihre Höhe einen Zenit überschritten hatte, als die vorstoßende Erde den Teich zu weit in die Blumen drängte. Der sich ausbreitende Schutthügel wurde zu seinem eigenen Risiko, Felsbrocken und zerbrochene Steine rollten weg, während frische Höhlenbrocken folgten.

»Wir müssen uns bewegen«, sagte Maena. »Ich kann Sie nicht alleine bewegen.«

Haggerth versuchte nicht zu sprechen, sondern nickte, rollte sich nach vorne und befreite sich aus dem Griff der Rana. Auf der Brust liegend im seichter werdenden Wasser schwamm Haggerth, plätscherte und zog sich vorwärts. Eine klägliche Vorstellung, die Maena nachahmte, als sie sich durch Schlamm und Dreck schleppte, bis sie die goldenen Blumenfelder erreichten. Immer noch tropfend, aber weit genug entfernt vom Ertrinken, von den rollenden Steinen.

Sicher, am Leben, kaum.

»Wo sind wir?«, fragte Haggerth später.

Sie lagen auf zerknitterten Blumen, die durch ihre zappelnden Körper zu einem steifen Bett zerdrückt worden waren. Eine Anstrengung, die sie erschöpft zurückgelassen hatte. Maena dachte, sie hätten geschlafen, aber der Himmel sah genauso aus wie zuvor, ein trübes Gelb, ohne Wolken, Sonne oder Sichi. Der einzige Zeitmarker, den sie sah, war der sich immer weiter nähernde Tumult: das Dunkle von Unten, das in diese Welt sickerte.

Würde es weitergehen? Konnten alle Sieben Inseln durch die Staubkörner in diesen seltsamen Ort fallen? Oder hatten die Götter ihre neue Welt so viel größer gemacht als die alte, um den zermalmenden Untergang dieser einen zu gewährleisten? Hatte Maena einfach nur dafür gesorgt, dass dieses Reich einen anderen Tod sterben würde als den, der ihm bereits vorgeschrieben war?

»Maena?«, fragte Haggerth. »Wissen Sie es?«

Sie drehte den Kopf und blickte Haggerth an. »Ich bin genauso verloren wie Sie.«

Der Mann stieß etwas aus, das wie ein Lachen klang. »Dann sind wir tot.«

»Noch nicht.«

Das brachte ihr einen schärferen Blick ein, wenn auch einen von Schmerz gezeichneten. »Warum? Warum mich retten? Sich selbst retten? Wir sind ruiniert, verloren.« Haggerth schloss die Augen. »Mir tut alles weh.«

»Weil wir es nicht wissen.«

»Was wissen wir nicht?«

»Was wir noch tun können.«

Wieder ein gehacktes Lachen. Haggerth erschauderte und verstummte. Maena wandte sich wieder dem Himmel zu, diesen goldenen Blumen. Die Qual peitschte erneut, und sie glitt weg.

Die Berührung weckte sie mit Euphorie. All der Schmerz, all die Angst, das Staunen, verschwanden in einem Augenblick, ersetzt durch glückselige Freude. Maena breitete ein weites Grinsen aus, die vernarbten Linien auf ihrem Gesicht rissen auf und bereiteten ihr keinerlei Schmerzen. Und warum sollten sie auch? Die Blumen waren so schön, glänzender als die saubersten Münzen. Die Luft und der Himmel so rein wie der klarste Fluss. Dass sie hier war, war ein Wunder, war-

Sie erstickte, keuchte. Die Berührung zog sich zurück und mit ihrer Abwesenheit kehrte das Schlimmste zurück. Das Lächeln verschwand, der Schmerz seiner Anstrengung blieb. Maena setzte sich auf, Wut und Verwirrung mischten sich mit dem Comeback des Schmerzes.

Die Quelle. Die Quelle dieses Glücks, wo?

Sie fand sie zu ihrer Rechten, sie anstarrend, wenn auch nicht mit etwas, das Maena als Augen bezeichnen konnte. Milchig weiß, wie eine Wolke in ihren flauschigen Klumpen, verharrte das Wesen an ihrer Seite. Fast so groß wie die Blumen, zweimal so groß wie Maena selbst. Als Maena starrte, fand diese Reinheit Risse, bernsteinfarbene Linien rasten um die Beulen und länglichen Kugeln, die das Ding ausmachten, teilten sich und kamen hier und da wieder zusammen.

Ein Dämon.

Ja, aber welche Art? Als Maena starrte, kam ein Tentakel aus dem flauschigen Körper hervor und streckte sich nach ihr aus. Maena versuchte zurückzuzucken, aber ein verwelkter, ausgehungerter und erschöpfter Körper erwies sich als unfähig, der Tentakel berührte ihre Wange.

Wieder die Ekstase, die Abwesenheit aller Übel. Selbst Maenas gespaltener Geist verfiel in Schweigen.

Bis dieser Tentakel sich zurückzog.

»Nochmal«, sagte Maena leise, die ersten Tränen bildeten sich in ihren Augen. »Nochmal, bitte.«

Der Dämon, ob er sie verstand oder nicht, erfüllte ihren Wunsch. Wieder und wieder und wieder. Wie lange, wusste Maena nicht, aber der Dämon rettete sie vor der Verzweiflung, und als sie auftauchte, waren die Blumen verschwunden, verborgen hinter mehr dieser flauschigen Wunder. Sie drängten sich in alle Richtungen außer einer, wo die immer höher steigenden Felsen stürzten, zerbrachen und fielen.

Trotzdem hätte Maena ein solches Ende akzeptiert, hätte sich einem Tod hingegeben, der mit reinem Glück und Liebe geliefert wurde. Sie hätte es getan, wäre da nicht das gewesen, was begann, den Himmel zu verunstalten, zuerst einzeln und zu zweit erscheinend, dann in Schwärmen zu groß, um sie zu ignorieren, selbst mit all ihren Schmerzen, die von der Glückseligkeit in Schach gehalten wurden.

Ein Dämon hatte ihre Seele gespalten, ein Dämon aus Windböen und Dunkelheit gemacht. Maena hatte seinesgleichen nie zuvor gesehen, oder seitdem, bis genau jetzt, bis sie ihr glorreiches Grab bedeckten.

36
UNSTERBLICHES SCHWERT

Gladdrings Befehl hätte wie ein Hammerschlag unter den Kance-Soldaten einschlagen sollen. Die glänzenden Rüstungen hätten sich wie ein Mann umdrehen und den ehemaligen Najahn-Anführer für seinen Rat, ihre Königin gefangen zu nehmen, aufspießen sollen. Dass sie es nicht taten, dass stattdessen leere und zugleich bösartige Blicke auf Eujo gerichtet waren, verriet Svarde, dass andere Kräfte am Werk waren.

Noch vor kurzem hätte der Barbar verständnislos dagestanden. Selbst während der Abenteuer mit Catya hatte er nur wenig Magie erlebt, abgesehen von gelegentlichen Dämonen oder wenn Catya abgelenkt war und eine Laune des Skars entweichen ließ. Jetzt verstand Svarde, dass Die Sieben Inseln alles andere als ein vernünftiger Ort waren, dass die Götter kein wundersames Zuhause, sondern einen gefährlichen, willkürlichen Käfig für ihre zerbrechlichen Geschöpfe gebaut hatten.

Das Überleben dieses göttlichen Fehlers hing von guten Menschen ab, und nach der Fahrt im Aufzug zu urteilen, waren Eujo und ihre Wächter gute Menschen.

Gladdring hingegen war, da war sich Svarde todsicher, ein machthungriger Najahn, der gestoppt werden musste.

Also tat der Barbar genau das: Er ließ die große, schwarze Klinge, die einst das Herz einer Göttin durchbohrt hatte, von seiner Schulter in einen festen Griff gleiten. Die Kance-Soldaten begannen, Eujo und ihre Wächter einzukreisen, ein Schwenk, der das Trio am Kance-Thron einkesseln sollte, mit nichts als den Glasfenstern und dem endlosen Nachthimmel dahinter.

Svarde senkte seine tote Schulter, die graue Haut übersät mit Narben, die keine Bedeutung mehr hatten, die nicht mehr von längst vergangenen Kämpfen schmerzten, und stürmte los. Er kam von links, prallte zuerst auf einen ahnungslosen Kance-Soldaten und schleuderte ihn – oder sie, Svarde konnte es nicht erkennen und es war ihm auch egal – in den nächsten Krieger in der Reihe. Die Rüstung krachte, ein erschrockener Schrei erklang, als der rechte Arm des Soldaten in die Seite seines Partners krachte. Rapiere fielen, Soldaten stolperten, und Svarde drängte weiter, trampelte über seinen ersten Treffer hinweg und schmetterte in den zweiten.

Die Klinge hatte noch nicht einmal geschwungen.

Der zweite Soldat, aus dem Gleichgewicht gebracht, hatte keine Zeit, auf Svarde zu reagieren und fiel ähnlich wie der erste. Svardes rechter Fuß landete auf dem Helm des Wächters, zerquetschte Nase und Knochen darunter, während er weiter auf den dritten zustürmte. Die Reihen wurden hier dichter, ein vierter näherte sich von Svardes rechter Seite und zielte mit dem Rapier darauf ab, Svardes Rücken aufzuschlitzen. Der Barbar nahm den Schnitt in Kauf, um seinen Schwung beizubehalten, rammte in den sich drehenden dritten Soldaten und schleuderte ihn in die Kance-Menge. Mit zwei zerbrochenen

Körpern hinter sich und einer Rapierklinge, die sich aus seiner rechten Schulter zurückzog, traf Svardes Ansturm endlich auf einen Widerstand, der ein gewisses Verständnis zeigte.

Mit viel zu dünnen Waffen.

Die gezackte Klinge fegte über Svardes Brust, ein zweihändiger, tödlicher Schlag, der Rapiere, Kance-Rüstungen und die Haut darunter ohne Pause spaltete. Rot flammte auf, glitzerndes Licht funkelte, als herrliche Kance-Metalle in die laternenbeleuchtete Luft flogen, und als Svarde seinen Schwung vollendete, hatte sich die Zahl der Sterbenden vor ihm verdoppelt.

Mehr Rapiere eilten herbei, um die Lücke zu füllen. Über ihrem Geklirr lenkte Gladdring den Ansturm um und teilte seine Truppe in zwei Hälften. Ein Mann gegen ein Dutzend sollte eigentlich eine schnelle Entscheidung sein, trotz des Überraschungsangriffs.

Wie falsch Gladdring lag.

Svarde hatte kein Bild von Eujo, Bliss und Torny. Seine ganze Welt war ein heller, tödlicher Kampf. Rapiere stießen herein, einige gefolgt von schwingenden Panzerhandschuhen, alle unterstützt von diesen leeren Blicken. Svarde begegnete ihnen allen, schlug mit seiner Klinge weniger mit der Geschicklichkeit eines Schwertkämpfers um sich, sondern mehr mit der blutigen Zügellosigkeit eines rasenden Tieres.

Gladdrings Kontrolle über den Verstand der Soldaten löste sich mit frischen Wunden auf, Schreie und Panik brachten die Soldaten, die Svarde traf, wieder zu einer Ahnung ihres früheren Selbst zurück, eine zusätzliche Grausamkeit für zu viele letzte Momente. Diese Rufe fielen in den Abgrund von Svardes Sorge, seinen Gedanken, seinen Emotionen, bis auf eine vollständige Konzentration auf das Gemetzel vor ihm und jene, die durch das Blutbad gerettet wurden.

Einer nach dem anderen fielen die Soldaten. Schwünge, Stiche, Hiebe, Tritte, alle fanden leichte Ziele und nahmen sie. Svarde kassierte Gegenschläge, schüttelte die Treffer jedoch ab, wie er es schon so oft zuvor getan hatte. Bis er, bedeckt mit den Ergebnissen seines Handwerks, allein im Thronsaal von Kance stand. Fünf oder sechs Kance-Soldaten waren noch auf den Beinen und umringten ihn. Von Eujo, Bliss und Torny war keine Spur zu sehen, obwohl ein zerbrochenes Fenster hinter dem Thron eine Möglichkeit andeutete.

»Wächter«, sagte Gladdring, der Tenet stand mit einer schweren Hand auf dem Arm eines Soldaten. »Wie könnt Ihr noch stehen?«

Svarde, rotes Blut in die Augen tropfend, wischte sich undefinierbaren Abfall von den Lippen. Er richtete die Klinge auf Gladdring.

»Was zählt, ist, dass Ihr noch steht«, erwiderte Svarde. »Auf allen Inseln gilt ein Gesetz unverändert: Verräter gehen zu ihren Göttern zur Urteilsfindung.«

Gladdring lachte schnaubend: »Und wer benennt die Verräter, Svarde? Ihr? Diese Königin, die höchstwahrscheinlich tot und zerbrochen weit unten liegt?« Gladdring richtete sich auf. »Ich versuche, die Inseln zu retten. Sie zusammenzubringen und die Dämonen mit der einzigen Waffe zu besiegen, die wir haben. Dass Ihr hier seid, dass Ihr all dies tut, verdammt uns nur alle.«

»Erspart mir Eure schönen Worte. Wenn die Königin tot ist, wird jemand anderes den Thron besteigen, nachdem ich Euren Kopf von Eurem Körper getrennt habe.«

Gladdring seufzte und schien wieder anfangen zu wollen

zu reden, aber Svarde hatte genug gehört. Die Klinge lag schwer in seinen Händen. Die Vis- und Noctia-Skars tobten um seinen Kopf, ihre eigenartige Mischung arbeitete daran, Svardes unsterbliche Knochen ganz zu halten, eine Fähigkeit, die durch die erlittenen Wunden auf eine harte Probe gestellt wurde. Svarde spürte diese Schläge nicht als Schmerz, sondern als schmerzhafte Dehnungen, als Finger, die die Klinge nicht mehr so fest halten konnten, als ein linkes Bein, dem der Schwung fehlte, um nach vorne zu stürmen.

Der Barbar humpelte über eine Leiche, dann über eine weitere und näherte sich Gladdring. Ein Rapier traf seinen Rücken, gefolgt von einem weiteren. Ein dritter Soldat versuchte, sich Svarde in den Weg zu stellen, und der Barbar streckte den Mann mit einem einzigen Querhieb nieder. Der Kance-Rapier war kaum mehr als ein Grashalm für Svarde. Gladdring wartete und beobachtete ihn mit glasigen Augen und schweißnasser Stirn.

»Ich war schon so oft dem Tod nahe«, sagte Gladdring und stieß den Soldaten weg, der ihn stützte, um allein vor Svarde zu stehen. »Ich werde nicht durch deine Hand nach Noctia gehen.«

»Sag, was du willst.«

Svarde holte zum Schlag aus, doch sein Wille dazu verschwand. Die entschlossene Wut erstarb, als Gladdrings frühere Worte neue Bedeutung erlangten. Der Tenet hatte recht: Die Inseln zerfielen. Jemand musste sie vereinen, wenn nicht um die Unholde zu vernichten, dann um sie zu akzeptieren. Gladdring würde besser als Fassle oder die junge und unerfahrene Eujo verstehen, wie man die Feuer-läufer in eine Welt bringt, die noch nicht bereit für sie war. Gladdring mochte von einer harten Vergangenheit gezeichnet sein, aber das war Svarde auch.

Das machte ihn nicht ungeeignet, der Held zu sein, den die Inseln brauchten.

»Lass die Klinge fallen«, sagte Gladdring mit dünner, erschöpfter Stimme. Der Soldat, den er weggestoßen hatte, kam jetzt zurück, als Gladdrings Knie nachgaben. Der Tenet griff jedoch nicht nach den Armen des Soldaten, sondern behielt beide Hände in den Taschen seines Gewandes. »Gib diesen törichten Angriff auf.«

»Ich kann sie nicht loslassen«, antwortete Svarde, obwohl er die Schwertspitze zu Boden senkte. »Mein Leben ist an die Klinge gebunden.«

»Ist es das?«, fragte Gladdring, während seine Augen flatterten. »Dann könnt ihr beide den Inseln ein letztes Mal dienen. Folge der Königin, Svarde. Stelle sicher, dass sie nicht allein fällt.«

Svarde zögerte und blickte zum zersplitterten Glas. Der Befehl ergab nicht viel Sinn, aber Svarde war noch nie für seine intellektuelle Begabung bekannt gewesen. Wenn Gladdring die beste Hoffnung für die Inseln war, dann sollte Svarde tun, was er sagte.

Diese schlichte Akzeptanz trug Svarde durch den Thronsaal zum zerbrochenen Fenster. Er humpelte an dessen Rand und blickte in die weite Nacht hinaus. Unter ihm schimmerte Kance, Laternen und Fackeln markierten eine wachsame Stadt und Insel. Sichi hüllte Schiffe in ihren rosigen Schein. Ein kalter Wind trocknete das Blut auf Svardes Wangen, Beinen und Brust.

»Spring, Wächter«, rief Gladdring, kaum mehr als ein Krächzen.

Was der Held verlangte, musste Svarde tun. Irgendwo da unten war die Königin, und Svarde würde sie finden.

Sie würde nicht allein fallen.

37
ABSTIEG

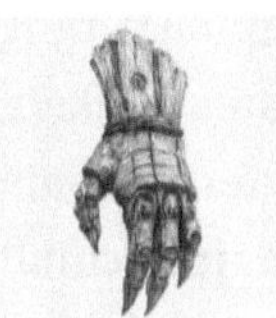

Auf die Spanne seines Lebens zurückblickend, glaubte Wax, dass die meisten seiner Ideen besser gewesen waren als diese: In die Wunde zu springen war ein Fehler.

Die tiefe Dunkelheit umhüllte ihn, als Wax' Magen in seinen Hals sprang. Die vorbeiwirbelnde Luft verriet die vielen tödlichen Überhänge und hervorstehenden Felsen, die nur Momente entfernt den sicheren Tod bedeuteten. Ein Tod, der nur durch einen panischen Ruf an den Kance-Skar verzögert wurde, dessen plötzliche Winde Wax' Fall verlangsamten. Whent half ebenfalls, indem er eine weiche Landung aus einem harten Felsen an einer Seite formte und Wax ohne tödliche Komplikationen aufkommen ließ – nur mit Erschöpfung. Schiere, brutale Erschöpfung.

Die Vis-Erneuerung hatte weder Essen noch Wasser, nur noch etwas Schwips vom Wein, den Wax mit Catya geteilt hatte, und den sterbenden Retterfunken, der den Sprung überhaupt erst ausgelöst hatte. Alles, was er dadurch gewann, war ein einsamer Sitzplatz tief in der Grube, mit Sichis Leuchten weit oben. Ein paar neugierige

Najahn riefen herunter, aber Wax bemühte sich nicht zu antworten.

Er würde nicht zurückgehen.

Er würde auch nicht von diesem Zufluchtsort springen und die Skars erneut riskieren. Zumindest nicht für eine Weile. Die Steine hatten ihre geringen Vorräte aufgebraucht, und ihre stumpfen Dränge deuteten darauf hin, dass sie bei der nächsten Gelegenheit Wax das Nötige stehlen würden, was zitternde Beine in reines Wackelpudding und müde Arme in schlaffe Nudeln verwandeln würde. Nichts, was Wax sich leisten konnte, nicht wenn er ...

Was denn, nicht wenn er was?

Wax setzte sich auf den harten Stein, zog seine zerlumpten Noctia-Roben um sich und starrte auf die glitzernden Geoden und die starre, braune Erde um ihn herum. Wieder einmal hatte ihm ein sterbender Freund – Wax beschloss in diesem Moment, dass Catya zu diesen zählte – einen Traum gegeben, ohne eine Ahnung, wie er ihn verwirklichen sollte. Die Unholde aufhalten, die Inseln retten. Wax hatte jetzt die Skars, hatte von den meisten sogar mehrere, also sollte es einfach sein, oder?

Alle Erneuerungen in der Geschichte der Inseln, bis zurück zu Demion, hatten keinen Weg gefunden, den Terror zu stoppen, den Zyklus zu ändern. Warum sollte Wax, ein junger Mann, dem auf Vis nicht einmal der Erwachsenenstatus zuerkannt wurde, in der Lage sein, den Lauf der Dinge zu ändern? Was tat er überhaupt hier, wenn Fassle oben wartete? Wax hätte diesem Mann die Steine geben, die Najahn die Verantwortung übernehmen lassen und nach Hause zu den Mangos und dem Sana, die er liebte, zurückkehren können.

Oder Eujo finden. Das Gesicht der Königin, hart und

entschlossen, schwebte über einer der dunklen Steinwände in der Nähe. Sie hatte Wax so sehr wie jeder andere in dieses Rennen hineingezogen, ihm einen harten Zweck gegeben nach Wax' eigener lässiger Motivation. Sie würde jetzt auf Kance kämpfen, um ihr Volk zu retten. Wie Wax, und sie würde sicher nicht an sich selbst zweifeln. Selbst wenn Eujo den Weg oder das Wie nicht kannte, würde sie alles versuchen, was sie konnte, bis Kance sicher wäre.

Bliss würde auch an ihrer Seite sein. Wax' Schwester, immer bereit für einen Kampf. Sie hatte die Unholde allein getrotzt, hatte Wax' Leben schon zu oft gerettet. Nie ein Zweifel in ihren Augen. Wäre sie mit Wax am Rand der Wunde gewesen, wäre sie wahrscheinlich hinter ihm hergesprungen, hätte einen Weg gefunden, diese Felsen zu erklimmen und mitzuhalten.

Torny wäre natürlich direkt bei Bliss. Die Banditin, ein ebenso unwahrscheinlicher Held wie Wax selbst, war dennoch mit ihnen durch Kämpfe und Gefahren gegangen, die kein Dieb hätte erwarten können, und schärfte immer noch ihre Dolche für das Nächste. Sie hatte diese Tamas-Seelen gestohlen, alles nur, weil Torny einen Eid geschworen hatte, alles nur, weil die Banditin Wax' Schwester so offensichtlich liebte.

Auch sein Bruder hatte seinen Jägerplatz auf Vis aufgegeben. Hatte alle, die er kannte, verlassen, um zu versuchen, die Najahn dazu zu bringen, Wax zu helfen. Diese Bemühung musste gescheitert sein, denn Wax hatte nachgesehen und Quik in den Tagen zwischen seiner Ankunft und jetzt nirgendwo auf Noctia gefunden, aber dennoch, wo auch immer er war, Quik würde sich bemühen, die Inseln zu verbessern. Er würde nicht aufgeben.

»Tja, das beantwortet wohl die Frage«, murmelte Wax zu sich selbst. »Jetzt gibt's kein Zurück mehr.«

Entschlossenheit war schön und gut, aber Absichten allein boten keinen Weg nach vorn. Catya hatte einen Tauchgang zum Ende der Wunde vorgeschlagen, zur scheinbaren Quelle der Unholde. Wie sollte Wax dorthin gelangen?

Ein blinder Sturz in die Grube würde damit enden, dass Wax an irgendeinem Felsen zerschmettert und zerbrochen wäre. Aber vielleicht gab es einen anderen Weg?

Der Vis kroch an den Rand seines Vorsprungs, nutzte Sichis flimmerndes Leuchten, um sich umzusehen. Fand Begeisterung, ein wenig Beschämung und eine Menge Hoffnung: Strickleitern und Spikes, um sie zu halten, erstreckten sich die Länge der Wunde hinauf und hinunter. Viele waren ausgefranst, verstreut oder schienen nach den Beben kaum noch zu halten, aber sie boten die Möglichkeit für einen geschickten Abstieg.

Zumindest für jemanden, der verrückt genug war, es zu versuchen.

Noctia hatte vor der Whent-Mission in die Dunkle Tiefe gesummt, und Catya hatte das Lager erwähnt, das tief unten wartete. Wax' Weg lag offen vor ihm, alles dank dieser Bemühung, die, so das Gerücht, von demselben Barbaren angestoßen worden war, den Wax damals auf Vis gefunden hatte. Svarde? War das der Name des Mannes gewesen?

Eine lange Kette. Fast zu lang, um etwas anderes als Schicksal zu sein.

Wax nickte sich selbst auf dem Vorsprung zu, schätzte den ersten Sprung ab, die Leiter, die er greifen würde. Mit ein wenig Skar-Unterstützung könnte er sich schnell bewegen. Foti könnte eine Flamme entfachen, um Wax genug Licht zu geben, um die Sprünge zu machen ...

Die Sprünge kamen schnell und leicht, die Griffe waren

fest, die Seile stark. Natürlich lösten sich einige der Spitzen, aber Wax hielt das Kance-Skar nah und klar brodelnd, was ihm half, von einem plötzlichen Absturz in Sicherheit zu schwingen. Foti erzeugte bei Bedarf Lichtblitze, und Wax hinterließ schwelende Moosflecken. Noctias und Whents Handelsnetzwerk erwies sich als mehr als nur Strickleitern, mit versorgten Lagern, die alle paar Stunden die Strecke überbrückten. Wasser und Nahrung warteten dort, zusammen mit Schlafrollen. Die Beben hatten Teile davon zerstört, aber Wax konnte genug bergen, um zu überleben.

Sonnenlicht gab ihm Tag und Nacht, sichtbar in schmalen Strahlen im Zentrum der Wunde, und Wax nutzte den Schein, um schneller zu reisen, springend und hüpfend wie von Farn zu Farn in seiner Heimat. Seine zerschlissenen Schuhe dämpften die Landungen gerade genug, um Wax weiterzubringen, das Vis-Skar kümmerte sich um alle rauen Schrammen, um gebrochene Fingernägel und den gelegentlichen Aufprall von Kopf, Ellbogen oder Knie auf unnachgiebigen Stein.

Hier und da stieß Wax auf die Gründe für diese Lager und vielleicht ein Opfer von Noctias Oberfläche. Zerknittertes Gepäck und mehr als ein gebrochener Körper lagen zwischen den Felsen, jede Rettung sowohl unmöglich als auch unnötig. Wax sprach jedoch für jeden, an dem er vorbeikam, ein Gebet zu Vis, für jene tapferen Seelen, die eine gefährliche Reise zu einer unglücklichen Zeit unternahmen.

Schlimmer als diese schrecklichen Anblicke waren jedoch die Beben. Sie setzten sich zufällig fort, weckten Wax aus seinen kurzen Nickerchen oder drohten, ihn von einem Vorsprung zu schleudern. Er klammerte sich an den Fels, wenn sie zuschlugen, manchmal das Whent-Skar nutzend, um sich stabil zu halten, um Stein von oben hervorzuziehen, um sich vor herabfallenden Trümmern zu schützen.

Was auch immer die Erschütterungen verursachte, musste Wax' erstes Ziel sein. Dieses Chaos stoppen, dann sich um die Unholde kümmern. Vorausgesetzt, er konnte es überhaupt.

Das Whent-Skar erhob sich bei diesem Gedanken, aufwallend mit klarem Selbstvertrauen, als Wax sich an einer schmalen Leiter zwischen zwei scharfen Biegungen in der Wunde festhielt. Egal was komme, schien das Skar zu sagen, Whent könnte die Erde nach Wax' Bedürfnissen verändern.

Grenzenlose Zuversicht war die Devise des Tages, und Wax nahm sie an.

Das Ende der Wunde kam in Wellen, mit mehr Vorsprüngen, die Beweise für Whents Handwerkskunst trugen. Abwurfpunkte für Ausrüstung, Nahrung und Handelsgüter säumten den Weg, mit Karren und rohen Schienen als schnelle Transportmittel. Alle jetzt unbemannt, und einige durch die endlosen Beben zerbrochen. Die verlassenen Posten, auf denen Wax landete und dann weiter nach unten ging - die Wunde bot einen geraden Weg, wer wusste schon, wohin diese Abzweigungen führen mochten - waren merkwürdig genug, aber besorgniserregender waren die Geräusche, die von unten heraufdrangen.

Metallisches Klirren, Rufe und gelegentlich ein unnatürliches Grollen. Wax, dessen Energie nach dem Abstieg des Tages nachließ, entschied, dass er nicht versuchen konnte, ein letztes Lager aufzuschlagen. Schwer zu schlafen, wenn in der Nähe eine Schlacht tobte, auch wenn Weitergehen bedeutete, dass er vielleicht auf einen Kampf stoßen würde, den er nicht beenden konnte.

Das Ende der Wunde kam in einer verengten Spitze,

einem Loch, nicht viel größer als Wax selbst. Er ließ sich auf dem staubigen Boden am Rand des Lochs nieder, blickte hinab in eine weitläufige, geglättete Kuppel. Nichts Natürliches daran, einschließlich dessen, was er darin sah: eine massige, schweigende Gestalt in seltsamer Rüstung saß auf einem riesigen Thron. Um ihn herum bewegten sich Körper von Monstern und Menschen, einige wälzten sich in roter Qual, andere schwangen Axt oder Klaue gegeneinander.

Unholde und Whent-Kämpfer, und letztere schienen hart bedrängt.

Wax zählte zwei der lederbekleideten, bärtigen und blutigen Whent auf den Beinen, die Rücken an Rücken manövrierten, um ein Trio knurrender, hundeartiger Unholde in Schach zu halten. Karmesinrote Mähnen flossen von den hundeähnlichen Kreaturen, ihre langen Schnauzen hielten längere, schnappende Fangzähne. Die Unholde trieben das Whent-Paar zur Rückseite der Kuppel, wo eine Wand den letzten Stand markieren würde.

Catya hatte Wax hierher geschickt, um die Inseln zu retten. Welch besserer Weg, als mit einer Rettung zu beginnen?

Mit einem schnellen Gebet an Vis gab Wax dem Kance-Skar freien Lauf und stürzte sich in den Kampf.

38

KAMPF ODER FLUCHT

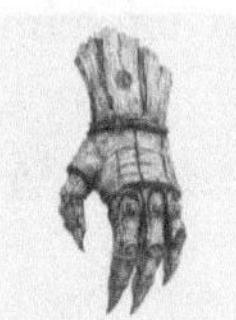

Zur Legende zu werden, wie Deshiva es ausdrückte, würde schneller geschehen als erwartet.

Quik und Sawi waren zurückgekehrt, dank eines langsamen Aufstiegs durch den Dschungel und die Berge - die Najahn bevölkerten die Hauptstraße und ihre übergangslose Überführung - weniger als einen Tag vor der klirrenden, marschierenden, unbezwingbaren schwarz-violetten Streitmacht. Mottilan-Späher, nach den üblichen Vis-Standards nur Kinder, fanden Deshiva, als ihre Gruppe die grüne, taufrische Bergseite zu den steilen Klippen-pfaden über der Stadt hinabstolperte, und zwangen sie, das Paar zusammen mit den Ältesten, die am geschicktesten mit ihren Blasrohren umgehen konnten, zurückzulassen.

Das ließ Quik und Sawi ihren holprigen Weg an befes-tigten Häusern vorbei finden, mit jungen und alten Bogen-schützen, aber nur wenigen dazwischen, in den Fenstern. Stachelgruben, bedeckt mit Blättern, übersäten die einzige abfallende Straße, während Seitenpfade mit scharfen Stei-nen, vergifteten Ästen und so vielen fiesen Gebrühen übersät waren, dass Quik verdammt froh war, dass nie ein offener Krieg zwischen den beiden Städten von Vis ausgebrochen war.

Kitaye mochte zwar die Zahlen und einen Vorteil in einem laufenden Dschungelkampf haben, aber er würde Albträume von all diesen cleveren Fallen haben.

Annalyse wiederzusehen, vertrieb diese Qualen, zumindest für den Moment. Sie arbeitete weiter an behelfsmäßigen Waffen und Rüstungen für die Mottilan-Verteidiger, obwohl ihr längst die Skars ausgegangen waren, die sie in ihre Kreationen einbauen konnte. Stattdessen wandte sie Whent-Wissenschaft an, um Armschienen zu verstärken, Gewebe mit Schrottplatten zu isolieren, um die Schärfe einer Klinge zu mildern, und Pfeilspitzen zu schärfen, damit sie eine bessere Chance hätten, die Najahn-Verteidigung zu durchdringen.

»Nicht, dass es einen Unterschied machen wird«, sagte Annalyse, als sie mit Quik und Sawi zum Strand ging, wo einfache Strohhütten als Unterkünfte für alle Mottilan dienten, die medizinische Hilfe benötigten. Dünne Decken lagen auf dem Sand, viele besetzt von Spähern, Jägern und jenen, die sich beim Aufbau des Mottilan-Widerstands verletzt hatten. Ein düsteres Bild, gezeichnete Gesichter ohne Deshivas ewige Entschlossenheit. »Das ist ein so aussichtsloser Kampf wie jeder, den ich je gesehen habe.«

Weder Sawi noch Quik antworteten auf diese Worte, denn was hätten sie sagen können? Stattdessen schlug Quik, anstatt wie so viele um sie herum in Verzweiflung zu verfallen, eine andere Richtung ein, eine, die durch Annalyses Worte angedeutet wurde.

»Warum bleiben wir dann?«, fragte der Jäger.

»Weil wir an einem Strand sind und nirgendwo anders hingehen können«, antwortete Annalyse. »Oder ist das für dich nicht offensichtlich?«

Quik nickte Sawi zu, als sie sich auf ein Deckenpaar niederließen. Ein junges Mädchen brachte zwei Kokosnüsse gefüllt mit süßer Milch, ein wunderbares Gegenmittel für ihre ausgetrockneten Kehlen und insektengefüllten Bäuche. Nur ein Schluck, gepaart mit der frischen Meeresbrise, den belebenden Wellen, ließ Quik die stöhnenden Verwundeten um ihn herum ignorieren und sich auf die Idee konzentrieren, die zu wachsen begann.

»Sawi«, fragte Quik, »du bist durch Tunnel gekommen, richtig? Das Dunkle Unten?«

»Geführt von Whent-Spähern, ja. Es war nicht einfach.« Sawi begann den Kopf zu schütteln, als Quik sie weiter ansah, die Frau seine Idee erfassend. »Wenn du denkst, wir sagen dieser ganzen Stadt, sie soll in die Höhlen rennen, dann-«

»Nicht die ganze Stadt«, sagte Quik und wandte sich nun den Schiffen im Hafen von Mottilan zu. Fischerboote und einige Handelsschiffe, zu wenige, um alle hier zu transportieren und daher als Option verworfen. »Nur diejenigen, die nicht auf diesen fliehen können. Wir können die Älteren, die ganz Jungen, nach Kance bringen. Gladdring ist dort, er wird sie akzeptieren.«

»Wird er das?«, fragte Annalyse. »Gladdring tut nie etwas, was ihm keinen Vorteil verschafft.«

»Er wird es begrüßen. Ältere Inselbewohner und Kinder? Gladdring kann den Inseln erzählen, dass die Najahn versuchen, sie zu ermorden. Lass Fassle Whent, Tamas und Foti davon überzeugen, dass sie ihre Soldaten und Schiffe schicken sollten, um dafür zu kämpfen.«

Sawi kniff die Augen zusammen. »Du setzt eine Menge auf diese Idee, Quik.«

»Hast du diese Fallen gesehen, Sawi? Wie viele Najahn werden sie aufhalten, bevor hier jeder auf der Spitze einer

Glefe aufgespießt wird?« Quik schwenkte die Kokosnuss-
milch, als er die Schale in Richtung der Stadt bewegte.
»Deshiva kann sagen, was sie will, über das Sterben als
Legende. Ich ziehe es vor, am Leben zu bleiben.«

Quik war nicht der erste gewesen, der vorgeschlagen
hatte, mit dem Schiff zu fliehen, aber Sawis Flucht durch
die Tunnel machte es zu einer Idee, die Deshiva akzeptieren
konnte. Annalyse half Quik, gestärkt durch den persönli-
chen Vis-Skar der Wissenschaftlerin und seine verjün-
genden Energien, den Plan am Abend dem verbliebenen
Regierungsrat von Mottilan vorzustellen, in der letzten
Nacht, bevor die Najahn erwartungsgemäß ihren Angriff in
vollem Umfang beginnen würden. Kochfeuer waren nicht
weit von der Klippe entfernt gesichtet worden, und
mehrere Späher waren mit Armbrustbolzen zurückgekehrt,
die schwarz befiedert waren.

»Uns läuft die Zeit davon«, sagte Deshiva und blickte
grimmig um den breiten Steintisch, der Raum gefüllt mit
Menschen, rauchenden Pfeifen. Sie existierte als ständige
Wut, jedes Wort mit schwelender Glut vorgetragen. Ob dies
ihr Moment war oder Deshiva einfach beschlossen hatte,
ihn zu ihrem zu machen, Quik konnte nicht anders, als von
ihrer Aura mitgerissen zu werden. »Quiks Plan bietet uns
die beste Chance, hier lebendig herauszukommen, zumindest einige von uns. Diejenigen von uns, die am fähigsten
sind, werden bleiben und so lange wie möglich kämpfen,
um Zeit zu gewinnen. Sobald die Schiffe abgefahren sind,
werden wir uns in die Höhlen zurückziehen. Sawi, dort
wirst du sein und uns führen.«

»Uns wohin führen?«, fragte Sawi. »Selbst wenn-«

»Irgendwohin, Sawi. Wenn sich das Dunkle Unten
zwischen allen Inseln erstreckt, dann machen wir uns auf
den Weg nach Kance. Nach Norden, so gut wir können.«

Sawi schien weiter protestieren zu wollen, aber Quik brachte sie mit einer Hand zum Schweigen. Es gab zu viele zweifelnde, nervöse Gesichter im Raum. Zu viele Menschen, deren Rückgrat gestärkt werden musste, nicht weich gemacht.

»Es ist ein Risiko«, sagte eine ältere Frau, »aber ich sehe keine andere Chance. Ich stimme dafür, dass wir gehen.« Sie kräuselte eine Lippe. »Außerdem, wenn wir die Kämpfe von der Stadt fernhalten, besteht die Chance, dass wir sogar Häuser haben, in die wir zurückkehren können.«

Gemurmel erhob sich, mehr als ein Vorschlag kam auf, Mottilan niederzubrennen und den Najahn jegliche siegreiche Plünderung zu verwehren. Diese Idee wurde fallengelassen, als Deshiva die Dringlichkeit der Evakuierung wiederholte. Alles, was nicht dazu beitrug, Vorräte und Menschen auf die Boote zu bringen, war nicht der Mühe wert, und mit diesem Befehl und einem Aufstampfen von Deshivas Speer endete die Versammlung.

Und Vis' erster Rückzug begann.

Quik wartete in den Büschen. Seine Handschuhe, wieder in Ordnung gebracht, ruhten an seinen Handgelenken. Auf der anderen Seite stand ein zweistöckiges Haus aus getrocknetem Lehm und gestapelten Steinen. Sawi hatte in einer ihrer Geschichten aus ihrer Nacht im Baum erwähnt, dass sie einmal aus einem ganz ähnlichen Haus geflohen war. Sie und Annalyse warteten am Eingang zum Dunklen Unten, weit entfernt am nördlichen Ende des Strandes. Hinter ihm entfaltete sich Segel um Segel und brach mit voller Geschwindigkeit nach Norden auf. Najahn-Kutter würden wahrscheinlich kommen, um abzufangen, was sie konnten, obwohl ihre Beute keine Krieger oder Schätze sein würden, sondern Menschen, die hoffentlich Mitleid verdienten.

Die Najahn waren nicht herzlos. Nicht alle von ihnen waren wie Masayo.

Doch diejenigen, die jetzt auf Mottilan marschierten, waren entschlossen. Quik hörte ihre klappernden Stiefel, hörte eine Noctia-Hymne, die sich im Morgenwind erhob. Die Vögel, die vielleicht den Moment verstanden, waren verstummt. Die Wellen und einige neugierige summende Insekten bildeten die Harmonie zu einer feierlichen Melodie aus langsamen Atemzügen der Kämpfer um ihn herum. Alt, jung, willig.

Deshiva lauerte auf der anderen Seite, unsichtbar mit ihrer Gesichtsbemalung und Tarnung. Die erste Linie, der beginnende Hinterhalt. Jede Minute zählte als Erfolg, als Sieg für seine Heimat.

Die erste Reihe gepanzerter Soldaten kam in Sicht. Acht nebeneinander, mit Speeren und Schilden in den Händen. Quik konnte die Tiefe nicht erkennen, aber als die Najahn den Pfad an der Klippe erreichten, verlangsamten sie ihr Tempo. Jemand pfiff, und eine laute Stimme trug eine Drohung, einen Befehl, eine Erklärung herüber. »Ergebt euch«, sagte der Mann, »und schließt euch Noctia an, um Frieden auf die Inseln zu bringen.«

Ergeben.

Quik warf schnelle Blicke auf die Krieger, die Jäger, die Tapferen, die bereit waren, an seiner Seite für ihre Heimat zu kämpfen, und sah keine Angst, keinen Zweifel.

Ergeben.

Vis würde das niemals tun.

39
DAS GLEICHGEWICHT

Vergeltung erwies sich erneut als die einzige Motivation, die Maena brauchte.

Der Anblick dieser zerfetzten Unholde, die über ihrem Kopf durch den Himmel trieben, brachte Klarheit durch das ätzende Rauschen, das Maenas Körper durchflutete. Eines dieser Dinge hatte sie zerschmettert, sie in diesen zerbrechlichen Ruin verwandelt, und wenn sie diesen speziellen Unhold nicht finden konnte, um ihn zu zerfetzen, würde diese Gruppe es eben tun müssen.

Diese Rache zu vollziehen, wurde jedoch zu einer schwierigen Frage. Abgesehen von den goldenen Blumen, Haggerths nutzloser Anwesenheit und den seltsamen flauschigen Wolkenkreaturen waren Waffen Mangelware. Die ständig bebende Erde bot Optionen von hinten, rollende Steine, die aufgehoben und benutzt werden konnten, aber Maenas Arme schienen nicht mehr in der Lage zu sein, einen Kieselstein zu werfen, geschweige denn einen scharfen Stein zu schleudern.

Dann müssen wir eben clever werden.

Zu diesem Zweck streckte Maena die Hand aus und berührte die nächstgelegene flauschige Kreatur. Diese wolkenähnlichen Formen, hier und da von bernsteinfarbenen Rissen durchzogen, die aufblitzten und verschwanden, umschwirrten Maena und Haggerth weiterhin, als wären die beiden eine Art seltener Schatz. Doch nach einer leichten Berührung schienen sich die Wolkenkreaturen damit zufrieden zu geben, in der Nähe zu warten und sie still zu beobachten. War die Nähe genug?

Warum?

Die Wolkenkreatur wich nicht vor Maenas Berührung zurück, und die Ekstase, die mit dem Kontakt einherging, pulsierte so stark wie eh und je und ließ Maena scharf einatmen, einen schmerzfreien Moment lang. In diesem seligen Paradies rasten Maenas Gedanken wild umher, jagten ohne Ablenkung von einer Idee zur nächsten, während ihre Augen sich auf die grimmigen Geister über ihr konzentrierten.

Bei den sieben Göttern. Ami war zu einer windgepeitschten Ruine gegangen und hatte sie als Kance bezeichnet. Sie hatte Foti mit den Feuerwandlern besucht und seine zerborstenen Steine und das silberne Meer detailliert beschrieben. Keines davon passte zu dem Reich, in dem Maena sich jetzt befand, was der Rana-Kapitänin fünf Optionen ließ. Noctia konnte allein durch das Licht und die Blumen ausgeschlossen werden: Welche Todesgöttin würde einen so angenehmen Ort wie diesen erschaffen, erfüllt von emotional aufgeladenen Unholden?

Es kommt einem Albtraum schon ziemlich nahe. Vielleicht würde Noctia doch-

Nein. Svarde, Jochi, Ami und Maena hatten dies lange genug im Schatten des Toten Königs zurück in der Dunklen

Tiefe debattiert. Die Partikel schwammen in einem tiefen Becken in Noctias Herzen. Dass die Göttin, von Vis tödlich verwundet, dennoch etwas von jedem der anderen Götter bewahrt hatte, deutete darauf hin, dass sie kein dämonisches Monster war. Auch ihre Insel bot wunderschöne Lelune-Blumen. Noctia war kein Schrecken, aber auch keine goldene Göttin.

Rana passte auch nicht: Abgesehen von dem Becken, das jetzt von dem zitternden felsigen Anstieg verbannt worden war, fand Maena keine vertrauten Elemente der Flussgöttin. Whent, stets ein Meister der Klippen und Felsen, schien in der flachen, goldenen Weite ebenso abwesend. Der Horizont erstreckte sich endlos, nur diese goldenen Blütenblätter waren sichtbar.

Das engte es auf zwei ein, und Vis war kein Gott goldener Felder, sondern des Dschungels.

Du denkst also, dies ist Tamas' Heimat? Was dann?

Die Wolkenkreatur zog sich von Maenas Berührung zurück, und die Rana-Kapitänin taumelte ihr nach, fast fallend, um die transzendente Flucht zu bewahren. Sie konnte nicht zurück in die Qual, nicht jetzt, noch nicht. Die Kreatur stieß gegen einen ihrer flauschigen Freunde, prallte in Maenas Hand zurück und gab, von ihren umkreisenden Gefährten eingekesselt, ihren Rückzug auf. Wieder versenkte Maena ihre Hand in ihren schwammigen, leichten Körper und fand ihre Sorgen verschwinden.

Wenn dies Tamas war, dann würden die Unholde die Aspekte des Gottes tragen: Seele, Emotion, den Geist. Das würde die seelenzerfetzenden Monster erklären, die sich weiterhin über ihnen sammelten, und vielleicht Maena einen Weg geben, mit ihrer Katastrophe umzugehen.

Was, sie verfluchen? Ihnen sagen, dass sie gemein sind? Ihre Gefühle verletzen?

In gewissem Sinne.

Maena wandte sich der Kreatur zu, die sie berührte, und sah mehr bernsteinfarbene Blitze, die sich über ihren Körper ausbreiteten. Die zackigen Bögen liefen nahe ihrer Hand, und Maena verschob ihre Handfläche, um über den schimmernden Spalt zu streichen.

Die Gelassenheit verschwand. Kälte umhüllte sie, eine schaudernde Verzweiflung legte Maena lahm, nur um wie ein Peitschenhieb zu verschwinden, als der Blitz sich auflöste. Er floh vor ihrer Berührung und verschwand, während auf den anderen Kreaturen in ihrer Nähe die haselnussbraunen Linien verweilten.

Was war das?

Eine Antwort. Eine Erklärung. Maena beäugte die seelensaugenden Unholde über ihr. Sie hatten den Himmel verstopft, schienen jetzt in wabernden Wirbeln herabzusinken. Die Wolkenkreaturen um Maena schienen jedoch nicht zu reagieren, obwohl Maena sich nicht sicher sein konnte, diese bernsteinfarbenen Risse flackerten schneller und schneller. Die Wolkenkreaturen zerbrachen.

Tamas. Gott der Seele. Der Emotion. Des inneren Wesens. Die Art von Dingen, die Maena früher mit einem Krug Bier und einem gut geschärften Säbel abgetan hätte. Hier, ohne physische Waffen, was hatten sie?

Du denkst in Rätseln, Maena.

Damals in der Höhle, als der windgefegte Unhold sie in die Enge getrieben hatte, hatte das Monster ihr nicht die Arme abgerissen oder ihr Gesicht zerkratzt. Der Unhold hatte ihren Geist, ihr Glück, ihre Träume, ihr ganzes Wesen abgesaugt. Später, wie Svarde es erzählte, hatten sie mit jedem Schlag Worte, Erfahrungen, ganze Erinnerungen aus dem Unhold herausgeschlagen.

Maena fiel nach rechts, zuckte zusammen und keuchte,

als die zweite Berührungsfreiheit die Realität ihres gebrochenen Körpers offenbarte. Irgendwo bei ihren Füßen setzte Haggerth seinen langsamen Tod fort und röchelte Flüche in die Stille. Die Rana-Kapitänin erreichte ihr Ziel, ein weiteres Wolkenwesen, von Blitznarben gezeichnet. Ihre Hand fiel auf die flauschige Oberfläche, die Euphorie stieg auf, doch Maena vertrieb sie, indem sie ihre Handfläche über den Blitz wandern ließ. Während sie dies tat und die betäubende Qual in ihr aufstieg, verblasste die Narbe zu reinem grau-weißem Flaum.

Du heilst sie, wie?

Indem sie tat, was sie ihr ganzes Leben lang getan hatte. Eine zweite Natur für jeden Rana, für jeden Kämpfer, der eine Niederlage nicht akzeptieren würde. Maena machte weiter, und mit dieser Anstrengung schob sie die Verzweiflung beiseite. Sie nahm sie auf und zerstörte sie mit Trotz.

Unsinn. Du kannst keine Wunde heilen, indem du sie wegdenkst.

In einem Reich, das von Tamas erschaffen wurde?

Maena lächelte, als sie ihre Hände entlang der Blitznarben des Wolkenwesens gleiten ließ, deren Linien verschwanden, selbst als ihre frostige Traurigkeit in Maenas entschlossener Seele keinen Platz fand. Seltsam, ja, aber nicht seltsamer als das, was sie erlebt hatte, seit sie den Dunklen Unterboden betreten hatte.

Was nun, du berührst sie alle? Wie viele wirst du schaffen, bevor diese Dinger uns erreichen?

Zwei war die Antwort. Zwei unter zu vielen, um sie zu zählen. Die geisterhaften Kreaturen, kaum mehr als formlose Leeren, gehüllt in dunkle Fetzen – nicht für eine Sekunde dachte Maena, dass diese zerrissenen Umhänge echtes Tuch waren – stürzten sich auf die wolkigen Wesen und verschlangen sie. Die stille Luft fand Leben, wurde in Richtung der Unholde gesaugt, und mit ihrem Sog gingen auch die Wolkenwesen, dehnten sich und verschwanden in diesen Monstern. Von Blitznarben übersät, zuckten bernsteinfarbene Blitze nun in ständigen Aufflackern über ihre Körper, doch die Wolkenwesen wehrten sich nicht.

Sie zitterten einfach, schrumpften und verschwanden in den seelensaugenden Unholden.

Alle bis auf die drei in Maenas Nähe, in einer so schnellen Eroberung, dass Maena keine Zeit hatte, zu anderen zu taumeln. Stattdessen lehnte sie sich an das Duo, jede Hand auf ihren makellosen, flauschigen Formen. Hinter ihr, die einzige Lücke in den dunklen Scharen, lag der wachsende Turm, dessen taumelnde Kanten auf die goldenen Blumen fielen. Ein langsames Begräbnis.

Überall sonst, wo Maena hinsah, erblickte sie die gesichtslosen Leeren. Sie umzingelten sie und die zwei Wolkenwesen. Haggerth machte ein letztes, verzweifeltes Geräusch, bevor alles, was er war, in einem der Unholde verschwand. Jede Traurigkeit, die Maena vielleicht darüber empfunden hätte, allein gelassen zu werden, die Traurigkeit, die sie zu stoppen versucht hatte, indem sie Haggerth vor dem überflutenden Becken rettete, durchdrang nie den ekstatischen Schleier.

Die Wut, der Verlust, die Verwirrung taten es. Diese leeren Unholde versuchten, die Wolkenwesen wegzureißen, versuchten, sich an ihrer Freude zu laben, und fanden ihre Mahlzeit von Maena behindert, die wiederum die wabernde Verzweiflung durch das reine Glück an ihren Fingerspitzen vereitelt fand. Ein Gleichgewicht, für einen Moment, zwischen überwältigender Melancholie und wunderbarer Zufriedenheit.

Das Duell in Tamas' Herzen.

Bleiben wir für immer so? An diesem Rand?

Nein.

Eine Spaltung ihrer selbst, eine Spiegelung zweier Teile: Maenas Seele teilte sich erneut, die Unholde und ihre Verzweiflung fluteten durch zu Maenas zornigem Selbst, der Grube, die sie dazu getrieben hatte, Whent anzugreifen, die Unholde für ihre Angriffe auf die Inseln zu bekämpfen und all die Freunde, die diese Kämpfe sie gekostet hatten. Schieb das beiseite, bündele es und wirf es weg. Eine Aufgabe, die sie unmöglich gefunden hätte ohne die Belohnung, die bereits da war, jene Wolkenwesen, die ihr zeigten, was Maenas sein könnte, wenn sie sich befreien könnte, wenn sie alles wegwerfen könnte.

Die Unholde nahmen alles. Diese Monster saugten und zehrten an Maena, zogen all ihren Zorn, ihre Angst, ihren Verlust weg, und als das getan war, als die Rana-Kapitänin leer hätte sein sollen, fanden sie stattdessen nur Freude. Ekstase, Glückseligkeit und nichts anderes. Sie kamen auch dafür und veränderten sich.

Fülle einen Brunnen mit Gift, und die Krankheit breitet sich aus. Reinige ihn stattdessen, und das Dorf wird zur Gesundheit zurückkehren. Eine alte, einfache Weisheit, und eine, die Maena erneut um sich herum bewahrheitet sah: Die grässlichen Kreaturen veränderten sich, ihre zerfetzten formlosen Gestalten rundeten sich, wurden ganz, streckten sich Maena entgegen, nicht in Hass, nicht um zu fressen, sondern um zu teilen, zu umarmen, um das zu werden, was Tamas gewollt haben muss, was mit dem Verschwinden und Tod des Gottes zerbrochen sein muss.

Zeit hatte wenig Bedeutung an diesem Ort, aber als Maena ihre Augen aufschlug, als ihr Körper wieder ihr gehörte, seine Schmerzen und Qualen sie in die Realität zurückholten, sah die Rana-Kapitänin die Wolkenwesen durch die goldenen Blumen unter einem verbrannten Himmel treiben, glücklich und klar.

Und in ihrem Geist hallten nur ihre Gedanken wider, und ihre Gedanken allein.

40
FRAKTIONEN

Das Stupsen eines Ferrits war weder sanft noch zärtlich, aber Svarde spürte, wie sich seine toten Lippen zu einem vertrauten Grinsen verzogen. Dass sich diese Lippen überhaupt bewegen konnten, war ein Beweis für die Vis-Kraft, die seine Seele umgab und einen Körper zusammenhielt, der nicht sterben konnte und würde.

Der Sturz hallte in Blitzen wider, während Svarde in einem neuen Graben inmitten eines ansonsten angenehmen, mit Bäumen gesprenkelten Feldes lag. Svarde vermutete, dass sie irgendeine Art von Früchten trugen, aber da er weder seine Arme noch seine Beine oder seinen Kopf bewegen konnte, konnte er diesen Verdacht nicht bestätigen. Alles, was er tun konnte, war, die Klinge fest umklammert zu halten. Diese Anspannung war das Einzige, was er in den langen Stunden getan hatte, die von der Nacht übrig geblieben waren – eine Nacht, die in den Tag übergegangen, wieder zur Nacht geworden war und sich nun erneut der Morgendämmerung näherte.

Kivi hatte ihn erst vor kurzem gefunden, das Ferrit war

wie durch Zauberei über Svarde erschienen. Zunächst verstand Kivi nicht, und Svarde, dessen Kehle beim Einsturz zerquetscht worden sein musste, konnte keine Worte hervorbringen, um es zu erklären. Das Ferrit machte jedoch seine eigene Entdeckung, tastete Svardes zerschmetterten Körper ab und schnaubte vor Kummer, als es das brutale Ausmaß seiner Verletzungen erkannte.

Zumindest hielt der Fluch der Klinge, ihr Segen, den Schmerz auf Abstand. Durst und Hunger hatten keine Macht über ihn, und andere körperliche Bedürfnisse, die das tagelange Liegen im Dreck zu einer Katastrophe hätten machen können, waren längst aus Svardes Existenz verschwunden. Er lag da, spürte das Zucken, als sich Knochen neu formten, als Muskeln ihre Verbindungen reparierten, und beobachtete den Himmel.

Natürlich gab es Erinnerungen zu durchforsten, Ideen zu überdenken, Pläne zu schmieden. All das verkümmerte nach den ersten Stunden und ließ Svarde in einer angenehmen, tauben Leere inmitten des Drecks zurück. Abgesehen von Kivi zählten zu seinen Besuchern ein paar neugierige Vögel, drei Käfer und ein Ameisenschwarm, der versuchte, an seinen Augen zu knabbern, aber deren Bemühungen durch die Vis-Kraft in der Klinge vereitelt wurden. Alle waren inzwischen weitergezogen, und so trieb Svarde dahin, bis Kivis jüngstes Stupsen etwas Neues ankündigte.

»Du lebst?«, kam der schroffe, ungläubige Sarkasmus von Eujos Banditin Torny, die in sein Blickfeld trat.

Die Banditin bot auf den ersten Blick viel: Ihr letzter Tag war in einer blutigen Schlacht verbracht worden, nach den Schnitten und dem Schweiß auf ihrer Stirn zu urteilen. Ihre Haare hatten auch einen Schnitt abbekommen, ein Stück fehlte in der Nähe einer Wunde an ihrer Stirn. Zumindest schienen ihre Augen hell.

Nicht dass Svarde hätte antworten können.

Kivi schnaubte an seiner Stelle. Torny blickte zu dem Geschöpf und kniff dann die Augen zusammen, als sie Svarde betrachtete.

»Du siehst beschissen aus«, sagte Torny. »Als ob du tot sein solltest. Dein Ferrit scheint das anders zu sehen, und deine Augen bewegen sich, also nehme ich an, das bedeutet, du bist noch bei uns?«

Svarde blinzelte.

»Das nehme ich als ein Ja.« Torny blickte auf und weg, in Richtung des Ozeans. Svardes Füße zeigten zum Turm und dem Himmelspalast an seiner Spitze. »Hör zu. Es sieht nicht gut aus. Gladdring behauptet, Eujo hätte viele Kance-Soldaten abgeschlachtet. Dass sie versucht, uns an die Najahn zu verkaufen. Nicht jeder glaubt ihm, aber viele Leute sind im Moment sehr unzufrieden mit ihr.«

»Zum Glück bin ich großartig. Ich habe diese Briefe aufbewahrt, ziemlich schimmlig jetzt, aber gut genug, in denen stand, dass die alte Königsgarde den Befehl hatte, Eujo zu töten. Ich habe sie für Erpressung aufbewahrt, aber hey, die Umstände ändern sich. Das hat uns genug Sympathie eingebracht, um die Stadt zu spalten, aber Noctia ist wieder in Bewegung. Deshalb bin ich hier.« Torny runzelte erneut die Stirn. »Nun, wir hatten gehofft, du wärst, weißt du, beweglicher. Aber wir brauchen dich, um diese Noctia-Teufel zu überzeugen, sich uns anzuschließen.«

Svarde blinzelte erneut. Ein interessanter Gedanke.

»Der Deal, über den wir gesprochen haben, erinnerst du dich? Eujo kann Frieden mit Noctia schließen, aber wir müssen Gladdring vom Thron stoßen, um das zu tun. Da kommen deine Teufel ins Spiel. Sie werden die Soldaten brechen, die Gladdring noch treu sind, und schwups. Wir gewinnen. Ganz einfach.«

Nichts war einfach mit den Feuerwandlern, aber das konnte Torny nicht wissen. Die Banditin verweilte nicht lange bei diesem Thema und ging schnell zu einer Erzählung ihrer Flucht aus dem Thronsaal über, wie Eujo den Kance-Skar benutzte, um das Trio auf die darunter liegende Ebene zu schwingen und dabei ein weiteres Fenster zu zerschmettern. Von dort aus gab es eine wahnsinnige Hetzjagd zu den Treppen, wobei sie Gladdrings Befehl entkamen und in die Stadt flohen, wo offener Krieg herrschte - einer, den Svarde beenden könnte.

»Also, was denkst du? Kannst du es tun?«

Bei der Geschwindigkeit, mit der seine Muskeln heilten, war sich Svarde nicht sicher, ob er überhaupt würde aufstehen können-

»Hier. Ich leihe mir das von Eujo aus. Verlier es nicht.«

Der Schub kam schnell. Das Vis-Gemurmel in seinem Kopf verwandelte sich in ein Gespräch, wortlos und fantastisch. Knochen begannen sich zu füllen wie Ale, das in einen Krug gegossen wird, anstatt sich langsam zu verweben. Seine Hände und Füße zuckten, reagierten auf Svardes Bemühungen. Er wagte es, Atem zu holen, und die wilde Freude darüber, dass seine Kehle sich bewegte, war zugleich fremd und erstaunlich.

»Scheint zu funktionieren, oder?«, fragte Torny. »Wir dachten, ein weiterer Vis-Skar könnte helfen. Aber, weißt du, Eujo ist verwundbar, solange der hier ist, also ...«

Bis zum Mittagessen konnte Svarde stehen, obwohl er sich so schwer auf Torny stützte, dass die Banditin bei jedem Schritt ächzte. Mit Kivi an der Spitze schlängelten sich die beiden langsam durch die Bäume zur Grenze des Obstgartens, einem schmalen Holzzaun, der zu einem großen Steingebäude führte. Svarde vermutete, dass dort die Ernte verarbeitet wurde, bevor sie in die Städte der Insel rollte. Wie dieser Prozess genau ablief, war ein Geheimnis, das der Barbar nicht zu ergründen wünschte.

Eines, das er jedoch ergründen musste, war, wie er und Torny mit den Kance-Soldaten umgehen würden, die auf sie zumarschierten. Ein vollständiger Trupp, bewaffnet mit Rapieren und glitzernden Glasrüstungen, die Soldaten schienen nicht überrascht zu sein, einen gebrochenen Barbaren zu sehen, der sich auf die schlanke Banditin stützte. Tornys Dolche steckten in Hüftholstern, Svardes Klinge schleifte auf dem Boden, keiner von beiden war bereit, einen Angriff abzuwehren. Nur das Ferrit, das schnaubte und seine Dampfventile öffnete, zeigte eine Regung.

Doch Torny hörte nicht auf, Svarde mitzuziehen, verlangsamte nur, als die Soldaten nur noch wenige Schritte entfernt waren, ihre Reihen aufgestellt.

»Ist das der Wächter?«, fragte der Anführer des Trupps, dessen Rang durch blau getönte Spitzen an den Rändern seines glitzernden Helms gekennzeichnet war. »Er sieht wirklich so verwüstet aus, wie Ihr sagtet.«

Torny schnappte etwas, das Svarde nicht verstehen konnte, und schüttelte ihn von ihrer Schulter. Der Barbar taumelte, hielt sein loses Gleichgewicht gerade lange genug, bis der Truppführer rot anlief und zwei seiner Soldaten befahl, Svarde zu packen.

»Ich heiße Oppan«, sagte der Anführer, »und es ist meine Aufgabe, Sie durch die Stadt auf die andere Seite zu bringen. Sie haben uns keinen Gefallen damit getan, hier draußen zu landen, also wird es ein langer Marsch.«

Torny rieb sich die Schultern und sagte: »Ich muss zurück zu Eujo. Verlieren Sie diesen Skar nicht. Wir werden ihn zurückbrauchen.«

Svarde hielt den Stein in seiner rechten Hand, und er

hielt ihn weiter fest, während Oppans Trupp den Barbaren durch Seitenstraßen und Hinterwege führte, vorbei an den Geräuschen von Scharmützeln, klirrendem Metall und Rufen, sich zu ergeben, anzugreifen, zu schlachten. Rauch stieg auf, als Gebäude Feuer fingen. Mütter, Väter und Kinder flohen um sie herum und brachen in Panik aufs Land aus. In den wenigen Momenten, in denen Svarde einen Blick aufs Meer erhaschen konnte, schien der blaue Ozean übersät mit Schiffen, die Kance- und Noctia-Flaggen trugen und in einem tödlichen Tanz umeinander wirbelten.

Der Krieg also in vollem Gange, auf allen Seiten.

»Die Marine weiß es nicht«, sagte Oppan, als sie sich dem riesigen Hafen näherten, weg vom Himmelspalast. »Sie kämpfen gegen Noctia in dem Glauben, ein ganzes Kance stehe hinter ihnen.«

»Können sie die Feuer hier nicht sehen?«

»Aufständische. Unfälle. Oder vielleicht ist es ihnen einfach egal.« Oppans Ton trug eine gewisse Ehrfurcht. »Wir werden bis zum Ende für die Windinsel kämpfen, Wächter.«

»Dieses Ende könnte früher kommen, als Sie denken.«

Svardes raspelnde Sprache stockte, stoppte und startete, aber Oppan gab ihm Zeit zu sprechen. Die Soldaten des Truppenführers teilten die Disziplin des Mannes, behielten wachsame Augen und Waffen bereit, doch kein Kampf fand sie während ihres vorsichtigen Marsches.

»Eujo hat hier mehr Loyalität als im Palast«, sagte Oppan, als Svarde sich über die relative Ruhe wunderte. »Gladdrings verdrehte Worte reichen nicht so weit. Zumindest noch nicht.«

»Dann kann er nicht gewinnen.«

»Die Königin denkt, Gladdring wartet ab. Um mit Noctia zu verhandeln, nachdem Eujo tot ist, und sich seinen

Platz als Regent zu sichern.« Oppan runzelte die Stirn. »Das wird, um es gelinde auszudrücken, nicht passieren. Nicht mit Ihrer Hilfe.«

Die Nacht brach herein, eine brennende Dämmerung, als sie die nördlichen Ränder der Stadt erreichten. Derselbe Aussichtspunkt, an dem Svarde mit Olgata gestanden und seinen Ein-Mann-Angriff geplant hatte. Damals war er sich seines unbesiegbaren Weges so sicher gewesen. Und jetzt?

Jetzt konnte er alleine stehen, konnte die Spitze der Klinge bis zu seinen Knien heben, konnte aufblicken und die ersten Leuchtfeuer sehen, als die Feuerläufer ihre Infernos in seine Richtung marschierten. Svarde streckte seine linke Hand zu Oppan aus und ließ den Vis-Skar in die Handfläche des Mannes fallen.

»Bringen Sie das zu Ihrer Königin zurück«, sagte Svarde. »Wenn das hier schiefgeht, wird dieser Stein mich nicht retten. Aber er könnte sie noch retten.«

41

DAS VERSPRECHEN EINES HELDEN

Die Höhlenluft in der Kuppel fing Wax auf, als er fiel, und ließ ihn sanft hinter dem Dreiergespann der Unholde und ihrer Whent-Beute landen. Die beiden Krieger sahen Wax, Verwirrung zeichnete sich auf ihren grimmigen Gesichtern ab und alarmierte die Unholde, dass sich das Kräfteverhältnis geändert hatte. Das mittlere Monster wirbelte zu Wax herum, der scheinbar schutzlos vor der hundeähnlichen Kreatur stand.

Doch der Schein konnte trügen.

Wax begann, dem Foti-Skar seine Freiheit zu geben, der lange Abstieg des Tages machte es leicht, seine Deckung zu lockern. Der schwelende Hunger des Foti-Skars sprang nicht dazu, Wax' Befehl zu erfüllen: stattdessen antwortete ein anderes Skar, ein fremderes.

Noctia warf ihren unsichtbaren Einfluss aus, der sich für Wax anfühlte, als wären ihm drei kalte Fäden aus den Händen gewachsen. Diese dunklen Linien schossen auf die Unholde zu, umschlangen ihre Hälse und zogen sich fest. Die Monster, abgewürgt, wanden sich und husteten. Wax, wie betäubt, beobachtete, wie eine neue Energie in seinen Körper zurückströmte, als hätte er eine ganze Nacht in perfekter Ruhe geschlafen. Seine Muskelschmerzen verschwanden, der Druck hinter seinen Augen nach so vielen Stunden präziser Sprünge durch die Wunde verblasste, und Wax' knurrender Magen, ausgehungert nach mehreren Tagen mit kargen Mahlzeiten, fühlte sich gesättigt.

Die Unholde schwanden dahin.

Das wenige Fett, das die Monster hatten, schrumpfte, ihre Knochen drückten sich eng gegen ihre Haut. Die Augen wurden schmaler, die Münder schrumpften, die Zähne schwärzten sich und fielen aus. Anstatt zu knurren und zu beißen, gaben die Unholde ihren Kampf auf und brachen zusammen, still und tot binnen Sekunden.

Das Noctia-Skar schimmerte mit hinterhältiger Zufriedenheit in Wax' Geist, diese Tentakel verblassten und ließen Wax schwer atmend zurück, mit kühlem Schweiß auf gesunder Haut und festem Stand.

»Was zum Teufel war das?«, fragte der erste Krieger, während sein Partner die leblosen Unholde mit einer Axt überprüfte. »Und wer bist du?«

Wax hörte die Frage, aber seine Aufmerksamkeit richtete sich nach innen. Was genau hatte dieses Noctia-Skar getan? Alle anderen Steine zehrten an Wax' Willen, um ihre größten Effekte zu entfalten, aber hier, dies ... Konnte Wax all die Kraft, die er brauchte, von seinen Feinden abzapfen? Konnte er immer weitermachen, für immer, wie ein unaufhaltsamer-

»Hab dich was gefragt, Junge«, wiederholte der Whent-Krieger und stand vor Wax, seine zweischneidige Kampfaxt kampfbereit. »Weiß nicht, wo du hergekommen bist, und ich bin dankbar für das, was du mit diesen verdammten

Monstern gemacht hast, aber wir sind hier in einem Kampf. Muss wissen, auf welcher Seite du stehst?«

Wax grinste. Er fühlte sich so gut. Am besten seit Tagen, seit dem ersten Schluck Wein mit Catya. Er hatte zwölf Skars und ihre ungeahnte Macht.

»Ich bin der neue Aegis, und ich bin hier, um diesen Krieg zu beenden.«

Der Krieg lief allerdings nicht besonders gut. Die beiden Whent-Kämpfer eskortierten Wax durch den Ort, den sie Traumfeste nannten, obwohl seine Straßen in ständigen Kämpfen aufgerissen waren. Unholde kämpften gegen Whent-Krieger und, wenn verschiedene Monster aufeinandertrafen, gegeneinander. Gebäude, die vor Tagen noch stark gestanden hatten, waren jetzt Schutt, andere fielen gerade auseinander, als Wax und seine Eskorte vorbeigingen. Stärkere Beben setzten sich hier unten fort, wobei Whent-Linien versuchten, sich um verschiebendes, rutschendes Gestein zu halten.

»Es sind diese verdammten Tore«, sagte Jochi, der Whent-Anführer, nachdem Wax sich vorgestellt hatte. »Die Götter, oder vielleicht nur Noctia, haben Türen zu ihren alten Heimstätten offen gelassen, und jetzt fallen wir hinein.«

Jochi hatte ein Kommando in einem Tunnel von der Traumfeste aus eingerichtet, hinter einem besonders üblen Tor aus Knochen. Der Kriegsherr stand über einem massiven Steintisch, umgeben von einem Getümmel, mit Waffen und Rüstungen, die zu Kämpfern eilten und durch Verwundete ersetzt wurden. Jochi selbst hatte frisches Blut – allerdings blaues und schleimiges, das zu einem Unhold gehörte – auf seinem Leder, was auf Zeit an vorderster Front mit zwei vertrauten Äxten hindeutete.

»Dieser Pool schien sie in Schach zu halten«, fuhr Jochi

fort, seine Augen verfolgten den Tisch und die Figuren darauf, Steinscheiben zeigten, wo Whent-Kundschafter die wirbelnden Partikel vermuteten. »Wie, weiß ich nicht. Vielleicht Noctias Blut, aber das spielt jetzt keine Rolle mehr. Diese verdammte Explosion, was auch immer es war, hat alles zerstreut.«

Wax hörte nur zu. Jochi hatte das Erscheinen des Vis gelassen hingenommen, ohne das abendliche Briefing für mehrere Truppführer zu unterbrechen und ohne Wax einen Moment zum Reden zu geben. Das war in Ordnung, denn trotz Wax' Zuversicht war all der verrückte Unsinn, den er in den letzten Stunden gesehen hatte, verwirrend.

Die Wunde endete in einem Pool? Einem, gefüllt mit wirbelnden Toren, die anscheinend Portale zu den Heimstätten der Götter selbst waren? Demion und ihr Wächter hatten diesen Ort vor Jahrhunderten gefunden und versucht, ihn zu nutzen, um die Unholde abzuwehren, ein Versuch, der allmählich gescheitert war?

Wax würde nach all dem definitiv mehrere Biere brauchen.

»Diese Tore verschlingen alles, was hineinfällt«, fuhr Jochi fort. »Es ist eine Kette, und es lässt alle Unholde wissen, wo ihr Ausgang liegt. Sie strömen herein, und ich weiß nicht, wie wir sie aufhalten sollen.« Der Whent holte tief Luft, ließ seinen Blick über den Tisch schweifen. »Oder ob wir es überhaupt sollten. Diese Unholde fliehen vor dem sicheren Tod. Tun das Natürliche.«

»Es ist ihre Welt, die stirbt, nicht unsere«, kam eine Stimme von der anderen Seite des Tisches, ein weiterer blutbespritzter Krieger. »Nicht unsere Schuld. Und es ist ja nicht so, als kämen sie in Frieden.«

Jochi nickte: »Stimmt schon, aber wer weiß, wie viele Monster hinter diesen Partikeln warten. Götter sei Dank, dass das Rana-Tor mit einem dieser riesigen Seeungeheuer verstopft ist, und Kance und Vis haben sich so verknotet, dass all ihre Unholde nur gegeneinander kämpfen.« Jochi warf einen Blick auf Wax. »Du hast sie noch nicht kennengelernt, aber die Feuerwandler haben Foti vorerst versiegelt. Es ist nur Whent, das das Problem ist.«

»Vorerst«, schnaubte der gleiche Krieger von zuvor. »Diese Tore drehen sich die ganze Zeit. Gib ihnen eine Stunde und wir könnten es mit etwas Neuem zu tun bekommen.«

»Oder«, meldete sich eine Dritte zu Wort, eine spindeldürre Frau mit einer Karte in den Händen, die sie auf den Tisch legte, »wir verlieren dieses ganze Netzwerk. Nichts ist mehr stabil, Jochi. Wenn du nicht alles verlieren willst, sage ich, wir laufen.«

Der Kriegsherr schien bei diesen Worten um ein Jahrzehnt zu altern, aber er nickte und richtete seinen Blick wieder auf Wax.

»So, Aegis, das ist die Lage. Wenn wir fliehen, werden diese Tore weiterhin unseren Fels verschlingen. Sie werden Unholde ausspucken, bis sie leer sind. Dutzende, vielleicht Tausende dieser Monster. Im Moment kämpft Whent den Kampf ganz allein. Kannst du uns helfen?«

»Ich kann mehr als nur helfen«, sagte Wax und spürte, wie die Skars mit seinen Worten auflebten, ihr Vertrauen stärkte sein eigenes. »Haltet mich geschützt, und ich kann all das beenden. Ganz einfach.«

Jochi hob die Augenbrauen. »Entweder bist du der Held, nach dem wir gesucht haben, oder der dümmste Vis, dem ich je begegnet bin. Ich hoffe wirklich, du bist Ersteres.« Der Kriegsherr blickte wieder über den Tisch. »Bringt ihn zu den verwundbarsten Stellen und lasst uns sehen, was er kann.«

»Nein«, sagte Wax. »Ich bin nicht hier, um Unholde zu töten. Bringt mich zu den Toren. Wie du sagtest, wir können nicht gegen jede Kreatur kämpfen, die durchkommt. Die Götter haben diese Tore offen gelassen. Ich werde sie schließen.«

42

DIE VERTEIDIGUNG VON MOTTILAN

Ging Quik zu seinen frühesten Erinnerungen zurück, als er auf dem Schoß seines Vaters am knisternden Feuer saß, hörte er Jäger von ihrer Beute erzählen, von tagelangen Verfolgungsjagden auf Hanoko und andere Bestien bis zu ihren dunklen und furchteinflößenden Verstecken. Die Erzähler dieser Geschichten erreichten jedoch einen Punkt, an dem der Ernst in Lächeln umschlug, der Stoß eines Speers oder der Abschuss eines Pfeils signalisierte, dass der Sieg endlich errungen war. Ein Toast wurde erhoben, Holzbecher mit Pfirsichschnaps wurden in einer lachenden, glücklichen Stadt gereicht.

Diese Jäger sprachen nie vom Krieg, weil sie noch nie in einem gewesen waren. Vis selbst hatte solche Katastrophen so lange vermieden, wie Quik sich erinnern konnte, weil die anderen Inseln Vis als Kuriosität abtaten, als Handelspartner, den man am besten seinen eigenen schrulligen Gewohnheiten überließ.

Nicht länger, und all das nur, weil der Gott, der es

erschaffen hatte, dessen gefallener Körper der Legende nach den Boden bildete, in dem Quik jetzt kauerte, seinen Narben die Macht des Lebens verliehen hatte.

Farne und andere Sträucher tarnten Quiks gewählten Platz, gedrängt zwischen anderen Verteidigern. Einige waren Jäger aus Mottilan und Kitaye, die es von Raubzügen zurück geschafft hatten oder auf der Flucht aus Vis' anderen, überrannten Städten waren. Sie hielten Speere, ein paar hatten Bögen gespannt. Andere waren zu alt oder zu jung, um sich den eigentlichen Reihen anzuschließen, wurden aber trotzdem zum Schutz der noch Älteren, Jüngeren oder Gebrechlichen in den Kampf gerufen. Sie hielten, was sie benutzen konnten, von Blasrohren bis zu Grasmähklingen.

Keiner von ihnen sah so gebrechlich aus, wie ihre Waffen vermuten ließen, und Quik schöpfte Mut aus ihren klaren Augen und kräftigen Gestalten, so dünn oder faltig sie auch sein mochten.

Auf der anderen Seite der Straße, die mit laubbedeckten Gruben und schlammigen Trögen übersät war, um das Vorrücken zu einer gefährlichen Aufgabe zu machen, wartete ein Steinhaus. In seinen Mauern und durch seine quadratischen, grob behauenen Fenster zielend, waren Bogenschützen postiert. Hinter dem Gebäude lauernd, auf Quiks Pfiff wartend und bereit, zum Hinterhalt hervorzustürmen, standen Deshiva und einige der besten Speerwerfer, die Vis sein Eigen nennen konnte.

Die erste Linie und so ziemlich die einzige. Ein paar verstreute Gruppen warteten weiter unten auf der Klippe, und wenn Deshivas Plan, der auf Quiks Vorschlag basierte, aufging, würden die Streitkräfte von Mottilan schnell zuschlagen und fliehen, nur um in zufälligen Abständen den ganzen Klippenweg hinunter erneut anzugreifen.

Würde das die lila und schwarzen Najahn-Soldaten abschrecken, die in Achterreihen und vielen Reihen tief marschierten, mit Schilden und Hellebarden bereit?

Nein, aber es könnte sie lange genug aufhalten, damit die Evakuierung Mottilans abgeschlossen werden konnte.

Die Najahn marschierten mit zu viel Selbstvertrauen. Ihre Soldaten scherzten beim Gehen, ihre enge Formation stand im Widerspruch zu ihrer lockeren Haltung, ihrer Siegesgewissheit. Quik würde ihnen das Gegenteil beweisen, und dieser Beweis würde ... jetzt beginnen.

Der äußerste linke Najahn ging vorbei, gefolgt von der zweiten Reihe. Keiner von ihnen bemühte sich, genau in die Blätter zu schauen und die Tintentarnung zu durchdringen, die Quik und seine improvisierten Krieger verbarg.

Die dritte Reihe bekam keine Chance dazu.

Quik stieß einen Ruf aus. Ein lauter Schrei trug ihn in die Najahn, als er losstürmte, seine geflochtenen Schuhe gruben sich in den Dreck und trieben ihn an, seine Panzerhandschuhe waren in einem Überkopfschlag nach vorne gerichtet. Die Najahn-Schilde, nach vorne gerichtet, boten keinen Schutz, taten nichts, um die Seite des Soldaten zu schützen, als Quiks metallbeschlagene Krallen in die Naht am Hals des Soldaten eindrangen, ein Aufwärtshaken durchbohrte die Lücke unter der Schulter des Najahn. Ein Stich, ein Riss, ein Tritt, der den verwundeten, möglicherweise toten Najahn in seine eigenen Verbündeten stieß.

Der Jäger griff nicht allein an. Pfeile und Darts summten hinter und neben ihm her, viele prallten klappernd von der Najahn-Rüstung ab. Einige schlichen sich unter Helme oder in zugewandte Gesichter, doch selbst die Fehlschüsse bewirkten ein Zurückzucken, verwandelten Selbstsicherheit in Panik und gaben den vier Jägern, die mit Quik vorstürmten, Zeit für einen ungehinderten Schlag.

Aber fünf Kämpfer gegen vierzig war kein Kampf, der allein gewonnen werden konnte.

Quik brach nach links aus, schwang diese Krallen, um einen sich drehenden Najahn in die Seite zu treffen, und richtete die Schläge auf die schwächsten Stellen in der Rüstung. Rüstung, die Quik selbst getragen und in den Wochen, die er unter den Najahn in ihrer Heimat verbracht hatte, studiert hatte. Dieses Wissen zahlte sich aus, seine Panzerhandschuhe zerrissen Kettenglieder und fanden darunter Fleisch. Die anderen vier Jäger blieben dicht bei ihm, ihre Speere stachen zu, richteten weniger Schaden an und verzögerten mehr, als die Najahn sich drehten und ihre Formation auflösten, um sich dem Kampf zu stellen.

Und kehrten dem Steinhaus den Rücken zu.

Als Quik eine angreifende Hellebarde abwehrte und zurückwich, sah er zu viele Najahn-Soldaten, die ihn anstarrten, und fand seine Stimme wieder. Ein zweiter Ruf, eine zweite Salve. Hochgehobene Najahn-Schilde und Erwartungen bedeuteten, dass die Pfeile und Darts in Quiks Rücken wenig ausrichteten und in die Luft abprallten. Diejenigen, die schossen, würden in einem Moment weglaufen, durch Bäume und an Seilen hinunter zum nächsten Hinterhaltpunkt gleiten.

Die dahinter, Deshivas Gruppe, lösten ihre eigene Über-raschung aus. Mit Bögen, mit durchschlagskräftigeren Pfeilen und größerer Reichweite, ließen die Bogenschützen im Haus einen Angriff auf ungeschützte Rücken los. Die Najahn-Platten halfen, und Quik sah mehr als einen Pfeil von einem Helm in die Luft abprallen, aber Vis hatte seine Bogenschützen gut ausgebildet, da gutes Schießen mehr als nur ein Prahlrecht war: Es ernährte deine Familie, deinen Stamm.

Und diese Fertigkeit traf die Najahn in den Rücken, durchbohrte Hälse, Taillen, Beine. Soldaten schrien auf. Quik und sein Jägerquartett verlagerten sich nach links, die Straße hinunter, weniger auf Tötungen aus als auf Überleben. Die Hellebarden stachen zaghaft und verwirrt zu. Leicht abzuwehren, und Quik fand sich jenseits der Najahn-Linie wieder, seine Gruppe allein auf dem Erdweg.

Zu viel Erfolg.

Die Najahn teilten sich auf, die vorderen Reihen folgten den Rufen ihres Hauptmanns und stürmten auf das Steinhaus zu. Fünfzehn oder mehr Soldaten rannten mit erhobenen Schilden auf die Bogenschützen zu. Sie lösten sich ab und ließen Quik und seine Gruppe unbeschädigten hinteren Reihen gegenüberstehen, einige schleppten die Verwundeten weg, andere schritten zu Chakram-Würfen vor.

»Lauft!«, schrie Quik, ignorierte dann aber seinen eigenen Rat, um stattdessen rückwärts zu gehen, die Krallen erhoben.

Riesige, messerscharfe Scheiben, die Chakrams, kamen in Bögen angeflogen. Sie fingen die Sonne ein, als sie flogen, und blendend weiße Linien zischten auf Quik und die Jäger zu. Quik hatte gesehen, welchen Schaden diese Dinge auf Noctia anrichten konnten, und wich nach rechts aus, wobei er die Panzerhandschuhe hob, um sein Gesicht zu schützen. Eines traf ihn, ein großartiger Wurf, der Quiks rechten Handschuh durchschnitt, in die darunter liegende Hand biss und den Vis zu Boden schleuderte.

Als sein Kopf auf weiche Erde aufschlug, sah Quik, wie ein anderer Jäger ein Chakram in den Rücken bekam. Der Mann war zu langsam gewesen, um der Waffe zu entkommen. Die Scheibe trieb ihn zu Boden, wobei die sich drehende, gezackte Kante tief eindrang. Der Jäger zuckte einmal und blieb dann regungslos liegen.

Eine weitere Seele, die es zu rächen galt.

Quik ignorierte das Brennen an seiner Hand, benutzte seinen linken Handschuh, um das Chakram herauszuziehen. Die Scheibe und das ihr folgende Blut markierten den Weg, auf dem Quik Halt fand und losrannte, als die Najahn zu ihrer nächsten Waffe wechselten: Armbrüsten.

Auf offenem Feld würden die Chakrams mit ihrem Gewicht und Winkel die Verteidigung durchbrechen, Schilde zerschmettern und den Feind in die Enge treiben. Armbrüste und Bolzen würden folgen und das, was übrig blieb, für den letzten Schritt erweichen: einen Angriff mit Gleven. Eine einfache Strategie, die selten in Frage gestellt wurde für eine Truppe, die nur gegen Banditen und gelegentliche Kriegsherren mit zu viel Selbstvertrauen und zu wenig Verstand kämpfte.

Quik wusste nicht, ob er diesen Verstand besaß, aber er hatte genug von der Najahn-Technik gesehen, um zu wissen, dass ein Abhang diese Armbrüste außer Gefecht setzen würde. Die Bolzen konnten nicht so gut wie normale Pfeile kurven, so dass er und die drei überlebenden Jäger diesen gezielten Toden entkamen, indem sie die Klippe hinunter rannten, um bedeckte Gruben herumtanzten und hofften, hofften, dass die Najahn ihnen in siegreicher Wut folgen würden.

Zu seiner Rechten sah Quik den Hang der Stadt hinunter bis zu den Piers, den angedockten Fischerbooten und wenigen Frachtschiffen. Wie glücklich, dass dies Mottilan war, mit seetüchtigen Transportmitteln, und nicht Kitaye mit ihren gekräuselten Blättern, die nur zum Fischen taugten. Flucht war möglich, obwohl die Fracht und die Menschen, die sich den Pier hinunter schlängelten, deutlich machten, dass mehr Zeit benötigt wurde.

Zeit, die Quik und Deshiva nach besten Kräften zur Verfügung stellen würden.

Die Schlacht um Mottilan hatte begonnen.

43
ERLÖSUNG

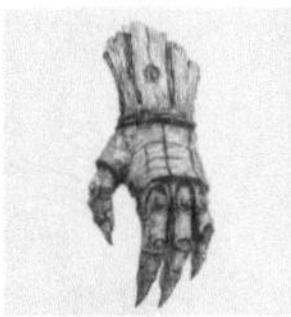

Erlösung war flüchtig.

Maena schleifte Haggerth, der durch die seelensaugenden Unholde das Bewusstsein verloren hatte, mit einer Hand, während sie sich mit der anderen an einem Wolkenwesen festhielt. Die Ekstase des flauschigen Unholds hielt Maenas Schmerzen fern, die Verbrennungen und Prellungen waren kein Gegner für den unerschütterlichen Mut. Die goldenen Blumen falteten sich vor ihren Schritten und boten eine glatte Oberfläche, um den Whent zu ziehen. Das Wolkenwesen hatte auch nichts dagegen einzuwenden und schwebte ohne jegliche Meinung mit.

Ihr Ziel erhob sich weiterhin vor ihr, hässlich und bröckelnd, selbst als es mit jeder verstreichenden Minute neue Brocken ansetzte. Das Tor zurück nach Hause, der einzige Ausweg aus dieser Falle.

Was ein reinigender, inspirierender Moment des Heldentums gewesen war, verwandelte sich in sicheren Untergang, als der verbrannte Himmel sich erneut verdunkelte. Als hätte Maena ein Leuchtfeuer entzündet, trieben mehr dunkle, verhüllte Unholde am Horizont heran. Die Wolkenwesen, die sie gereinigt hatte, begrüßten weitere, bernsteinfarbene Blitze zuckten über ihre Körper und kündigten eine unvermeidliche Veränderung an.

Ami hatte gesagt, dass die alten Welten der Götter im Sterben lagen, und Tamas war da keine Ausnahme. Sie hatte sogar erwähnt, dass die Feuerläufer Fotis Zerstörung mit ihren mächtigen Maschinen verlangsamt hatten. Maena hätte hier vielleicht das Gleiche getan, aber das Ende würde kommen.

Jetzt, da die Rana-Kapitänin ihren Körper zurück hatte, ihre Seele ganz war, hatte sie nicht vor, mit dieser blumenbedeckten Welt zu sterben.

Der Boden matschte unter ihren Füßen, die Überreste des Teichs quetschten bei jedem Schritt. Ami hatte nicht erwähnt, wie das Tor zurück aussehen würde, und es gab keinen Grund anzunehmen, dass die Türen in allen Welten gleich wären, also hielt Maena weiterhin Ausschau nach den Lichtpunkten. Keine erschienen.

Tamas würde seinen Ausgang nicht mit Lichtern kennzeichnen.

Fels und Stein würden jedoch dienen.

Maena verlagerte ihren Zug, trat vor Haggerths haarigen Schädel, als sie sich dem wachsenden Berg näherten. Felsbrocken, Erde und glitschiger Höhlenstein fielen jetzt um sie herum, stürzten vorbei und landeten mit knisternden Aufschlägen in den Blumen. Das Wolkenwesen versuchte nicht, dem Geröll auszuweichen, und Maena konnte sich und Haggerth nicht freihalten, während sie das freundliche Monster manövrierte, sodass der Unhold Teile von sich verlor, als Felsen in seinen Wattebauschkörper krachten. Die Ovale, die es als Beine benutzte, rissen in einer kleinen Lawine ab und verstreuten sich wie Blumensamen in der Luft hinter ihm. Sein rechter Arm, den Maena nicht festhielt, verschwand, als eine massive konische Platte abbrach und darauf fiel.

Doch trotz dieser Verluste reagierte das Wolkenwesen nicht. Maena hielt es näher, hielt es in der Luft, sein Gewicht war gering, und umarmte weiterhin den glückseligen Schutz, den es ihr bot. Konnte so etwas überhaupt Schmerz empfinden? Verstehen, was geschah?

Das Wolkenwesen hatte kein Gesicht, keine Augen, keine Ausdrücke. Es entzog sich jedoch nicht Maenas Griff, und in seiner kühlen Berührung hatte Maena einen Freund. Sie brauchte auch einen, denn jetzt, da sie den Rand des bröckelnden Berges erreicht hatten, erkannte Maena, wo das Tor lag.

Darunter. Bedeckt von fallendem Gestein. Der aufwallende Steinhaufen brach in sich zusammen, dehnte sich nach außen aus und bot keine Möglichkeiten zur Flucht. Zumindest keine, die Maena von ihrem Standort aus sehen konnte, während sie herabfallenden Steinen auswich und ihr Bestes tat, um Haggerth vor einem zerschmetternden Schicksal zu bewahren.

Sie hatten keine Schaufeln, und Maena hatte nicht die Energie, so viel Erde zu bewegen, selbst wenn sie welche gehabt hätten. Hinter ihnen verdunkelte sich der Himmel weiter, als mehr Unholde näher trieben. Unter ihnen verschwanden die goldenen Blumen, als mehr Wolkenwesen heranschwebten, offenbar Maena folgend, obwohl sie nicht sicher war, warum.

Weil sie ihnen geholfen hatte?

Maena schüttelte den Kopf. Ihnen vielleicht eine kurze Atempause verschafft, aber diese Welt zerbrach, und sie musste einen neuen Ausweg finden.

Ein weiterer Stein landete in ihrer Nähe, platschte in

den Teich, zerbrach zu ihren Füßen. Wasser kräuselte sich. Zertrampelte Blumen lagen um sie herum. Mehr Wolkenwesen kamen näher und flachten die goldenen Stängel weiter ab. Ein wogendes Meer aus Grau und Weiß, das sie beobachtete, wartete.

Vielleicht.

»Grabt«, krächzte Maena. »Grabt zusammen.«

Sie ließ Haggerths Hand los und tauchte ihren beschädigten Arm in das lose, aufgehäufte Gestein. Warf beiseite, was sie greifen konnte. Mehr sank nach, um den Platz zu füllen, aber Maena hörte nicht auf. Dass eine solche Tat unmöglich sein sollte, spielte keine Rolle, nicht wenn sie sich so gut fühlte, wenn jede Bewegung sich elektrisch anfühlte, wenn jedes Flüstern darüber, wie verdammt sie war, unter einer ekstatischen Lawine erstarb.

Dieses gleiche Selbstvertrauen hielt Maena am Graben, als die Wolkenwesen sie umringten, ihre bauchigen Gliedmaßen schaufelten Schutt mit einem Schwung nach dem anderen weg. Jeder glatte Schwung bewegte kleine Mengen, aber die freundlichen Unholde machten ihr geringes Gewicht durch ihre Anzahl wett. Sie bildeten Ketten, Gliedmaßen schwangen synchron, um Schutt immer weiter vom Berg wegzubewegen. Als Maena, ihre linke Hand blutig und mit Schmutz bedeckt, zurücktrat, nahmen mehr Wolkenwesen ihren Platz ein und griffen den Dreck mit stiller, einfacher Arbeit an.

Immer noch die beschädigte Wolke in ihrer rechten Hand haltend, setzte sich Maena neben Haggerth und beobachtete, wie die Wolkenwesen den Berg abtrugen. Felsen und Steine fielen, kleine Erdrutsche plätteten einige der Unholde, aber mehr schwebten heran, um deren Platz einzunehmen. Über ihnen verdunkelte sich der Himmel weiter, die zerfetzten Leeren beobachteten, warteten.

Nicht dass Maena besorgt war. Sie konnte es nicht sein. Stattdessen schöpfte Maena Wasser aus dem Teich und nippte daran, goss etwas aus einer hohlen Hand in Haggerths Mund. Sie brach Blätter von den goldenen Blumen ab und kaute darauf, fand in ihrem Geschmack eine angenehme Nussigkeit. Würde eine der beiden Substanzen sie töten, Maena krank und ruiniert zurücklassen?

Niemals, sagte der lächelnde Nervenkitzel, der durch ihre Berührung mit dem Wolkenwesen strömte. Niemals würde Maena wieder Schmerz fühlen, solange sie den Unhold weiter festhielt.

Die Zeit wirbelte. Maena war möglicherweise eingeschlafen, umgeben von den Wolkenwesen, aber das Geräusch, das sie weckte, war wie immer hier eines der Hoffnung. Die Unholde, die aufeinandergestapelt weit den Berg hinauf gegraben hatten, hatten das lose Gestein die andere Seite hinuntergestürzt. Jetzt wichen sie zurück und purzelten in hüpfender, Kopf-über-Beine-Manier auf den nassen Boden.

Maena stand auf, ergriff wieder Haggerths Hand und stapfte durch die starrenden, stillen Wolkenwesen, um ihren Sieg zu bezeugen.

Der Berg war zu groß, um ihn ganz zu räumen, zumindest bisher, aber die Unholde hatten eine Kante freigelegt, die von diesen funkelnden Partikeln markiert war. Gerade groß genug, um hindurchzuschlüpfen. Das rostige Wasser dort erschien tiefblau, und Maena konnte nicht erkennen, was auf der anderen Seite lag, aber das war eine Chance, die sie ergreifen würde.

Würde, sagte ihre funkelnde Seele, überleben.

»Danke«, sagte Maena und schenkte den Wolkenwesen ein leichtes Lächeln, alles, was ihre verbrannte und vernarbte Haut zustande bringen konnte.

Dann, immer noch Haggerth in der einen Hand haltend und das Wolkenwesen und sein Glück in der anderen, trat Maena hindurch.

Die Rana-Kapitänin landete in einem schmalen Höhlenteich, einem Ort, der nur für einen Moment fremd wirkte, bis Erfahrung Maena sagte, dass der Fels um sie herum, wie der Berg in Tamas' Welt, eine vorübergehende Sache war. Tamas-Partikel in ihrem bernsteinfarbenen Glanz kreisten in Höhe ihrer Taille und verschwanden in der Geröllwand zu Maenas Linken, wobei die Barriere für die Götterfunken kein Hindernis darstellte. Sie betrachtete dies ohne Schmerz, ohne Sorge, denn neben ihr, auf dem Wasser zu ihrer Rechten ruhend, schaukelte das Wolkenwesen.

Sie lächelte es an. Das Wesen hatte sie gerettet, ebenso wie seine Freunde. Maena spürte ein Gewicht an ihrer linken Hand und zog Haggerths schlaffe Gestalt hinter sich her. Das Wasser hielt die Last des Whent niedrig, und nach wenigen Schritten hatte sie die provisorische Höhle verlassen und befand sich auf dem schrägen grauen Hang der großen Kammer, dem Ziel von Maenas Bomben.

Anstelle eines aufgefüllten Endes mit jenen Toren, die von endlosen Tonnen Erde zerquetscht worden waren, sah Maena zerklüftete Berge, zerbrochene Höhlen und plätscherndes Chaos. Der Teich war mit den herabstürzenden Steinen angestiegen, viele brachen immer noch ab und fielen von oben herab. Auch Unholde platschten frei, stiegen in verwirrtem Wahnsinn aus den Tiefen auf, nur um einander in plötzlichem Kampf zu begegnen. Die Rana-Kapitänin blickte zum Whent-Tunnel, dem Abgrund, den sie benutzt hatten, um mit den Feuerwandlern zu sprechen, und sah, dass er jetzt auf gleicher Höhe mit der Teichoberfläche lag, die Höhle dahinter aufgefüllt. Sie sah auch, dass er Schauplatz eines erbitterten Kampfes zwischen Feuerwandlern und anderen Unholden war. Maena erschauderte angesichts der Gewalt. Sie sollte verängstigt sein, aber das würde Haggerth nicht helfen. Der Mann brauchte medizinische Versorgung, und Maena ebenso.

Eine weitere Lücke im Felsen lag vor ihr und zu ihrer Linken. Sie hätte sie vielleicht übersehen, wäre da nicht eine seltsame Ansammlung von Unholden gewesen, eine mit langen Beinen und schmalen Schnäbeln, die durch das Loch huschten. Eine Option, wenn keine andere existierte. Sie machte ein paar Schritte, spürte neue Wellen, die sanft gegen ihre Beine schlugen und drehte sich um.

Was sie sah, ließ Maenas gedehntes Lächeln wachsen. Ihre neuen Freunde kamen, und das Glück, das sie mitbringen würden, nun, die Whent sahen aus, als könnten sie es gebrauchen.

44
KRIEGSRAT

Das wandelnde Inferno hinter ihr passte zu Amis Haar, wenn auch nicht zu ihrem Gesicht. Svarde konnte sich vorstellen, dass seine Freundin und Mitbeschützerin sich ähnlich fühlte, als sie auf ihn zuging, mitten auf einer verlassenen Straße. Von mehr als nur dem Alter gezeichnet, war es ein wiederholtes Wunder, dass sie beide noch lebten. In Svardes Fall war es sogar buchstäblich so, und diese Verbindung brachte sie in einer Umarmung zusammen, die von Svardes Klinge und der goldenen Maske auf Amis Wange gebeugt wurde.

Die Feuerwandler hielten respektvollen Abstand. Über Amis Schulter sah Svarde neue Schattierungen, Teile von Kance-Dächern, die von behelfsmäßigen Stangen in die Höhe gehoben wurden. Der Tag drohte keinen Regen, aber wenn ein paar verirrte Tropfen permanenten Schaden anrichten konnten, würde Svarde die Abdeckung wohl auch ständig oben lassen.

»Wie findest du unsere neuen Werkzeuge?«, fragte Ami und trat mit einem müden Lächeln zurück. »Unsere Whent-Freunde haben sie schnell entworfen, aber es hat ein paar Tage gedauert, sie zu bauen. Ganz zu schweigen davon, diese Typen zu überzeugen.«

»Aber es hat funktioniert.«

»Ich glaube, sie haben erkannt, dass sie hier immer noch ein Zuhause brauchen. Auf den Inseln. Das ist ein starker Motivator.«

»Fast so gut wie eine Klinge im Rücken.«

Ami folgte Svardes Blick auf das schwarze Schwert. »Du hältst es immer noch, aber ich habe das Gefühl, du übergibst uns nicht die Stadt?«

Svarde schüttelte den Kopf. »Kance hat größere Probleme als die Noctia. Gladdring hält den Himmelspalast.«

Der Barbar lachte, als Amis Augen sich weiteten, und lachte erneut, als er Ami von seinem Deal mit Eujo erzählte.

»Du schließt Abkommen mit einer Königin, die kaum alt genug ist, um ihr Bier zu halten«, sagte Ami. »Fassle wird nicht erfreut sein.«

»Der Kreis kann sich eine Voulge in den Hintern schieben, soweit es mich betrifft«, grummelte Svarde zurück. »Sie ist schlau und hat nichts von dem hirnlosen Ehrgeiz dieser Bastarde. Wenn wir Gladdring rausbekommen, wird sie ihren Teil erfüllen.«

»Also marschieren wir mit den Feuerwandlern zum Himmelspalast und lassen sie Gladdring verscheuchen?«

Svarde blickte wieder an Ami vorbei zu diesen stehenden infernalischen Reihen. Was würde von der Stadt übrig bleiben, wenn diese Monster hindurchliefen?

»Dann wäre ich nicht mehr lange Königin, so viel steht fest«, sagte Eujo in dieser Nacht, nahe dem Hafen. Svarde und Ami hatten beschlossen, allein zurückzukehren, während die Feuerwandler in nahegelegenen Höhlen Unterschlupf fanden, alten, längst verlassenen Himmelsdiamantengruben. »Wer würde schon einer Königin folgen, die zugelassen hat, dass ihr Zuhause niedergebrannt wird?«

»Ich würde«, sagte der Neuankömmling in der Runde, ein Kance-Assassine namens Livier, der kaum stehen konnte. Der Mann lehnte sich auf einen Stab, der eine Laternenreihe über Tischen emporhob, die für fröhlichere Zeiten aufgestellt worden waren, jetzt aber verstaubt waren, da das Restaurant, zu dem sie gehörten, geschlossen blieb. »Ich würde Euch folgen, und ich würde Euch beraten, und ich würde hoffen, dass wir gemeinsam unser Zuhause retten könnten, nachdem die Feuer erloschen sind.«

Der Abend war seidig geworden, ein feiner Nebel sickerte herein und bestätigte Amis Entscheidung, die Feuerwandler nördlich der Stadt verborgen zu halten. Svarde hatte sie in diese Richtung gedrängt, eine Verzögerung von Fassles Krieg, um Eujos Partnerschaft zu erkaufen. Vielleicht ein Zugeständnis an eine freundlichere Vorstellung von den Inseln als eine, die auf Eroberung und Skar-Macht aufgebaut war.

Eine, die Svarde sich leisten konnte, als unsterbliches Wesen.

Livier war nicht so unsterblich und hatte, wie Eujo erklärte, schreckliche Wunden davongetragen, als er die Königin auf See vor den Händen der Najahn bewahrte. Derselbe Überfall auf dem Ozean, der Wax hatte entkommen lassen und das Schiff der Königin so schwer beschädigt hatte, dass sie gezwungen war, nach Kance zu fliehen. Während sie auf einem anderen Schiff fliehen könnte, wie eine Ratte, die in der Nacht davonhuscht, schien Eujos Schicksal an ihre Insel gebunden zu sein. Livier, der nun Eujos Vis-Skar umklammerte und erklärte, warum es nicht leicht gewesen war, sich von dem Ding zu trennen, hielt seine freie Hand nahe an einem Rapier, obwohl er so gebrechlich aussah, dass der leichteste Zusammenstoß ihn ins Jenseits befördern würde.

»Ein schönes Gefühl, aber keines, das das Leben deiner Leute retten wird«, sagte Ami und lehnte sich in dem robusten Metallstuhl zurück. Die ganze Terrasse sah aus, als wäre sie sowohl für den Außenbereich als auch für die Prügel gebaut, die betrunkene Matrosen allem in ihrer unmittelbaren Reichweite zufügen konnten. Der Eiswein, ein Getränk, das Svarde trank, ohne es zu schmecken, passte nicht zum Ambiente, aber wenn man in Kance war, trank man eben wie die Königin. »Du hast deinen Thron an einen machthungrigen Manipulator verloren, und du musst ihn schnell zurückbekommen.«

»Ich nehme an, du hast einen neuen Grund, abgesehen vom Offensichtlichen?«

»Gladdring wird begreifen, wenn er es nicht schon getan hat, dass es keinen Sieg gegen dich gibt. Entweder du findest genug Kance-Soldaten, die bereit sind, ihr Leben wegzuwerfen, wir setzen meine Feuerwandler ein, oder du hungerst ihn einfach da oben aus.« Ami verschränkte die Arme und grinste. »Er wird ohne Hilfe sterben, und es gibt nur einen Ort, der ihm helfen kann.«

»Du denkst, Noctia wird es tun?«, sagte Torny, der Bandit-Beschützer, mit einem Lachen. »Gladdring hat Fassle hintergangen. Und Yarvick, wenn du wirklich glaubst, dass sie zusammenarbeiten. Keine Chance, dass sie auf ihn hören würden.«

Svarde jedoch verstand, worauf Ami hinauswollte.

»Es läuft alles auf die Skars hinaus«, sagte der Barbar. »Sobald sie die Steine von Gladdring haben, was kümmern sich Fassle und Yarvick dann noch um diese Insel? Und im Moment hat Gladdring die Skars.«

»Okay«, sagte Eujo, »nehmen wir an, Gladdring kommt

zu demselben Schluss. Dass er einen Spion, einen Gleiter oder irgendeinen Weg hat, den wir nicht kennen, um Nachrichten nach und von Noctia zu schicken. Sie stimmen zu, und dann ... Sind wir wieder genau hier? Eine Noctia-Flotte, die nicht an unserer vorbeikommt.«

»Und eine ganze Armee von Feuerwandlern, die du nicht besiegen kannst, direkt vor deiner Haustür«, erinnerte Ami.

»Eine Armee, die du befehligst.«

»Solange Fassle und Jochi mich lassen. Wenn sie mir befehlen, diese Unholde hier einmarschieren zu lassen und euch zu ruinieren, werden sie mich in dem Moment absetzen, in dem ich es nicht tue.« Amis kecke Fassade verfiel zu einer nach unten gezogenen Mundwinkel. »So gern ich auch glauben möchte, dass die Feuerläufer auf mich hören würden, sie werden für denjenigen kämpfen, der ihnen ein Zuhause gibt.«

»Dann sind wir wieder bei eins«, sagte Livier. »Gladdring muss weg. Ich würde ihn selbst töten, aber leider.«

»Ja, leider«, sagte Torny. »Du hättest nicht den Helden auf der *Storm's Edge* spielen müssen. Ich hätt' sie gehabt.«

»Deine kleinen Messer haben nicht mal einen Kratzer in ihrer Rüstung hinterlassen.«

»Aufhören, aufhören«, unterbrach Eujo. »Wir haben diesen Kampf schon oft genug durchgekaut. Trinkt noch etwas Wein und konzentriert euch auf das Wesentliche. Wie wir in den Himmelspalast kommen.« Sie blickte sich um, sah keine drohenden Unterbrechungen und hellte auf. »Nun, einige von euch wissen, dass ich hier früher ein paar Taschen geleert habe. Den einen oder anderen Schatz mitgehen lassen. Das bedeutet, ungesehen ein- und auszugehen, wo die guten Sachen sind.«

»Wir wissen alle, was ein Dieb tut«, sagte Ami.

»Unterbrich die Königin nicht, wenn sie den besten Beruf der Inseln beschreibt«, schnauzte Torny. »Ich hab auch nichts zu deinem breiten Grinsen gesagt, als du von diesen Feuerläufern erzählt hast.«

»Jedenfalls«, sagte Eujo und kam Amis brodelnder Erwiderung zuvor. »Ich sage, es gibt mehrere Möglichkeiten, wie wir in den Himmelspalast kommen können.«

»Mehrere?«, fragte Svarde. »Mehr als einen geheimen Weg?«

»Ein Dieb muss mindestens drei haben«, sagte Torny. »Alles darunter, und du wirst garantiert erwischt.«

Eujo lächelte, »Die Banditin hat Recht. Wenn sie nichts repariert haben, habe ich vier.«

»Also ist es dann ein Attentat«, sagte der Attentäter. »Es läuft immer auf ein Messer in den Hals hinaus.«

Torny rümpfte die Nase, »Immer? Mensch. Was für ein Leben du geführt hast.«

»Für mich hat es sich recht gut ausgezahlt, für viele andere recht schlecht.«

Die Banditin verdrehte die Augen. Eujo hustete und zog die Aufmerksamkeit wieder auf sich. Hinter der Königin schlugen die Wellen des Hafens gegen das steinerne Gebäude am Kai, während mehrere Kance-Schiffe in den Hafen einfuhren, um die Besatzung zu wechseln und Vorräte aufzuladen. Trotz der Art von Bürgerkrieg schien Kance im Großen und Ganzen unbeeindruckt. Als ob der Feind im Inneren ausgemerzt werden sollte, ohne dem Feind außerhalb etwas zu zeigen.

»Wenn wir uns alle einig sind«, sagte Eujo, zu Nicken rund um den Tisch, »hier ist, wie ich denke, dass wir es machen können. Ein Tag, um Materialien zu sammeln, uns in Position zu bringen. Morgen Nacht dann nehmen wir Gladdring schnell gefangen. Zu schnell, als dass Hilfe eintreffen oder Deals geschlossen werden könnten.« Sie ließ ihre eisigen Augen um den Tisch wandern, und Svarde sah wieder, dass Eujo die Rolle verkörperte. »Gladdring darf nicht entkommen. Zumindest nicht mit den Skars. Lebendig und in Ketten oder tot.« Eine Sekunde, um sich zu sammeln, um den Befehl zu geben, von dem Svarde erkannte, dass er schwer gewesen sein musste. »Wenn ihr die Wahl habt, ist tot besser. Wir wissen, wozu dieser Mann fähig ist, und ich werde keine Risiken eingehen.«

Svarde bot an, einfach die zentrale Treppe hinaufzugehen, mit Kivi hinter sich hertrottend und alle Angreifer niederzumetzeln, um Gladdring ins Freie zu locken. Eujo lehnte dieses Angebot ab, mit der Begründung, dass diejenigen, die Svarde niedermetzeln würde, alle ihre Soldaten seien, wenn auch von Gladdrings Tamas-Skars verdreht.

Mit den Steinen umzugehen war jedoch Svardes Hauptaufgabe, und deshalb hatte er sich am nächsten Morgen früh zum südlichen Ende des Himmelspalastes begeben, nicht weit von dem Feld entfernt, in das er hineingestürzt war. Kance, die Windinsel, hatte überall Hitzequellen verstreut, und mit einem geeigneten Gleiter konnte man diese Geysire nutzen, um ordentlich Auftrieb zu bekommen. Svarde würde mit Ami an seiner Seite direkt in Gladdrings Rachen fliegen.

Gemeinsam würden die beiden Wächter so viel von Gladdrings Aufmerksamkeit auf sich ziehen wie möglich, seine Energie erschöpfen und-

»Keine Sorge, Svarde«, sagte Ami, während sie ihn in seinen gepanzerten Gleiter schnallte, das klobige Gerät schwer, als sie inmitten gemähten Grases nahe einem breiten, schäumenden Blasloch standen. Schwefelgeruch erfüllte die Luft, und mehrere schlaksige Piloten beobachteten ihre Bemühungen und riefen hier und da Vorschläge.

»Wenn Gladdring versucht, dich wieder aus einem Fenster springen zu lassen, werde ich dir die Sinne zurückschlagen.«

»Ich glaube, das würdest du sowieso tun.«

»Es ist schon eine Weile her, seit ich etwas geschlagen habe.« Ami klopfte auf die Klinge an ihrer Hüfte, nachdem sie den letzten Gurt festgezogen hatte. Die Waffe würde in einer Minute ihren Weg in das Staufach ihres Gleiters finden. »Zum Glück wird es dort, wo wir hingehen, wohl keinen Mangel an Blut zum Vergießen geben.«

45
MONSTER UND TOTE MÄNNER

Der Heldenmut blieb bei Wax, während Jochi eine Eskorte zusammenstellte. Obwohl der Vis keine wirkliche Ahnung hatte, was er tun würde – Catya hatte vorgeschlagen, die Skars zusammenarbeiten zu lassen, also war das vorerst sein Plan –, führte der klarste Weg zur zerfallenden Poolkammer, wo all diese Göttertore sich drehten. Sie sehen, die Skars Wax anleiten lassen, diese Türen zu schließen, und mit sicheren Sieben Inseln davongehen.

Einfach.

Außer, dass laut Jochi eine Flut von Ungeheuern zwischen hier und der Höhle wartete, die Wax besuchen musste. Seine Whent-Kriegergruppen wurden Tag und Nacht von endlosen Dämoneneinbrüchen bedrängt, viele kamen ohne Vorwarnung und mit neuen Kreaturen. Taktiken mussten spontan entwickelt werden, um mit tentakeligen Schrecken, Rudeln hundeähnlicher Raubtiere oder seltsamen fließenden Schleimmassen fertig zu werden. Wax erkannte Letzteres von seinem Abenteuer auf Rana wieder und wollte gerade eine feurige Lösung vorschlagen, bevor Jochi abwinkte und erklärte, sie hätten das eine in Stücke geschlagen und würden es beim nächsten Mal wieder tun.

Bis die Whent vor Erschöpfung zusammenbrachen.

»Deshalb hoffe ich, dass du recht hast«, sagte der Kriegsherr, als sie sich am Eingang von Traumfeste versammelten. »Ich habe den Ruf ausgesandt, alle Seelen, die wir von der Oberfläche hierher schleppen können. Ich bitte die anderen Kriegsherren, mir jede kampffähige Person aus den Gruben zu geben, ihnen eine Axt anzubieten und eine Chance, ihre Freiheit zu gewinnen.« Der Mann nickte voraus auf die breiten Straßen, die jetzt voll waren mit Militärzügen, die Waffen herein und Verwundete oder Schlimmeres, Krieger, hinausbrachten. »Wenn das so weitergeht, glaube ich nicht, dass wir lange genug durchhalten, bis sie eintreffen.«

»Sie kommen immer weiter?«, fragte Wax, als die letzten ihrer Eskorte, ein Paar, das Verbände und Salben zusätzlich zu ihren Armbrüsten und eisernen Keulen trug, eintrafen. »Man sollte meinen, den Dämonen gingen irgendwann aus.«

Jochi hob einen Finger und der Marsch begann vorwärts, durch diese Knochentore. Kämpfer und Helfer, die nicht zu ihrer dreißigköpfigen Gruppe gehörten, strömten um sie herum, ducken sich in steinerne Gassen oder in Häuser, die mit Whent-Kriegsfarben verziert waren. Einige hoben Äxte und Schwerter zum Gruß. Die meisten hielten ihre Augen gesenkt, humpelten vor Verletzung oder Erschöpfung.

Der dritte Tag des ununterbrochenen Kampfes forderte seinen Tribut.

»Ich glaube, sie werden kanalisiert«, sagte Jochi. »Wenn diese Welten sterben, ein Satz, von dem ich nie gedacht hätte, dass ich ihn sagen würde, bis ich hier herunterkam, wo nichts irgendeinen verdammten Sinn ergibt, dann fliehen diese Monster vor dem sicheren Tod. Es könnten tausend Dämonen in jedem dieser Orte sein, vielleicht zehntausend. Eine Million. Alle kommen direkt auf uns zu.«

Ein paar Feuerwandler, Dämonen ohne sinnlose Zerstörung als Standardmodus, könnten auf einer Insel Platz finden. Millionen nicht. Auch wenn Wax' Vis-Erbe, seine Kindheit in Harmonie mit den Hanoko, den Dschungelkreaturen, dem Leben, das seine Insel bot, und der Respekt, den es im Gegenzug verdiente, den Vis dazu drängte, nach Wegen zu suchen, das Leben zu schonen, konnte er keine einfache Antwort finden.

Jede Karte, jede weite Reise von den Inseln fand nur endloses Meer, bis die Entdecker, hungernd und den Tod in grauen Gewässern fürchtend, umgekehrt waren. Die letzte große Expedition war laut den Vis-Ältesten vor Jahrzehnten gewesen, die diese unmöglichen Missionen als Beweis dafür nutzten, dass man sich um die Inseln kümmern musste.

Es gab keinen anderen Ort, an den man gehen konnte. Weder für Menschen noch für Dämonen.

Die Luft wechselte von geschmiedetem Metall zu einem anderen Beigeschmack: dem salzigen Schweiß des Blutes. Geheul, sowohl von Kampfschreien als auch von tödlichen Wunden, hallte von verlassenen Gebäuden wider. Wax bemerkte Leichen, einige lange verrottet und kaum mehr als Knochen, die entlang der Straßenseiten aufgestapelt waren. Einige hatten jetzt frische Ergänzungen, Verluste an die Dämonen ohne Zeit, sie für eine Beerdigung oder Feuerbestattung wegzubringen. Der Verkehr wurde dünner, als sie an Hilfsstationen vorbeikamen, Befestigungen, die in

Eile errichtet wurden, während Ingenieure Ziegel, umgestürzte Karren und alles andere, was sie greifen konnten, aufstapelten, um die Straßen in Engpässe zu verwandeln.

Trotz all seiner düsteren Worte machte Jochi Pläne, die Stadt zu halten. Die Dämonen lange genug aufzuhalten, um ...

»Ihr könntet einfach wegrennen«, sagte Wax, als sie sich der Frontlinie näherten. »Das Dunkle Unten ist riesig. Lasst die Dämonen hier unten gegeneinander kämpfen und wir räumen auf, was an die Oberfläche kommt.«

Der Kriegsherr grunzte: »Das haben wir jahrhundertelang getan, Wax. Die Aegis brennt sie aus, wir hacken die wenigen nieder, die durchschlüpfen, außer dass das jetzt nicht mehr so gut funktioniert, oder? Mit all diesen Dämonen werden wir alle paar Wochen Aegisse verbrauchen. Das wird nicht funktionieren.«

Wax widersprach nicht; die nüchterne Einschätzung des Kriegsherrn, nach mehreren anderen, ließ Wax' Selbstvertrauen um eine Stufe sinken. Trotz all der Skars, die in seinem Kopf summten, war dies hier ein echter Krieg. Genauso gefährlich wie die Angriffe auf Whent, Foti und in den Meeren um Kance, aber ohne sein Überleben als einziges Ziel. Wax sollte für etwas Größeres kämpfen, kühner und mutiger sein, aber vielleicht, vielleicht war dies größer, als er bestimmt war.

Vor ihnen ragte die Whent-Linie auf. Äxte und Armbrüste, verbogene Helme und zerschlagene Kettenhemden. Pelze und Wildheit, während Kämpfer ihre Plätze miteinander tauschten, sich ausruhten und wieder in die Linie einreihten. Jochi hatte seine Soldaten in robusten Reihen aufgestellt, die vorderste in steinernen Whent-Schildkrötenpanzern, mit beweglicheren Kriegern, die durch die Risse schlüpften, um mit einer Axt zu schwingen, einen Speer zu stoßen oder eine Armbrust auf das abzufeuern, was dahinter lag. Der Tod überquerte eine Allee, eine enge zwischen mehreren blutbespritzten Gebäuden. Kisten und Leichen stopften die Gassen dazwischen und schufen einen verheerenden Trichter.

»Eine Welle der Hunde jetzt«, knackte ein Kommandant, als Jochi ihre Truppe ein paar Schritte hinter der Linie verlangsamte. »Die sind einfach genug. Ihre Körper werden uns auch eine Verschnaufpause erkaufen.«

»Wieso das?«, fragte Jochi.

»Weil die nächsten Dämonen sie fressen werden, deshalb. Sie nehmen ihr Mittagessen, bevor sie es mit uns aufnehmen. Dann wird die Welle danach die kauenden Dämonen angreifen. Es ist eine gute Wendung, wenn wir diese verdammten Hunde sehen.«

Jochi warf einen Blick auf Wax. »Dann ist das unsere Gelegenheit. Sobald diese erledigt sind, stoßen wir vor. Verschaffen unseren Truppen eine Pause und dir einen Blick aus der Nähe.« Der Whent-Kommandant folgte Jochis Blick, hob eine Augenbraue zu Wax, nur damit Jochi erklärte: »Dieser Junge ist unsere nächste große Hoffnung. Er wird uns entweder alle retten oder beweisen, dass wir nicht hier unten bleiben können.«

Der Kommandant nickte. »Solange du das eine oder andere tust, Junge, bin ich zufrieden. Mach nur schnell.«

»Das ist der Plan«, sagte Jochi und pfiff dann, woraufhin das Getümmel der Unholde abflaute. »Wir brechen jetzt auf! Kämpft klug. Ihr habt Verbündete, also nutzt sie. Wenn wir als Einheit arbeiten, kommen wir lebend zurück.«

Was Jochi nicht sagte und Wax nicht zu ergänzen versuchte, war, ob ihre Mission überhaupt einen verdammten Wert haben würde.

Die Reihen der Schildkröten teilten sich mit einem Seufzen, die Soldaten in ihrer schweren Rüstung waren erleichtert, endlich eine Lücke zu finden. Wax, der hinter Jochi und mehreren Whent-Kriegern in schwerem Leder - die steinernen Rüstungen wären für einen solchen Vorstoß zu langsam gewesen - ging, sah, was dahinter lag, und spürte, wie sich sein Magen hob. Er war nicht der Einzige, und mehrere machten deutlich, dass sie ihre eigenen Reaktionen nicht unterdrücken konnten.

Der Najahn-Angriff auf das Foti-Banditenlager war das einzige Mal gewesen, dass Wax die Folgen einer echten Schlacht gesehen hatte, und die Gewalt dort hatte ihn wochenlang in seinen Träumen verfolgt. Dies übertraf die von Schwertern zerteilten Körper am Strand in einem Augenblick, mit dampfenden, blutenden, zerbrochenen Haufen aus Knochen, Haut und Schlimmerem, die dort lagen, wo ihre Besitzer gestorben waren. Einige Unholde zuckten noch, ohne dass eine Gnade des Tötens kam, während erschöpfte Whent-Soldaten sich um ihre eigenen Bedürfnisse kümmerten.

Jochis Trupp bot diesen Monstern ebenfalls keinen Trost, wobei die vorderen sechs jeden Unhold-Körper hackten und beiseite schoben, der zu groß war, um ihn zu umgehen. In den ersten Schritten jenseits der Whent-Linie setzten sich die Schrecken fort, bevor sie schnell zu Blutflecken und verspritzten Erinnerungen verblassten. Der Grund dafür war klar genug, als Jochis Team auf ihre ersten Unholde stieß, die sich von den letzten Überresten früherer Monster ernährten.

Kleinere hundeähnliche Kreaturen mit rötlichen Mähnen und goldenen Augen. Die Kreaturen blickten von ihrem blutroten Festmahl auf, als sich Jochis Linie näherte. Sie wandten sich zur Flucht, nur um zu hören, wie

Armbrüste von beiden Seiten abgefeuert wurden. Bolzen schossen hervor, trieben die Unholde zu Boden, und Jochis Krieger teilten sich auf, um die Arbeit zu beenden, bevor einer der Unholde wieder auf die Beine kommen konnte.

»Sie liefen weg, warum?«, fragte Wax, während Jochi den Marsch nicht unterbrach.

Diejenigen, die den Todesstoß versetzten, rissen die Bolzen heraus, eilten zurück in Position, die nasse Munition wurde den Bogenschützen zurückgegeben.

»Weil ein Unhold in der einen Minute verschwinden und in der nächsten aus den Schatten angreifen könnte«, antwortete Jochi. »Dies ist keine Gnadenmission, Wax. Dies ist ein Todesmarsch, und alles, was wir sehen, wird eine Axt oder einen Bolzen verdienen.« Der Kriegsherr warf, ohne anzuhalten, einen scharfen Blick zurück auf den Vis. »Und wenn wir die Kammer erreichen, hoffe ich, dass du ihnen das letzte Messer ins Herz stößt. Um unser aller willen, Wax.«

46
FACKELN UND FALLEN

Quik rollte in die dritte Deckung, wobei sich Dreck in die Schnitte an seiner linken Seite grub. Diese Glefe hatte ihre Spuren hinterlassen, auch wenn ihr Besitzer sein Leben verloren hatte. Um den Jäger herum fällte der graue, windige Tag ein passendes Urteil: kalt und niedergeschlagen. Dass nur drei andere aus der zweiten Deckung zu ihm stießen, die über Fallen sprangen, um Bäume herum und über stachelige Rasenflächen vor den vorrückenden Najahn flohen, verstärkte den bedrückenden Mantel: Sie verloren. Eine schreckliche Last, selbst wenn es erwartet worden war.

Der Jäger warf einen Blick aufs Meer hinaus. Die Evakuierung hätte jetzt beendet sein sollen, der Ozean voller Hoffnung, während Fischerboote und Frachtschiffe die Familien und Ältesten von Vis zur letzten Bastion auf Kance brachten. Stattdessen stieg Rauch zwischen den Wellen auf. Vis-Schiffe drängten sich nahe am Dock, wo der flachere Tiefgang die größeren Najahn-Klipper davon abhielt, so nah und tödlich heranzukommen.

In ihrer Wut waren sie um die Nordseite von Vis herum

geschwärmt, schwarze und violette Flaggen flatternd. Der Angriff, der auf den Karten vorhergesagt worden war, die Quik gefunden hatte, einer, dem eine Kance-Marine, die irgendwie zu sehr mit ihren eigenen Gewässern beschäftigt war, nicht entgegengetreten war.

Narro hatte sein Versprechen nicht erfüllt, war Vis nicht zu Hilfe gekommen. Die Insel stand allein.

Seine Handschuhe, deren Metallspitzen nun eine Mischung aus rotem Blut und schwarzem Dreck waren, griffen in den Boden und stemmten Quik hoch, obwohl der Jäger in der Hocke blieb, als er zur linken Seite der Klippe ausbrach, in die schmale, baumbestandene Deckung vor dem steilen Abgrund – nicht mehr weit jetzt – zum zentralen Platz von Mottilan. Inmitten der Farne und Büsche fand er die wenigen Jäger, die Alten und Jungen, wie sie mit blutenden Fingern Pfeile in Blasrohre stopften, Speere für den nächsten Vorstoß säuberten oder ins Nichts starrten, der Moment raubte ihnen den Verstand.

Er musste etwas sagen, musste sie für den nächsten Widerstand wachrütteln. Zwei weitere Deckungen warteten nach dieser, Fallencluster, die die Najahn aufhalten würden, selbst wenn nur eine Seele übrig bliebe, um sie zu bedienen. Quik holte tief Luft, öffnete den Mund –

»Vis«, kam der eiserne Ton, hart wie der Tod selbst, wie Deshiva es immer war. Die Jagdmeisterin ließ sich von oben in das Dickicht fallen, ein wilder Schwung, von dem Quik erkannte, dass er von der Klippenwand ganz auf der anderen Seite der Straße, durch den Hof und das brennende Haus dahinter begonnen haben musste. »Die Schlacht geht weiter, aber unsere Strategie muss sich ändern.«

Deshiva trug genauso viele Wunden wie jeder von ihnen, und ihr Speer hatte nur noch eine einzige blauweiße Feder an seinem zerschundenen Schaft, aber sie stand so unzerbrechlich da wie eh und je. Als sie sich auf den Boden fallen ließ, während sie sprach, heilte Deshiva ihre Seelen mit einem langen Blick über das Gesicht jedes einzelnen Verteidigers.

»Ihr habt die Najahn aufgehalten, wie wir es brauchten, aber nur zu Land. Unser Feind kommt auch vom Meer, also müssen wir sie auch dort bekämpfen.« Deshiva konzentrierte sich jetzt auf die Bogenschützen, ihre Pfeile. Die zahlreichste Gruppe, diejenigen, die als erste zur nächsten Falle aufbrachen. »Alle von euch, die einen Bogen schießen können, kommen mit mir. Wir machen uns auf den Weg zu den Schiffen, um zu verzögern, zu zerstören und die Najahn ihre Verfolgung überdenken zu lassen.« Sie zögerte, fand Quik, seine Handschuhe. »Der Rest von euch besetzt die Deckungen. Haltet sie in Schach.«

»Ohne die Bogenschützen sind wir tot«, sagte ein älterer Jäger, der am Boden saß und einen Blätterumschlag auf einen Schnitt an seinem rechten Bein drückte.

»Dann werdet ihr einen ruhmreichen Tod sterben«, sagte Deshiva und hob ihren Speer an ihre Schläfe, mit beidem dem Jäger zunickend. »Ich salutiere vor eurem Mut, Jäger, und Vis sieht euer Opfer. Macht es seiner Achtung würdig.«

Ohne auf weiteren Widerspruch zu warten, legte Deshiva zwei Finger an den Mund und pfiff. Ein hoher Ruf, einer, der eine Jagd begann, und die Bogenschützen sprangen auf das Signal hin auf. So schnell, wie sie erschienen war, stürzte Deshiva die Klippe hinunter, sprang von Baum zu Liane, ihre Anhänger kletterten ihr in ungeordneten Reihen hinterher.

Oben an der Klippe bebte der Boden. Schwere Stiefel

näherten sich, gleichmäßig und unaufhaltsam in ihrem Vormarsch.

Zehn. Zehn Jäger waren im Dickicht geblieben, und Quik ertappte sich dabei, wie er bei dem Wort die Stirn runzelte. Vielleicht einer von ihnen qualifizierte sich hier als Jäger im klassischen Vis-Sinne. Drei waren zerfranst und älter, aus Hainen und einsamen Leben im Einklang mit dem Dschungel zurückgerufen, um ihre Heimat zu verteidigen. Die anderen fünf hatten Glück, wenn sie mehr als ein Dutzend Sommer gesehen hatten, ihr Mut bewies sich dadurch, dass sie hier standen.

Nicht mehr.

»Geht«, sagte Quik zu den Jüngeren. »Folgt Deshiva und brecht am Strand nach Norden aus. Findet Sawi an der Höhle und geht mit ihrer Gruppe.«

Als derselbe, der Deshivas Befehl als Todesurteil bezeichnet hatte, wieder zu sprechen begann, zerschmetterte Quik das Argument auf die gleiche Weise.

»Vis sind seine Menschen, kein Ort«, sagte Quik und erkannte, während er sprach, dass die Worte aus den Najahn-Geschichten stammten, die er während seiner Wochen auf der Insel lernen musste. Ursprünglich aus einer letzten Rede gegen einen Dämonenüberfall, fand Quik, dass dies eine würdige Umwidmung war. »Tragt Mottilan mit euch und geht.«

Derselbe Jäger schien zu erkennen, dass Argumentieren sowohl unmöglich als auch nicht hilfreich war, und erhob sich stattdessen zu einem wackeligen Stand. Ein anderer Jüngerer nahm den Arm seines Freundes, und zusammen mit den anderen dreien brachen sie zu den langen Bäumen und Lianen auf, die einen Fluchtweg boten. Bevor sie sprangen, wandte der verwundete Jäger seinen Kopf zum trüben Himmel und stieß einen wilden Schrei aus.

Quik und seine verbliebenen, zerschlagenen fünf echoten den Klang.

»Und nun, da du die Jugend verjagt hast, wie würdest du uns sterben lassen?«, fragte eine ältere Frau, die drei Blasrohre um ihren Hals geschlungen hatte. Ein Pfeilbandelier hing quer über ihrer Schulter, jeder Pfeil in ein lähmendes Gift getaucht. »Ein glorreicher Angriff gegen die Najahn? Ein langsames Dahinsiechen, während sie schneiden und stechen?«

Der Vis-Jäger antwortete zunächst nicht. Stattdessen wandte sich Quik wieder der Straße zu. Die Najahn hatten sich verlangsamt, als der Angriff andauerte, da sie sich um ihre Verwundeten kümmern und die heimtückischen Fallen umgehen mussten. Sie waren noch nicht über den nächsten Hang erschienen, und dieser Freiraum gab Quik Zeit, einen Plan zu schmieden.

»Dort«, sagte der Jäger und nickte die Klippe hinauf, wo schwarzer Rauch von brennenden Häusern aufstieg. Laternen, Fackeln, sei es absichtlich oder im Chaos der Schlacht, hatten Nahrung gefunden. »Das ist unsere Antwort.«

Quik schickte die beiden fähigsten Jäger den Hang hinunter, um Fackeln zu finden, während er seine Kampfhandschuhe benutzte, um die Büsche, Gräser, Farne und kleinen Bäume zu zerschlagen und über die Straße zu werfen. Das Gestrüpp, das bereits die Fallen bedeckte, würde ebenso dienen. Die Kampfhandschuhe waren keine Äxte, aber sie kratzten und schleuderten gut genug, während die letzten beiden Jäger das sammelten, was Quik gedroschen hatte, und es entlang der Straße verteilten.

Würde es lange genug brennen, um die Najahn aufzuhalten? Allein nicht, aber wenn Quik ein großes genug Feuer entfachen könnte?

Die Najahn erreichten den Kamm, als die zwei Jäger mit

ihren Fackeln zurückgerannt kamen. Schilde hoch, Voulgen heraus, ihre Reihen neu formiert, nachdem sie die Fallgruben passiert hatten, bewegten sich die Najahn mit bedächtiger Geschwindigkeit, ein Tempo, das sich mit einem Ruf verlangsamte, als sie Quik allein in der Mitte der Straße stehen sahen. Gestrüpp bedeckte den Boden zu seinen Füßen, beide Kampfhandschuhe hingen an seinen Händen an seiner Taille.

Quik knurrte die purpur-schwarzen Krieger an, während der ältere Jäger flüsterte, dass die Fackeln angekommen seien.

Jetzt begann die Show.

»Für Mottilan! Für Vis!«, brüllte Quik und hob seine Kampfhandschuhe in einem zweikralligen Ruf zum Himmel.

Als er das tat, warfen die Jäger beide Fackeln, die Flammen wirbelten in der Nachmittagsbrise. Sie landeten nahe Quiks Füßen und fanden ein freundliches Zuhause. Funken und Rauch brachen aus, das trockene Gestrüpp, das die Fallen bedeckte, bot genug Zündstoff, um den spuckenden grünen Blättern, Stöcken und Ästen eine Chance zu geben.

Die Najahn teilten sich auf, mehrere Chakram- und Armbrustschützen traten vor die Voulgen, um einfache Schüsse abzugeben. Quik bot ein leichtes Ziel, Rauch hin oder her, wie er da in der Mitte der Straße stand. Also machte er einen einzigen Schritt zurück und verschwand.

Hätte er die Kampfhandschuhe nicht benutzt, um sich und Sawi an der Seite der Großen Sana festzuhalten, hätte Quik nicht versucht, in die Fallgrube zu springen. Stattdessen ließ die triumphierende Geste den Jäger die Kampfhandschuhe dorthin bringen, wo er sie brauchte, wo ihre Metallspitzen sich in die Erde gruben und Quiks Fall stoppten. Bolzen und ein einzelnes Chakram flogen über ihn hinweg, wirbelten Staub auf und zogen Linien in die Straße. Keiner traf ihn.

Abzuwarten, während der Rauch zunahm, erschien als verlockende Idee, außer dass die Najahn bereits genug Vis-Fallgruben gesehen hatten, um zu erraten, dass Quiks Verschwinden keine übernatürliche Fähigkeit war. Also zog Quik sich nahe dem brennenden Geröll hoch und stieß sich in Richtung der anderen Jäger ab. Hinter ihm nahmen die Najahn ihren Marsch wieder auf.

Quik, fast kriechend, zögerte. Er blickte zurück auf die gepanzerte Kolonne und schätzte ihre Geschwindigkeit ein.

Zu schnell. Das Feuer würde keine Zeit haben, sich auszubreiten. Auch würden seine Jäger keine Zeit haben, den Rest der Brände zu entzünden, Mottilan in das vernarbende Inferno zu verwandeln, das es sein musste, um genug Zeit zu erkaufen.

Deshiva hatte sie gebeten, Vis einen ruhmreichen Tod zu geben. Quik hatte Wax einen Eid geschworen, seinem Bruder Zeit zu erkaufen. Was hatte Gladdring gesagt, dass sein Bruder auf dem Weg nach Kance sei? Eine Insel, die von den Najahn belagert wurde?

Wenn er ihnen hier Schaden zufügte, könnte Quik Wax vielleicht noch helfen. Nicht so, wie der Jäger es wollte, vielleicht, aber wie die Götter es verlangten.

»Ich habe dir gesagt, Bruder, ich würde dich nie im Stich lassen«, murmelte Quik und wandte sich nicht nach links, die Straße hinunter zur Stadt, sondern nach rechts, zu einer mit Gestrüpp und Steinen übersäten Klippe.

Bald würde Vis einen weiteren würdigen Sohn willkommen heißen.

47
DIEBE DER FREUDE

Als idyllischer Spaziergang ließ das Stolpern durch eine felsige, raue abfallende Höhle viel zu wünschen übrig. Maena bemerkte es jedoch nicht, ihr Geist war so glücklich in eine wunderschöne Aura gehüllt, dank ihrer rechten Hand und deren unzerbrechlichem Griff um das weiche, heitere Wesen neben ihr.

Die Wolkenkreatur hatte ihr perfektes Aussehen nach dem Durchqueren des Tores nicht beibehalten, ihr weißgraues, flauschiges Fell war mit Schlamm und Staub bespritzt und hatte einige fehlende Stücke durch herabfallende Höhlentrümmer. Ein Blick zurück würde bestätigen, dass die mäandrierende Masse, die ihnen folgte, ähnliche Schicksale erlitten hatte, aber die mundlosen, wortlosen Bündel der Glückseligkeit beschwerten sich nicht. Sie wackelten hinter Maena her, folgten Haggerth, während sie den bewusstlosen Mann hinter sich herzog.

Vor ihnen löste sich der eingestürzte Fels, der die Tamas-Teilchen und ihr Tor schützte, durch bröckelnde Fragmente auf. Die verbliebenen langen Platten, die den anfänglichen Sturz überlebt hatten, verdreht und glitzernd mit freiliegenden Mineralien, zerbrachen, während der Boden weiter bebte. Einige dieser Stücke würden wahrscheinlich zurück durch das Tor fallen und die dahinter wartenden verhüllten Schrecken zermalmen.

Wenn Maena besonders Glück hatte, würden Gestein und Schlamm das Tor vielleicht ganz versiegeln und diese Dinge in ihrer sterbenden Welt einschließen.

Und angesichts ihres guten Gefühls, warum nicht auch noch Glück mit ins Spiel bringen?

Nicht einmal der Anblick jenseits der schützenden Platten konnte Maena aus ihrer Euphorie reißen: ihr gewählter Pfad entlang der äußeren Kammerwand setzte sich mit gelegentlichen Einsturznarben fort, Linien, über die sie würde klettern müssen, aber nicht unmöglich. Nein, was mehr Besorgnis hervorgerufen hätte, wenn Maena dazu in der Lage gewesen wäre, war das schiere Chaos, das beim südlichen Ausgang der Kammer wartete, jenem, der früher zurück zu den Höhlen und der Whent-Festung führte.

Dieser Tunnel war verschwunden. Blockiert durch herabgefallenen Schutt und, wenn Maena richtig sah, hastig mit Whent-Mörtel verschlossen. Einige Überreste des Lagers der Feuerläufer waren noch zu sehen, ihre sickernden Maschinen und wassertauchenden Kugeln ansonsten zu verbogenen und zerbrochenen Stücken zerquetscht. Stattdessen befand sich der Ausgang der Kammer viel näher an Maenas eigener Position, ein grober, länglicher Eingang, der ins Dunkel führte.

Direkt, wenn Maena ihre Geographie richtig im Kopf hatte, nach Traumfeste.

Das Loch, nicht viel größer als der Höhlenausgang, aus dem sie gerade gekrabbelt war, war nicht leer und wartete auf Maenas Trupp. Es wimmelte von Unholden. Kreaturen, die Maena nicht benennen konnte, die flatternden, vogelartigen Monstern mit zuckenden Klauen als Beine ähnelten, drängten sich in die Lücke und was auch immer dahinter lag. Dutzende, Hunderte von Körpern lagen am Rand des Beckens unter dem Loch, ein Zeichen dafür, dass Unhold gegen Unhold kämpfte.

Als Option schien es eine schlechte Wahl zu sein, und selbst in ihrem euphorischen Selbstvertrauen sah sich Maena nach einer besseren Möglichkeit um. Es bot sich keine: Die Überquerung der Kammer in die Dunkelheit - tatsächlich kam das einzige Licht der Kammer von den Überresten der Feuerläufer, die sich in der Nähe des geflickten Höhlengangs verschanzt hatten, ihr Glühen flackerte durch die Kammer und tauchte alles in Orange und Gelb - bot nichts außer einem dunklen Ertrinken oder Zerquetschtwerden durch Felsen als Belohnung. Hinter Maena warteten das Tamas-Tor und eine Schuttwand.

»Also gehen wir weiter«, sagte Maena, sowohl zu Haggerth als auch zur Wolkenkreatur.

Keiner von beiden hatte etwas dagegen einzuwenden.

Der Weg war weder schnell noch angenehm. Maenas Hunger und Durst griffen ihr Wohlbefinden an, Blitze brachen durch, um zu verkünden, dass ihr verwüsteter Körper nicht mehr lange durchhalten würde, aber diese Zuckungen waren wie das Stolpern und Fallen über die Steine, während sie gingen: vorübergehend, lästig, ignoriert.

Ihr langsames Vorankommen hatte einen Vorteil: Als sie das Loch erreichten, hatten sich alle Unholde hindurchgedrängt. Keiner hatte ihren Platz eingenommen, obwohl das schäumende Wasser zu Maenas Rechten darauf hindeutete, dass noch viele kommen würden. Eine Chance also, es hindurchzuschaffen.

Was Traumfeste, Jochi und alle anderen tun würden, wenn Maena an der Spitze einer Unhold-Armada hereinkäme, einer schönen, die mit jeder Berührung Glück brachte, war ein Problem, über das sich die Rana-Kapitänin entschied, sich keine Gedanken zu machen.

»Dann gleich hier durch«, sagte Maena, ihre rissige Stimme kaum mehr als ein Röcheln.

Haggerth stöhnte, möglicherweise als Antwort, möglicherweise als Folge der schrecklichen Dinge, die seinen Körper quälten.

Die Wolkenkreaturen wackelten schweigend.

Maena, die ihre Knie gegen den Felsen stemmte, damit sie aufsteigen konnte, ohne den Griff an Haggerth oder der Wolkenkreatur zu lösen, blickte zur Öffnung hinauf. Nicht nur ein Loch, groß genug, um große Monster durchzulassen, und durch die tobenden Eintritte noch größer gebrochen, wie die abgebrochenen Steinstücke, die gekratzten Husten und runden Lücken zeigten. Doch trotz seiner Größe fand Maena ihren Weg versperrt.

Die vogelartigen Unholde kamen zurück.

Kreischend in wässriger Panik rasten die Monster in die Lücke, stürmten auf Maena zu. Die Rana-Kapitänin zog sich und die Wolkenkreatur zurück, fiel über Haggerth und kauerte sich eng zusammen. Die herannahenden Unholde ergossen sich um sie herum, fluteten ins Wasser, bis sie Kontakt mit den Wolkenkreaturen fanden. Trotz einiger weißer, flauschiger Teilchen, die in die Luft geworfen wurden, verstummten die hektischen Geräusche, sanken zu nichts weiter als trockenen Seufzern herab.

Maena setzte sich auf und sah warum: Die Wolkenkreaturen hatten die Unholde in ihrer freundlichen Falle gefangen. Die Vogelunholde, die die Wolkenkreaturen berührt hatten, standen still, ihre Augen halb geschlossen, zerfetzte, stumpfe Flügelspitzen berührten die Wolken-kreaturen. Die wippenden Tamas-Schöpfungen trieben ihrerseits weiter aus der Höhle vorwärts, schwebten um die vogelartigen Unholde herum und umhüllten die Bestien in der besten Falle, die Maena sich vorstellen konnte.

Sie lächelte. Hier war eine Lösung. Wenn diese Wolken-kreaturen gezähmt werden könnten, nun, niemand müsste je wieder einen Unhold fürchten. Tamas könnte sich als Gegenmittel erweisen, die Antwort auf die kommende Katastrophe der Inseln.

Denn, das erkannte Maena, die Bombardierung der Tore war gescheitert. Unholde kamen immer noch herein. Aber ein Held gibt nicht auf, nur weil seine Ideen nicht aufgehen. Sie versuchen es weiter, bis sie Erfolg haben, und Maena würde jetzt nicht aufhören. Ihre Schulden waren noch offen.

Sie wandte sich wieder der Öffnung zu und begann erneut zu klettern, nur um festzustellen, dass das Loch mit neuen Körpern gefüllt war. Diesmal keine Unholde, keine unbekannten Gliedmaßen oder sabbernde, fangzähnige Münder. Stattdessen blickte Maena in ein bärtiges, bluti-ges, wütendes Gesicht, das sie nur zu gut kannte.

»Rana«, hauchte Jochi, seine Äxte gezogen, die Augen verengt. »Von all den Leuten, die ich hier unten zu finden erwartete, warum überrascht es mich nicht, dass du es bist?«

Maena zeigte ein flüchtiges Lächeln und wollte gerade antworten, als ein Krieger in Jochis Nähe fluchte und mit seiner Klinge hinter sie deutete. Die Rana-Kapitänin ließ Haggerths Hand los, drehte sich um und sah Tamas' andere Seite: Jene seelensaugenden dunklen Geister flossen aus der eingestürzten Seitenhöhle und rafften die Wolkenkreaturen und die vogelähnlichen Unholde auf ihrem Weg mit. Eine grimmige Welle, die auf sie zurollte.

Diesmal hielt der Blitz, der Maenas Glückseligkeit durchbrach, länger an und hatte Hitze. Sie schluckte und blickte zurück zu Jochi.

»Steinbeißer, wir müssen rennen.«

48
FLUGPLAN

Nach einem Leben und Tod voller erschütternder, spannender Momente, fand Svarde die atemlosen Sekunden, nachdem der Geysir seinen Gleiter in den Himmel katapultiert hatte, ganz oben auf seiner Liste. Festgeschnallt, die Anweisungen einer Lehrerin wiederholend, die aussah, als wäre sie gerade aus dem Bett gefallen, konnte Svarde nicht widerstehen, in ein heiseres Heulen auszubrechen, als die Landschaft unter ihm zurückwich. Die sengende Luft erhitzte die Schutzpolster unter seinem Körper, während sie die dünne Leinwand über ihm aufblähte, die Svarde vertical drehen wollte und nur durch sein eigenes Körpergewicht und sein unerbittliches Vornüberlehnen daran gehindert wurde.

Ein Tanz, den er fortsetzen musste, bis der Gleiter hoch genug war, um Svarde in den Hinterhalt der Morgendämmerung gleiten zu lassen.

Sein Ziel, die Turmspitze des Himmelspalastes, stieß nach oben, kletterte in seinem mit Balkonen gespickten Stein empor. Glaskammern übersäten hier und da die Seiten des Berges, seltsame Auswüchse, die Gäste beeindrucken sollten, indem sie ihnen erlaubten, schwebend in der Luft zu schlafen. Svarde bereitete einigen ein erschrockenes Erwachen, als er aufstieg, das gezackte Dreieck seines Gleiters unterbrach, was sonst ein wunderschöner Sonnenaufgang gewesen wäre.

Andererseits tat Svarde ihnen einen Gefallen: Jetzt aufzuwachen könnte ihnen eine Chance geben, vor der Schlacht zu fliehen.

Die Kraft des Geysirs ließ nach zu wenigen Momenten nach und überließ Kances allgegenwärtigem Wind die Führung. Der Gleiter zitterte, die Leinwand knallte, als sie sich ihrem neuen Führer anpasste. Svarde hielt sich mit der rechten Hand an der Stange fest, die linke am Griff der Klinge, obwohl die Gurte um seine Beine und Brust Griffstärke zu einer unnötigen Hilfe machten. All dieser Schutz würde eine Kampflandung knifflig machen, obwohl die Lehrerin vorschlug, dass ein kräftiger Ruck die festgezurrten Seile lösen würde.

Etwas, das Svarde bald auf die Probe stellen würde. Der Barbar wendete seinen Gleiter nach Osten, lehnte sich gemäß der schnellen Anweisung der Lehrerin. Eine gemächliche Wendung, die dazu gedacht war, ein paar Minuten zu vertrödeln, bis Ami den nächsten Ausbruch des Geysirs erwischen und sich ihm hier oben anschließen konnte. Das langsame Umherwandern breitete Kance unter Svarde aus, seine Berge und ihre gewundenen Pässe setzten sich nach Osten fort. Grüne Felder, die die ersten Pflanzungen des Frühlings trugen, erstreckten sich über geriffelte Plateaus. Andere Gleiter segelten bereits in diese Richtung, wenn auch nicht zum Sightseeing: Svarde sah, wie die Reiter Säcke über diesen Feldern leerten, eine schnellere Art zu düngen, zu pflanzen, besonders für eine Insel, der es an Whents Pflugbestien mangelte.

Der Anblick brachte einen seltsamen Anflug von Stolz auf die Inseln als Ganzes mit sich, dieses Land, dem sich Svarde mehrfach verschrieben hatte, es zu verteidigen. Nicht immer auf die beste Art, nicht immer mit den richtigen Methoden, aber er hatte es versucht, und diese Inseln mit ihren klugen Menschen, ihren von den Göttern hinterlassenen Wundern, verdienten es, dass man für sie kämpfte.

Seine Partnerin in so vielen dieser Kämpfe schwebte mit einem leisen Zischen herauf, ihr Gleiter in gelblich-brauner Farbe im Gegensatz zu Svardes sanftem Grün. Ami folgte nicht Svardes nachdenklicher Schleife, sondern steuerte stattdessen hart nach Norden in Richtung des Himmelspalastes. Sie hatte Svarde in der Höhe geschlagen, opferte diesen Vorteil aber für Geschwindigkeit und raste schreiend auf einen Balkon zu, den sie als Ziel ausgewählt hatte.

Sie hatten keine Karten, keine Diagramme, keine wirkliche Vorstellung davon, wie hoch der Geysir sie treiben konnte. Was die Strategie anging, sollten die beiden in den Himmelspalast krachen und sich so schnell wie möglich zu Gladdring durchkämpfen, wobei sie auf dem Weg so wenig Kance-Soldaten wie möglich töten sollten.

Der erste Teil würde einfach genug sein. Der zweite?

Der Balkon kam ihnen freundlich entgegen, ein weißes Steingeländer, gespickt mit jungen Topfpflanzen, deren Blütenknospen gerade erst zu sehen waren. Eine wunderschöne Terrasse und eine, die viel zu klein für ihre Gleiter war. Svarde dachte daran, genau das zu rufen, aber was hätte es für einen Sinn gehabt?

Dies war keine reibungslose Operation, sondern eine grobe. Ami griff nach oben, als ihr Gleiter heranschoss, zog an einem Seil, das den Gleiter zur Aufbewahrung verengte und den Leinwandflügel zu einer Linie zusammenzog. Sie stürzte, prallte von den Steinen ab und krachte in den Raum dahinter. Die verglasten Holztüren zerbarsten, der gehärtete Glasrahmen des Gleiters zersplitterte in Millionen von Funken, und Svarde sah nicht mehr, als Amis Landung im Schatten des Raumes verschwand.

Ein schrecklich aussehender Vorgang, und einer, den Svarde gleich wiederholen würde.

Der Barbar murmelte ein Foti-Gebet, griff nach demselben Straffungsseil, das Ami gezogen hatte, als der Balkon heranraste. Er zog, der Flügel schnappte zu, und Svarde fiel ... Zu schnell.

Was Steingeländer betraf, zählte die makellose, weiß getünchte Barriere des Balkons zu den schöneren. Kleine Windböen waren in ihrer Länge eingemeißelt, so dass ein Blick darauf einen entlang einer fortlaufenden Brandung von einem Ende zum anderen führen würde.

Svarde vollendete dieses Design mit einem knochenbrechenden Aufprall, spaltete das Geländer und schickte seinen Gleiter in einen wirbelnden, krachenden Drall über Fliesen, die bereits mit Amis Trümmern bedeckt waren. Die linke Hand des Wächters behielt ihren Griff, selbst als die Vis-Energie in der Klinge hervorschoss und auf die Schnitte, Prellungen und mindestens eine gebrochene Rippe sprang, die er bei der Landung davongetragen hatte.

Okay, er hatte also den Gleiter zerstört, das Geländer zertrümmert und sich möglicherweise für einen Kampf unbrauchbar gemacht, aber für einen ersten Flug war das gar nicht so schlecht, oder?

Auf dem Rücken liegend, betrachtete Svarde den Raum um sich herum genau. Eine bemalte Decke zeigte Wolken, die mit Himmeldiamanten verflochten waren. Verstreute Möbel, die meisten umgestürzt, und ein zerbrochener Tisch deuteten darauf hin, dass der Ort eine Art Wohnzimmer war, ein Ort für zwanglose Treffen oder abendliche Drinks. Wie auch immer, zu dieser Stunde war er verlassen, und keine Schreie hallten durch die Gänge.

Kleine Segnungen.

»Na, das war eine beschissene Idee«, sagte Ami, und Svarde sah, wie sie aufstand und mit der linken Hand Glassplitter von ihrer Flughose wischte. Danach griff sie nach ihrem verdrehten rechten Arm und zog mit einer Grimasse kräftig an ihrem rechten Handgelenk. Ihre Schulter schnappte zurück an ihren Platz, die Wächterin knurrte einen Fluch und seufzte dann. »Selbst die Skars helfen da nicht.«

»Du brauchst einfach mehr davon«, erwiderte Svarde, während er sich aufsetzte und spürte, wie sein geschundener Körper sich dabei dehnte und stach.

Vis' Kraft, eingebaut in die Klinge, bekämpfte den Schmerz und kitzelte fast, als sein Körper sein lebloses Selbst wieder zusammenfügte. Svarde hatte ihre Bemühungen noch nicht ausgereizt, obwohl er vermutete, dass der Sturz von diesem Palast dem schon nahe gekommen war. Mehr als ein Tag im Dreck liegend deutete darauf hin, dass selbst seine Klinge nach einer Weile langsamer werden würde.

Aber noch nicht, nicht von diesem Sturz allein.

Sie stolperten zu lange herum, warfen die Gleiterstücke ab und gaben den Skars Zeit, ihre gebrochenen Teile vom Rand zurückzuholen. Svarde wartete ständig darauf, dass Kance-Soldaten auftauchen würden, dass irgendein Ultimatum erscheinen würde, aber der einzige Eingang des Raumes, ein türloser Bogen zu einem turmumspannenden Flur, blieb verlassen.

»Entweder schlafen alle aus, oder wir werden in eine Falle gelockt«, sagte Svarde, hob die Klinge auf seine

Schulter und ging auf den Eingang zu. Seine Schritte knirschten Glas und Holz in die Fliesen.

»Wenn ich Gladdring kenne, dann Letzteres.« Amis Schnitte glänzten, im Gegensatz zu Svardes, noch von trocknendem Blut. Sie stand jedoch genauso aufrecht wie er, mit einer großen Whent-Klinge in beiden Händen. »Ich hatte gehofft, sie würden jetzt angreifen und uns einen Weg weisen.«

»Dann werden wir uns eben unseren eigenen bahnen.«

»Genau wie in alten Zeiten, nicht wahr, Svarde?«

Svarde grinste und ging los. »Erinnerst du dich, was damals passiert ist, wenn uns etwas in die Quere kam?«

»Wir haben's in zwei Hälften geschnitten.«

Diese Angewohnheit fand ihr erstes Ziel, als sie um den Bogen in den eigentlichen Flur bogen. Geschmückt mit Gemälden und Kaminsimsen voller gläserner Schätze, fing der Himmelspalast das Sonnenlicht ein, das durch die Terrassen fiel, und warf es überallhin, flackernde Regenbogenprismen. Links endete der Flur schnell am Rand des geschwungenen Turms, eine weitere Terrasse bot einen Blick auf den Kance-Hafen und die Schiffe dahinter. Rechts setzten sich die glatten Steinfliesen bis zu den Aufzügen im Zentrum des Turms fort.

Dort wartete ein Empfangskomitee.

Der Mann stand da, gehüllt in glänzende Kance-Rüstung. Ein Rapier in jeder Hand, die Waffengriffe so golden wie alles, was Svarde je gesehen hatte. Ein Gesichtsschutz zog sich über seinen Helm und ließ nur die Augen des Soldaten sichtbar. Er wartete, als Svarde und Ami sich näherten, ohne einen Laut von sich zu geben.

»Wer bist du denn?«, fragte Ami, als sie auf wenige Schritte herangekommen waren.

Der Soldat sagte nichts. Beobachtete nur.

»Nicht der gesprächige Typ?«, fragte Ami erneut und glitt mit ihren Beinen in eine richtige Kampfhaltung. »Dann lass mich dir sagen, dass du da, wo du stehst, auf dem schnellsten Weg nach Noctia bist. Du wirst das hier nicht gewinnen, also wie wär's, wenn du dich umdrehst, mit deinen hübschen Schwertern diese Treppe runterhuschst und uns durchlässt?«

Wieder keine Antwort.

»Entweder hat Gladdring ein paar loyale Stumme gefunden«, sagte Svarde, »oder er hat die Skars benutzt, um den Verstand dieses Kerls zu zerquetschen.«

Ami schnalzte mit der Zunge: »Hat mein Freund recht? Ist da oben nichts mehr bei dir?«

Stille.

»Ich glaube, er hat seine Wahl getroffen, Ami.«

»Sieht ganz danach aus.«

Svarde machte zwei Schritte nach rechts, Ami glich nach links aus. Der Soldat und seine Rapiere blieben still zwischen ihnen stehen. Die beiden Wächter tauschten einen Blick, ein Nicken.

Der Weg zu Gladdring würde mit Blut gepflastert sein. Am besten, sie machten sich daran.

49
TODS BEGEHREN

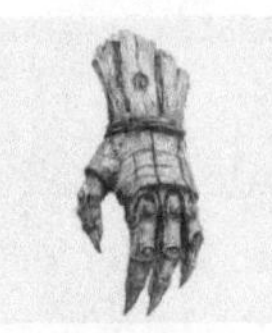

Er hatte alles falsch gemacht, wurde Wax klar, als Jochi und seine Krieger den jungen Vis hinter die Whent-Linien brachten. Während Traumfeste erneut seinem Namen alle Ehre machte, tat Wax kaum mehr, als auf der blutgetränkten Straße nicht auszurutschen. Whent-Klingen und Äxte, Armbrüste und Bergbauspitzhacken brachten den Ungeheuern, die dumm genug waren, ihnen entgegenzustürmen, einen koordinierten Tod. Egal ob Tentakel, Klauen, Zungen oder Zähne: Die Monster fanden ein unrühmliches Ende.

Dennoch sah Wax keine siegreichen Lächeln auf den Gesichtern um ihn herum, während die Reihen rotierten, um nach jedem Scharmützel frische Arme und Beine an die Front zu bringen. Es erklangen keine Lieder, Witze blieben aus. Hätte Torny so gewütet, hätte sie jede Minute Beleidigungen gekrächzt. Bliss hätte die Killzahl ihrer Mannschaft signalisiert. Selbst Eujo hätte vielleicht gegrinst.

»Man feiert Siege«, sagte Jochi, schwer atmend, nachdem sie gerade einen weiteren Schwarm seltsamer, vogelartiger Ungeheuer in die Flucht geschlagen hatten. »In diesem Krieg gab es bisher keine.«

»Was war das denn gerade?«, fragte Wax.

»Eine Pause. Sie werden zurückkommen, oder etwas anderes wird ihren Platz einnehmen. Die Ungeheuer hören nicht auf, Wax, was bedeutet, dass wir nicht schlafen. Mach du deinen Job, und ich werde dafür sorgen, dass jeder Whent hier unten vor Einbruch der Nacht einen Krug auf deinen Namen erhebt.«

Dass die Nacht hier unten ein unmögliches Konzept war, schien keine Rolle zu spielen.

Was Wax' Job anging?

Die Kammer war nicht das strahlende Zuhause, das Wax sich vorgestellt hatte, selbst ohne die ständigen Beben. Jochi hatte den Ort als Noctias Herz beschrieben, oder vielleicht ihre Seele. Wo sie die Heimstätten aufbewahrte, die die Götter zurückgelassen hatten. Wenn es einmal so gewesen war ... würde es nie wieder auch nur annähernd so sein.

Bröckelnde Steine und Erdlawinen regneten so weit herab, wie Wax sehen konnte, was angesichts der Dunkelheit, die von überall jenseits ihrer Fackeln und dem schwachen Glühen links, wo die Feuerläufer sich angeblich verschanzt hatten, herankroch, nicht weit war. Platschen hallte von den zerfurchten Wänden wider, als riesige Felsen in den Teich krachten, wobei die Decke darüber so zerborsten war, dass Wax gedacht hätte, der Teich wäre schon längst aufgefüllt.

Die Götter hatten diese Tore weit offen gelassen.

Aus einer dunklen Ecke rechts, vermutlich aus einem dieser Tore, strömte eine seltsame, hüpfende Reihe wolkenartiger Ungeheuer. Ihr silbergrauer Flaum war überall mit Schmutz und Dreck bedeckt, und einigen fehlten Stücke aus ihren kugelförmigen Gestalten, aber ansonsten reihten sie sich hinter einer zerzausten Frau auf, deren Haut und Kleider zerfetzt waren und die aussah, als sollte sie tot sein. Die Frau humpelte in ihre Richtung, kämpfte sich über rauen Schutt, und durch all das hielt sie mit einer Hand eines dieser Ungeheuer fest und mit der anderen ... War das eine Leiche?

Die vogelartigen Ungeheuer, die die Whent verjagt hatten, flohen durch die hüpfenden Flauschkugeln zurück, als etwas Seltsames geschah: Die scheuen Kreaturen blieben einfach hier und da stehen, kamen inmitten der wippenden grauen Kugeln verwirrt zum Halt. Ob sie angegriffen oder gefressen wurden, konnte Wax nicht erkennen. Wenn er raten müsste, sahen die Vogelungeheuer mit ihren hängenden Schultern und geschlossenen Augen glücklich aus?

»Das ist jemand, den ich nicht erwartet hatte zu sehen«, sagte Jochi, der etwas vor und rechts von Wax stand und durch das Loch blickte. Krieger flankierten ihn zu beiden Seiten, Waffen bereit, während sich der Rest der Gruppe dahinter auffächerte, um sich auszuruhen oder Wasser zu trinken. »Bleib zurück, Wax. Maena ist gefährlich.«

Wax hatte nicht viel Platz zum Rückzug, als Jochi sich hinkniete und etwas zu der verwundeten Frau sagte, die sich zum Eingang des Lochs geschleppt hatte. Wax behielt die Ungeheuer im Auge, die sich dahinter sammelten, und war der Erste, der vor dem dunklen, geisterhaften Schwarm warnte, der aus genau der Höhle driftete, aus der die Frau – Maena? – Augenblicke zuvor herausgestolpert war. Diese Monster, die wie zerfetzte Lumpen aussahen, die dunklere Gegenstücke zu den weißgrauen Flauschbällen bedeckten, teilten nicht die friedliche Aura ihrer Gegenstücke.

Stattdessen landeten die dunklen Ungeheuer auf den helleren, wobei die flauschigen weißen Körper von zackigen bernsteinfarbenen Blitzen durchzogen wurden. Diese Risse breiteten sich aus und überzogen die Wolkenkreaturen mit knisternden Linien, doch das Licht flog nicht frei, breitete sich nicht aus wie die Gewitter in Wax' Heimat. Stattdessen kräuselte es sich, floss direkt in die dunklen Ungeheuer. Als das Licht unter diesen löchrigen, zerrissenen schwarzen Lumpen verschwand, kam es nicht wieder heraus. Als die Blitze verblassten, blieb eine geschrumpfte Hülle zurück, die zerfetzten Überreste der Wolkenkreatur dunkel und ruiniert, aber nicht tot. Stattdessen schwebte sie auf und schloss sich dem Strom der Ungeheuer an, die auf sie zukamen.

»Waffen hoch!«, rief Jochi. Der Kriegsherr drehte sich zu seiner Truppe um und wiederholte den Befehl, während die Krieger neben ihm hinunterreichten und Maena durch das Loch zogen. »Wir halten hier, wo die Lücke am kleinsten ist!«

Maena schrie. Die Augen der Frau weiteten sich, ihre Stimme, nur noch ein raues Krächzen, brach. Die Krieger zogen sie durch das Loch, während sich die Whent-Streitkräfte formierten und die Armbrüste die ersten Schüsse auf die seltsamen Ungeheuer abgaben. Maenas Hände griffen zurück in Richtung der Kammer, zu dem flauschigen Ungeheuer, das dort schwebte, bereits eines der letzten seiner Art, während sich die zerlumpte Welle näherte. Bernsteinfarbene Blitze zuckten. Die Dunkelheit wuchs.

Wax erkannte seinen Moment. Das war es, wofür die Aegis gedacht war. Er trat um die Krieger herum, die Maena, die jetzt zuckte und sich in scheinbarer Qual erbrach, vom Loch wegzogen. Jochi blieb an seiner Seite, die

Augen des Kriegsherrn wanderten den Hang hinunter zu einem anderen Menschen, der dort bewusstlos lag.

»Das ist Krieg«, knurrte Jochi, als Wax auf die herannahenden Ungeheuer blickte und spürte, wie die Skars in seinem Geist aufwallten. »Sind deine Skars bereit dafür?«

»Bist du es?«

»Seit dem verdammten Tag meiner Geburt«, sagte Jochi und starrte die Ungeheuer an, als könnte sein Wille allein sie verlangsamen. Das Klacken der Armbrüste hatte es jedenfalls nicht geschafft, die Bolzen verschwanden ohne große Wirkung in den Ungeheuern. »Sieht aus, als könnte dies deine Stunde sein, Vis.«

Wax nickte, dessen war er sich sicher. Er hatte gutes Essen, Wasser und genug Ruhe gehabt, um Catyas Forderungen zu erfüllen. Jetzt war der Moment gekommen. Die Skars zusammenbringen, die Dämonen verbannen, die Tore zerbrechen und die Inseln retten.

»Hol deinen Freund«, murmelte Wax. »Ich kümmere mich um diese hier.«

Jochi nahm Wax beim Wort, ließ seine Äxte fallen und glitt durch das Loch. Wax streckte eine Hand in Richtung der herannahenden, treibenden dunklen Welle aus. Sie hatten auch die vogelartigen Dämonen verschlungen, bemerkte Wax, obwohl diese sich nicht in weitere schwebende Monster verwandelt hatten. Stattdessen waren diese Dämonen zusammengebrochen, die Augen verdreht und die Glieder regungslos.

Die Skars tobten bei diesem Anblick, Foti kletterte für einen feurigen Schlag empor. Rana forderte Wax auf, den Teich zu greifen und die Monster wegzuspülen, während Whent Risse entlang des zitternden Felsens über ihnen fand: Die Dämonen zu begraben wäre einfach. Und Noctia wartete immer, hungrig und bereit, den Dämonen alles zu entziehen, was sie am Leben hielt.

Das waren alles separate Handlungen. Wax brauchte mehr, musste sie zusammenbringen. Er drückte gegen ihre Dränge, wie das Biegen eines Tagtraums. Die Höhle zum Einsturz bringen, aber das Wasser des Teichs nutzen, um die Lücken zu fluten. Es mit Flammen zusammenschmelzen und-

Jochi fluchte. Er hatte beide Hände am Körper, zog ihn zum Loch hoch, als der letzte umwölkte Dämon, derjenige, den Maena festgehalten hatte, vor ihm in bernsteinfarbenen Blitz zerbrach. Eine zerfetzte Leere stürzte sich auf den Kriegsherrn, und Noctia ergriff die Kontrolle. Verließ Wax' sorgfältige Symphonie und sandte einen unsichtbaren Blitz aus, der den Dämon traf und seine Essenz zurück in Wax saugte.

Die Vis-Erneuerung fühlte zwei Dinge gleichzeitig, wie einen Schlag in den Magen bei einem gleichzeitigen Kuss auf die Wange. Glück und Schmerz, Terror und Hoffnung. Seine Sicht verschwamm, die Skars schrien, und Noctia fütterte diese Steine mit frischer, verschlungener Energie.

Foti sprach zuerst, feurige Ströme sprühten aus Wax' Fingerspitzen auf die herannahenden Dämonen. Diese dünnen Fetzen flammten auf, die dunklen Wirbel darunter zitterten, kamen aber weiter voran. Whent schlug als Nächstes zu, als Jochi sich neben Wax hochzog, der Kriegsherr mühte sich ab, seinen Freund nach ihm hochzuziehen, andere Krieger griffen ein, um zu helfen. Der Fels um sie herum explodierte, Risse rasten die instabilen Wände hinauf und höhlten Brocken weit oben aus. Steine zerquetschten die brennenden Dämonen, zerschmetterten sie, aber immer mehr trieben heran.

Kance hatte die Antwort, beschwor eine schwere Böe

herauf, die die nächsten Dämonen zurückblies, wo Rana den Teich aufnahm, um die Monster zu durchnässen und unter die aufgewühlten Wasser zu saugen. Wax fiel auf die Knie, sein Atem wurde flach, die Skars spuckten weiterhin Feuer, warfen Steine, bliesen und ertränkten die dunkle Welle.

Noctia war wieder bereit. Frische Dämonen näherten sich, und Wax griff nach ihnen, riss ihre schreckliche Energie weg und zog sie in sich hinein. Die Skars donnerten, bereit, Wax zu Asche zu verbrennen, um dasselbe mit den Dämonen zu tun. Hinter ihm feuerten wieder Armbrüste. Zwei Krieger, entweder dumm oder mutig, schlichen sich neben Wax mit erhobenen Whent-Klingen heran und stachen auf die zerfetzten Geister ein, die heranwehten.

So viele. Und dahinter noch so viele mehr.

Der Tamas-Skar schlich sich hinter dem tobenden Lärm im Kopf der Erneuerung ein und schlug etwas anderes vor, eine Erinnerung, einen Drang, die Steine zu vereinen. Die Götter zusammen, wie sie es immer vorgesehen hatten.

»Gib mir Zeit«, sagte Wax zitternd, und er spürte eine schwere Hand, die den Vis vom Spalt wegschob.

»Du wirst sie haben«, sagte Jochi, sein Freund neben der immer noch schreienden Maena hinter Wax abgelegt. »So lange, wie wir können.«

Diese zerfetzten Schrecken stürzten herein, wichen Schwerthieben aus, nahmen Armbrustbolzen in ihre Leeren auf und fraßen Whent-Seelen.

Unter der Wut lauschte Wax auf den Rhythmus. Den Puls, der von den Skars kam, als sie seinen Verstand in Richtung Untergang, Zerstörung, Erlösung schoben. Foti hämmerte einen stetigen Refrain, konstant und knisternd. Whent fegte dahinter, langsam und schwer. Rana und

Kance huschten in abgehackten Ausbrüchen. Tamas und Vis hielten sich in der Mitte, durchzogen von sanften Melodien. Und Noctia?

Noctia brüllte ihre Forderungen wahllos heraus, übernahm die anderen, bevor sie verschwand und die Echos ihres Hungers zurückließ.

Er hatte sie noch nie so auseinandergenommen, und als er es tat, spürte Wax, wie sie auf seine Aufmerksamkeit reagierten. Ihr klangvolles Gefühl erstrahlte, als Wax sich nacheinander auf jeden Skar konzentrierte, und obwohl Wax sich nicht als Musiker bezeichnen würde, war Kitaye eine Stadt des Gesangs gewesen. Foti zu sagen, sein Grollen zu verlangsamen, Kance und Rana ihre Soli zu trennen, Noctia einen Höhepunkt zu schlagen, Wax tat diese Dinge mit geschlossenen Augen, seine Ohren taub für den Kampf um ihn herum.

Whent-Körper stießen Wax herum, wobei Hände die Erneuerung stützten, wenn er je stolperte. Jochis brüllende Befehle drangen gedämpft durch, während Maenas schrilles Röcheln weiterging, die Frau direkt zu Wax' Füßen. Er schob diese Welt beiseite. Sie war nicht wichtig. Nicht jetzt.

Die Skars reihten sich ein, ein geordneter Marsch der Macht. Die Synchronizität geschah auf einmal, ohne Hinweis, ohne Anlauf. In einem Moment speiste Foti seine Energie in Rana, dann in Tamas, Kance, Vis, Whent, und in einem stürzenden Crescendo, das durch Wax' Geist, Körper explodierte, als wäre er in das kälteste Meer, das heißeste Feuer gesprungen, schlug Noctia den letzten Akkord an.

In diesem Moment schlich sich scharfer Zweifel ein: Catya hatte die Symphonie vorgeschlagen, sie hatte Wax nie die Reihenfolge gesagt.

Die Skars, vereint, entluden sich. Wax öffnete die Augen

und sah nichts, aber er fühlte diese Linien, diese unsichtbaren Noctia-Linien, die von ihm ausgingen. Sechs, die sich vor ihm erstreckten und ausbreiteten, auf der Suche nach den Toren. Eine Kriegerin, die auf einen zerfetzten Dämon einhackte, sah ihren Feind in violett-schwarzen Flammen auflodern, sah die Steine dahinter sich auflösen, als eine Linie hindurchschoss. Der Boden bebte. Maena schrie erneut.

Und Wax folgte den Linien, allen von ihnen, alle auf einmal, zu diesen wirbelnden Staubkörnchen. Die Linien fegten hinein, streiften diese wirbelnden Lichter, zogen Linien zwischen ihnen, verbanden nicht Schimmer, nein, sondern Skars. Schimmernde Skars, festgehalten, um den Weg zu den Heimen ihrer Götter offen zu halten. Noctia hatte sie gebunden, hatte sie zuletzt in sich aufgenommen, und Wax fand sie, fühlte sie und hörte ihre Lieder. Sie fegten entlang der Noctia-Linien zurück, ihre Metren, Schläge, Stimmen gaben Wax eine Wahl.

Die Tore in ihrem ewigen Chor allein lassen oder Noctia das Lied beenden lassen, den Skar entlang dieser Linien strömen und diese wirbelnden Tore zerschmettern lassen.

Er hatte nur eine Antwort.

Wax gab die Skars an Noctia, und die Göttin, ewig hungrig, fraß.

50

AM RANDE DER KLIPPE

Der Jäger floh nicht. Er lockte, er reizte, er körrte und flog.

Befreit von seinen Mitjägern, von den Ketten, die ihn an Fallen und einen festgelegten, langsamen Pfad banden, entdeckte Quik schlummernde Instinkte wieder, als er sprang, sich schwang und an den Klippen entlang zog. Mottilans abfallende Straße verlief entlang einer zerklüfteten Bergseite, die mit Fuß und Huf zu einer Reihe von Serpentinen geschlagen worden war. Mottilans Verteidiger hatten die Najahn gezwungen, sich mit ihren Hinterhalten, ihren Fallen und nun den brennenden Linien mühsam diesen gewundenen Weg entlang zu kämpfen.

Quik würde in seinen letzten Anstrengungen noch etwas hinzufügen: eine Verlockung.

Er nutzte Sträucher und Bäume als Deckung, tastete nach Griffen, zerschnitt sich Beine, Zehen und Handflächen bei wilden Sprüngen, während die Najahn Chakrams schleuderten, Bolzen abfeuerten und Quik zur Aufgabe aufforderten. Letzteres musste offensichtlich erschienen sein, da Quik nicht auf seine Verbündeten zulief, sondern stattdessen die Klippe hinauf, hinter die Linien der Najahn, zurückschnitt.

Eine schwache Hoffnung glimmte zwischen Quiks Sprüngen, seinen Finten nach rechts, um dann nach links zu springen, oder um an einem Baumstamm hinabzugleiten und hinter der ausgebrannten Hülle eines brennenden Hauses entlangzusprinten. Wenn Quik weit genug käme, könnte er vielleicht den Najahn-Kolonnen entkommen, im Dschungel westlich von Mottilan verschwinden, dann nach Norden abbiegen und die steilen Klippen zu den Untiefen hinabsteigen, und von dort zu Sawi, Annalyse und den anderen, die in den Höhlen am Meer warteten.

Ein unwahrscheinliches Ziel, das mit jeder Ebene, die Quik erklomm, weiter in die Ferne rückte: Das Lila und Schwarz nahm kein Ende. Sicher, ihre Reihen lichteten sich, je weiter Quik sich von der Front entfernte, und die Schüsse kamen nicht mehr so schnell, da unvorbereitete Soldaten Mühe hatten, Armbrüste zu heben und abzufeuern, geschweige denn die rasiermesserscharfen Scheiben, bevor Quik an der Wand verschwand.

Bald würde Quik oben sein, und er würde mit brennenden Beinen und Armen ankommen - seine Panzerhandschuhe, deren Spitzen erst kürzlich geschärft worden waren, waren bereits zu Stumpen zerschlagen - und doch warteten noch mehr Najahn auf ihn.

Denn dies war nicht nur eine Dezimierung, es war eine Besetzung. Die Najahn planten nicht, Mottilan von der Landkarte zu tilgen, sondern eine neue Führung einzusetzen. Das hatten sie bereits mit Kitaye gemacht, und der Gedanke daran warf noch mehr Brennstoff in Quiks Feuer, das ständig an seinem Zorn, seinen Schwüren und seinem Willen zehrte, seine Insel gedeihen zu sehen.

Ein Bolzen schlug vor seiner rechten Hand gegen den

sonnengebleichten Kalkstein und sprühte Quik Staub ins Gesicht. Der Jäger stürzte sich von der Felswand. Verunkrautetes, nasses und kurzes Gras empfing ihn, als der Jäger auf die letzte oder erste, je nach Perspektive, Plattform rollte, die Mottilan verließ. Quik bewegte sich schnell, krümmte seinen Rücken an der Rückwand des Gebäudes, nur zwei oder drei Schritte vom Klippenrand entfernt.

Das Steinhaus war nicht niedergebrannt worden, seine Position als erster Hinterhaltspunkt, als Deshiva und Quik noch sicherere Hoffnungen hatten, hatte es gerettet. Über seinem eigenen schweren Atem hörte Quik die Rufe, die seine Position markierten, Bogenschützen, die an den Seiten Stellung bezogen. Er konnte zurück zur Klippe laufen, aber ein paar weitere Sprünge würden ihn ins Offene bringen, wo er nur noch nach einer grasbewachsenen Kante greifen könnte. Ein leichter Schuss, ohne Deckung durch Gebüsch. Nach links zurückzugehen, zum Abstieg zu wechseln, könnte Quik ein paar kurze Momente erkaufen, bevor sich das Netz vollständig schloss. Nach rechts, entlang der Rückseite des Hauses, würde ihn zum sanften Hang zur Straße bringen, dem Pass, der durch die Berge führte.

Auch dort gab es keine Deckung.

Ein Geräusch ließ Quik nach oben blicken, zu einem Fenster im zweiten Stock. Während der Kämpfe zerbrochen, drangen Stimmen heraus, eine strenge Najahn-Stimme und die andere eine erschöpfte Vis-Stimme. Quik musste nicht mehr als einen Satz auffangen, um zu wissen, dass er ein Verhör hörte, eines, das eine Chance bot.

Oder zumindest einen besseren Tod.

Quik drehte sich, sprang und nutzte, was die Panzerhandschuhe noch hergaben, um einen Halt an den unregelmäßigen Steinblöcken des Hauses zu finden. Der Mörtel bröckelte weg, als er seine Handschuhe, seine Krallen, in den Fels rammte, während Quik sich mit den Zehen hochstemmte. Mottilans Hang zur Schlichtheit - die Stadt sparte ihre Kreativität für ihre Schiffe auf - half Quik, da keine Schnörkel oder Überhänge seinen schnellen Aufstieg behinderten, und brachte ihn, schwitzend, angespannt und bereit, in nur wenigen Atemzügen zum zerbrochenen Fenster.

Drinnen stand ein einzelner Strohstuhl aufrecht in einem Raum, der ansonsten nur von einer Strohmatte und mehreren Körben belegt war. Auf dem Stuhl saß, mit bereits gefesselten Handgelenken, ein schweigsamer, älterer Mottilaner. Der Blick des Mannes ging zu seinen Najahn-Verhörern, einem Paar Soldaten, die ihre Helme gegen herrischere Blicke getauscht hatten. Ihre Gleven lehnten an der Wand nahe dem einzigen Türdurchgang zu Quiks Linken. Ein Soldat beugte sich zu seinem Gefangenen und verkündete ein spuckendes Urteil, das Quik nicht verstand.

Der andere, auf der anderen Seite des Raumes, sah Quik und zeigte auf ihn.

Von einem Najahn angezeigt zu werden, versprach viele Dinge, die meisten davon schrecklich, aber Quik nahm die Geste als Einladung. Er drückte seine linke Handfläche flach auf die Fensterbank und zog sich mit einer Rolle hindurch. Als sein Rücken und Hintern auf den Holzboden trafen, trat Quik aus und erwischte den verhörenden Najahn mitten in der Drehung. Die Plattenrüstung an den Beinen fing den Schlag ab und milderte jeden Schaden, den Quiks Zehennägel hätten anrichten können, tat aber wenig, um den Druck abzulenken: Das rechte Knie des Najahn knickte nach innen und der Mann fluchte.

Quik federte von dem Tritt ab, rollte nach links und stemmte sich hoch, für einen zu kurzen Moment mit dem

Rücken zum Najahn. Ihre klappernde Rüstung verriet ihre Bewegungen, und Quik drehte sich in einen harten rechten Haken. Der Najahn mit dem geknickten Knie hatte sich Quik zugewandt und zog die Ersatzklinge an seiner Hüfte, eine Bewegung, die mehr Sinn ergeben hätte, wenn er zuerst aus der Reichweite des Jägers gegangen wäre. Stattdessen drehte er seinen ungeschützten Kopf direkt in Quiks wirbelnden Schlag.

Ein Vis lernte, mit der Grausamkeit der Jagd zu leben. Nicht den Schlag und was folgte zu genießen, sondern es als Zeichen des Sieges zu akzeptieren, als Gelegenheit, weiterzumachen.

Quik tat dies, zog seinen Panzerhandschuh zurück, ließ ihn hinabgleiten, um an den Seilen zu zerren, die die Hände des Mottilaners fesselten, und sie zu durchtrennen. Der andere Najahn, der einen grausamen Anblick sah, auf den ihn keine Noctia-Ausbildung mit ihren Versicherungen über die Unbesiegbarkeit der Najahn vorbereitet hatte, stand still und schrie.

Der Mottilaner beendete die Qual seines Entführers, indem er aufstand und den Najahn direkt in die Kehle schlug. Der Schrei wurde zu einem Gurgeln, wurde zu einem langsamen Ende. Quik hielt nicht inne, um es zu bezeugen.

Wenn der Gefangene klug wäre, würde er warten, bis die Najahn zurückkämen, und sich für unschuldig erklären.

Quik selbst hatte keine Zeit für Verbündete. Nicht jetzt.

Jenseits des Raumes offenbarte das Steinhaus eine kleine zweite Ebene. Eine Leiter führte vom ersten Stock durch eine schmale Falltür nach oben, wobei zwei weitere Schlafzimmer das zweite Stockwerk vervollständigten. Keines schien bewohnt, obwohl rote Flecken und zerbrochene Bögen darauf hindeuteten, dass hier oben weitere

Opfer aus Deshivas Bande ihr Ende gefunden hatten. Quik betrachtete die Leiter und hörte die Najahn sich darunter versammeln. Die ersten Metallstiefel trafen auf die unterste Sprosse.

Nicht der richtige Weg.

Stattdessen warf der Jäger einen Blick über die Ebene und rannte los. Er kümmerte sich nicht darum, die Leiter umzustoßen, sondern setzte mehr auf Geschwindigkeit und Unberechenbarkeit, und steuerte auf ein weiteres offenes, zerbrochenes, quadratisches Fenster auf der anderen Seite zu. Dieses Schlafzimmer glich dem anderen, leer bis auf die sich ausbreitenden Blutflecken. Quik murmelte ein Gebet an Vis und lief weiter, spannte seine Oberschenkel an und stürzte sich direkt durch das offene Fenster.

Er flog in zu viel Luft, zu viel Raum. Der Hof um das Haus bot Quik keine Deckung. Seine einzigen Vorteile waren Geschwindigkeit und Überraschung, und als Quik fiel, gaben ihm diese beiden gerade genug, gerade so viel. Ein Chakram durchschnitt die Luft hinter ihm, wo er gerade noch gewesen war, als Quik in einer taumelnden Rolle auf dem Gras aufschlug. Bolzen sausten vorbei, einer zog eine rote Linie - schon wieder eine - über Quiks Rücken. Ein anderer bohrte sich in Quiks Schulter, als er ins Gebüsch kroch, wobei Quiks mottilianisches Gewebe gerade genug nachgab, um den Bolzen abzuschütteln.

Blut quoll hervor, ein weiterer Stich gesellte sich zu der Litanei.

Quik kämpfte sich durch den schmalen Gebüschstreifen, der die Nordseite des Hauses von der Straße trennte, und stolperte über Stöcke und Farne mit Füßen und Beinen, die nicht mehr frisch genug waren, um wie die eines Jägers zu tanzen. Er brach in einem Stolpern durch, ein Zweig klammerte sich an sein Haar und ein dorniger Stängel schleifte an seinem linken Bein.

Ablenkungen.

Der Jäger hielt seinen Kurs und überquerte die Straße. Zu seiner Linken hielt ein Najahn-Versorgungszug an, Tamas-Ponys, die zum Ziehen der Karren mitgebracht worden waren, wieherten, als frische Rufe in Quiks donnernden Ohren landeten. Zu seiner Rechten jagten laufende Soldaten hinter ihm her, zielten und feuerten. Bolzen flogen, schlitterten über den Schmutz vor Quik, hinter ihm und in seine Seite.

Er drehte sich mit dem Treffer, sein Blick flammte rot auf. Instinkte übernahmen die Kontrolle und hielten Quik auf den Beinen, ein wirbelnder Tanz ließ ihn auf der anderen Straßenseite landen. Er krachte ins Unterholz, Farne, Äste und Blätter gaben Quik Deckung.

Er hatte jetzt keine Richtung mehr, nur noch Flucht. Die alte Vorstellung von Opfer, von einem ehrenvollen Tod, huschte dort zwischen den Ranken, Unkräutern und dem Grün davon. Quik wollte keine Speere in seiner Haut, keinen Bolzen in seiner Brust, wollte nicht in Noctias kalte Umarmung fallen.

Noch nicht. Noch nicht.

Also kämpfte er sich weiter, ruderte mit seinen Handschuhen, um sich vorwärts zu drücken. Hinter ihm hatten die Najahn-Soldaten Mühe, in ihrer Rüstung zu folgen. Flüche vermischten sich mit harten Befehlen, dem Vis weiter nachzujagen, ihn zu verfolgen. Ihn auf Sicht zu töten.

Doch Quik gewann an Boden. Seine Seite war glitschig von seinem eigenen Blut, aber der Jäger lebte für den Moment. Mit dem Leben kam die Chance, kam Hoffnung, kam ... Eine Klippe.

Das Blattwerk wich einem sich verengenden Abgrund, der von Gräsern, Unkraut und einer seltsamen Maschine beherrscht wurde: ein Kran mit einem Käfig, der über den Rand der Klippe ragte. Quik, mit keuchenden Lungen, starrte das Ding an wie ein gebrochenes Versprechen. Er hatte all das gekämpft, war gerannt, war ausgewichen, nur dafür?

Stolpernd vorwärts, während sich der Dschungel hinter ihm mit Najahn füllte, kam Quik zum Kran. Weit unten brannte Mottilan. Die anderen hatten also ihre Arbeit getan, und ihre letzten Überreste strömten auf die Schiffe. Der Jäger erkannte Deshivas Bogenschützen, die das Feuer auf Najahn-Schiffe erwiderten. Lästig, aber nicht genug. Das Lila und Schwarz jagte über die Wellen, verfolgte die Fischerboote, die langsamen Frachtschiffe.

Wie viele seines Inselvolkes würden heute sterben?

Quik schüttelte den Kopf und wandte sich wieder dem Wald zu. Die ersten Najahn tauchten auf, schüttelten sich frei von Vis' letztem Griff. Viele Vis würden heute sterben, aber die Insel würde leben, und mit ihrem Gott würden die Vis die Najahn für immer bekämpfen. Sein Gott hatte Noctia einmal besiegt, und Quiks Insel würde es wieder tun.

Auch wenn er es nicht mehr erleben würde.

Quik stieß seine behandschuhten Hände in die Luft und stieß einen lauten Ruf aus. Den Schrei eines Jägers, den Ruf eines Helden, den Ruf eines Vis.

51
VERWEHRT

Sie entschied sich nicht mehr zu schreien. Es passierte einfach, ihr Körper von Verbrennungen, gebrochenen Knochen, Schnitten und Prellungen gepeinigt. Durst und Hunger. Erschöpfung hätte Maena längst übermannen sollen. Der Tod hätte es tun sollen, und sie wünschte sich ihn herbei, dort auf dem Höhlenboden, während die Whent um sie herum zurückwichen. Die dunklen Unholde strömten durch das Loch, saugten mit ihrem grässlichen, schlürfenden Heulen jeden Whent auf, der standhielt. Sogar Jochi, der in der Mitte stand und seine Äxte schwang, als würden sie einen Deut ausrichten, verschwand, als die Unholde ihn umzingelten.

Der Einzige, den sie mieden und der in Maenas verschwommenem Blickfeld hervorstach, war der seltsame junge Mann, der direkt vor ihr stand. Die beiden Unholde, die ihm zu nahe gekommen waren, waren in violetten Flammen aufgegangen und zu nichts als ein paar Ascheflocken vergangen. Danach hatten die Unholde ihn in Ruhe gelassen, und so stand er stocksteif da, scheinbar blind für alles um ihn herum.

Sie hatte die Wolkenwesen verloren und damit Maenas einzige Chance auf geistige Gesundheit. Sie schrie erneut auf, ein Zittern stieg von ihrem Bein auf und krampfte durch ihre Kehle. Ein weiterer würde in wenigen Augenblicken folgen, zwischen keuchenden Atemzügen. Zu ihrer Rechten lag irgendwie Haggerth. Immer noch verschwitzt, kalt und bewusstlos. Darin lag zumindest ein gewisser Frieden.

Maena richtete ihren Blick zurück auf den jungen Mann. Ein weiterer Unhold, vielleicht überwältigt vom wilden Moment, griff ihn an. Er setzte sein dunkles Antlitz vor den Mann, verdrehte seine formlose Leere, um das Gesicht des Mannes nachzuahmen, nur damit schwarze und violette Flammen aus dem Nichts aufstiegen und die Kreatur verschlangen. Und darin fand Maena ihre Antwort, ihren Ausweg.

Sie hatte getan, was sie versprochen hatte. Die Kette gebrochen. Ihre Eide gehalten, so gut Maena es konnte.

Würden die Inseln sich an sie erinnern? Würde Svarde es tun?

Nicht alle Legenden mussten erzählt werden.

Maena stemmte sich hoch, Knochen und Muskeln knackten. Sie stürzte sich auf den jungen Mann, warf sich auf seinen Rücken und flehte um diese Flammen, um dieses wunderbare Vergessen.

Und prallte von ihm ab zu Boden, was der Rana einen schmerzerfüllten Fluch entlockte. Sie rollte von ihm weg und wartete darauf, dass einer dieser Unholde sie als Nächstes packen würde, aber die baufällige Höhle erschien sauber, klar. Das orange Glühen der Whent-Laternen traf auf keine Unterbrechungen, und Maena hörte keine schwingenden Äxte, schneidenden Klingen oder klappernden Armbrüste. Die schiere Überraschung dämpfte den Schmerz, nichts ergab einen Sinn.

»Hey«, sagte der Mann, den sie umgerannt hatte. »Ich glaube, ich hab sie erwischt.« Seine Stimme schwankte vor Erschöpfung, etwas, womit Maena mitfühlen konnte. »Hier, ich glaube, du brauchst das mehr als ich.«

Maena spürte, wie ihre versengte Hand geöffnet wurde und ein warmer, glatter Stein in ihre Handfläche gelegt wurde. Eine wortlose Neugier durchflutete ihren Geist, und für einen schrecklichen Moment dachte Maena, ihr gespaltenes Selbst sei zurückgekehrt, bis sie erkannte, dass die Stimme nicht in Worten sprach, die sie kannte, oder überhaupt in Worten. Stattdessen breitete sich die Wärme in ihrem ganzen Körper aus, beruhigte die krampfartigen Schmerzen und ersetzte sie durch ein Jucken, die ersten Anzeichen der Heilung.

»Das hast du noch nie gespürt, was?«, sagte der junge Mann, der sich über sie beugte, mit einem schmerzverzerrten Grinsen im Gesicht. Aus der Nähe bemerkte Maena die Tätowierungen des Mannes, Siegel, die Maena selten gesehen, aber verstanden hatte. Nur, was machte ein Vis hier? »Das ist ein Skar. Ein Vis-Skar, um genau zu sein. Es wird dich so gut wie möglich heilen, obwohl, äh, du siehst ziemlich übel aus.«

»Danke«, murmelte Maena und schloss die Augen.

»Ich sage, es wird ein paar Tage dauern. Vielleicht eine Woche. Aber wir haben jetzt die Zeit«, der Mann stand auf, Steine verschoben sich, doch Maena hielt ihre Augen geschlossen, versank in dieser Wärme. »Jochi, ich glaube, ich habe sie alle geschlossen.«

»Was?«, Jochis Stimme, genauso müde wie ihre eigene. »Ich sehe, du hast dieses verdammte Loch geschlossen.

Heißt, wir wissen nicht, wo die Unholde als Nächstes auftauchen werden.«

»Nein, ich sage, es wird keine Unholde mehr geben. Es ist vorbei. Wir sind in Sicherheit.«

Maena ließ dieses Wort ein paar Mal durch ihren Kopf gehen, staunte darüber, dass sie es *überhaupt* konnte. Vor wenigen Augenblicken war sie bereit gewesen, alles wegzuwerfen, und jetzt, trotz ihres Rückens, der auf hartem Boden lag, trotz der Felsbeißer um sie herum, war Maena verdammt froh, dass sie gescheitert war.

Was eine Frage übrig ließ. Sie zwang ihre Augen auf, befeuchtete ihre Lippen und sah die Whent-Krieger, die sich auf die Schultern klopften, kleinere Wunden versorgten, und Jochi, der über dem letzten Rätsel kniete.

»Lebt Haggerth?«

52
TIERE

Gladdrings Plan hätte funktionieren können, wenn er es mit normalen Gegnern zu tun gehabt hätte. Der Kance-Schwertkämpfer mit gezückten Rapieren wäre vielleicht der beste Kämpfer auf der Insel gewesen. Svarde allerdings spielte nicht nach den üblichen Regeln.

»Bleib zurück«, flüsterte der Barbar Ami zu, bevor er in einen schwerfälligen Lauf in Richtung des Schwertkämpfers verfiel, der im wunderschönen Morgenlicht inmitten der glitzernden Hallen des Himmelspalastes stand.

Der Schwertkämpfer beugte ein Knie, nicht ganz in die Hocke, und Svarde sah, was kommen würde, tat aber nichts, um es zu verhindern. Der Foti-Wächter kam auf wenige Schritte heran, und wie eine Viper schlug der Schwertkämpfer zu. Er stieß nach vorne, sein rechter Rapier führend, um tief in Svardes Brust einzudringen. Der linke folgte mit einem ebenso tödlichen Stich in Svardes Bauch. Beide verursachten einen dumpfen Schmerz, beide hätten den Barbaren auf der Stelle töten sollen.

Unglücklicherweise für den Schwertkämpfer hatte er

das Einzige vernachlässigt, was Svarde tatsächlich hätte töten können: die große Klinge wegzureißen.

Als die Rapiere eindrangen, traf Svarde eine Entscheidung und handelte danach, indem er den schwarzen, mit Skar durchsetzten Griff seines Schwertes gegen den behelmten Schädel des Kance-Soldaten schmetterte. Der Treffer warf Svardes Angreifer zu Boden, woraufhin Svarde mit einem harten Tritt nachsetzte, der den Kopf des Kance-Kämpfers nach hinten schnellen ließ, die Augen rollten nach oben und außen.

»Das ist wirklich nicht fair«, sagte Ami, als sie neben Svarde trat, während der Barbar die Rapiere herauszog, blutlos, und sie beiseite warf. »Wie hätte er das wissen sollen?«

»Ich hab ihn am Leben gelassen«, erwiderte Svarde. »Ich denke, wir sind quitt.«

Ami lachte, und sie blickten zu den Aufzügen. Keiner war auf ihrer Etage, und selbst wenn das Paar in einen einsteigen könnte, könnte ein aufmerksamer Gladdring-Loyalist – oder einer, dessen Verstand von diesen Tamas-Skars verwirrt worden war – Svarde und Ami zwischen den Etagen festsetzen.

»Dann nehmen wir die Treppe«, sagte Ami für beide, und das taten sie auch.

Der gesunde Menschenverstand legte nahe, dass Gladdring sich in den oberen Etagen des Himmelspalastes aufhalten würde. Die Geysir-Gleiter-Methode hatte das Paar etwa zur Hälfte hinaufgebracht, was noch viele Stufen zu erklimmen übrig ließ. Die großen Platten verliefen entlang der Außenseite des Turms, ein Geländer entlang der Länge, und ein gewisser Wetterschutz wurde durch die Terrassen jeder Etage geboten. Ein wunderschöner Tag bedeutete, dass der Aufstieg angenehm sein würde, allerdings nicht für die Leute, die die Treppe mit Svarde und Ami teilten.

Trotz all ihrer Planung hatte Eujos heimliche Truppe nicht daran gedacht, dass der Himmelspalast, nun ja, ein funktionierender Palast war. Selbst mit Kance im Aufruhr liefen immer noch Händler, loyale Soldaten, Politiker und all das Personal, das für ihre Versorgung benötigt wurde, im Gebäude herum, und sie passierten Svarde und Ami auf den Treppen mit weit aufgerissenen Augen, quietschenden Schreien und mindestens zwei separaten Ohnmachtsanfällen.

»Das liegt daran, dass du so schrecklich aussiehst«, sagte Ami nach dem zweiten, einem schmächtigen Mann, der beim Anblick von Svardes Schwert blasser geworden war als jeder, den Svarde je gesehen hatte. Der Barbar hatte den Fall des Mannes aufgefangen und ihn auf den Stufen abgesetzt. »Wie ein versteinerter, verfaulter Baum, denke ich.«

»Zumindest bin ich noch ganz ich selbst.«

Svarde tippte sich ins Gesicht, genau dort, wo keine goldene Platte war.

»Zum Unglück für uns alle«, schoss Ami zurück. »Der Tote König hatte es richtig gemacht, sich unter all dieser Rüstung zu verstecken.«

»Er stank furchtbar, Ami. Jahrhunderte ohne ein Bad, diese Rüstung wurde nie gewaschen.«

»Das ist deine Zukunft, Svarde.«

Der Barbar lachte, und das Paar beschleunigte seinen Schritt. Die Hauptmission – die Skars zu bergen – würde bald beginnen, was bedeutete, dass Gladdring sich auf weniger wichtige Dinge konzentrieren musste, wie sein verräterisches Selbst am Leben zu erhalten.

Der erste Schritt auf dieser Selbsterhaltungsliste war

der Standort, und Gladdring hatte sich nicht die Mühe gemacht, ihn zu verbergen. Ami und Svarde vermuteten, dass der Tenet im Machtzentrum von Kance warten würde, und nach viel zu vielen Treppen, wobei Ami trotz der kühlen Luft ins Schwitzen geriet – Svarde, dem unter den vielen Lebensaspekten, die ihn nicht mehr störten, auch das Schwitzen gehörte – erreichte das Paar die Ebene des Thronsaals. Verraten durch flatternde silberne Fahnen im sonnigen Morgen, ein übertrieben verzierter Treppenabsatz, geschmückt mit geschnitzten Geländern und sehnigen Statuen früherer Königinnen, schien die Flaggschiff-Etage des Himmelspalastes schlecht geeignet für die Verwüstung, die Ami und Svarde gleich über sie bringen würden.

Nicht, dass es Svarde kümmerte: Wenn man seine hübschen Sachen bewahren wollte, sollte man besser keinen Kampf in sein Zuhause einladen.

Gladdring bot wenig Widerstand. Keine Soldaten versperrten dem Paar den Weg den Flur hinunter, so wenige, dass Svarde ihre richtige Wahl angezweifelt hätte, wenn die geschäftigen Diener, deren Blicke stets von Svardes schwarzer Klinge angezogen wurden, nicht so bereitwillig bestätigt hätten, dass Gladdring den Flur hinunter wartete.

Svarde und Ami gingen an den Aufzügen vorbei, an Besprechungsräumen, Toiletten, und fanden die meisten davon voll. Kance-Politiker waren damit beschäftigt, über dies und das zu streiten, als ob unter ihnen kein Krieg toben würde. Der Effekt erzwungener Normalität war so befremdlich, dass Svarde mehr als einmal Ami ansah, um zu bestätigen, dass das Ganze keine Art von Wahnvorstellung war.

Vielleicht hatte dieser Sturz seinen Kopf härter getroffen, als er dachte.

»Definitiv nicht«, antwortete Ami. »Denn ich bin hier und genauso verwirrt wie du. Ohne Gehirnerschütterung.«

Die Antwort wartete im Thronsaal. Ein Laken bedeckte das Fenster, das Eujo bei ihrer Flucht zerschmettert hatte, dasselbe, durch das Svarde gesprungen war. Die Zwillingsthrone standen leer. Das einzige andere Möbelstück war ein kleiner Tisch rechts vom Eingang, eine glitzernde Silber-und-Perlen-Steinöffnung. Auf diesem Tisch lagen die Überreste eines Frühstücks, mehrere Gebäckstücke und eine Kaffeekanne, verlassen von dem Mann, der sie vermutlich bestellt hatte.

Gladdring stand nahe dem linken Thron und lehnte sich fast auf den großen Stuhl. Seine Kance-Roben waren mit Essensflecken besudelt und zerknittert. Das Gesicht des Tenets war schweißnasser als Amis nach dem Aufstieg, harte Falten um seine Augen. Während sein Ellbogen auf der Armlehne des Throns ruhte, hatte Gladdring beide Hände in den Taschen.

Es lag keine Überraschung in seiner Haltung, als das Paar in den Raum trat, ihre Schritte auf den Fliesen hallend.

»Ein Soldat?«, sagte Ami zur Begrüßung. »Das ist alles, was du geschickt hast, um uns aufzuhalten? Einen?«

»Habt ihr ihn getötet?«, erwiderte Gladdring, seine Stimme so müde, wie er aussah.

»Nicht nötig«, antwortete Svarde. Er verschob sich zwei Schritte nach rechts von Ami. Sie hatte zwei Messer an sich versteckt, bereit zum Werfen. Nicht ihre schärfste Fähigkeit, aber falls Gladdring versuchte, ihre Gedanken zu manipulieren, hatten sie eine Option, und Svarde wollte ihr Raum geben, diese zu nutzen. »Er wird ein paar Schmerzen haben, aber er lebt.«

»Überrascht, dass es dich kümmert«, sagte Ami, ihre Hände zuckten in der Nähe der Messer. »Nach der Art, wie du uns auf Noctia hängen gelassen hast, dachte ich, du wärst ein Monster.«

»Da werde ich nicht widersprechen.« Gladdring nickte. »Ich habe Fehler gemacht, Ami. Wir alle. Aber wenn man glaubt, man sei die beste Hoffnung für Die Sieben Inseln, muss man handeln, um sich am Leben zu erhalten.«

»Wie praktisch.«

»Bequemlichkeit war nie meine Art, noch deine«, sagte Gladdring und runzelte dann die Stirn in Svardes Richtung. »Es scheint, all meine Feinde sind sehr schwer zu töten. Fassle weigert sich zu sterben, und nun stehst du irgendwie hier, nachdem du tief genug gefallen bist, um eine normale Seele zu Brei zu machen. Was habe ich getan, um mit solch unmöglichen Gegnern verflucht zu sein?«

»Hauptsächlich ein Arsch gewesen«, sagte Ami. »Dein kleines Techtelmechtel mit Kance ist vorbei, Gladdring. Die Königin hat einen Handel geschlossen, an den wir Fassle halten werden. Die Feuerläufer bekommen ihre Heimat. Fassle bekommt seine Skars. Du, wenn du Glück hast, bekommst einen kleinen Bauernhof auf Tamas. Da kannst du deine Spielchen mit den Schweinen treiben.«

Gladdrings Mund zuckte zu einem Lächeln. »Wenn die Königin dachte, ich würde mich mit dieser kleinen Rede zufriedengeben, hätte sie euch nicht geschickt.«

Svarde verengte bei diesen Worten die Augen. Gladdring sah so müde aus, gebeugt und abgekämpft, dass es schwer vorstellbar war, dass er etwas mit den Skars vorhatte, und dennoch.

»Oh, bitte sag, dass du vorhast zu kämpfen. Das würde meinen Tag versüßen«, sagte Ami und machte einen Schritt näher zu Gladdring. »Wollte dir schon seit Noctia ein Messer ins Herz rammen.«

»Ami«, murmelte Svarde. »Hier stimmt etwas nicht.«

»Ich weiß, dass du das willst, Ami«, sagte Gladdring, die Schwere hing in der Luft. »Tamas sagt mir das. Es sagt mir, dass du selbstsicher, blutrünstig und blind bist.«

Ami verlor kein weiteres Wort. Die Wächterin griff, zog und warf das erste Messer, ohne auch nur zu zögern. Die Klinge traf, als Gladdrings Satz endete, und bohrte sich tief in Gladdrings Brust. Ein so perfekter Wurf, dass Svarde überrascht zu Ami blickte.

»Ich hatte auf Noctia viel Zeit totzuschlagen«, warf Ami hin, ihre Hand wanderte zum anderen Messer.

Ihr Ziel holte röchelnd Atem und sank auf die Knie. Sein Gewand färbte sich rot. Eine Hand kam aus seiner Tasche, streckte sich in Amis Richtung.

»Lass ihn nicht-«, begann Svarde, nur um zu sehen, wie eine dünne Linie, eine Biegung in der Luft, von Gladdring zu Ami schoss.

Die Wächterin zuckte, schüttelte sich, fiel. Ihre Haut wurde blass. Ihre goldene Gesichtsplatte zerbrach, als sie auf die Fliesen aufschlug.

Und Gladdring? Gladdring stand aufrecht, griff nach seiner Brust und zog das Messer heraus. Der ehemalige Tenet warf die Waffe beiseite, als Svarde seine schwarze Klinge für einen schneidenden Schlag ausrichtete, ein Angriff, der ins Leere ging, als Schritte, viele Schritte, im Flur hinter ihnen widerhallten.

»Weißt du, ihre Bauernhof-Analogie war gar nicht so falsch«, sagte Gladdring, als Svarde sich umdrehte und diese seltsamen Politiker, die Beamten, Diener und Palast- küchenhilfen auf sie zurennen sah. »Nur muss ich nicht nach Tamas gehen oder Schweine züchten. Ich habe meine Tiere zum Schlachten gleich hier.«

Da nun alle Zweideutigkeit beseitigt war, ging Svarde den offensichtlichen Weg. Er stieß einen Foti-Kampfschrei aus und stürmte auf Gladdring zu. Der Mann runzelte die Stirn, ließ seine Hand zurück in das blutbefleckte Gewand gleiten, und Svarde spürte erneut, wie sein Geist angegriffen wurde. Ideen schlichen sich ein, suggerierten, dass Gladdring zu mächtig sei, um sich ihm zu widersetzen, dass Eujo in der Tat zu jung sei, um ihm zu vertrauen, dass Fassle alles zerstören würde.

Dass die Feuerläufer keinen Platz auf den Inseln verdienten.

Svarde hätte Gladdring bei den ersten Einflüsterungen, die mit Blitzesschnelle kamen, während der Barbar den Thronsaal durchquerte, vielleicht noch Punkte zugestanden. Die letzte jedoch kam ohne Gladdrings übliche Präzision, eine plumpe Gleichsetzung der Feuerläufer mit allen anderen Teufeln, als Schrecken, die es zu vernichten galt. Unter einer so falschen Annahme ließ der Griff des Tamas-Skars nach, und Svarde gewann seine Standhaftigkeit zurück.

Gladdring wusste das auch. Der Mann fluchte, wich zurück. Zwei Schritte entfernt, und Svarde schwang die Klinge hoch, bereit, sie niedersausen zu lassen. Nicht als Stich oder wilder Schnitt, sondern gezielt auf das Einzige, was diesen Kampf beenden würde.

Eine Erschütterung durchfuhr Svardes Nerven, ausgesandt von Gladdrings linker Hand, die schwarzen Steine zwischen seinen Fingern nun sichtbar, da Svarde so nah war. Die Muskeln des Barbaren zitterten, sein Atem verschwand, als das, was von seinen Lungen übrig war, gerann, und Svarde wusste, wenn er noch ein Herz hätte, würde es schrumpfen.

Aber man kann einen toten Mann nicht töten.

Dennoch brachten die Erschütterungen Svardes Schwung von seinem enthauptenden Kurs ab, die Klinge schlitzte stattdessen in Gladdrings Schulter, schnitt tief und schickte den Tenet auf die Fliesen taumelnd. Wieder färbte sich das Gewand rot.

Diesmal würde der Mann keine Zeit haben zu-

Spindeldürre Hände packten Svardes linkes Bein. Ein anderer Körper sprang auf die Schultern des Barbaren und brachte Svarde zum Stolpern. Ein Dritter ergriff sein rechtes Handgelenk, das die schwarze Klinge hielt, und versuchte, sie ihm zu entwinden. Ein Vierter spießte Svardes Seite mit einer Frühstücksgabel auf.

Gladdrings Armee verwirrter Idioten war eingetroffen.

Svarde fing seinen Sturz mit dem rechten Knie ab und drehte sich, wobei seine linke Hand den Weg anführte. Er traf ein Gesicht nach dem anderen. Rammte seinen rechten Ellbogen nach hinten in die Brust des Mannes, der an diesem Handgelenk zerrte. Ein Ruck von Svardes Kopf brach die Nase der Frau auf seinem Rücken, trieb die wild blickende Frau weg und verschaffte Svarde Zeit, sich auf den Beingrabscher zu konzentrieren.

Nur um festzustellen, dass dieser zuckte, grau wurde und starb. Genau wie Ami.

Hinter dem Mann erhob sich Gladdring und sah kaum mitgenommen aus.

»Meine Schweine«, sagte Gladdring, als die Blutenden sich auf Svarde stürzten, mehr Körper ihn unter ihren kratzenden Händen, beißenden Zähnen, tretenden Füßen begruben. »Ich habe erkannt, dass die Inseln nicht gerettet werden wollen. Die Menschen wollen es nicht. Sie ziehen es vor, an ihrer kleinlichen Macht festzuhalten, selbst wenn es sie zerstört.«

Svarde schlug weiter um sich, drosch mit dem Schwert, rammte seine Knie in Bäuche, schlug mit den Fäusten zu und schleuderte seine Stirn in einen knochenbrechenden

Schlag nach dem anderen. Doch die geistlosen Körper kamen weiter, und mehr Finger zerrten an der schwarzen Klinge. Ein glücklicher Zug, eine Ablenkung zu viel, und Svardes unsterbliches Leben würde verschwinden.

»Aber der einfache Mann begehrt weniger, Svarde. Sicherheit, eine Chance, eine Familie zu gründen, die Gewissheit, dass morgen Nahrung und Wasser da sein werden?« Gladdrings Stimme erhob sich. »Mit diesen Skars kann ich ihnen das geben, und sie werden mich dafür lieben. Was wirst du ihnen geben, Wächter? Den Tod, durch deine blutigen Hände?«

Hände, die Svarde kaum noch bewegen konnte. Zu viele Hände hielten ihn fest, weitere drückten seinen Kopf gegen den kalten Fliesenboden. Menschen saßen auf seinen Beinen, seiner Brust. Sie stachen nicht mehr auf Svarde ein, bissen ihn nicht, sie hielten ihn nur fest. Ermöglichten es denen, die an Svardes rechter Hand arbeiteten, diese Finger Stück für Stück vom Griff der Klinge zu lösen.

Gladdring ragte über seinen Leibeigenen auf und starrte auf Svarde hinab. »Begrüßt du den wahren Tod, Svarde? Seinen Frieden? Oder würdest du ohne diese Gnade für immer umherirren, ein Schatten unter den Lebenden?«

Svarde konnte nicht antworten. Hände umklammerten seine Kehle und erstickten seine Stimme. Stattdessen funkelte er Gladdring wütend an, der daraufhin lachte. Gladdrings Schergen lachten ebenfalls, ihre Gesichter alle Svarde zugewandt und Gladdrings Kichern bis zum letzten Schnauben nachahmend.

Zwei Finger lösten sich. Svardes Daumen rutschte ab, Hände zerrten daran, verbogen sein Handgelenk und bissen in seine Knöchel.

»Leb wohl, Svarde«, sagte Gladdring. »Ich kann nicht behaupten, dass es mir leid tut, dich gehen zu sehen.«

Der ehemalige Tenet schenkte Svarde ein letztes höhnisches Lächeln und verlor dann seinen Kopf. Ein sauberer Schnitt, von links nach rechts, und Gladdring brach zusammen. Hinter ihm stand Ami, die Vis-Narben in ihrem Visier glänzend, und führte langsam ihre Whent-Klinge zurück in Position. Nicht dass sie es nötig gehabt hätte: Gladdrings Horde hörte auf zu kratzen und blinzelte stattdessen, hustete, fluchte und sah verloren aus.

»Tut mir leid, Svarde«, sagte Ami mit einem schmalen Lächeln, einem, das Svarde schon so, so oft während ihrer Abenteuer auf ihren Lippen gesehen hatte. »Diese Noctia-Narben haben es wirklich in sich.«

53
LOHN DES HELDEN

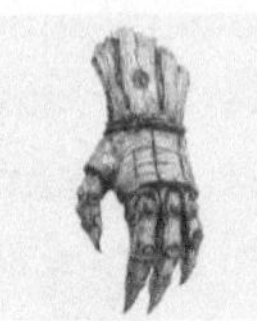

Als Maena in Wax' Rücken fiel, spürte der Vis es nicht. Nicht so, wie er es noch Momente zuvor gespürt hätte, bevor die Noctia-Skar das tosende Lied zwischen den Steinen übernommen hatte, bevor die Skar ausgestreckt hatte, um ihren endlosen Durst zu stillen, indem sie all jene Tore aufsog, während die Skars ihre eigenen Lieder sangen, um sie offen zu halten.

Die Kraft strömte in Wax zurück wie tausend gut ausgeruhte Nächte, hundert heiße Kaffees, ein Dutzend Lächeln von Eujo. Er vibrierte, innen wie außen, von der Kraft, die die Noctia-Skar ihm zurückgab, und als Maena Wax von hinten anrempelte, schüttelte der Vis die Präsenz ab, während er all diese Macht gegen die seelenfressenden Unholde um ihn herum richtete.

Seine Skars sangen noch immer im Einklang, und Wax lenkte ihre Aufmerksamkeit von jenen Toren auf die Unholde, die die Whent-Krieger angriffen. Noctia übernahm wieder die Führung und schoss mit ihren Blitzen auf jeden einzelnen der zerlumpten Monster. Foti und Kance folgten der Todesgöttin dieses Mal, verbrannten die

Unholde von innen heraus und komprimierten gleichzeitig die Luft um sie herum, sodass die Stichflammen sich nicht ausbreiteten und nicht einmal länger als eine Sekunde anhielten.

Lang genug, um die Unholde zu töten, ihre Überreste zu Boden flattern zu lassen. Whent kam als Nächstes, folgte Wax' Befehl und schob das Loch zur Kammer des Beckens zu. Aber nicht nur das. Wax drängte die Skar dazu, den aufgebrochenen Boden zu versiegeln, die Unterwasserausgänge aus der Beckenkammer zu verschließen. Jeden möglichen Fluchtweg für einen Unhold zu blockieren und sicherzustellen, dass selbst jene Monster, die es durch die Tore geschafft hatten, bevor sie zuschlugen, gefangen und harmlos sein würden.

Dann, natürlich, kamen die Verwundeten.

Wax gab die Vis-Skar den verletzten Rana, leitete genug Energie in sie – wie einen Gedanken zu fokussieren oder einen Muskel anzuspannen –, um Maena vom Rand des Todes zurückzuholen. Er nahm die zweite Vis-Skar, Catyas, und gab sie dem bewusstlosen Mann. Haggerth, so nannte ihn Jochi. Wie Maena schien der Whent verbrannt und zerschmettert, aber noch immer Noctias letztem Griff ausweichend. Jetzt würde er den morgigen Tag sehen, und vielleicht den Tag, die Woche, das Jahr danach.

Das brachte ihm endlich ein heiseres Jubeln von den Kriegern um ihn herum ein.

Schicksal, wie Pan es ausdrückte, war eine Bürde. Zumindest wenn es sich von einem Leben des Pilzesammelns und Dschungelschwingens zum Retter der Sieben Inseln wandelte. Was Pan jedoch nie erwähnte, war, wie gut es sich anfühlte, dieses Schicksal zu erfüllen, diese Last von Wax' Schultern zu nehmen, sie mit Begeisterung, Aufregung und Freude abzuwerfen.

Wax umarmte all das und spülte es mit mehr Ale hinunter. Nachdem sie nach Traumfeste zurückgekehrt waren, hatte Jochi zu einer Feier aufgerufen. Nachdem natürlich die Verwundeten versorgt und die Unholde entweder verbrannt oder zerlegt worden waren. Der Kriegsherr schob Wax davon weg und führte ihn zu einem Bad und einem neuen Satz Whent-Leder.

»Helden müssen wie Helden aussehen«, sagte Jochi, als er Wax zurück zur Traumfeste führte, zu einer wartenden Menge. »Dies ist der Moment, in dem du Geschichte wirst, mein Vis-Freund. Genieße ihn.«

Wenn nur Eujo und Bliss da gewesen wären, um Wax' Grinsen zu sehen, wie er seine Hände hob, eine die Halskette und die Skars haltend – Wax hielt Catyas unter seinem Hemd verborgen, denn wie viele Skars brauchte ein Held schon? – und den Applaus, das Klirren der Bierkrüge, das Gebrüll von Whent und Noctia in sich aufsog, die, wenn Wax raten müsste, ebenso sehr ihr Überleben feierten wie Wax' Rolle darin.

Von da an verschmolzen der Tag, die Nacht und die Zeit selbst zu einer tosenden Party. Die zurückgewonnenen Vis-Skars ließen Wax Jochi und die meisten seiner Freunde mühelos unter den Tisch trinken, eine Tatsache, die der Vis sicherlich nicht preisgab, und als einer nach dem anderen ausschied oder weggeschleppt werden musste, nahm jemand anderes seinen Platz ein, der den Moment, wie er genannt wurde, teilen wollte, als Die Sieben Inseln gerettet wurden.

Die Routine beendete die Feierlichkeiten nach und nach, als Reparaturen, Beerdigungen und Handel die Party ablösten. Noctia-Nachrichten baten um mehrere Wochen, um die Leitern über die Wunde zu reparieren, ein Zeitplan, der für Wax zu lang war, aber auf den er wenig Einfluss hatte. Die Whent-Skar war zu grob für Präzisionsarbeit, und die Reise durch das Dunkle Unten nach Whent und dann mit dem Schiff nach Süden würde fast genauso lange dauern.

Außerdem war Wax verdammt müde. Er war über die Inseln gerast, hatte die Skars gesammelt, gegen Unholde gekämpft und das Vermächtnis einer Göttin herausgefordert, indem er diese Tore schloss. Das Dunkle Unten, diese Höhlen, waren nicht der Ort, an dem er bleiben wollte, und als Fassle eine persönliche Nachricht schickte, dass sie Frieden mit Kance geschlossen hatten, dass Eujo am Leben war und ihre Insel befehligte, nun, da wurde das Warten erträglicher.

Eine Idee, eine Hoffnung, die bis zu einem unterbrochenen Abendessen mit Jochi anhielt. Ein Whent-Kundschafter verkündete, dass Besucher kamen, eine zerzauste Gruppe, die von Vis aus nach Norden wanderte. Kaum am Leben gefunden, verloren in den Tunneln.

Angeführt von niemand anderem als Sawi.

54

DER LETZTE JÄGER

Er stand wie ein Schatten vor dem Rauch, die brennende Stadt unter ihm hüllte Quik in einen letzten Mantel. Der Jäger hatte seine Kriegsschreie ausgestoßen, und die Najahn, die ihm gegenüberstanden, hatten den Mann im Visier, doch sie feuerten nicht. Kein Bolzen, kein Chakram. Das Ausbleiben, sein verbleibendes Leben, brachte Wut in ihm auf.

Demütigten sie ihn? Ließen sie Quik vor einem Publikum stehen, um verspottet zu werden?

Aber nein, die Najahn beschimpften ihn nicht. Sie warfen keine Beleidigungen in seine Richtung. Stattdessen schienen sie zu warten, aber worauf?

Die Antwort kam in Rüstung, ohne Helm, mit einer Glefe. Harte Augen und ein vertrautes Gesicht. Sie ging vor den Soldaten her, die ihr den Weg freimachten, ohne ihr Ziel aus den Augen zu lassen. Pavarde, einst Banditenjägerin und Schiffskapitänin auf Foti, stand nun irgendwie hier, die Arme verschränkt und finster in seine Richtung blickend.

»Eure Lira haben mich hierher gebracht«, sagte Pavarde zu Quiks starrendem Blick. »Sie haben so viele Najahn-Kommandeure ermordet, dass ich die Meere verlassen musste. Aber selbst eure Besten brauchen Nahrung, Ruhe, einen Ort zum Schlafen. Die Dritte Hand hat sie dann gefunden, und es stellt sich heraus, Lira sterben wie jeder andere Bandit.«

»Warum erzählst du mir das?«

»Weil du, als ich dich zuletzt sah, helfen wolltest, die Welt vom Bösen zu befreien. Weil ich, als ich dich jetzt sah, diese Klauen und ihr Potenzial erkannt habe.« Pavarde neigte den Kopf, als würde sie auf das Offensichtliche hinweisen. »Du hast für deine Heimat gekämpft und ihr Leben mit deinem eigenen erkauft. Es gibt noch mehr zu tun, Quik. Die Najahn brauchen Kämpfer wie dich für das, was kommt.«

»Was kommt?« Quik lachte und winkte mit einem Panzerhandschuh über die brennende Stadt. »Was bleibt noch übrig?«

»Die neue Ordnung, Quik. Die Inseln regiert, ihre Skars besser genutzt. Es wird Widerstand geben, und wir werden ihn jedes Mal zerschmettern, wenn er auftaucht«, Pavardes Stimme fiel wie Eisen, gestützt von den harten Blicken der Najahn um sie herum. Allesamt Gläubige. »Deine Rebellion hat deine Insel ihre zweite Stadt gekostet. Kitaye jedoch gedeiht. Seit Tagen keine Seele an Unholde verloren. Frischer Handel, neue Möglichkeiten, zu den anderen Inseln zu reisen. Vis ist bereit, sich der Welt anzuschließen, wirst du helfen?«

Quik maß die Entfernung zu Pavarde ab und rechnete damit, dass der sichere Tod ihn wohl erwischen würde, bevor er sie erreichte. Ein Sprung von den Klippen blieb eine Option, aber Selbstmord legte kalte Furcht um sein

Herz. Er war noch nicht bereit für Noctias Vergessen. Noch nicht.

Was das Angebot übrig ließ.

»Ich verstehe das nicht«, sagte Quik. »Ich habe gegen euch gekämpft. Ich habe eure Soldaten getötet.«

»Du bist eine Waffe. Du hast getan, was Waffen tun.« Pavarde lächelte, obwohl Quik keine Wärme darin erkannte. Wie die Frau, die sie auf Foti gewesen war, hatte Pavarde den Geist der Najahn durch und durch. »Wir haben Verwendung für Waffen und Belohnungen.«

Quik erinnerte sich blitzartig an den Käfig. Wie er sich durch den Sand gegraben hatte. Der Kampf mit Masayo an den Klippen. Er wusste alles über die Belohnungen der Najahn, die Versprechen, die sie machten und unweigerlich brachen. Er wollte nicht sterben, aber das war es, was ihn mit Pavardes giftigem Versprechen erwarten würde.

Der Tod musste jedoch keine Verschwendung sein. Musste nicht sofort kommen.

»Wenn ich annehme, was machen wir jetzt?«

»Du kommst mit mir, führst uns durch diese Stadt. Zeigst uns die Fallen, alle lohnenswerten Schätze. Danach werden wir es ausführlicher besprechen. Bei gutem Essen und besserem Tamas-Bier.« Pavardes Lächeln wurde breiter. »Oder, wenn du es vorziehst, etwas Pfirsich-Wein, frisch aus Kitaye.«

Das klang, nach dem Tag, den er gehabt hatte, tatsächlich gut.

Und wenn er sich wieder in die Reihen der Najahn einschleichen würde, eine gespannte Feder, die darauf wartete, bis er Fassles Hals in Reichweite fand... Quik müsste die Rolle spielen.

Vis würde seine Rache bekommen, und zwar bald.

55
HEIMWÄRTS

Sie fuhr die ersten Tage im Wagen, bis Maena es nicht mehr aushielt, dort zu liegen, und sich zwang zu laufen. Ihre vernarbten Muskeln und ihre Haut dehnten sich, juckten und sagten der Rana-Hauptfrau, dass sie nie wieder einen Überfall anführen würde. Sie sollte sich auch von Schlachtfeldern fernhalten, wenn Maena den nächsten Sonnenaufgang erleben wollte.

Vor nicht allzu langer Zeit hätte dieser Gedanke sie in prahlerische Prahlerei oder vielleicht Verzweiflung gestürzt. Jetzt, selbst ohne den rosigen Einfluss des Wolkenwesens, betrachtete Maena ihre gegenwärtige Situation mit einer gesünderen Sichtweise. Sie lebte, sie ging, und bald, dank Jochis Freundlichkeit, würde sie wieder nach Hause gehen. Rasslebeck und Pennifer sehen. Was von ihrer alten Crew übrig geblieben war.

»Wieder in Gedanken versunken?«, kam die Stimme, die jetzt etwas von ihrer alten Färbung zurückgewann und sich über das Rollen der Wagenräder erhob.

Sie waren immer noch unter der Erde, in Tunneln, die von Whent-Ingenieuren erweitert und beleuchtet worden waren. Das würde noch mindestens einen Tag so bleiben, aber mit jeder verstreichenden Stunde schwor Maena, dass sie eine bessere Brise spüren und eine frische Blume riechen konnte.

»Mein Kopf ist so leer wie eh und je«, antwortete Maena und blickte zum Wagen hinüber, zu dem ebenso lädierten Mann darin. »Und ich könnte darüber nicht glücklicher sein.«

Haggerth setzte sich auf und legte sein Kinn auf die Reling. Er musterte sie. Nachdem der Job erledigt war, machte sich der Mann auch auf den Heimweg, nachdem Jochi ihm eine Position gegeben hatte, die keine gefährlichen Verhöre mehr erfordern würde.

»Ich kann immer noch nicht glauben, dass du damit durchkommst«, sagte Haggerth, mit dem leisesten Anflug eines Lachens in der Stimme. »Du hast einen Kundschafter entführt, Dreamhold fast zerstört, indem du eine Ungeheuer-Randale verursacht hast, und trotzdem bist du hier.«

»Dank dir.«

Haggerth blinzelte. »Wie bitte?«

»Jochi hat es dir nicht gesagt?«

»Alles, was der Kriegsherr sagte, war, dass er dir vergeben hat und dass ich die ganze Sache vergessen soll.« Haggerth schnaubte. »Etwas, wozu ich nicht in der Lage bin.«

»Ich habe dir das Leben gerettet, Steinbeißer.«

Haggerth betrachtete Maena. Der Karren rollte weiter, die Ochsen zogen ihn vorsichtig durch den geglätteten Steintunnel. Die anderen Whent um sie herum plauderten oder schwiegen, und mieden weitgehend die beiden verbrannten und seltsamen Schützlinge, die sich auf den Weg zur Oberfläche machten.

»Eine seltsame Art zu sagen, dass du mich fast umgebracht hättest«, sagte Haggerth schließlich.

»Ich habe dich durch ein Tor geschleift und dich Jochi rechtzeitig übergeben, um dein Herz am Schlagen zu halten«, sagte Maena. »Verdammt heldenhaft von mir.«

Haggerth schüttelte den Kopf. »Ich glaube es nicht.«

»Glaub, was du willst. Ich kenne die Wahrheit.«

Wieder musterte Haggerth sie auf diese Art, die er hatte, als würde der Mann ihre ganze Seele von innen und außen lesen. Diesmal erschien ein aufrichtigeres Lächeln.

»Es ist weg, Maena«, sagte Haggerth.

»Was ist weg?«

»Dieser Blick in deinen Augen. Dieses Mörderglitzern. Was jetzt da ist, was jetzt da ist, ist jemand, den ich gerne kennenlernen würde.«

Maena lachte, der Klang rollte auf und ab durch die Höhle, schön und klar.

56
DIE NÄCHSTE SCHLACHT

Gäbe man Svarde etwas Bier und stellte ihm eine direkte Frage, würde er zugeben, dass er wenig für Königshäuser übrig hatte. Von allen Inseln war Kance die einzige, die sich damit abmühte, und soweit Svarde das beurteilen konnte, brachte die Idee nur Probleme mit sich. Doch als er Eujo dabei zusah, wie sie ihren Thron bestieg - schnell von blutigen Beweisen gereinigt -, konnte Svarde nicht anders, als sich von der Zeremonie mitreißen zu lassen.

Sicher, Eujo war schon immer Königin gewesen, aber hier war sie eine Kriegsführerin. Sie nahm ihren Platz nicht in einem vergoldeten Gewand ein, sondern in einer Kance-Rüstung, die wie eine zweite, schimmernde Haut an Eujo angepasst war. Die junge Königin blickte auf Soldaten und Berater, die ihre ersten Befehle ohne Zweifel entgegennahmen, gute Fragen stellten, und als der Dialog endete, war Svarde nicht der Erste, der einen Jubel für Kance, seine Anführerin und eine siegreiche Zukunft anstimmte.

»Eine, die du nie haben wirst«, sagte Svarde später, als der Thronsaal sich geleert hatte, abgesehen von einigen

Dienern, Eujos Wächtern, Svarde, Ami und Livier. »Du hast die Steine gewonnen, jetzt ist es Zeit, deinen Teil der Abmachung zu erfüllen.«

Der große Angriff auf den Himmelspalast, das Rennen um die Gefangennahme der Skars, hatte sich als unnötig erwiesen. Ohne Kopf löste sich Gladdrings Einfluss auf seine verschiedenen Handlanger auf. Eujo sagte, die Soldaten, die ihnen den Weg versperrt hatten, seien wie aus einem Traum erwacht und hätten sich vor ihr verbeugt. Die meisten im Himmelspalast empfanden ähnlich, obwohl einige Politiker, die ihre Nähe zu Gladdring vielleicht als zu eng empfanden, um sie zu ignorieren, schnell ihren Rücktritt eingereicht hatten. Svarde hatte ihre unterwürfige Flucht beobachtet und dabei darauf geachtet, dass seine schwarze Klinge gut sichtbar war, um ihren Schritten etwas Tempo zu verleihen.

»Das habe ich vor«, sagte Eujo und nickte Svarde zu. »Aber meine erste Rede als alleinige Königin von Kance kann keine Kapitulation gegenüber Noctia sein. Ich muss zuerst ihre Unterstützung gewinnen.«

»Auf Kosten von Leben?«, fragte Ami.

»Najahn-Leben«, murmelte Torny. Die Banditin wendete dabei einen cleveren Trick an: Sie warf ein Messer hoch und fing es wieder auf, während sie in einen Apfel biss.

»Es werden Kance-Leben sein, wenn die Feuerläufer unruhig werden.«

»Warum sollten sie?«, sagte Eujo. »Sag es ihnen, Ami. Ich werde heute einen Gesandten nach Noctia schicken mit meinen Bedingungen. Wenn das, was du mir erzählt hast, stimmt, wird er den Deal akzeptieren, und wir können diesen Krieg hinter uns lassen.«

»Er wird es akzeptieren«, sagte Svarde. »Der Mann will seinen Sieg und diese Skars.«

»Dann vertraue ich darauf, dass du es erledigst.«

Der Barbar stutzte. »Wie bitte, Eure, äh, Hoheit?«

»Du, zusammen mit Torny und Bliss hier, wirst meine Bedingungen Fassle überbringen«, sagte Eujo. »Bring ihn dazu zuzustimmen. Beende diesen Krieg.«

Torny protestierte als Erste und sagte, Eujo wäre ohne die Dolche der Banditin, die über sie wachten, in Gefahr. Eujo wischte das beiseite und wies darauf hin, dass Livier und seine Vientas-Assassinen jetzt auf ihrer Seite stünden. Ganz zu schweigen von einer ganzen Insel voller loyaler Soldaten. Bliss erhob keinen Einwand, außer ein paar Finger zu bewegen, worauf Eujo nickte und nichts sagte. Torny fing die Gesten ebenfalls auf und hörte auf zu murren, verengte ihre Augen und nahm den ernsten Ausdruck von Bliss an.

Worum ging es da?

»Svarde?«, fragte Eujo. »Nimmst du diesen Auftrag an?«

»Natürlich«, sagte Svarde. »Und Ami?«

»Ich darf wohl die Feuerläufer in Schach halten, nehme ich an«, antwortete die goldgepanzerte Wächterin. »Was mich nicht gerade begeistert, aber ich schätze, ich durfte einem Kopf von den Schultern trennen, also kann ich mich nicht zu sehr beschweren.«

»Dann ist es beschlossen«, sagte Eujo. »Mach dich bereit, Svarde, und begib dich zum Hafen. Die *Sturmkante* sollte bis morgen früh segelbereit sein. So viele Leben hängen jetzt von dir ab.«

Svarde lachte: »Eure Hoheit, daran bin ich gewöhnt.«

57
DIE SUCHE DES ÜBERLEBENDEN

Kein Quik.

Sawi und Annalyse sagten, sie hätten so lange gewartet, wie sie konnten, bis die Najahn ihre Schiffe im Hafen von Mottilan anlegten und ihre lila-schwarzen Truppen durch die brennenden Straßen marschierten. Quik kam nie an. Während der Großteil der Vis-Stadt auf See flüchtete, machte der Rest ihrer zerlumpten Gruppe eine qualvolle Reise nach Norden durch lange Tunnel, die von umherirrenden Unholden bevölkert waren.

Die Wissenschaftler hatten Skars benutzt, die Vis ihre Speere, und trotzdem hatten sie mehrere verloren. So viele Tote, so viel Zerstörung, weil Fassle und die Najahn beschlossen hatten, die Macht an sich zu reißen, anstatt sie zu teilen.

Wax grübelte mit Sawi, Annalyse und Jochi in Dreamholds Kathedrale. Irgendwie fiel es leichter, über die nächsten Schritte in einer veränderten Welt zu diskutieren, während der riesige, tote Wächter über ihnen aufragte. Die

Präsenz der Rüstung verlieh dem Ganzen Gewicht und Fokus, die Wax sonst nur schwer fand.

Alles, was er wollte, war mehr Bier zu trinken, über seinen Bruder zu reden und darüber, wie Wax ihn im Stich gelassen hatte.

Stattdessen lenkten Annalyse und Jochi das Gespräch in eine andere Richtung: in die Zukunft, nicht in die Vergangenheit, und auf die knifflige Realität, die die Inseln in einer unhold-freien Welt erwartete.

»Fassle wird die Najahn nicht zurückrudern lassen«, sagte Jochi. »Er weiß, dass all diese Eroberungen auf der Gefahr durch die Unholde beruhen. Sobald die Inseln erfahren, dass die Unholde keine Bedrohung mehr sind, werden sie die Najahn rauswerfen. Oder es zumindest versuchen.«

»Du redest, als wärst du nicht auf seiner Seite«, sagte Sawi. »Helfen dir die Najahn nicht?«

Jochi nickte. »Das tun sie, aber Fassle ist nicht die Najahn. Es gibt vernünftigere Leute in ihren Reihen. Anhänger, die nicht so blind für eine kooperativere, bessere Zukunft sind. Wenn wir einen von ihnen in den Kreis bekommen, können wir die Inseln vielleicht davor bewahren, in einen Krieg zu stürzen oder unter Fassles Stiefel zu verdorren.«

»Du sprichst von einem Attentat«, sagte Annalyse.

»Ich spreche von Politik«, erwiderte Jochi, obwohl der Krieger die Worte in ein wildes Grinsen hüllte. »Was auf Noctia allerdings öfter als nicht einen Dolch zwischen den Rippen zu bedeuten scheint.« Der Kriegsherr wandte sich an Wax. »Fassle hat seinen Ruf darauf gesetzt, die Inseln zu beschützen. Es gibt hier eine Person, die beweisen kann, dass er falsch liegt, seinen Anspruch untergraben kann. Das bist du.«

Wax schnaubte. »Was, du willst, dass ich gegen Fassle antrete?«

»Ich sage, du kannst zur Ringstadt gehen, einen Freund oder zwei unter den Najahn finden und ihre Unterstützung gewinnen. Du wirst mich hinter dir haben und auch das Gewicht der Aegis. Ein wahrer Held für die Inseln. Wenn Fassle klug ist, wird er erkennen, dass sein Spiel vorbei ist, und seine Soldaten zurückrufen. Wenn nicht, brandmarkst du ihn als Feind des Friedens und lässt Yarvick seine Sache machen. Der Banditenfürst wird keine Belastung dulden.«

»Können wir Yarvick vertrauen?«, fragte Annalyse.

Jochi zuckte mit den Schultern. »Er ist ein Dieb und ein Mörder, aber ich habe ihn noch nie davon reden hören, die Inseln zu übernehmen. Außerdem kämpfen wir keinen Zweifrontenkrieg. Erst Fassle. Yarvick, wenn nötig, danach.« Jochi warf Wax einen bärtigen Blick zu. »Denk dran, Vis. Fassle hat die Eroberung deiner Insel befohlen. Der Tod deines Bruders geht auf sein Konto. Lass Fassle nicht damit davonkommen.«

Oh, das würde Wax nicht. Die Skars, die immer flüsterten, stimmten zu. Wenn Wax den Heldenmantel anlegen musste, um es zu erzwingen, nun, das hatte er schon einmal getan. Für Quik, für Pan würde Wax die Reise beenden und den Inseln Frieden bringen. Und wenn Fassle nicht einverstanden wäre, nun, der Noctia-Skar, der durch Wax' Seele glitt, war immer hungrig.

Wax enthüllte die Macht der Götter, jetzt plant eine finstere Macht, sie zu nutzen. Setzen Sie das Abenteuer fort *Gefesselte Hoffnung:*

DANKSAGUNG

Dieser Roman ist das Ergebnis davon, dass meine Familie und Freunde einen Traum nicht sterben ließen. Meine Frau Nicole, die mir erlaubte, in den frühen Morgenstunden zu schreiben und sicherstellte, dass ich nicht verhungerte. Meine Brüder und Eltern für ihre ständigen Kommentare, ihre Unterstützung und ihren Enthusiasmus.

Und natürlich dir, dem Leser, dafür, dass du mir einen Grund zum Schreiben gibst.

ÜBER DEN AUTOR

A.R. Knight spinnt seine Geschichten in einem frostigen Haus in Madison, WI, das hauptsächlich von zwei Katzen regiert wird. Nachdem er während der Wirtschaftskrise 2008 in den Arbeitstrott geraten war, fand er sich in langweiligen Meetings wieder, in denen er gedanklich durch den Weltraum schwebte und große Abenteuer erlebte.

Schließlich entdeckte er nach einiger Zeit mit Podcasting, Drehbüchern, Kurzgeschichten und anderen Romanen eine Geschichte, in die er eintauchen konnte, und eine Besetzung von Charakteren, die sowohl unterhaltsam als auch herzerwärmend waren.

Wie immer, danke fürs Lesen!

Für weitere Informationen:
www.blackkeybooks.com

Für Hope und Henry

www.ingramcontent.com/pod-product-compliance
Lightning Source LLC
Chambersburg PA
CBHW030727310726
48969CB00005B/1118